KB076818

레드 스패로우 2

RED SPARROW

레드
스패로우 2
RED SPARROW

제이슨 매튜스 지음
박산호 옮김

오픈하우스

수잔, 알렉산드라, 소피아에게

*일러두기

1. 작은따옴표(' ')는 강조하는 부분에만 표시했다. 특히 작중인물이 마음속으로 한 말 중에서, 원서 서체가 바뀌는 부분만을 작은따옴표로 묶었다. 그 외에 마음속으로 한 말은 따로 구분 짓지 않았다.

2. 외래어 표기법을 따르되, 필요한 경우 더 관용적인 표기법을 택했다.

"자제력을 잃었다고?" 포사이스가 책상 위로 몸을 기울이면서 말했다. "본부의 생각에 따르면 지금 자네는 지난 10년 동안 진행 중인 러시아 작전 중에서 가장 유망한 작전 중 하나를 담당하고 있는데, 그녀와 잠자리를 하지 않을 자제력 하나 없었단 말이야?"

"실수했다는 건 압니다. 계획했던 일은 아니고 그냥 그렇게 돼버렸습니다. 도미니카는 국장님 때문에 몹시 흥분한 상태였어요. 국장님이 도미니카를 도미니크라고 불렀습니다. 그래서 스트레스를 받다 보니 가까이 있어줄 누군가가 필요했던 겁니다. 그녀는 요즘 압박을 많이 받고 있으니까요."

"도미니카가 가까이 있어줄 누군가를 필요로 했다고?" 게이블이 평소에 앉는 자리인 네이트 뒤에 있는 소파에서 말했다. "자네 세대는 섹스를 그렇게 표현하나 보지?"

원래는 다정하면서 귀족적인 포사이스의 얼굴이 어두워졌다. 그는 네이트가 고개를 푹 숙일 때까지 그의 눈을 노려봤다.

"그럼 이야기를 해서 진정시키고, 힘을 실어줘야지. 하지만 그런 짓은……"

"족제비처럼 달려들어가지고." 게이블이 말했다.

"그래, 족제비처럼 말이야. 만약 도미니카와 자네 관계가 어그러지면 어떻게 되는 건가? 이러다 둘이 넉 달 만에 사랑싸움을 하고 나서 도미니카가 자네를 꼴도 보기 싫어 하면 어떻게 되는 거냐고?" 포사이스가 말했다.

"그런 일이야 언제고 일어날 수 있지." 게이블이 말했다.

"그녀가 CIA를 위해 계속 일할 건가? 아니면 그녀가 이런 일들을 하는 게 다 자네한테 홀려서. 그러니까 자네의 그……"

"남성미가 넘치는 가스파초(gazpacho, 스페인 수프-옮긴이) 때문에." 게이블이 말했다.

"대체 지금 무슨 소리를 하는 거야?" 포사이스가 소파에 구부정하니 앉아 있는 게이블을 보며 말했다. 그러고는 고개를 돌려 게이블이 한 말에 웃고 있는 네이트를 봤다.

"정신 차려, 네이트. 그녀가 지금까지 우리에게 정보들을 제공해줬고, 거짓말탐지기 검사를 통과하긴 했지만 디바는 새 정보원이야. 이 작전이 안정적으로 정착됐다는 걸 알기 전에 우리는 디바가 생산적으로 작전을 수행할 수 있다는 걸 알아야 해. 이 말은 우리가 그녀를 못 믿는다는 말일까? 그렇기도 하고 아니기도 해. 자넨 어떤 요원도 완벽하게 믿어선 안 되는 거야." 포사이스가 말했다.

"러시아인들은 성향이 원래 뚱한 데다, 극적이고, 향수병도 잘 걸려. 거기다 살짝 돌기도 했지. 아에로플로트 항공기의 계단 위에서 손을 흔들며 작별 인사를 했던 유르첸코 기억 안 나? 디바는 강인한 여자지. 하지만 그녀가 신경질적이고 충동적이란 거 다들 알잖아." 포사이스는 게이블이 또 유치한 말을 하려고 하자 두 손을 들어 제지했다.

"정보원을 관리하는 작전 요원으로서 자네가 할 일은, 정보를 수집하고, 그녀의 안전을 보장하고, 개인적인 감정을 바람직한 방향으로 승화시키고, 디바를 자네가 보유한 최고의 정보원으로 만드는 거야."

"승화시킨단 말은 절대로 섹스하지 말라는 말이야." 게이블이 말했다.

"자네는 여기 왔을 때부터 내내 중요한 정보원을 포섭하고, 작전을 그르치지 않고, 평판을 망치지 않으려고 매가리 없이 돌아다녔잖아. 빌어먹을, 이 러시아 작전은 좀 프로처럼 해 보란 말이야. 냉정한 두뇌를 가지고 그녀를 관리해."

"네 어깨 위에 붙어 있는 그거 말이야." 게이블이 말했다.

"그리고 이 연애가 작전과 디바에게 어떤 영향을 미칠지 생각해봐. 우리는 디바가 모스크바로 돌아가는 경우에 어떻게 대처해야 할지 생각을 해야 해. 그 타이밍이 언제가 될지 몰라. 모스크바에서 일하는 걸 디바가 일언지하에 거절할 수도 있어. 그러니까 디바가 그 점에 대해서도 생각을 시작하도록 해 보란 말이야. 준비를 시켜."

"네, 알겠습니다." 네이트가 다시 고개를 들어 포사이스를 보며 말했다.

"내 말 명심했어?" 포사이스가 마지막으로 그를 압박하며 물었다.

"알겠다고요, 알았습니다. 명심할게요. 그건 다 잊었습니다. 격려 말씀 감사합니다. 다시 제 본연의 임무로 돌아가겠습니다."

"그거 듣기 좋은 소리군." 게이블이 소파에서 일어나면서 말했다.

"이제 안가에 있는 몰래카메라 네 개를 뺄 수 있겠어." 네이트가 눈을 휘둥그레 뜨고 그를 쳐다봤다. 포사이스는 웃음을 참고 무표정한 얼굴을 유지했다.

"농담이야, 로미오. 나는 다시 보기 영상 같은 건 딱 질색이거든." 게이블이 말했다.

포사이스와 게이블이 더 이상 그 연애 문제로 네이트의 엉덩이를 걷어차지 않게 된 건 다음 날 도미니카가 보낸 신호 때문이었다. 네이트는 아침에 무심코 차의 손잡이를 잡았다가 그 밑에 바셀린이 묻어 있어서 미끈거리는 게 느껴졌을 때 놀랐지만 손을 홱 빼지 않았다. 밤사이에 도미니카가 발라놓은 것이다. '긴급 신호야, 게다가 열두 시간이 지났어.' 네이트는 생각했다. 밤에는 날씨가 쌀쌀했다. 스칸디나비아에 가을이 와서 자동차 유리창에 서리가 끼었고, 통풍구에서 김이 새어 나오고 있었다. 그들은 안가에서 기다리면서 만일의 긴급사태들을 검토했다. 그녀가 도주 중일까? 지금 쫓기고 있는 상황인가? 네이트는 비행기와 페리 연락선 스케줄을 조사했다. 게이블이 맡은 SUPO 직원도 대기시켰다. 아치와 베로니카도 전화기 옆에서 대기했다. 이 CIA 요원 셋은 본능적으로 이 대기 상황에 대처했다. 아무도 차고 있는 시계를 보지 않았다. 그러기엔 너무 유능한 요원들이었다.

도미니카의 열쇠가 자물쇠에서 돌아가는 소리를 들었을 때 네이트가 벌떡 일어섰다. 그녀의 파란 눈이 환하게 반짝이고 뺨이 붉게 물든 걸 보고 모두 무사하다는 걸 알았다. 도미니카의 뺨이 빨간 건 미행이 없는지 확인하고 왔기 때문만은 아니었고 다른 이유가 있었다.

게이블이 김이 피어오르는 차를 한 잔 가져오자 도미니카가 그 차를 호호 불면서 빠르고 명료하게 이야기했다. 그녀는 자세한 내용부터 먼저 보고했다. 모두 그렇게 훈련받았기 때문이다. 그녀는 그들에게 충격을 줘서 좀 흔들어놓고, 감동시키고 싶었다. 전날 신원 미상의 한 남자가 러시아 대사관에 와서 '보안 담당자'를 보자고 요청했다. 담당자가 나오자, '개봉하지 말고 볼론토프 씨에게 전달할 것'이라는 말이 굵은 활자체로 찍힌 봉투 하나를 줬다. 그 남자는 그 미련한 보안 장교가 이름을 묻기도 전에 대사관을 쓱 빠져나가버렸다. 하지만 그 보안 장교가 곧바로 봉투를 2층에 있는 볼론토프에게 전달했다. 그 봉투 속에는 또 다른 봉투가 들어 있었다. 볼론토프가 도미니카에게 들어오라고 고함쳤다. 도미니카가 영어로 작성된 쪽지를 번역하는 동안 볼론토프는 주위를 맴돌며 칙칙한 오렌지 구름 속에서 씩씩대고 있었다. 블록체로 인쇄된 그 쪽지에는 50만 달러에 미국의 기밀 기술 매뉴얼을 SVR에 넘기겠으니 5일 후에 캄프 호텔에서 만나자는 제안이 들어 있었다.

도미니카는 네이트를 보다가 포사이스를 보다가 게이블을 보면서, 차를 홀짝홀짝 마시며, 이야기를 계속했다. 봉투에 두 번째 페이지가 있었는데 고리가 세 개짜리인 바인더에서 찢어낸 것처럼 찢어낸 자국이 세 군데가 있었다. 페이지 아랫부분과 윗부분에 '일급 기밀'이라고 찍혀 있었고, 볼드체로 '미국 국립 통신'이라는 제목이 있었고, 페이지 위쪽 구석은 대각선으로 잘라져 있었다. 볼론토프는 초조해하면서 도미니카에게 제목 밑에 있는 경고문을 두 번이나 읽게 시켰다.

"배포 금지.", "발견하면 담당 사무실로 반환할 것.", "본 서류를 무단 이용할 시 기소 처분."

볼론토프의 얼굴이 회색으로 변하면서 그녀에게 사본을 만들라고 소리를 질렀다. 아부 떠는 소비에트 관료 기질이 정신없이 작동된 그는 숨을 헐떡이며 도미니카에게 제1국 부국장인 예고로프에게 보내는 그 제목 페이지의 원본을 자신이 직접 우편 행낭에 넣겠다고 했다. 그 서류가 일급 기밀이기 때문에 그 편이 훨씬 더 안전하다는 것이다. 포사이스가 게이블에게 눈을 돌리자 게이블이 벌떡 일어서서 코트를 입었고, 그때 도미니카가 입고 있던 스웨터를 걷어 올리고 허리 밴드에서 접은 종이 한 장을 꺼내서 포사이스에게 건넸다. 그녀가 복사를 두 장 한 것이다. 미국인들이 그 서류 주위로 몰려들었다. 게이블이 대각선으로 자른 모서리를 톡톡 치면서 중얼거렸다. "이 개자식이 페이지의 일련번호를 잘라냈네." 그러고는 도미니카를 보더니 말했다. "내가 이런 짓은 다신 하지 말라고 한 것 같은데." 그러더니 허리를 숙여서 그녀의 이마에 키스하고 나갔다. 워싱턴 본부로 보낸 메시지는 30분 안에 도착할 것이다. 게이블은 한밤중에 메시지들을 보내 도넛을 사랑하는 랭글리 직원들을 깨우는 걸 좋아했다.

볼론토프는 그날 하루 종일 힘들어했다고 도미니카가 말했다. 그는 도미니카를 사무실로 대여섯 번이나 불렀는데 그때마다 그의 머리 주위에

11

서 뭔가 기대하는 오렌지색 연기가 대관람차처럼 빙글빙글 돌고 있었다. 볼론토프같이 한심한 관료도 이게 어마어마한 대박 첩보 건일 수 있다고 깨달은 것이다. 퇴근할 무렵 그는 반야 예고로프에게 직접 전화해서 그 민감하고 특별한 사건을 보고하고 지금 그에게 중요한 우편 행낭이 가고 있다는 사실을 알리기로 결심했다. 볼론토프 자신이 개인적으로 그 작전을 어떻게 처리하는지 예고로프에게 보여주고 싶은 것이다.

볼론토프는 사무실 문을 닫고 직통전화로 전화를 걸었다. 도미니카는 쓸데없이 웃으면서 비굴하게 계속 "네, 네, 네"라고 하는 그의 목소리를 들었다. "그런 인간을 뭐라고 하죠, 알랑꾼이라고 하나? 뭐 대략 비슷해." 포사이스가 말했다. 볼론토프는 그날 열 번째로 도미니카를 불러내서, 이 작전에서 도미니카가 단독으로 자신을 보좌하는 게 어떻겠냐는 자신의 제안에 부국장님이 당연히 승낙하셨다고 능글맞게 말했다. 그래서 도미니카가 그에 필요한 자금을 준비하게 됐다(5천 달러만 찾으라는 지시를 들었다). 그리고 캄프 호텔에 방을 예약하라는 지시를 받았다. 그 미국인과 볼론토프가 만날 때 그녀가 동석해서 둘의 대화를 통역하기로 했다. "지금부터 시작해." 그는 손을 저어 도미니카를 내보내며 말했다.

도미니카가 모르게 볼론토프는 그의 라인 KR 부하이자 전직 국경 수비대 대원을 불렀다. "이번 주말에 하는 미팅을 네가 감시해. 캄프 호텔 로비에 앉아서 지켜보고 있어." 볼론토프가 말했다.

"미팅이라고요?" 그 장교가 말했다. "인원은 몇 명이나 필요할까요? 물론 무장을 해야겠죠?"

"이 멍청아. 너만 나가. 무기는 필요 없어. 그냥 호텔 로비에 앉아 있으란 말이야. 내가 그 상대와 접촉하는 걸 봐. 그 자리에서 절대 일어나지 말고. 그다음에 내가 나가는 걸 지켜보고. 내 말 알아들었어?" 볼론토프가 말했다. 그 KR 장교는 고개를 끄덕였지만 속으론 실망했다.

한 시간 후에 네이트가 도미니카를 안가에서 밀고 나갔다. 이제부터 모스크바 규칙을 따라야 했다. 필요 없는 만남은 갖지 않는다. 낮에도 만나지 않는다. 미행을 찾아보고, 미행이 있다고 가정하고 행동해야 한다. 공개적인 사회적 접촉은 줄인다. 캄프 호텔 미팅이 끝나기 전까지는 대사관 근처에만 있어야 한다. 볼론토프는 초조해하고 불안해할 것이고, 여기저기 줄을 잡아당기면서 모두 감시할 것이다. 그들은 어떤 위험도 감수하지 않을 것이다. '변기 속에 코브라가 한 마리 있다. 아주 조심스럽게 진행해야 한다. 이 만남이 불발하면, 뭐 하나라도 문제가 생기면(이 빌어먹을 미국 놈이 체포되는 바람에 SVR에서 매뉴얼을 손에 넣지 못하면) 그 미국인 지원자에 대해 SVR에서 알고 있는 사람은 도미니카 하나다.' 게이블이 본부에 그렇게 메시지를 전했다.

포사이스가 극소수의 사람만 볼 수 있는 메시지를 본부에 보내 디바가 처한 위험을 다시 상기시켰다. 유럽 지부장은 헬싱키 지부에서 그 반역자의 정체만 파악하고 그가 미국으로 돌아가게 한 후에 FBI가 그자를 잡는 게 좋겠다는 포사이스의 권고안을 읽고 큰 충격을 받았다. 그는 자신이 유럽 지부의 지휘를 맡고 있는 한 국가 안보에 심각한 손실을 입게 될 계획을 지지할 수 없다고 했다.

'기습 체포'를 조율하는 문제로 52세의 미국 대사관 법률 담당 수행원인 엘우드 마라토스 FBI 특별 수사관이 포사이스의 사무실로 쳐들어왔을 때, 그들은 CIA 본부에서 이 사안에 대해 워싱턴의 모든 부서에 브리핑을 했다는 사실을 알게 됐다. 마라토스는 25년 동안 FBI에서 근무하면서, 중서부에서 은행 강도 수사관으로 유명해졌다. 그는 포사이스의 사무실 의자에 앉아 포사이스의 책상에 다리를 올려 포사이스와 게이블에게 자신의 신발 바닥을 다 보여주면서 이것은 미국 시민이 저지른 확실한 간첩 행위니까 완벽한 FBI 관할이라고 말했다.

"재수 없는 새끼. 저 새끼는 에스프레소란 말이 스페인어로 '논스톱 기차'인 줄 알거야." 마라토스가 가고 나서 게이블이 말했다.

가만히 뒷짐 지고 있다가는 카고 바지에 군화를 신고 뉴욕 양키스 야구 모자를 눌러쓴 FBI수사관 한 부대가 헬싱키로 올 판이었다. 헬싱키 지부에서 할 수 있는 일이라곤 이들을 통제하려고 노력하는 것밖에 없었다. 포사이스는 네이트에게 디바의 탈출 계획을 준비하라고 지시했다. 만약 소동이 벌어져서 러시아인들이 그 이유를 찾기 시작한다면 그녀를 빼내야 할 것이었다.

그러다 본부에서 무슨 일이 일어났다. 윗선에서 대대적으로 회의를 한 모양이었는데 그들이 디바가 처한 위험에 관심을 갖기 시작했다. 나중에 누군가가 그건 방첩부장인 시몬 벤포드 덕이었다고 말했다. 벤포드는 괴팍하기로 유명한 성질을 부리면서, 디바가 처한 위험을 무시하고 방첩에 신경 쓰지 않으면 난장판이 일어날 것이라고 경고했다. 그 결과 사흘째 되는 날, 그러니까 캄프 호텔에서 그 만남이 이뤄지기 이틀 전에 두 개의 메시지가 같은 날 도착했다. 첫 번째 메시지는 유럽 지부장이 보낸 것이었다. 두 번째는 벤포드가 보낸 것으로 그 특유의 간결한 문장 스타일 덕분에 무례하게 보일 정도의 짧은 메시지였다. 벤포드가 보낸 메시지에서 제안한 작전 수법은, 사무실에 캄보디아인가 마이애미에서 온 인간의 두개골로 만든 재떨이를 놔둔 이 바닥의 베테랑 마틴 게이블 같은 사람마저 경악시켰다(게이블은 그게 어디서 왔는지 기억이 안 난다고 주장했다).

첫 번째 메시지 내용은 이랬다.

1. 앞으로 이 작전과 관련된 정보는 이 채널을 통해서만 보내야 한다. 본부에서는 미국의 기밀 정보가 SVR에 불법적으로 팔릴 가능성을 차단하는 것을 최

우선 과제로 정했다. 헬싱키 지부는 대사관 소속 FBI 수사관과 협조하라. 이 수사관은 워싱턴의 FBI 본부에서 브리핑을 받았다. 국가 안보에 위협이 되고 연방법을 위반한 혐의를 받는 미국 시민에 대한 사건의 모든 수사권과 법 집행 문제는 FBI가 우선적으로 처리하는 것으로 본부에서 다시 한 번 확정한다. 이는 2004년 정보 개혁법 제2장과 행정명령 제12333호, 미국 연방법 제50편 401조(50 USC 401)에 의거한 것이다.

2. 헬싱키 지부는 FBI 수사관의 요청에 전적으로 지원한다. 물론 본부는 그 미국 시민을 체포하게 될 경우 비밀 정보원인 디바의 안전에 악영향을 미칠 수 있다는 점을 우려하고 있다. 헬싱키 지부는 디바가 안전하게 작전을 수행할 수 있는 조치들을 늘리도록 한다.

3. 작전에 진전이 있을 경우 NIACT 케이블을 포함한 통신 채널들을 이용해 곧바로 본부에 보고한다. 워싱턴 본부는 지부의 지원 요청이 있을 경우에 대비해 대기 중이다. 작전이 순조롭게 진행돼서 성공하길 바란다.

다음은 두 번째 메시지였다.

1. 디바 관련 보고서 수신. 디바는 특출한 정보원으로 발전하고 있음.

2. 본부의 찬사를 전해줄 것.

3. 보고서에 언급된 미국인 정보 제공자를 다룰 때 조금이라도 실수가 있을 경우 디바가 철저한 조사를 받게 될 거라는 점에 모두 동의함. 최악의 결과가 발생할 것에 대비해 디바의 긴급 탈출 계획을 준비할 것. 본부는 디바의 망명 처리와 재정착 프로그램을 준비했음.

4. 그럼에도 불구하고 FBI 사법당국을 고려한 본부의 목표는 그 미국인의 신원을 파악하고, SVR 모르게 그를 체포해서, 러시아 첩보부가 아무 의심 없이 그 매뉴얼을 수령하도록 하는 것임. FBI는 비밀 작전에 대해 브리핑을 받

게 될 것이며 헬싱키 지부의 지시에 따라 전술된 목표를 달성하게 될 것임.

5. 작년 미 국방부에서 제작되어 헬싱키에서 팔기로 제안한 기밀 정보 처리 프로그램 매뉴얼과 동일하지만 수정된 매뉴얼(GTSOLAR)을 다시 제작함. 이 수정된 기밀 매뉴얼은 극비이며 SVR로 넘어가면 기술적인 허위 정보 유입으로 인해 오판하게 될 것임.

6. 수정된 SOLAR 매뉴얼을 가지고 과학무기 연구소의 연구자가 17일 저녁 워싱턴에서 출발해 18일 오전 헬싱키에 도착할 예정. 그 연구자를 만나 숙소를 제공할 것.

7. 우선 가짜 매뉴얼과 진짜 매뉴얼을 교체하는 작전 제안서를 즉시 제출할 것. 먼저 온 메시지는 무시할 것.

그들은 계획을 다 세우고, 기술자들을 불러들이고, 캄프 호텔 미팅이 성사되기 전날 밤 디바와 마지막으로 한 번 더 만났다. 그들은 그녀에게 도면들을 보여주고, 그녀의 호텔 방 열쇠를 복사하고, 그녀에게 작전 단계들을 하나하나 연습시켰다. 그러고 나서 도면들을 다시 한 번 보게 했다. "괜찮아요, 네이트." 도미니카가 말했다. 그녀의 목소리가 날카로운 걸 보아 초조한 걸 알 수 있었다. 작전상의 위험과 그녀가 노출될 경우를 이야기해 봐도 그런 말은 듣고 싶어 하지 않았다. 네이트가 지도를 펴고 만약 도미니카가 도주하게 될 경우에 그들이 그녀를 태우러 올 곳을 표시하는 동안, 도미니카는 파란 눈으로 그의 얼굴을 뜯어봤다. 그녀는 네이트의 목소리에 걱정하는 기색이 서려 있는 걸 느꼈다.

이 걱정은 나에 대한 걱정일까, 아니면 작전에 대한 걱정일까? 도미니카는 생각했다. 핸들러로서의 네이트가 돌아왔고, 그의 분위기는 변하지 않았다.

너무 심각한 이야기만 했기 때문에 그들은 늦은 저녁 식사를 하며 쉬기로 했다. 이번에는 포사이스가 요리를 할 차례였다. 요리를 많이 하는 편이 아닌 그가 앞치마를 입고, 오븐용 장갑을 끼고 오븐에서 소스 그릇을 꺼냈을 때 도미니카는 입을 떡 벌렸다. 그는 한 가지 요리밖에 할 줄 아는 게 없었다. 수비스는 버터 맛이 나는 푹 삶은 쌀과 설탕에 졸인 양파를 넣은 요리다. 요리를 망칠 경우에 대비해서 모두 아사하는 일이 없도록 게이블이 가게에서 양고기 케밥을 사왔다. 그들은 아무 말 없이 먹었다. 그러다 시계를 봤다. 그녀가 가야 할 시간이었다.

도미니카는 문을 열지 않고, 잠시 기다리면서, 옷깃을 세웠다. "내일, 행운을 빌어요." 그녀가 말했다. '칼날 아래 서게 될 사람은 자기인데.' 네이트는 생각했다.

"당신도요. 잘될 거예요." 네이트가 말했다.

"며칠 후에 봐요." 도미니카가 장갑을 끼고 문을 열 준비를 하면서 말했다. 그러면서 그녀는 기다렸다. 부엌에서 설거지하는 소리가 났다. 그를 보고 도미니카는 모나리자 같은 미소를 지었다.

"당신이 조심했으면 좋겠어요." 네이트가 말했다. 도미니카가 그의 어깨 너머로 달빛이 환하게 빛나는 침실을 바라봤지만 그는 눈 한번 깜박하지 않았다. 그녀의 마음이 조금 무너졌다.

"잘 자요, 네이트." 도미니카는 계단을 내려갈 때 결코 소리를 내는 법이 없었다.

그들은 아파트 안을 돌아다니면서 램프들을 끄고, 집에 갈 준비를 했다. 이미 내일이 됐다. 문단속을 하면서 포사이스가 말했다.

"소란을 일으켜서도 안 되고, 주위를 맴돌아서도 안 되고, 영웅 코스프레를 해서도 안 돼, 알았어?" 게이블은 커튼을 닫고 욕실의 불을 껐다.

"알겠습니다." 네이트가 말했다.

"내 말은, 내일 문제가 생긴다 해도 모두 총질 모드로 들어가진 않을 거란 말이야." 포사이스가 말했다.

"네, 알겠습니다." 네이트는 포사이스가 무슨 말을 할지 알고 건방지게 굴지 않으려고 애를 썼다.

"문제가 발생하면 문제의 성격을 평가하는 것이 우리가 하는 일이야. 그다음에 어떤 조치를 취할지 결정한다. 하지만 도미니카가 맡은 역할에 충실하게 우리가 바꿔치기한 걸 넘기는 게 가장 중요해. 무슨 이유에서건 도미니카가 실수하면 우리 작전은 물 건너간 거야."

게이블이 거실로 돌아왔다. "내일 이맘때쯤이면 SVR 새끼들이 진짜 매뉴얼을 무사히 손에 넣었다고 좋아서 환장하고 있겠군. 모스크바에서는 한 점의 의혹도 없이 기뻐 날뛰겠지." 그들은 모두 코트를 입고 있었다. 할 말은 지금 다 해야 했다. 일단 거리로 나가면 잘 자란 인사도 없이 각자의 길로 걸어가야 한다.

"그러니까 우리는 도미니카가 그 짝퉁을 팔기 위해 똥밭으로 들어가게 한다, 그 말씀이시죠?" 네이트가 침착한 목소리를 유지하려고 애를 쓰면서 말했다.

"짝퉁을 팔아? 여기가 무슨 라스베이거슨지 알아? 우리는 우리가 아는 방법들을 총동원해서 그녀를 보호할 거야. 하지만 너도 힘을 보태야 해. 이건 엄청나게 큰 건이니까 정신 바짝 차려." 게이블이 말했다.

세 사람은 살 떨리게 추운 밖에서 헤어졌다. 네이트는 차까지 멀리 돌아갔다. 이렇게 늦은 시간에는 전차가 다니지 않는다. 그는 차의 문손잡이 밑에 바셀린이 아직 조금 남은 걸 느끼고, 차에 타서 계기판을 멍하니 바라봤다. 그의 시야가 터널처럼 좁아지면서, 그가 도미니카의 아파트 앞에 주차하고 그녀의 집 문을 두드리는 모습이 보였다. 그녀는 그의 품에 안겨 있었고, 그녀의 얇은 잠옷이 몸에 찰싹 달라붙어 있었고, 그녀가 그에게 키스를 퍼붓고 있었다. 흐릿한 시야가 갑자기 환해지면서 네이트는 머리를 흔들어 정신을 차렸다. 그는 시동을 걸어 집으로 가면서 계속 백미러를 보며 시내 외곽을 돌았다.

포사이스의 수비스

소금물에 쌀을 5분간 끓인다. 다른 프랑스 소스 그릇에 양념을 한 양파를 버터로 살짝 졸인다.. 거기에 쌀을 넣고 뚜껑을 덮고 중간 불 오븐에 넣어 가끔 저어주면서 황금색으로 변할 때까지 익힌다. 상에 내기 전에 헤비 크림과 강판에 간 그뤼에르 치즈를 넣고 저어준다.

　포사이스, 네이트와 긴즈버그라는 이름의 기술자가 캄프 호텔의 우아한 방에 있는 붉은 벨벳 의자에 조심스럽게 걸터앉아 있었다. 그들은 실크 솜털 무늬 벽지와 침대 위에 있는 새틴 덮개를 미심쩍은 표정으로 봤다. 노라 에스플라넨의 교통 소음이 맞은편에 있는 키가 큰 프렌치 도어의 얇은 커튼 사이로 희미하게 들렸다. CIA 요원 세 명은 금박을 입힌 낮은 탁자 주위에 앉아 있었다. 탁자 위에는 노트북 두 개, 핸드폰 하나, 미니 신호 수신기 하나와 암호화된 모토로라 SB5100이 있었다. 이 덩치 큰 무전기는 핸드폰보다 더 안전하고 특히 러시아인들이 호텔에서 미팅을 하는 동안 모든 채널을 감시할 경우에는 더 그렇다. 노트북 두 대에 화면이 하나씩 떠 있었다. 1번 노트북에는 캄프 호텔에 있는 도미니카의 방이 떠 있었는데, 그들이 앉아 있는 방과 모든 게 똑같았다. 사실 그 방은 이 옆방이다. 2번 노트북에는 그 방에 있는 커다란 욕실 내부가 나와 있었다. 두 영상 모두 천장 가까이 위쪽 구석에서 270도 각도로 내려다본 각도로 나오고 있었다.

　볼론토프의 지시에 따라 도미니카가 며칠 전에 이 방을 미리 잡아놓은 덕분에 기술자들이 들어올 수 있는 시간이 있었다. 헬싱키 지부에서 밤사이에 무선 카메라 두 대를 설치했는데 하나는 침실의 화려하게 장식된 회반죽 천장 쇠시리(벽, 문 등의 윗부분에 돌, 목재 등을 띠처럼 댄 장식-옮긴이)에 설치했고, 나머지 하나는 욕실의 통기공 속에 고정시켰다. 그 카메라 두 대에서 암호화된 신호를 수신기로 전송하면 그 신호가 노트북 화면에 나오면서 녹화된다. 지포 라이터만한 크기의 카메라에는 소리를 잡아내는 미니 디지털 마이크도 있었다.

게이블은 캄프 호텔 앞에 주차된 밴에 난쟁이 마라토스와 FBI 방첩부서에서 나온 특별 수사관 세 명과 같이 있었다. 간신히 분노를 참고 있는 마라토스에게 포사이스가 호텔 방에는 어떤 FBI 수사관도 들일 수 없다고 했다. 그 수사관들을 통제하기 위해 그런 것도 있지만 그들이 도미니카를 보지 못하게 하려는 의도가 컸다. 그들은 이 FBI 요원들에게 정보원인 그녀의 정체를 절대로 드러내지 않을 작정이었다.

워싱턴의 FBI 본부는 세게 나왔다. 그들은 러시아인들에게 기밀을 팔아먹겠다는 미국인이 누군지 몰라도 그 자식이 헬싱키를 떠나서 미국으로 돌아올 때까지 체포를 미룰 수 없다고 고집을 피웠다. 그들이 체포하기 전에 사고가 생길 가능성이 너무 많다고 주장했다. 그들의 본심은 정체를 파악하지 못한 그 미국인이 도망칠 경우에 일어날 정치적 후폭풍을 감당할 수 없다는 뜻이었다. 따라서 CIA 본부의 물렁한 인간들이 러시아인들이 호텔에서 완전히 철수한 후에 FBI 수사관들이 그 미국인을 체포하는 데 동의했다. 체포 허가는 포사이스만 내릴 수 있게 해달라고 하자 본부에서 "알았다"고 대답했다.

"모두 작전 순서 알고 있지?" 포사이스가 전날 사무실에서 말했다. 그는 마라토스를 노려보고 있었다.

"알았어, 알았다고. 이런 거 한두 번 해 보나. 그 빌어먹을 개자식 이름을 알아내면 바로 연락이나 주시지." 마라토스가 말했다.

"마라토스, 내가 체포해도 좋다는 신호를 내리기 전까지는 기다려야 한다는 점을 다시 강조하겠어. 만약 당신이 너무 빨리, 너무 세게 덮치면 내 정보원의 목숨이 위태로워져." 포사이스가 말했다.

마라토스가 짜증을 내면서 고개를 들어 포사이스를 봤다. "아까 알았다고 했잖소, 맙소사. 알았다고."

게이블은 네이트에게 이 작전에서 그가 할 일은 입 닥치고 듣는 거라고 미리 말해뒀지만 네이트는 어쨌든 그 FBI 요원의 얼굴을 똑바로 보며 말했다. "만약 당신들이 이 작전을 망치면, 매일 아침 차 시동을 거는 건 당신 마누라에게 시키는 게 좋을 거요." 그건 엄청나게 결례가 되는 말이었다.

"이 쪼그만 새끼가 어따 대고 입을 놀려? 너 지금 연방수사국 요원한테 협박하는 거야?" 마라토스가 말했다.

네이트가 대꾸하려고 했을 때 포사이스가 쏘아붙였다. "둘 다 입 닥쳐." 마라토스는 뭐라고 말하려다 그냥 입을 다물었다.

테이블 위의 무전기에서 딸깍 소리가 두 번 들렸다. 밴에 있는 게이블이 볼론토프와 도미니카가 호텔 로비로 들어왔다는 신호를 보낸 것이다. 3분 후에 1번 노트북 화면에 문이 열리고 볼론토프와 도미니카와 키가 작고 젊은 남자 하나가 방으로 들어오는 게 보였다. 도미니카는 서류가방 하나를 들고 있었다. 그 미국인은 얼굴이 거무스름하고, 헝클어진 검은 머리에, 눈썹이 짙었다. 그는 파란색 스포츠용 재킷을 입고 어깨에 검은색 더플백 하나를 메고 있었다. 카메라에서 잡아내지 못한 걸 도미니카가 봤다. 그 미국 남자의 주위에 얼룩진 노란색이 퍼져 있는 모습이 마치 토네이도가 오기 전의 하늘 같았다. 그녀는 볼론토프가 그에게 무슨 짓을 할지 알고 있었다. 그리고 그 남자가 길을 잃은 영혼이라는 것도 알았다. 그들은 낮은 테이블 주위에 있는 의자에 앉았다. 볼론토프가 러시아어로 말하자 도미니카가 통역하는 소리를 오디오에서 잡아냈다. 노트북에서 나오는 도미니카의 목소리를 들으니 기분이 으스스했다.

볼론토프가 우겨서 그 젊은 남자는 자신의 이름이 존 폴 블러드이며 국가 통신망 부서에서 일하는 중간급 분석가라고 자신의 신원을 밝혔다. 그는 자신이 하는 일에 대해 설명하고 돈이 필요하다고 말했다. 그러고 나서 가져온 더플백을 툭툭 치면서 볼론토프에게 그가 이미 표지를 제공한 매뉴얼을 받는 대가로 50만 달러를 내라고 다시 요구했다. 볼론토프가 다시 말하자 도미니카는 그 젊은 미국인에게 그 매뉴얼이 진짜인지 어떻게 확인할 수 있냐고 물었다.

불러드가 더플백의 지퍼를 열고 도미니카에게 얇은 전화번호부만한 크기의 제본된 매뉴얼을 하나 건넸다. 도미니카가 그걸 볼론토프에게 건네자 그는 매뉴얼의 페이지들을 3초 동안 휙휙 넘겨보다 다시 도미니카에게 건넸다. 볼론토프가 불러드에게 뭐라고 하자 도미니카가 통역했다. 이 매뉴얼의 가치를 판단하기 전에 그 문서를 직접 확인해봐야 한다는 말이었다. 불러드가 말했다. "이건 진짜 맞아요. 진품이라니까요."

볼론토프가 고개를 끄덕이자 도미니카가 의자에서 일어나 그 매뉴얼과 서류가방을 가지고 욕실로 들어갔다. 전날 볼론토프는 그 매뉴얼이 서방의 도발, 즉 함정으로 드러나면 가능한 빨리 그걸 서류가방에 숨겨진 이중바닥에 넣으라고 지시했다. 창문 없는 욕실이 그걸 할 수 있는 장소였다.

포사이스가 무전기에 대고 속삭였다. "오케이, 기다려." 2번 노트북에서 욕실 문이 열렸고 도미니카의 머리가 화면을 가득 채웠다. 그녀는 문을 닫고, 서류가방을 욕실 세면대 위에 올려놨다. 그러고는 재빨리 허리를 숙이고 세면대 밑에 붙은 보호용 금속판을 밀어 열고 그 안에서 전문가들이 아주 꼼꼼하게 준비해 내용을 바꾼 매뉴얼을 꺼냈다. 그 매뉴얼은 표지가 없는 점까지 그 미국인이 가져온 것과 같아 보였다. 도미니카는 그 빈자리에 불러드의 원본 매뉴얼을 넣고 금속판을 닫았다. 도미니카가 서류가방 뚜껑에 달린 리벳 두 개를 눌러 압력을 가하자 뚜껑이 열리면서 이중으로 만든 바닥이 나타났다. 거기에 미국에서 바꾼 매뉴얼을 넣었다. 그러고선 이중 바닥의 덮개를 덮은 후 서류가방의 뚜껑을 덮었다.

도미니카는 잠깐 거울에 비친 자신의 얼굴을 보고 머리를 토닥인 후에,

통풍구와 그 안에 숨겨진 보이지 않는 카메라를 올려다봤다. 그 전날 밤 네이트가 그들이 그녀가 매뉴얼을 바꾸는 모습을 모니터하면서 모든 것이 순조롭게 진행되는지 확인할거라고 말해줬다. 도미니카는 카메라를 향해 혀를 쏙 내밀어 보이고 거울에 비친 자신의 모습을 한 번 더 본 후에 다시 방으로 나갔다.

"맙소사. 믿을 수가 없군. 넌 대체 무슨 작전을 이딴 식으로 하고 있는 거야?" 포사이스가 네이트를 보며 말했다.

"저 아가씨 번호 좀 딸 수 있어요?" 기술자인 긴즈버그가 말했다.

"둘 다 입 닫아." 포사이스가 말했다.

도미니카가 다시 자리에 앉자 볼론토프가 코트 주머니에 손을 넣어 두툼한 봉투 하나를 꺼냈다. 그는 그 봉투를 테이블 위에 놓고 불러드에게 슥 밀었다. 도미니카는 불러드에게 그 매뉴얼이 진본이라는 게 입증될 때까지 5천 달러밖에 지불할 수 없다고 말했다. 불러드의 경악한 표정을 보면서도 볼론토프는 냉정한 얼굴로 굳게 입을 다물고 있었다.

"어떻게 할 건데? 경찰에 신고라도 할 거야?" 긴즈버그가 중얼거리다가 포사이스가 노려보자 입을 다물었다. 도미니카는 불러드에게 자기네들이 먼저 나가고 나서 5분 동안 기다렸다가 호텔을 나가라고 말했다. 그 젊은 미국인은 너무 놀라 멍해져서 의자에 등을 기대고 앉았다. 볼론토프가 일어서서 코트 단추를 채우고 방에서 나갔고, 도미니카가 그 뒤를 따라갔다. 혼자 남은 미국인은 몸을 앞으로 숙이고 두 손으로 얼굴을 감쌌다.

포사이스가 무전기에 대고 속삭이면서 불러드의 이름을 두 번 반복해서 말했다. "파티는 끝났다. 손님들은 아직 2층에 있다. 아무도 움직이지 마라. 절대 움직이지 마라." 알았다는 신호로 딸각 소리가 두 번 들렸다. 그때 갑자기 불러드가 허리를 펴고 일어섰다. "제발 앉아 있어, 이 새끼야." 포사이스가 노트북 화면에 대고 말했다. "가만있으라고." 불러드는 문으로 가서 방을 나가버렸다. 포사이스가 무전기를 확 움켜잡았다. "손님이 움직이고 있다. 파란색 스포츠 재킷, 검은색 더플백. 모두 아직 움직이지 마. 그 자리에서 대기해."

볼론토프와 도미니카가 호텔에서 나와 대기 중인 대사관 차량으로 갔다. 그들이 가는 걸 보고 FBI 요원들이 곧바로 밴에서 일어서서 나가려고 했다. "꼼짝 말고 그대로 앉아 있어. 아직 나가란 지시를 안 했잖아." 게이블이 말했다.

"웃기지 마. 러시아 놈들이 갔잖아. 어서 저 새끼 잡자고!" FBI 요원 하나가 말했다. 게이블이 한 요원의 팔을 잡았다.

"오케이 사인이 떨어지기 전까지는 아무도 못 나가."

"어서 가자." 마라토스가 그렇게 말하면서 밴의 문을 확 밀어서 열었다. FBI 요원들이 밴에서 줄줄이 나와 호텔로 달려갔다. 엘리베이터 문이 열리고 파란 스포츠 재킷을 입은 불러드가 로비로 나왔을 때 세 요원이 달려들어 그를 잡고 바닥에 엎드리게 한 후에, 그의 두 팔을 등 뒤로 꺾고 수갑을 채웠다. 호텔 투숙객들과 관광객들이 주위에 몰려든 사이에 FBI 요원들이 불러드를 잡아 일으켜 세우고 로비에서 빠져나갔다. 그 북새통에 몰려든 사람들 뒤쪽에 러시아 대사관의 라인 KR 소속 요원이 서 있었던 걸 아무도 눈치채지 못했다. 그는 돌아서서 호텔 옆문으로 빠져나갔다. 포사이스가 장비를 챙기는 사이에 네이트는 러시아인들이 만났던 그 방의 화장실에서 불러드의 매뉴얼을 수거했고 긴즈버그는 급히 천장과 욕실 통풍구에 설치한 카메라들을 제거했다. 모두 헬싱키 지부 사무실에서 다시 만났다.

"빌어먹을. 내가 그 마라토스 새끼 거시기를 찢어버릴 거야. 너무 일렀어! 너무 빨랐다고!" 포사이스가 씩씩대면서 말했다.

"놈이 헬싱키로 돌아올 때까지 기다려야 할걸. 모두 곧바로 공항으로 갔어. 그 불러드란 자를 워싱턴으로 실어 나를 비행기를 대기시켜놨거든.

개자식들이 신나서 죽으려고 하더라고. 새끼들 벌써 승진 생각하고 있을 거야." 게이블이 말했다.

"러시아인들이 로비에 감시를 붙여놨을까요?" 네이트가 말했다. 그는 뱃속에서 치밀어 오르는 무시무시한 두려움과 싸우고 있었다.

"알 수 없지. 그 자가 체포되는 걸 본 사람들이 아주 많았어. 만약 내가 이 작전을 맡았다면 분명 로비에 감시를 붙였을 거야." 게이블이 말했다.

"그거 참 환상적인 말이네요. 전 안가에 가서 도미니카를 기다리겠어요. 무슨 소식 있으면 전화주세요." 네이트가 가려고 일어섰다.

"기다려. 잠깐 앉아봐." 포사이스가 말했다.

네이트가 다시 앉았다. "침착해, 알았어? 아무도 도미니카의 아파트에 가선 안 돼. 전화도 하지 마. 단 한 통도 안 돼. 신호를 보내지도 말고, 그녀가 있는 곳을 확인하지도 마. 만일 러시아 대사관 다섯 블록 안에서 네가 알짱대는 모습이 보이기만 하면 마라토스 거시기를 찢어버린 후에 너도 그렇게 할 거야." 포사이스는 네이트를 오랫동안 바라봤다. "내 말 이해했어, 네이트?"

"알겠습니다. 전 안가에 가서 기다리겠습니다. 그게 답니다."

"이게 바로 우리가 논의했던 바로 그런 상황이야. 우리는 러시아인이 뭘 봤는지 몰라. 본 게 있는지조차 모르고 있어. 난 지금 당장 이 모든 상황을 워싱턴 본부에 알릴 거야. 그래서 마라토스가 은퇴할 때까지 토피카(Topeka, 미국 캔자스 주의 주도-옮긴이)에서 안전 금고 서명 카드를 분류하는 일만 하길 바라야지."

네이트가 가려고 일어섰는데 그의 얼굴에 분노와 두려움이 선연히 드러나 있었다.

"앉아. 아직 내 말 안 끝났어. 지금부터 힘겨운 역할이 시작된 거야. 너의 정보원이 안전하다는 소식을 기다리는 거지. 네가 너무 빨리 움직이면 그들이 아무것도 의심하지 않았는데도 그녀가 위험해질 수 있어. 당분간 이 일에 개입하지 말고 사태의 추이를 지켜봐야 해."

"그럼 아치와 베로니카를 도미니카의 아파트에 잠입시키는 건 어떨까요?" 게이블이 다른 이유보다도 네이트를 위하는 마음에서 그렇게 제안했다.

"아니야, 난 그 정도 모험도 하고 싶지 않아. 하지만 마틴, 네가 알고 지내는 그 SUPO 직원에게 러시아 대사관 근처에서 망을 보게 해. 그 대사관에서 뭔가 수상한 게 들어오거나 나가면 전화하라고 하고, 보너스 주겠다고도 약속하고." 포사이스가 말했다.

네이트가 가려고 일어섰다. "냉정을 잃지 마." 포사이스가 말했다.

안가에 발을 들인 순간 공기 중에서 도미니카의 향기를 맡을 수 있었다. 확 풍기는 비누 냄새와 파우더 냄새에 뭔가 좀 더 근원적인 나무 냄새 같기도 하면서 톡 쏘는 냄새가 났다. 잠시 그는 도미니카가 이미 아파트에 도착했다고 생각했지만 안에는 아무도 없었다. 그들은 그녀에게 하루 24시간 동안 안가에 가까이 하지 말라고 말해뒀었다. 볼론토프는 기분이 붕 떠서 모스크바 본부로 메시지들을 보내고 전화를 하느라 정신이 없을 것이었다. 그럴 때 옆에서 보좌할 그녀가 필요할 것이다. 네이트는 침실로 걸어가서 침대 위에 누웠다. 그는 옷을 입은 채 잠이 들었다가 한밤중에 깨서 침대 시트를 잡아당겨 덮었다. 시트에서 나는 그녀의 향기가 네이트의 폐 속을 가득 채웠다. 그는 아침 햇살에 잠이 깼다.

게이블이 부엌에서 커피를 끓이고 있었다. "다 괜찮아. 이상한 것도 없고 평소와 달라진 것도 없어. 한 가지 더 있어. 포사이스에게 말하지 마. 내가 베로니카를 보내서 어젯밤에 도미니카의 아파트 초인종을 눌러보게 했어. 집에 아무도 없었어. 집에서 안 잔 것 같아. 러시아인들은 아마 어젯밤을 샜겠지." 게이블이 말했다.

네이트는 싱크대로 가서 얼굴에 물을 끼얹었다. 가슴이 답답했다. 만두

하나가 남아 있는 통이 아직도 냉장고에 있었다. 그는 도미니카가 손으로 직접 만든 반죽 덩어리를 봤다. 게이블이 스토브에서 오믈렛을 만들고 있었지만 네이트는 너무 초조해서 아무것도 먹을 수 없었다.

"진짜 오믈렛을 만드는 방법은 아무도 몰라. 이건 그냥 달걀을 익혀서 접는 게 다가 아니야. 그건 다 개소리지. 먼저 프라이팬을 흔들어서 달걀이 골고루 퍼지게 한 다음에(내 말 듣고 있어?) 팬 앞쪽에서 형태를 잡는 거야. 이런 식으로." 게이블은 익은 달걀을 포크로 부드럽게 모은 후에, 프라이팬 손잡이 안쪽을 잡고, 스토브 위에서 팬을 가볍게 흔들다가, 팬에 있는 달걀을 접시 위에 뒤집어서 놨다. 게이블의 오믈렛은 살짝 익힌 옅은 노란색의 눈물방울 같았다. "이렇게 요 한가운데에서 노른자가 줄줄 흘러나오게 해야지." 게이블이 포크로 오믈렛을 잘라 속을 벌리면서 말했다. "좀 먹겠어?"

"맙소사, 선배님!"

"이봐, 우리는 기다리면서 무슨 일이 일어나는지 지켜보는 수밖에 없어. 우리 쪽에서 엿봐선 안 돼. 움직여도 안 되고." 게이블은 포크로 오믈렛을 찍어서 한 입 먹었다. "하나 물어보자. 이 요란한 파티의 가장 중요한 점이 뭐지?" 게이블이 물었다.

"선배님 말씀은 매뉴얼을 바꿔친 거다, 그거죠? 매뉴얼이고 뭐고 다 필요 없어요. 우리 정보원은 어쩌고요? 그들이 지금 대사관 지하실에 도미니카를 가두고 있을지도 몰라요. 그런데 선배님은 오믈렛을 먹고 있다고요." 네이트가 말했다.

"나도 너만큼이나 도미니카가 안전하길 바라고 있어. 하지만 우리는 러시아인들이 그 매뉴얼을 제대로 훔쳐냈다고 믿는지 기다리면서 지켜봐야 해. 놈들이 지들끼리 등을 툭툭 쳐주는 소리가 들릴 때까지 기다려야 한다고. 도미니카가 설치한 그 썸 드라이브가 효과를 발휘했어. 거기서 오가는 정보의 흐름을 우리가 실시간으로 지켜보고 있다고. 그 정보를 국가 안보국에서 다 읽고 있지만 지금까지 아무 신호가 없어. 그 말은 놈들이 정말 조심하고 있다는 소리야."

"만약 우리 정보원을 잃게 되면요? 그게 그럴 만한 가치가 있는 겁니까?"

"그건 네가 알아서 할 문제고. 우리는 아주 쉽게 러시아 놈들이 우리의 인프라라고 착각하는 것을 상대로 사이버 공격을 하기 위해 7년간 허송세월을 보내게 만들고 있어. 그것보다 뭐가 더 중요해?"

네이트는 그를 빤히 쳐다보는 게이블을 봤다. "그 빌어먹을 오믈렛이나 실컷 드세요." 네이트가 말했다.

그날 정오에 사무실에서 포사이스가 책상 앞에 앉아 있다가 고개를 들었다. 게이블이 좀 전에 아침 내내 대사관을 감시하던 친구에게 연락을 받았다. 네이트는 게이블의 얼굴에 떠올랐던 표정이 마음에 걸렸다.

"오늘 아침 9시에 러시아 대사관에서 밴 하나가 나갔어. 디바와 다른 두 명이 타고 있었어. 그들이 외교 행낭을 가지고 공항으로 갔어."

"매일 정오에 모스크바로 가는 아에로플로트 항공편이 있어." 게이블이 시계를 보면서 말했다. "90분 후에 비행기 출발해."

"그게 다예요? 어떻게 할 겁니까?" 네이트가 말했다.

"우린 아무것도 하지 않아. 밴이 공항으로 가는 건 정상이야. 그들이 제일 먼저 하는 일(어젯밤 내내)은 그 빌어먹을 매뉴얼을 복사하고 행낭을 준비하는 거야. 이제 그 원본을 행낭에 실어서 정오 비행기로 보내는 거지. 도미니카와 두 명의 호위대원과 함께. 볼론토프라면 그렇게 할 거야. 도미니카를 보내서 윗선에 아부도 하고 점수도 따는 거지." 포사이스가 말했다.

"그건 모르는 거죠. 만약 놈들이 도미니카를 잡아가는 거라면? 만약 그녀가 위험에 처해 있다면요?" 네이트가 말했다.

"그게 사실이다 하더라도 뭘 어쩌자는 건데? 그 매뉴얼은 모스크바로 가야 해." 포사이스가 말했다.

"절 공항에 가게 해주세요. 절대 사고치지 않을게요. 그냥 분위기만 살피고 오겠습니다. 무슨 일이 일어나고 있는지 감을 잡게 될지도 모릅니다. 이 상황이 어떻게 돌아가는지 알아야 하잖아요, 그렇지 않나요? 공항에 가보면 좀 더 상세하게 보고할 수 있을 겁니다." 네이트가 말했다.

"말도 안 되는 소리 하지 마. 넌 발코니로 나와달라고 줄리엣에게 소리치는 로미오처럼 굴 거잖아." 포사이스가 말했다.

네이트가 게이블을 봤다.

"전 못 참겠어요. 이 머저리가 금방이라도 울음을 터트릴 것 같아요. 지부장님, 제가 같이 가겠습니다. 이 자식이 헛발질하지 않게 잘 볼게요. 디바가 누구랑 같이 가는지 볼 수 있을지도 모르고, 상황이 어떻게 돌아가는지도 판단할 수 있을 겁니다." 게이블이 포사이스를 보면서 고갯짓을 했다.

포사이스가 아무 말 하지 않자 네이트와 게이블이 급히 코트를 걸치고 계단을 뛰어 내려갔다. 네이트가 핸들을 잡고 공항까지 질주했다. 그들은 출국장이 내려다보이는 사방이 유리로 된 중이층을 따라 걸었다. 게이블이 아에로플로트 항공 게이트 근처에 앉아 있는 도미니카를 발견했다. 그녀는 어제 입고 있던 파란색 정장에 흰 셔츠를 입고 있었다. 머리는 리본으로 묶었다. 대사관 직원 두 명이 그녀의 양옆에 앉아 있었다. 노란색 캔버스 소재의 외교 행낭은 한 직원의 다리 사이 바닥에 놓여 있었다. 몸집이 작아 보이는 도미니카는 조용히 앉아 있었다. 성실한 공무원처럼 옷을 입은 그녀는 모스크바 첩보부로 돌아가게 됐다.

게이블이 네이트의 옷깃을 움켜쥐고 얼른 넙적한 기둥 뒤로 끌고 갔다. "그냥 여기 서 있어. 손을 흔들어도 안 되고, 움직여도 안 돼. 그녀가 널 보면 어떻게 반응할지 몰라. 네가 지금 실수하면 그녀가 목숨을 잃을 수도 있다고." 게이블이 말했다.

도미니카는 헬싱키 첩보부 보안 책임자와 대사관 직원 사이에 앉아 있었다. 그 직원은 공짜로 고국에 다녀올 수 있는 왕복 티켓이 나온다는 말을 들었을 때, 모스크바에 가서 이웃들과 친구들에게 팔 연어 통조림과 음악 앨범들을 여행가방 안에 가득 채웠다. 그는 자기 옆에 앉아 있는 이 풍만한 가슴의 젊은 미인이 누군지도 모르고, 관심도 없었다. 반대편에 앉아 있는 보안 책임자가 이 여행에 대한 은밀한 지시를 받았다. 그는 예고로바 요원이 공항에서 관리들과 만날 것이라는 말과 함께, 그 가방은 그가 직접 그 관리들에게 넘기라는 지시만 받았다. 그리고 가방에 대한 영수증을 받고 모스크바에서 이틀 동안 휴가를 보낸 후에 헬싱키로 돌아오라고 했다. 그걸로 끝이었다.

도미니카는 보안 책임자의 향수 냄새와 게으른 대사관 직원에게서 나는 삶은 양배추의 역겨운 냄새가 퍼붓는 이중 공격을 받고 있었다. 그러다 뭔가 언뜻 보여서 고개를 들어 2층을 바라봤다. 유리벽에 있는 기둥 뒤에 네이트가 서 있었다. 그가 거기 서서 그녀를 내려다보고 있었는데 유리에 보라색 물이 들어 있었다. 순간 그녀는 숨이 턱 막혔다. 도미니카는 움직이지 않기 위해 굳은 의지력을 발휘했다. 둘의 시선이 마주치자 그녀는 아주 살짝 고개를 저었다. '안 돼요.' 도미니카는 그 유리벽의 유리를 통해 자신의 생각이 전해지길 빌었다. '날 가게 해줘요.' 네이트는 그녀를 내려다보며 고개를 끄덕였다.

게이블의 프렌치 오믈렛

계란에 소금과 후추를 넣고 세게 젓는다. 프라이팬에 버터를 넣고 센 불에 올려 버터가 다 녹으면 계란을 붓는다. 프라이팬을 계속 흔들면서 계란을 젓는다. 프라이팬을 앞으로 기울여 앞쪽에 계란 덩어리들이 쌓이게 한다. 가장자리를 포크로 잡아 아직 가운데는 익지 않은 상태에서 가장자리를 접어 익힌다. 프라이팬 손잡이의 아래쪽을 잡고, 프라이팬을 앞으로 기울여서 오믈렛을 앞쪽으로 몰아간 후에 팬을 뒤집어 접시 위에 붓는다. 오믈렛의 겉은 옅은 노란색에 속은 노른자가 줄줄 흐르게 해야 한다.

볼론토프가 도미니카에게 불러드가 준 매뉴얼의 요약 번역을 하라고
시켰을 때 그녀의 얼굴은 보지 않았지만, 그의 머리 주위에는 어두운 오렌
지색 구름이 퍼져 있었다. 속임수, 불신, 위험. 도미니카는 느낄 수 있었다.
도미니카는 밤새 대사관에 있다가 기록실 옆에 있는 휴게실 소파에서 잠
깐 눈을 붙일 수 있었다. 그러는 내내 라인 KR의 깡패가 그녀를 계속 감시
했다. 도미니카는 그자가 남자들이 불러드를 덮쳐서 캄프 호텔 로비 바닥
에 쓰러뜨리고 관광객들이 몰려드는 광경을 지켜본 걸 몰랐지만 직감적
으로 뭔가 심각하게 잘못된 걸 알 수 있었다.

볼론토프는 방 건너편에서 그녀를 지켜봤다. 그의 표정에서 과거의 독
한 기운을 느낄 수 있었다. 수많은 사람들을 지하 감방으로 보냈던 스탈
린의 교수형 집행인인 제르진스키, 예조프, 베리야의 무표정하고 잔인무
도한 그 표정. 도미니카는 무슨 일이 일어났다는 걸 알았다. 그녀는 서서
히 치솟는 공포와 맞서 싸웠다. 그들이 거리를 둔다는 건 항상 불길한 신
호다. 이 조직의 불신이 시작됐다는 뜻이다. 도미니카는 아무 일도 일어나
지 않은 것처럼 아무렇지 않게 행동하기로 결심했다. 그녀는 안가와 네이
트와 브라톡이라고 부르는 게이블에 대해 생각하다가 그런 생각은 그만
하고 이제 앞으로 일어날 일에 대비해야 한다고 스스로에게 말했다. 도미
니카는 마음에 벽을 쌓기 시작하면서 그 비밀들을 가능한 깊숙이 그 속에
묻었다. 그들이 아무리 깊게 파고 들어가더라도 이 비밀에 도달해선 안 된
다. 중년 남자 두 명이 셰레메티예보 공항 터미널 한가운데 나란히 서 있

다가 그들을 맞았다. 그들은 보안 책임자에게서 어두운 노란색 캔버스 행낭을 받았다. 보안 책임자는 터미널을 나와서 다른 차를 탔다. 그들이 도미니카에게 면담을 해야 한다고 말하고, 그녀 옆에 좌우로 한 명씩 서서 대기 중인 차까지 같이 갔다. 도미니카는 공항에서부터 아무 말 없이 차를 타고 늦은 오후의 햇살을 받으며 시내 동쪽 끝에 있는 아무 특징도 없는 건물로 들어왔다. 그녀가 볼 수 있는 거라고는 그 건물이 랴잔스키 프라스펙트에서 조금 떨어진 곳에 있다는 것뿐이었다. 건물의 엘리베이터는 삐걱거렸고, 엘리베이터에서 내리자 초록색으로 칠한 긴 복도가 나왔다. 도미니카가 앉아 있는 동안 햇빛이 스러지고 밤이 됐다. 그녀는 아무것도 먹지 않았고 같은 옷을 이틀째 입고 있었다. 안경을 낀 남자 하나가 문을 열고 도미니카에게 들어오라고 손짓했다. 그 방은 개인 사무실처럼 보이게 꾸며져 있었지만 사실은 사람이 쓰지 않는 곳으로 탁자 위에 있는 꽃병에 꽂힌 장미들까지 모두 무대장치였다.

그 남자의 손은 가느다란 게 마치 피아니스트의 손 같았다. 그는 대머리에 옆머리가 움푹 들어가 있었다. 의학적인 이유로 그곳에 구멍을 뚫은 것 같은 모습이었는데 놀랍게도 그의 머리를 둘러싸고 있는 노란색 거품들도 그와 똑같은 모양으로 휘어지고 뒤틀려 있었다. 그녀가 익숙하게 봐온 배반과 배신의 노란색이었다. 그는 도미니카가 모스크바로 돌아온 걸 환영하면서 고국으로 돌아오는 건 항상 좋지 않으냐고 물었다. 그들은 그녀가 스칸디나비아에서 한 일에 대해 흡족해하고 있으며, 특히 그 미국인을 처리한 점이 더 그렇다고 그 남자가 말했다. 이 남자는 노란기가 도는 게 아니라 아예 노란색 그 자체였다. 이건 속임수고, 위험이고, 그것도 치명적인 위험이다. 도미니카는 그 냄새를 맡을 수 있었다.

그의 앞에서 그녀는 올바른 태도를 취해야 했다. 지금 상황이 궁금하기도 하고, 조금 얼떨떨하면서도 긴 여행에 지친 그런 태도. 무엇보다도 절대 두려운 기색, 절망적인 기색을 드러내선 안 되었다. "무슨 문제가 있나요?" 도미니카가 물었다. "당신의 이름과 계급과 어느 부서에서 근무하시는지 물어봐도 될까요? 첩보부 동료로 짐작되는데요. K국의 디그티야르 대령이시라고요. 아 그렇군요. 본부에서 나오셨군요." '우크라이나 사람이군, 천장에 달린 조명들이 두개골의 움푹 들어간 곳에 그림자를 드리우고 있어.' 도미니카는 생각했다.

도미니카는 그 미국인이 대사관으로 불쑥 들어온 것부터 시작해서 캄프 호텔에서의 미팅까지 작전을 순서대로 빠짐없이 이야기했다. 아니, 그녀는 그날 사고가 있었다는 건 전혀 모르고 있었다. 도미니카와 볼론토프가 캄프 호텔을 나간 후에 그 미국인이 체포된 상황에 대해선 전혀 모르고 있었다. 볼론토프 대령이 뭔가 잘못됐다는 말은 한마디도 안 했다. 그 남자는 필기를 하지도 않고, 참고하려고 무슨 파일을 보지도 않았다. 그들은 이 모든 장면을 녹화하면서 도미니카의 얼굴 표정을 보고, 그녀의 손을 지켜보고 있을 것이었다. 도미니카는 카메라들이 있을 만한 곳을 찾아보고 싶은 충동을 억지로 참았다.

'보지 마, 생각하지 마, 아무도 널 도울 수 없어, 너 혼자서 이걸 해내야 해. 이건 너 혼자 가야 하는 여행이라고.'

그들은 도미니카의 여권을 가져갔고 그날 밤 그녀를 집에 보내줬다. 어머니가 잠옷을 입고 문 앞에 나왔다. 그녀는 처음 도미니카를 봤을 때 잠깐 놀랐지만 곧바로 얼굴이 굳어지면서 아무 표정도 떠오르지 않았다.

"도미니카, 이게 웬일이냐, 어서 들어오너라. 얼굴 좀 보자. 네가 집에 올 줄 몰랐구나." 어머니는 단조로운 목소리로 말했다. 조심하고 있는 것이다.

"저도 예상하지 못했어요." 도미니카가 최대한 자연스러운 목소리로 말했다. "집에 오니 좋네요, 엄마. 엄마 얼굴을 다시 보니 기뻐요." 위험이

닥친 것이다. 모녀는 포옹을 하고, 예법대로 서로의 뺨에 세 번 키스하고 다시 서로를 껴안았다.

도미니카는 감히 어머니에게 매달릴 수 없었다. 그러면 감정을 주체하지 못해 허물어질 것 같았다. 그들이 모녀를 지켜보면서 도청하고 있을지 몰랐다. 어머니와 딸은 그날 밤 자지 않고 같이 있었다. 도미니카는 핀란드 사람들과 외국 생활에 대해 재잘재잘 떠들었다. 그녀는 내일 아침 일을 해야 해서 잠을 자야 했다. 어머니는 도미니카에게 또 한 번 키스하고 그녀의 뺨을 쓰다듬어준 후에 발을 질질 끌며 침실로 갔다. 어머니는 알고 있는 것이다.

다음 날 아침, 그들이 도미니카를 태우러 와서 다시 어제 그 건물에 내려놓았다. 도미니카는 그 이야기를 또다시 했는데 이번에는 테이블 맞은편에 남자 세 명이 앉아 있었고 그들 앞에 장미 꽃병이 있었다. 아마 그 꽃들 사이에 오디오 송신 장치가 있을 것이다. 세 남자 모두 말없이 아무 표시가 안 된 파일의 페이지들을 넘겼다. 그 뚱땡이 볼론토프가 이렇게 빨리 보고서를 보낸 걸까? 그들은 한 줄로 서서 나가 도미니카를 혼자 놔뒀다가 다시 들어왔고 그녀는 그 이야기를 전과 똑같이 그대로 했다. 그들은 도미니카가 한 이야기에서 달라지거나 모순된 부분이 있는지 찾고 있었다. 사람들이 그녀를 이렇게 빤히 쳐다본 건 처음이었다. 발레 아카데미에 다닐 때보다 더 심했고, 심지어 스패로우 학교에서 벌거벗은 그녀를 보는 남자들보다 더 심했다. 도미니카는 목구멍이 죄어들고 분노가 치솟는 걸 느꼈지만 꾹 참으면서 당당히 그들의 시선에 맞섰다. 가슴속에 품고 있는 얼음 같은 비밀의 근처에도 못 오게 할 것이다.

하루 종일 그렇게 시달린 후에 집에 가도 좋다는 허락을 받았다. 어머니가 시치를 끓여놓았다. 시골 별장, 채소들의 냄새, 눈 오는 날 아침의 추억들이 아파트 안을 가득 채웠다. 스튜를 먹는 도미니카의 손이 덜덜 떨렸고, 어머니는 음식에 손도 대지 않은 채 맞은편에 앉아 그걸 보고 있었다. 어머니는 알고 있는 것이다.

15년 동안 제대로 된 연주를 하지 않았던 도미니카의 어머니가 일어나서 바이올린 케이스 하나를 들고 부엌으로 돌아왔다. 그것은 전에 가지고 있던 과르네리와는 비교도 할 수 없는 평범한 바이올린이었지만 그녀는 딸 옆에 앉아 그걸 턱 밑에 대고 천천히 연주했다. 슈만인지 슈베르트인지 알 수 없었다. 바이올린이 진동하면서 오래전 아버지와 같이 거실에 있을 때처럼 붉은색과 보라색이 섞인 깊은 선율이 흘러나왔다.

"네 아빠는 항상 널 아주 자랑스러워하셨어." 도미니카의 어머니는 연주를 하면서 말했다. 마이크가 이야기 소리를 잡아내지 못하게 일부러 연주하고 있는 걸까? 있을 수 없는 일이야, 엄마가? "그이는 항상 너의 열정과 너의 애국심이 널 지탱해주길 바랐지." 어머니는 눈을 감고 있었다. "그이는 너에게 자신이 어떻게 느끼는지 간절히 말해주고 싶어 했어. 이 시스템에서 성공한 네 아빠가 말이야. 하지만 감히 그러지 못했어. 그러지 않았던 이유는 널 보호하고 싶었기 때문이야." 그녀는 눈을 다시 떴지만 마치 무아지경에 빠진 것처럼 연주를 계속했다. 지판 위에 올린 그녀의 손은 견고했고 흔들림이 없었다. "네 아빠는 그들을 경멸했어. 네 아빠가 이제 위기에 처한 네게 그 말을 해줄 거야." 엄마가 무슨 짐작을 한 걸까? 엄마가 어떻게 알지? "네 아빠는 평생 동안 너에게 말하고 싶어 했어. 이제 내가 말해줄게." 도미니카의 어머니가 속삭였다. "그들에게 저항해. 그들과 싸워. 살아남아." 그 마지막 말과 함께 어머니는 연주를 멈추고, 바이올린을 테이블 위에 놓고 일어서서, 딸의 머리에 키스하고, 부엌을 나갔다. 공기 중에 음악의 잔영이 남아 있었고, 어머니가 턱을 댔던 바이올린의 그 자리가 따뜻했다.

다음 날 도미니카는 여러 사무실을 다녀야 했다. 남자들이 한 명, 두 명,

세 명, 혹은 정장을 입고 머리에 쪽을 진, 주위에 사악하고 검은 먹구름이 낀 여자가 책상을 돌아와 그녀 옆에 앉아 있기도 했고, 때로는 머리가 움푹 들어간 노란색으로 가득 찬 디그티야르 대령과 같이 앉아, 그날 캠프 호텔 방에 깔려 있던 양탄자의 무늬를 묘사해보라는 말을 듣기도 했다. 가끔은 뒤에서 문이 조용히 닫히는 소리가 나기도 했고, 가끔은 문이 쾅 소리를 내며 닫혀서 그 바람에 문틀이 흔들리기도 했다. '우린 널 안 믿어.' 그러다 끔찍하고, 믿을 수 없고, 있을 법하지도 않지만 필연적인 일이 일어났다.

도미니카는 문이 잠긴 밴을 타고 흔들거리며 실려갔다. 그녀는 지하 차고에서 소리가 울리는 걸 들으며 감옥에 도착했다. 이곳은 부티르카가 아니라 레포르토포일 것이다. 이건 정치적인 문제니까. 도미니카는 불도 잘 켜지지 않은 희미한 복도로 떠밀려서 악취가 풍기는 대기실로 들어갔다. 그 방에서 남자 하나와 여자 하나가 도미니카가 스커트를 벗고, 신발을 벗고, 손을 등 뒤로 뻗어 브래지어를 벗는 모습을 감시했다. 그들은 도미니카가 고개를 숙이고, 그들의 시선을 피해, 젖꼭지와 불두덩을 가릴 것이라고 예상했지만 그녀는 스패로우에서 훈련을 받았고 AVR을 졸업했다. 보든 말든 상관없어. 도미니카가 실오라기 하나 없이 다 벗고 똑바로 서서 노려보자 그들이 마침내 여기저기 얼룩이 묻은 면직 죄수복을 던져줬다. 어두운 감방의 이리저리 움직이는 매트리스 위에 누웠을 때 피부에 닿는 그 죄수복의 감촉이 거칠었다. 창문도 없고 간이침대만 두 개 있는 감방에서, 도미니카는 저녁을 차려놓고 기다릴 어머니를 생각했다. 도미니카는 조용히 아버지를 불렀고, 스스로도 놀랍게 네이트를 불렀다.

그들은 도미니카를 데리고 복도로 걸어갔지만 그녀의 기백을 꺾기 위해 다른 죄수들은 보지 못하게 했다. 간수들이 다른 죄수가 지나간다는 표시로 철제 딱따기를 쳤을 때 그들은 그녀를 복도 끝에 있는 작은 벽장에 밀어 넣었다. 문이 열리지 않는 검은 벽장 속에서 그 전에 있었던 죄수들의 냄새를 맡으며 다른 죄수가 지나갈 때까지 그녀는 그 속에 갇혀 있었다. 감방의 천창으로 들어온 빛은 칠흑처럼 까맣거나 옅은 노란색이었고, 밤이 간 후에 여전히 아침이 왔지만 감방에 달린 천장의 전구들은 윙윙 소리를 멈추지 않았고 확성기에서는 규칙적으로 끔찍하게 큰 소리를 냈다.

그동안 아버지가 옆에서 같이 걸어줬고 각기 다른 방에 들어갈 때마다 미소 짓고 있는 네이트가 기다리고 있었다. 어떤 방들은 더웠고, 어떤 방들은 추웠고, 어떤 건 어둡고, 어떤 건 밝았다. 그들이 도미니카의 얼굴에 물을 끼얹고 온풍기를 틀었을 때 그녀는 눈가로 떨어진 머리카락을 흔들어 젖혔다. 그녀가 몸을 덜덜 떨고 있을 때 네이트가 옆에 앉아 의자 팔걸이에 묶여 있는 그녀의 손을 잡았다. 아버지와 네이트는 그녀에게 아무 말도 하지 않았지만, 그들이 그녀와 같이 있다는 걸 아는 것만으로도, 그들의 손길을 느끼는 것만으로도 충분했다.

수사관들은 소리를 지르거나 웃었고, 도미니카의 얼굴에 자신의 얼굴을 바짝 대고 외국인들과의 접촉에 대해 물었다. 그 프랑스 남자 들롱과 미국인 네이트에 대해. 그녀가 미국인들을 위해 일하고 있었나? 그건 그렇고 요즘엔 그런 게 문제가 되지 않아. 데탕트(국가 간의 긴장 완화를 뜻함-옮긴이)도 있고 뭐 그렇잖아. 그들은 도미니카의 입장에서 본 이야기를 듣고 싶다고 했다가 그녀의 뺨을 찰싹 갈기면서 입을 다물라고 하고 마르타 엘레노바는 죽었다고, 도미니카가 그녀를 죽인 거나 다름없다고, 그녀의 어머니를 죽이기 위해 사람들이 그녀의 집에 갈 거라고 말했다. 그들이 도미니카의 뺨을 철썩철썩 쳐서 그녀의 얼굴은 얼룩덜룩하니 빨갛게 부었다. 원래 스패로우들이 그렇지 않나, 안 그래?

밤에 오는 수사관들과 낮에 오는 수사관들이 달랐다. 소리를 바락바락 지르는 수사관들도 있었고, 또 가끔은 도미니카를 스테인리스 테이블 위에 눕히고 손과 발을 묶기도 했다. 도미니카가 테이블 위에 똑바로 누웠는지 아니면 머리가 테이블 가장자리로 떨어졌는지 그건 중요하지 않았다. 도미니카는 전력을 다해 모든 의지력을 동원해서 저항했다. 증오심 때문은 아니었다. 그랬다면 금방 꺾였을 것이다. 도미니카는 그들을 '경멸'하는 마음을 계속 키워갔다. 이 짐승들에게 결코 굴복하지 않을 것이다. 그들이 맘대로 유린하게 놔두지 않을 것이다.

그들은 꼬리뼈 아랫부분, 팔꿈치 위쪽, 발바닥과 같이 신경이 몰려 있는 곳들을 찾아낼 만큼 똑똑해 보이지 않았다. 하지만 도미니카에게 고통을 주려고 더듬어대는 그 가벼운 손가락들이 그런 곳들을 다 찾아냈고, 비명을 지르고픈 고통이 그녀의 몸을 흔들면서 뇌까지 전해졌다. 도미니카는 자신의 목에서 거친 숨이 새어나오는 걸 들었다.

신경에서 일어나는 통증은 힘줄에 느껴지는 통증과 또 달랐다. 그리고 또 그 고통은 굵은 철제 끈이 그녀의 머리나 벌린 입을 단단하게 묶는 것과 또 다른 고통이었다. 도미니카는 고통을 '예상'하고 그다음에 또 일어날 고통을 기다리는 것이 실제로 그런 고통을 겪는 것보다 더 끔찍하다는 걸 깨달았다. 동그란 알루미늄 핀을 그녀의 살에 처음 집을 때보다, 전류가 그녀의 몸을 타고 흐르면서 끔찍하게 펄떡이는 통증에 자기도 모르게 등이 휘어지고 전류가 멈춘 후 그녀의 사지가 축 늘어졌을 때보다, 전기가 잘 통하도록 그녀의 엉덩이 사이에 라놀린 크림을 듬뿍 바르는 것이 훨씬 더 무서웠다.

한 여자 간수는 이런 공무를 집행하면서 개인적인 재미에 탐닉했다. 백반증에 걸린 그녀의 힘이 센 손과 두꺼운 손목은 흰색 반점들로 얼룩덜룩했다. 캔버스 천을 씌운 철제 의자에 묶인 도미니카는 핑크빛이 감도는 두 손이 그녀의 몸 위를 끊임없이 오락가락하며 누르고, 꼬집고, 쥐어짜는 모습을 지켜봤다. 그 여자의 눈(고양이 눈처럼 타원형의 눈)이 도미니카의 얼굴을 보고 있었다. 말처럼 긴 손으로 도미니카의 배 위를 오락가락하며 홍

분한 그 여자 간수는 무의식중에 입을 조금 벌리고 있었다.

그 여자가 몸을 가까이 기울였다. 도미니카의 얼굴에 자신의 얼굴을 바짝 들이댄 그녀는 도미니카의 얼굴에서 혐오감이나 두려움이나 공포를 찾고 있었다. 도미니카는 침착한 표정을 유지하면서 그 눈동자를 보다가 허벅지를 벌렸다.

"계속해봐, 이 하피(harpy, 고대 그리스, 로마 신화에 나오는, 여자의 머리에 새의 날개와 발을 가진 괴물-옮긴이)야. 팔에서 땀이 날 때까지 한번 해보라고." 도미니카는 그녀의 얼굴에 대고 속삭였다.

그 여자 간수는 허리를 펴고 일어서더니 도미니카의 뺨을 짝 후려쳤다. '너의 그 질척거리는 게임을 망쳐서 미안하군.' 도미니카는 생각했다.

딱따기 소리가 울리면서 도미니카는 복도 끝에 있는 벽장에 떠밀려 들어갔다. 눈꺼풀 밑에서 모래가 굴러다니는 것 같은 느낌이 들 때까지 감방 불은 꺼지지 않았고, 삑삑거리는 확성기에서 나오는 소리는 슈만 같기도 하고 슈베르트 같기도 했지만 둘 중 어느 것인지 구분이 안 됐다. 혈색이 나쁘고 다리에 여기저기 멍이 들고 입 가장자리에 난 상처에 딱지가 생긴 한 소녀가 도미니카의 감방으로 던져져 바닥에 얼굴을 박고 쓰러졌다. 그 소녀는 밤새도록 도미니카와 이야기하고 싶어 했다. 소녀는 겁에 질려 자기가 이들을 얼마나 증오하는지를 말하고, 자기는 아무 짓도 하지 않았다고 말하며 흐느껴 울었다. 노란색 날개를 단 그 작은 카나리아는 친구를 원했다. 소녀는 입가에 있는 상처를 핥으면서 침대에 누워 있는 도미니카에게 손을 내밀며 외롭다고 속삭였다. 도미니카는 벽을 향해 얼굴을 돌리고 쇳소리가 나는 소녀의 목소리를 무시했다.

그들은 아무것도 몰랐다. 뭔가 하나가 나오길, 뭔가 물고 늘어질 걸 찾고 있었지만 도미니카는 자신이 가진 비밀들을 철저히 지켰다. 그들은 다시 미국인들에 대한 이야기로 돌아가서 내쉬에게 접근하는 그 임무에 대해 알고 싶어 했다. "그 놈과 붙어먹었어?" "너의 그 참새 같은 입술로 그 자식 물건을 감았어?" 매일 두 시간씩 손발이 묶이거나, 소리를 지르거나, 뺨을 갈겨서 머리가 좌우로 흔들리면서 시야가 흐려지지 않는 때가 없었다. 이름을 모르는 대령(그는 그의 색깔과 어울리는 연한 청색 견장을 단 정식 제복을 입고 있었다. 포사이스처럼 감성이 뛰어난 예술가 타입이었다)이 테이블 맞은편에 앉았다. 그와 같이 있을 때는 경계를 늦추지 않고 조심해야 했다.

그는 매번 심문이 시작될 때마다 조용하고 차분하게 왜 조국을 배신했는지 물었다. 그런 일은 하지 않았다고 대답하면 도미니카의 말을 듣지 못한 것처럼 온화하게 그녀가 그런 일을 하기로 결심한 이유가 뭔지, 그 당시 그런 결정을 할 때 정확히 그게 무슨 의미였는지 다시 물었다.

그 대령의 태도는 아주 부드럽고 확신에 차 있었다. 도미니카가 유죄라는 가정에서 끌어낸 그의 질문이 현실이 되기 시작했다. "자, 살면서 실망했던 일들에 대해 이야기해봅시다." 그는 이런 식으로 심문을 시작했다. "당신이 그런 일들을 하게 만들었던 그런 실망스런 일들 말입니다." 논리와 공상과 허위 진술이 도미니카의 지친 마음에 쳐들어오기 시작했다. "시냅스키의 재판 기록을 읽어보고 싶나요?" 도미니카는 그 사람이 누군지도 몰랐다. 그는 1966년의 반체제 인사였다. "이 사람이 어떻게 진실을 부인하다 받아들였는지, 그게 얼마나 마음이 가벼워지는 일인지 한번 읽어봐요." 대령이 말했다. 그는 부드러운 목소리의 크기와 강도를 자유자재로 조절했고, 그의 파란 거품은 도미니카를 뒤덮는 것처럼 보였다. '눈 부릅뜨고 깨 있어야 해.'

그 오래되고, 유독하며, 냉정한 기록들은 도미니카의 마음을 사로잡았다. 마치 그녀가 그 여론 조작용 재판에 실제로 참석했던 것처럼 느껴졌다. 도미니카는 자신이 자꾸 실수하고 있는 것처럼 느껴졌다. 대령의 개별적인 비난 하나하나를 다 부인하는 지루한 일을 계속하다 보니 그녀가 유죄라는 대령의 주장에 동의하는 쪽으로 기울어지고 있는 것 같았다. 이건 사실 아주 간단하다고 대령이 말했다. 그들은 그저 그녀가 '언제, 어떻게, 얼마나' 심각하게 옆길로 샜는지 그 사실만 확실히 밝히면 되는 거라고 말했다.

그 대령이 도미니카를 거의 꺾어놓을 뻔했다. 빳빳하게 다린 제복을 입은 온화한 대령에게 넘어갈 뻔했지만 도미니카는 그들이 파놓은 검은 구덩이로 끌려 들어가지 않았다. 나는 도미니카 예고로바다. 나는 발레리나였고, SVR 요원이었고, 상대의 마음을 조종하는 훈련을 받은 스패로우다. 나는 사랑했고 그 답례로 사랑받았다. 도미니카는 눈을 감고 모스크바 위로 높이 날아, 강을 따라 들판들과 숲들 위로 높이 날다가, 날개를 강물에 슬쩍 담갔다가 마르타 엘레노바의 시신이 묻힌 좁은 도랑, 지금은 꽝꽝 얼어붙은 그 땅 위로 날았다.

마르타가 그녀에게 힘을 주었고, 도미니카는 그 심연에서 다시 온 힘을 끌어 모아 자신 속으로 물러나서, 환각까지 포함해서 그들이 그녀에게 준 모든 걸 이용해서 저항했다. 도미니카는 그런 환각들을 환영했다. 감방 침대에 누워 있으면 그건 헬싱키의 침대였고, 눈에 비친 뜨거운 불빛은 핀란드의 달빛이었고, 침대에 가만히 누워 그녀의 몸을 누르는 그를 느꼈다. 그녀의 몸을 사로잡은 열기와 냉기는 그의 애무였다. 도미니카의 감염된 눈에서 사랑의 눈물이 흐르면 그가 키스해서 그 눈물을 닦아줬다. 도미니카는 매트리스 위에서 몸을 뒤집고, 배 밑에 주먹을 대고 누르면서 통증을 참았다.

도미니카는 단단하게 묶여 있는 팔에서 모든 감각이 사라졌을 때도 자신이 점점 더 강해지는 걸 느꼈다. 그녀는 자신 안에 있는 비밀을 만져봤다. 그건 아주 깊이 묻혀 있었지만 다시 그걸 느낄 수 있었다. 그 비밀은

43

그녀의 영혼 속에 살아 있었다. 그들의 손길이 닿지 않게 깊이 묻어두었던 그 비밀에 다시 불이 붙기 시작했다. 도미니카는 그 비밀에 대해 생각할 수 있었고, 그들이 절대 거기에 손을 댈 수 없다는 걸 알고 있었다. 어머니가 그녀에게 저항하고, 싸우고, 살아남으라고 했다. 그들은 점점 더 약해지고 있었고, 도미니카는 점점 더 강해지고 있었다. 그들의 색깔은 마치 퓨즈가 헐거워진 것처럼 깜박거리고 있었다.

도미니카는 그들에게 계속해서 자신은 아무 짓도 하지 않았다고, 그들에게 할 말이 없기 때문에 아무것도 말할 수 없다고 했다. 그들이 더 크게 소리를 지를수록, 그녀는 더 행복해졌다. 그렇다, 행복해졌다. 도미니카는 자신을 고문하는 이 사람들을 사랑했고, 청록색 기운이 감도는 그 대령을 사랑했다. 그들은 이렇게 무한히 계속할 수 없다는 걸 알고 있었다. 시간이 없었다. 억지로 자백을 받아내지 않는 한, 도미니카에게선 아무것도 나오지 않을 것이다.

레포르토포 감옥과 루비안카와 야세네보의 천장 위 높은 곳은 교활한 메시지들, 문의와 답변들, 절차와 마감 시한들로 가득 차 있었다. 워싱턴에서 불러드 사건에 대한 정보가 나오고 있었다. 워싱턴에 있는 레지덴투라에서 몰래 동태를 살피면서, 러시아에 협조적인 미국인들을 점심식사에 초대하거나, 지하 주차장에서 만나거나, 운하 옆으로 난 길에서 만나거나, 조지타운이나 알렉산드리아의 자갈이 깔린 어두운 거리에서 만났다. 미국 법무부 주변에서 떠도는 소문에 의하면 불러드는 헬싱키의 러시아 첩보부에 접촉하기 전에 '1년 동안' 의심을 받고 있었다고 했다. 워싱턴에서 그를 체포할 계획이었지만 예상치 못하게 그가 해외로 여행을 가는 바람에 어쩔 수 없이 앞당긴 것이라고 했다.

공식적인 미국 소식통들은 그 매뉴얼을 잃어서 보게 된 손해를 대단치 않게 보도했다. 공식적인 보도엔 안 나왔지만 '정부 고위직에 있는 소식통'에 따르면 그 사건을 '국가 안보에서의 심각한 손실'이라고 표현했다고 했다. 그에 이어 의회에서는 그 사건에 대한 책임 소재를 가리는 조사를 하자고 요구했다. 그 허둥대는 모습, 비난들, 고발들은 모두 CIA 방첩부장인 시몬 벤포드가 부지불식간에 연루된 수십 명의 정보통들과 입이 싼 사람들을 모아서 조직적으로 퍼뜨린 거짓말이었다. 그 작전의 목적은 단 하나, 그들이 획득한 매뉴얼이 진짜라고 러시아인들이 믿게 만들기 위한 것이었다. 그 작전에 대한 부수적인 이득으로 디바라는 요원을 보호할 수 있다면(그녀가 아직 살아 있다면) 더 좋았다.

SVR의 R국(분석)과 X국(과학)이 보고서들을 제출했다. 불러드가 준 미국 국가 통신망 매뉴얼에 대한 예비 분석 결과 그 서류는 세상에 하나밖에 없는 진본으로 평가됐다. 그 매뉴얼을 연구해서 방대한 미국 네트워크에서 그들이 이용할 수 있는 취약점들을 찾아내기 위해, T국 소속 통신 전문가들과 상트페테르부르크 정보 기술 대학의 과학자들이 국방부와 협의하에 연구를 시작했다. 소프트웨어, 응용프로그램과 미국 시스템에서 가장 취약한 것으로 평가된 부분들을 겨냥해서 쓸 수 있는 다른 도구들을 개발하기 위해 국방부 예산에서 자금을 배정해달라는 요청이 들어왔다.

그렇게 믿고 싶었기 때문에 크렘린의 군주들은 의견 일치를 봤다. 그 매뉴얼은 진본이고, 미국인들이 그걸 잃어버렸다는 것을 안다고 해도 이건 엄청난 횡재라고 믿은 것이다. 미국 첩보부 코밑에서 불러드의 정보를 뺏은 것은 전략적인 승리로, 러시아의 스파이 기술이 압도적으로 앞섰다는 걸 보여준 좋은 예다. 그 정보를 자진해서 제공한 불러드가 체포된 것은 그의 불행일 뿐이다. 그건 그가 어리석고, 꼼꼼하지 못한 데다, 탐욕스러워서 그렇게 된 것이다. 크렘린은 그의 운명에 대해선 전혀 관심이 없었다. 그는 이제 미국의 골칫거리로 종신형을 세 번 연속 선고받았다.

러시아 의회에서는 볼론토프와 헬싱키 레지덴투라에게 찬사를 보냈다.

어느 늦은 오후, 한때 붉은 별들이 걸려 있던 곳에 이제 독수리 두 마리가 있는 문이 달린 크렘린 궁의 금박을 입힌 안드레옙스키 홀에서 SVR 제1국 부국장인 예고로프가 소장으로 두 번째 별을 달았다. 푸틴 대통령이 직접 예고로프에게 별 두 개짜리 계급장이 들어 있는 직사각형의 펠트 상자를 주고, 그의 뺨에 세 번 키스한 후에 대통령의 트레이드 마크인 악어의 미소를 보여줬다. 그건 대통령이 예고로프가 거둔 성과에 아주 기뻐한다는 뜻이었다. 이 진급식이 주말과 겹치는 바람에 도미니카의 석방은 이틀 뒤로 미뤄졌다.

월요일에 아침을 먹은 후 마침내 반야 예고로프가 KR에, 그다음엔 내무 조사국에, 그리고 마침내 FSIN, 즉 처벌 집행 부서에서 근무하는 그 변태들에게 전화했다. 그 부서는 강제 노동 수용소의 자식으로 괴물 같은 부서였다. 그는 이번에 새로 딴 별을 이용해서 예고로프 소장이라고 자신의 신분을 밝힌 뒤에 도미니카의 심문을 그만 끝내라고 말했다. 이제 남들이 보기에도 상황이 안 좋아 보이기 시작한 데다 그녀는 그의 조카딸이 잖나, 맙소사. 아니, 그는 그들이 고문의 2단계로 올라가길 원하지 않았다. 아니, 그는 그녀의 몸에 약물을 주입하거나, 그녀가 감각을 상실하게 만드는 방법을 시도하거나, 전기 충격의 강도를 올리는 걸 허락하지 않았다. '대체 너희들은 어디가 잘못된 거야? 그런 방법들은 아직 잡히지 않고 있는 스파이 같은 반역자에게 써먹어야 하잖아, 아직 그녀가 자백하지 않았다면, 그건 자백할 게 없기 때문이야.' 반야는 생각했다. 물론 그 민달팽이 같은 볼론토프 새끼가 지휘하는 헬싱키 첩보부에서 대체 무슨 일이 일어났는지는 아무도 모르는 일이지만. "그녀를 깨끗이 닦아서 다시 내게 돌려보내. 걔 엄마가 걱정하고 있어. 난 그 애가 직장으로 복귀하길 원해." 반야는 아버지처럼 걱정하는 목소리로 말했다.

디그티야르 대령이 직접 도미니카의 옷이 든 골판지 상자를 그녀의 감방으로 가져와서, 그녀가 옷을 벗고 죄수복(국가의 재산)을 돌려주고 그의 앞에서 옷을 입는 걸 서서 지켜봤다. 도미니카의 정강이와 넓적다리는 파란색과 검은색 멍들로 얼룩덜룩했고, 손톱은 보라색이었고, 너무 말라서 갈비뼈들이 다 보였다. 그들은 아주 짧은 시간에 이 모든 것을 이뤄낸 것이다. 그들은 도미니카를 데리고 2층으로 올라가 창살이 달린 문으로 갔다. 도미니카는 눈이 쌓이고, 찻소리가 들리고, 버스에서 나오는 매연 냄새가 나는 거리로 나와 조심스럽게 얼음 위를 걸어봤다. 그저 발밑에 느껴지는 땅을 느껴보기 위해서였는데 그녀가 내뱉는 숨이 머리 위로 구름처럼 뭉게뭉게 피어올랐다. 발레하다 다친 다리는 이제 눈에 띄게 더 절었고, 발이 욱신거렸지만, 도미니카는 팔을 흔들면서 감옥 벽을 등지고 똑바로 서서 걸어갔다. 입고 있는 코트 소맷동 아래로 손목에 든 멍들이 보였다.

도미니카는 침대에 누워 있을 때나 어머니가 그녀의 몸에서 빠져나온 독으로 신 내가 나는 침대 시트들을 빨고 있는 동안 거실에 앉아 있을 때 감옥에 대한 꿈을 꿨다. 그녀는 현관에 있는 벽장으로 들어가 문을 닫고 그 어둡고 좁은 공간에 서서 감옥의 벽장에 갇혔던 순간(그 냄새와 딱따기 소리까지)을 다시 체험하면서, 이제는 언제든 환한 빛이 비치는 밖으로 나올 수 있다는 것에 쾌감을 느꼈다. 도미니카는 팬티스타킹으로 자신의 두 손목을 묶고 이로 매듭을 단단하게 지어서 맥박이 뛰는 걸 느꼈다. 그 불안한 충동들이 다 떠나갔을 때 소리 없이 흐느껴 울면서 흘러내린 눈물이 그녀의 뺨을 적셨다. 어머니가 이제 매일 30분씩 바이올린 연주를 하는 동안 도미니카는 바닥에 앉아 스트레칭을 하면서 배가 찢어질 때까지 다리를 들어올리고, 팔이 부들부들 떨릴 때까지 팔굽혀펴기를 했다. 집으로 돌아온 첫날 밤엔 어머니가 도미니카를 욕조에 앉히고 씻겨줬지만 이제 도미니카는 혼자 욕실에 서서 멍들이 사라지는 걸 보며, 서서히 낫는 모습을 지켜봤다. 그녀는 거울 속의 자신에게 고개를 끄덕여 보였다. 그녀는 점점 더 나아지고 있었고, 구원받았다는 느낌과 함께 주홍색 푸가의 종결 부분인 붉은 격노가 계속 치솟아 올랐다. 그것은 깊은 분노였다. 쉽게 통제될 수 있고, 오랫동안 지속되며, 계속 먹이를 줄 수 있는 분노였다.

도미니카 예고로바는 야세네보의 SVR 본부 4층에 있는 삼촌의 사무실에서 종이 한 장 없는 책상 앞 의자에 앉아 있었다. 밖에는 폭설이 내린 소나무 숲이 죽 뻗어 있었고 그 너머로 황량한 들판들과 평평한 지평선이 보였다. 전망창으로 흘러들어온 햇빛이 삼촌의 얼굴 반쪽을 밝혔지만 그 나머지 반쪽은 어둠 속에 잠겨 있었다. 그의 끔찍한 노란색 기운은 얼룩덜룩했고 나머지 절반은 햇빛에 환하게 반짝거렸다. 반야 예고로프는 뒤로 물러나 앉아, 담배에 불을 붙이고, 조카딸을 바라봤다. 그녀는 수수한 흰색 셔츠의 단추를 목까지 채우고 파란 스커트를 입고 있었다. 짙은 색 머리카락은 세심하게 빗질이 돼 있었다. 전보다 말라 보였고 안색이 창백했다.

"도미니카." 반야는 마치 그녀가 이제 막 볼가 강의 유람선 여행을 마치고 돌아온 것처럼 불렀다. "그 불쾌한 일이 끝났다는 말을 듣고 기뻤다. 헬싱키 건에 대한 수사는 종결됐다."

"네." 도미니카는 반야 뒤에 있는 벽의 한 점을 빤히 보며 말했다.

반야가 주의 깊게 그녀를 살펴봤다. "걱정하지 마. 첩보 작전을 수행하는 요원들은 일하다 보면 언젠가는 그런 조사를 받게 된다. 우리 일이 성격상 그런 면이 있어."

"그 일의 성격이라는 게 매일 네 시간씩 에어컨 앞에 묶여 뚝뚝 떨어지는 물로 온몸이 젖는 것도 포함되나 보죠?" 도미니카는 차분한 목소리로 말했다.

반야가 불쾌한 표정으로 도미니카를 봤다. "그런 짐승 같은 놈들이 있나. 내가 검토하라고 지시하마."

'당신 승진 전망이나 검토해보시지' 도미니카가 생각했다. 그녀는 벽에 붙은 새 명판을 향해 고개를 끄덕여 보였다.

"진급하신 거 축하해요, 삼촌." 도미니카가 말했다. 반야는 그 표창장과 리본을 보더니 옷깃에 단 장미 모양의 리본을 만지작거렸다.

"그래, 고맙구나. 하지만 넌 어떠니? 내가 널 어떻게 하면 좋을까?" 그녀의 삼촌이 말했다. 그녀에게 마치 선택권이 있는 것처럼. 하지만 그녀는 달리 생각해둔 게 있었다.

"이제 돌아왔으니 삼촌이 보내고 싶으신 곳으로 어디든 갈 준비가 됐어요. 물론 삼촌이 내리셔야 할 결정이지만, 제5부서로 돌아가고 싶진 않아요. 코르치노이 장군님이 제안하신 미국 부서에서 다시 시작해도 될까요?"

"내가 물어보지. 그 친구는 분명 좋다고 할 거야." 반야가 말했다.

"그리고 하나 더 있습니다." 도미니카가 말했다. 그녀는 그들 모두와 그녀가 지냈던 감방을 생각하고, 목이 죄어오는 걸 느끼면서 자신의 목과 얼굴이 붉어졌을 거라는 걸 알았다(제47항, 진심인 것처럼 보이기 위해, 혹은 절정이 오는 것처럼 보이기 위해 목과 얼굴을 붉혀라). 반야는 그녀의 말을 기다렸다.

"내쉬에 대한 작전을 계속 진행시키고 싶습니다." 도미니카가 그의 눈을 똑바로 보면서 말했다. 반야가 의자에 등을 기대고 생각에 잠긴 눈빛으로 그녀를 찬찬히 봤다.

"그건 아주 큰 부탁이다. 볼론토프 대령이 그 미국인에 대한 너의 작전 직전 속도가 너무 느리다고 생각했던 건 너도 알고 있겠지."

"외람된 말씀이지만 볼론토프 대령은 짐승과 다름없습니다. 작전을 보

는 눈이란 게 없어요. 그 대령은 삼촌이나 첩보부의 발전에 전혀 도움이
안 됩니다. 이제 그의 음탕한 시선에서 벗어났으니 그의 의견은 더 이상
개의치 않습니다." 도미니카가 말했다.

반야가 몸을 돌려서 판유리 창을 내다봤다. "그래서 내쉬 일은 어떻게
됐단 말이지?"

"전 그 미국인과 친밀한 우정을 쌓았습니다. 우린 삼촌이 구상하셨던
것처럼 자주 만났습니다. 제가 헬싱키를 떠나기 전에 우리는…… 관계를
가졌습니다."

"그리고 넌 그가 하는 일들을 알아낼 수 있다고 믿는단 말이지?" 반야
는 계속 창밖을 보고 있었는데 노란색 왕관이 점점 더 진해지고 있었다.
'내 제안에 동의하겠군. 자기에겐 너무 중요한 일이니까.' 도미니카는 생
각했다.

"확실합니다. 볼론토프 대령의 백해무익한 관심에도 불구하고 내쉬의
열정은 계속 커지고 있었습니다." 도미니카는 삼촌에게서 눈을 떼지 않았
다. "불운하게도 감옥에서 수사를 받느라 우리의 로맨스에 다소 차질이
생겼죠."

반야는 그 제안을 고려해봤다. 그 내부 첩자 문제는 반드시 해결해야
했다. 조카딸은 다른 누구보다 내쉬에 대해 잘 알고, 거기다 확실히 의욕
도 강한 것처럼 보였다. 하지만 그녀는 어떤 면에서 달라졌다(감옥에서 겪
은 경험이 영향을 미친 게 확실하다). 그녀는 이제 그 일에 집착하고 있는 것
처럼 보였다. 내쉬를 좋아했던 걸까? 모스크바를 벗어나 서방에서 더 많
은 시간을 보내고 싶은 걸까? 도미니카가……?

"삼촌, 전 혐의를 벗었어요." 도미니카가 그의 생각을 읽고 부드럽게 일
깨워줬다. "제 명예는 회복됐고, 제 기록은 깨끗해요. 저는 미국인들을 상
대로 그 러시아 반역자의 정체를 밝힐 수 있는 최고의 요원이자 최선의 기

회예요. 이제 이 작전은 저의 개인적인 도전이 됐어요. 다시 한 번 그들에게 맞서고 싶어요."

"꽤 자신이 있는 것 같구나." 반야가 말했다.

"그래요. 삼촌도 그러셔야죠. 난 삼촌의 작품이잖아요." 도미니카가 말했다. 그녀는 그 말을 듣고 반야의 마음이 부풀어 오르는 걸 지켜봤다. 허영심이 그의 머리 위에서 노란 풍선처럼 커져 있었다.

"그럼 그 작전은 어떻게 진행할 건데?" 반야가 물었다. 도미니카는 이제 한 가닥 남은 실만 부드럽게 잡아당기면 된다는 걸 알고 있었다.

"삼촌의 조언과 지도, 그리고 코르치노이 장군님의 지도에 의지하겠습니다."

"이 문제는 코르치노이 장군에게 브리핑하지 않았는데." 반야가 말했다.

"그 장군님의 부서가 제가 생각하는 작전을 시작하기에 가장 적합한 곳이라고 생각합니다. 만약 삼촌에게 다른 생각이 있으시다면……"

"코르치노이 장군을 이 작전에 참가시키는 걸 고려해보겠다." 반야가 말했다. '이 성질 급한 사람이 이미 결정해놓은 걸 고려해보겠다 이거군.' 도미니카는 생각했다.

"삼촌이 어떤 결정을 내리시든 철저하게 기밀로 유지될 겁니다. 매 작전 단계를 삼촌이나 삼촌이 지정하신 분에게 승인을 받겠습니다."

"내쉬가 헬싱키 근무를 끝냈다는 건 알고 있나?" 반야가 말했다. 그는 도미니카의 얼굴에서 뭔가 반응이 나타나는 게 있나 살펴봤지만 아무것도 보이지 않았다.

"몰랐습니다. 하지만 그건 중요하지 않습니다. 그가 숨을 수 있는 곳은 어디에도 없으니까요." 도미니카가 말했다.

야세네보의 수다쟁이들이 바빠지기 시작했다. 예고로프의 조카딸이 핀란드에서 다시 본부로 돌아왔다는 소문이 퍼졌다. 바로 그 핀란드에서 얼마 전에 대박을 쳤다지, 아주 은밀하게 말이야. 그 일과 도미니카가 무슨 관련이 있는 걸까? 조사를 받았다는 소문은 뭐지? 흔히 있는 공무원의 부정행위, 뭐 그런 건가? 그 여자가 얼굴은 달라진 게 없는데 어딘가 달라 보이고 더 말랐더라고. 사람들을 쳐다볼 때 미친 것처럼 눈도 안 깜박이고 보더라니까. 지금은 코르치노이 장군의 미국 부서에 있는 독실에서 일하고 있다던데. 부국장의 조카딸이니 특수 임무를 맡고 있는 건 놀랄 일도 아니지만 그게 흔히 있는 정실 인사가 아닌 것 같단 말씀이야. 그 눈을 좀 봐. 광기가 어린 눈이라니까.

도미니카는 코르치노이에게 그의 부서에서 일할 수 있게 허락해달라고 청원했다. 그는 잠시 아무 말 없이 숱이 짙은 하얀 눈썹 밑의 눈으로 그녀를 바라봤다. 그의 보라색 망토는 장엄해 보였다. "자네가 레포르토포에서 보여준 불굴의 용기는 대단했어." 그는 조용히 말했다. 도미니카는 얼굴을 붉혔다. "그 이야긴 이제 더 이상 하지 않기로 하지." 코르치노이가 말했다.

그날 오후에 코르치노이는 부국장과 같이 앉아 브랜디를 마시며, 내부 첩자를 잡기 위해 도미니카와 그 미국인의 관계를 복구하는 반야의 작전에 대한 브리핑을 받았다. 코르치노이는 깊이 감동했다고 말하면서 반야에게 도미니카를 미국 부서로 데려가는 걸 찬성해달라고 부탁했다. "그 문제를 해결하기엔 우리 부서가 제일 좋아." 코르치노이가 말했다.

"볼로댜." 반야가 말했다. 반야가 그의 애칭을 부르는 걸로 봐서 둘의 우정이 얼마나 깊고 오래됐는지 알 수 있었다.

"그 문제에 대해 자네의 상상력이 필요해. 난 뭔가 새로운 게 필요하다고."

"우리끼리 하는 말인데, 우리 부서에서 해법이 나오지 않는다면 오히려 내가 놀랄 거야." 코르치노이가 말했다. 반야가 다시 잔을 채웠다. "이 모든 건 철저하게 비밀로 해야 해." 그는 코냑을 마시면서 말했다. "그 내부 첩자가 자기 목에 올가미가 조여오는 걸 눈치채게 해선 안 된단 말이야."

니나 예고로바의 시치(러시아 양배추 수프)

깍둑썰기한 쇠고기, 잘게 썬 양파, 셀러리, 채친 당근과 통마늘을 물에 넣고 두 시간 동안 끓인다. 다른 냄비에 사우어크라우트(sauerkraut, 독일식 김치-옮긴이)와 헤비 크림을 넣고 그 위에 끓는 물을 부어 중간 온도로 맞춘 오븐에서 30분 동안 익힌다. 깍둑썰기한 감자, 셀러리 뿌리와 길고 가늘게 썬 버섯들을 물렁해질 때까지 끓인다. 재료를 다 합쳐서 소금과 통후추로 넉넉하게 간을 한 후에 월계수 잎과 마저럼(marjoram, 허브의 일종-옮긴이)을 넣어 20분간 끓인다. 냄비를 천으로 덮고 낮은 온도의 오븐에 넣어 30분간 맛이 우러나오게 한다. 사워크림, 딜과 같이 낸다.

22

네이트 내쉬는 CIA 본부의 옅은 초록색 복도를 정처 없이 걸었다. 텅 빈 복도는 왁스로 광을 낸 D 복도를 지나 E 복도와 DI 복도까지 연결됐다. 현장에서 활동하는 요원에게 정보부 요원들이 근무하는 사무실들을 돌아다니는 건 불가사의한 정글 속을 걸어 다니는 거나 마찬가지였다. 구석구석에서 사람들이 유심히 쳐다보다가 물러서고, 문들이 빠끔히 열렸다가 쾅 소리를 내며 닫혔다. 그들의 귀에 거슬리는 웃음소리는 나무들이 빽빽이 하늘을 가린 숲 속에서 원숭이가 울부짖는 소리 같았고, 강 건너편에서 속이 텅 빈 티크 통나무를 쳤을 때 나는 소리 같기도 했다.

헬싱키는 추억이자 고문이었다. 도미니카는 흔적도 없이 사라졌다. 그녀가 지금 어떤 상태에 있는지 알 수 없고, 생사조차 알 수 없었다. 그녀가 다시 나올 때까지 '정보원과의 접촉은 단절'됐다. 어쩌면 10년 후에 지구 반대편에서 열리는 외교 연회에서 그녀를 만나는 일이 있을지도 모르고, 어쩌면 결코 만날 수 없을지도 모른다. 아니면 또 다른 요원이 그녀가 어떻게 강제 노동 수용소로 보내졌는지에 대한 이야기를 듣거나, 아니면 모스크바 연구가들이 일간지 『프라우다』에서 그녀의 사망 기사를 읽을 때까지 기다려야 할지도 모른다. 헬싱키 레지덴투라의 통신을 지속적으로 감시하고 있었지만 그녀의 운명에 대해선 아무것도 밝혀지지 않았다.

도미니카가 본국으로 소환된 지 한 달 후에 네이트가 포사이스에게 무급 휴가를 낼 수 있는지 물었다. 그는 솔직하게 개인적으로 모스크바로 가서 할 수 있으면 그녀에게 무슨 일이 일어났는지 알아볼 생각이라고 말했다. 평소엔 잘 흥분하지 않는 포사이스가 벌컥 화를 냈다.

"모스크바에 가고 싶다고?" 그는 고래고래 소리를 질렀다.

"모스크바에서 하는 작전들을 잘 아는 CIA 요원이 외교관 면책 특권도 없는 일반 시민으로 러시아에 들어가고 싶다고? SVR이 자기 수도에서 스파이로 활동하는 줄 뻔히 알고 있는 CIA 요원이? 그걸 지금 말이라고 하는 거야?" 네이트는 대답하지 않았다. 고함 소리를 들은 게이블이 포사이스의 사무실로 들어왔다. "대체 어쩔 셈인가, 네이트?" 포사이스가 말했다. "루비안카에 쳐들어가서, 그녀가 있는 감방 문을 폭파하고, 총질을 해서 지붕까지 올라가서, 같이 행글라이더를 타고 서방으로 넘어올 거야?"

"모스크바에서 행글라이더를 타고 날아오긴 좀 멀다. 그것만 빼면 엄청 훌륭한 계획인걸." 게이블이 말했다.

"내가 이번 딱 한 번만 말하겠어. 자넨 내 허락이나 CIA 승인 없이 무급 휴가도 갈 수 없고, 자네 근무 위치를 이탈해서도 안 되고, 러시아 연합으로 여행갈 꿈조차 꾸지 마. 우리는 디바가 위험에 처했는지 어쩐지도 모르고 있고, 그녀가 현재 어디에 있는지 어떤 상황인지 전혀 모르고 있어. 우리가 할 일은 소식을 기다리는 거야. 정보를 수집하고." 네이트는 의자에 털썩 앉았다.

"디바가 곤경에 빠졌다면 결국 그 소식이 들어올 거야. 그 일은 자네 책임이 아니야. 자네가 실수한 건 하나도 없어. 디바는 정보원이야, 우린 정보원들을 보호하고, 위험을 무릅쓰면서 일을 하고 있어. 정보원 중에서도 최고의 정보원들은 끔찍한 위험을 감수하면서 일하고 있는 거야. 가끔은 모든 스파이 기술을 동원하고 매사에 철저하게 조심해도 그들을 잃는 경우가 있어. 내 말 이해해?" 네이트는 고개를 끄덕였다.

"요지는 입 닥치고 있으란 소리야. 우린 할 일이 많아. 제발 어서 일이나 해. 그렇게 멍 때리고 있지 말고. 널 보면 마치 제인 오스틴 소설을 보는 것 같다고." 나중에 케이블이 그의 사무실에서 말했다.

CIA 본부에서는 네이트를 다시 본부로 불러들여 새 임무를 주는 게 합리적이라고 봤다. CE/ROD직, 다시 말하면 중앙 유라시아/러시아 작전 데스크는 모스크바에서 돌아왔지만 아직도 거기서 끊임없이 받았던 감시를 극복하지 못해 불안해하는 요원들을 위한 코끼리 묘지 같은 곳이었다. 거기에는 또한 말레이시아나 프레토리아나 카라카스 같은 곳에서 러시아인을 포섭했다가 놓친 요원들도 있고, 러시아로 파견될 준비가 한창인 첫 해외 파견 요원들도 있었다. 그 신입들은 모두 거울을 얼마나 잘 쓰는지와 같은 자신의 스파이 기술 하나에 자신이 맡은 정보원의 목숨이 달렸다는 등골이 오싹한 두려움을 맛보지 못해 의기양양했다.

유라시아/러시아 작전 부장은 밀폐된 이중 유리 창문으로 구 본부와 새 본부 건물 사이에 있는 구내식당의 3층 지붕이 보이는 자기 사무실에 앉아 있었다. 부장은 50대로 작고 여윈 체격에 뺨에는 검버섯이 군데군데 피어 있고, 가늘어져가는 흰 머리를 빗어 넘겨 거의 다 벗겨져가는 정수리를 가렸다. 뻣뻣한 흰색 코밑수염과 테가 두꺼운 안경 덕분에 교수처럼 보였다. 책상 위에 있는 파이프 받침대 덕분에 더 그런 분위기가 풍겼지만 그는 학자와 거리가 멀었다.

그는 수십 건의 해외 임무를 처리한 베테랑이다. 그는 쿠바에서 작업하면서 경험을 쌓다가 CIA에 포섭돼서 CIA의 관리를 받으며 30년 동안 정보를 수집해온 쿠바 정보원들(50명 정도)이 그중 두 명만 제외하고 모두 하바나 정보부가 관리하는 이중 첩자였다는 사실이 드러났을 때 러시아 작전 데스크로 넘어갔다. 그때 밝혀진 사실이 CIA 요원으로 일하는 내내 쿠바 작전에 헌신했던 베테랑 요원들의 사기를 처참하게 꺾었다. 하바나 정보부가 CIA 쿠바 지부를 폭파시켰다 해도 이보다 더 큰 피해를 입힐 수 없었을 것이다.

이제 러시아 작전 부장은 전 세계에서 진행 중인 러시아 작전들을 관리하느라 바빴다. 그는 기존의 정보원들을 관리하고 있었는데 그중에서도 최고의 정보원들은 아주 쓸 만한 정보들을 정기적으로 보내고 있었다. 마블이 여전히 그 무리 중에서도 최고였지만, 다른 잠재적인 후보들도 계속 올라오면서 순조롭게 진행되고 있었다.

매일 아침 그는 '일일 게시판'을 읽었다. 과거에는 그 메시지들을 출력해 3인치 두께 정도로 두툼하게 쌓인 종이들을 읽었지만, 이제는 전 세계에 흩어진 수십 개의 지부에서 활동하는 젊은 요원들이 보낸 '작전 상황'을 알리는 메시지들이 뜬 화면을 끊임없이 스크롤해서 보면 됐다. 전 세계를 모아놓은 팔레트처럼 리우데자네이루나 싱가포르나 이스탄불에서 온 메시지들이 러시아 2등 서기관이나 러시아 대사관 담당관이나 혹은 아주 기쁘게 SVR이나 GRU(러시아 군사정보국)의 정보 장교로 추정되는 인물과의 접촉, 싹트는 우정, 진탕 퍼마시고 취한 밤에 대해 묘사하고 있었다.

최근에 들어온 어떤 메시지 때문에 떠오르는 게 있었다. 먼지 날리는 한 아프리카 수도에 배치된 CIA 요원의 젊고 명랑한 아내가, 자신의 할머니가 물려주신 포테이토 치즈 팬케이크의 조리법을 말수가 적고 태도가 정중한 GRU 장군의 새 신부에게 알려줬다고 했다. 두 여자가 그렇게 가까워졌을 때 그 젊은 러시아 신부가 팬케이크 접시를 앞에 두고 울었다. 향수병에 걸려서 자신의 할머니를 생각한 것이다. '그 새댁에게 팬케이크를 계속 먹이면 언젠가는 그 신랑도 넘어오겠군.' 부장은 생각했다.

이런 식으로 1년에 한 번, 두 번, 혹은 다섯 번 정도 세계 어딘가에서 정보원을 포섭했다. 부드럽게 말하든, 빙빙 돌려서 말하든, 형제 같은 정에 호소하든, 아니면 그냥 사업 제안으로 대놓고 하든 상관없이 어려움에 처한 사람이 그 제안을 받아들이는 일이 일어나는 것이다. 그다음엔 본부와 해당 지부 사이를 오가는 메시지 양이 늘어나면서 정보원들이 은밀하게 가져온 정보들을 받아서, 그 진위를 확인하고, 스파이 기술을 실시한다. 그러다 그런 경우는 극소수지만 일이 아주 잘 풀릴 때는 그 정보원이 모스크바로 돌아가 내부에서 활동하게 된다.

하지만 문제들도 종종 생겼다. 포섭 대상이었던 정보원들이 새벽이 돼서 술이 깨면 간밤에 했던 결심을 저버리는 경우도 있었고, 러시아 정부의 분노를 무릅쓰고 첩보원으로 행동할 용기를 내지 못하는 이들도 있었다. 미국인의 제안을 상사들에게 보고하고, 곧바로 모스크바행 비행기를 타고 돌아가, CIA 요원의 손길이 미치지 않는 곳으로 가버린 사람들도 몇 명 있었다.

그리고 이 게임은 어두운 면도 있었다. 반대편이 항상 방어 태세만 취하는 건 아니란 점이었다. 1년에 한 번 혹은 동시다발적으로 폭탄 같은 메시지가 들어왔다. 세계 어딘가에 있는 한 젊은 요원이 러시아의 포섭 대상이 됐다는 보고였는데 대개 러시아 첩보부가 보란듯이 일부러 그렇게 하는 경우도 있었고, 그 요원의 취약한 면을 이용하려고 그런 것도 있었다. 마지막으로 그런 메시지들이 폭발적으로 늘어났던 때는 의회에서 CIA 요원들의 봉급을 동결시킨 해였다. 그때 러시아인들은 이렇게 물어보고 다녔다. "돈 필요한 사람 누구야?" 혹은 "정부에 환멸을 느끼는 사람 누구야?"

이렇게 기복이 심한 세계에서 유라시아/러시아 작전 부장이 당면한 문제가 하나 더 있었다. 그는 어떻게 그 동물원 우리의 문을 열고 네이트를 사무실에서 현장으로 몰아낼 것인지 궁리하고 있었다. 어젯밤 비밀 통신 장비를 통해 들어온 메시지에서 그 답이 나왔다.

부장은 네이트를 좋아해서 그의 기록을 철저하게 분석했다. 거기서 네이트의 내면에서 불타오르는 열정을 봤고, 그의 정서적인 면과 성격도 짐작했고, 생각이 많은 그 요원이 자신에 대한 회의 때문에 그동안 이룬 성공에 부정적인 영향을 끼치고 있으며 작전에 차질이 생겼을 때 계속 곱씹으면서 우울해한다는 걸 알아챘다. 그는 디바 작전에 대해 알고 있었고 그것이 네이트의 일상에 어떤 영향을 미치고 있는지 알고 있었다. 부장은 일어나서 네이트의 사무실 문을 열고 문설주에 기대섰다. 마틴 게이블이라면 내쉬에게 버럭 소리를 질렀을 것이다. 부장은 그보다는 훨씬 더 조용한 사람이었다. 그는 네이트가 그의 눈을 볼 때까지 기다렸다가 머리를 끄덕여서 오란 신호를 보냈다.

"마블이 신호를 보냈네." 부장이 입에 차가운 파이프를 찔러 넣으면서 말했다. "2주 동안 유엔 총회에 참석하기 위해 뉴욕에 와." 네이트는 총에 맞은 새를 물어오는 개처럼 바짝 긴장해서 의자에서 허리를 곧추 세우고 앉았다. "우리가 마블을 본 지 꽤 됐지. 할 게 많을 거야. 지금 당장 준비를 시작할 수 있겠나?" 부장은 네이트의 얼굴에 떠오른 표정을 보고 재미있어했다. "준비하러 가기 전에 시몬 벤포드 방첩부장에게 가서 인사해. 벤포드는 마블의 현재 보안 상황은 말할 것도 없고, 마블이 제공하는 단서들을 자네가 철저하게 조사하길 원할 거야." 네이트가 고개를 끄덕이고 나가려고 일어섰다.

"잠깐 기다려. 벤포드를 만나면…… 멍청한 짓은 절대 하지 마, 알았어? 아주 세심하게 신경 써야 해. 내가 벤포드에게 이번 마블과의 미팅에 대해 일러뒀어. 벤포드가 그때 한 말을 한 자도 빼놓지 않고 다시 말해주지. '그 담당 요원에게, 내가 오싹해할 정도로 마블과의 미팅을 환상적으로 처리하라고 해주십시오.'" 부장이 말했다.

네이트가 돌아서서 그를 봤다.

"내 말이 무슨 뜻인지 알겠나?"

네이트는 고개를 끄덕이고 나왔다. 부장은 그의 얼굴이 지난 몇 달 만에 처음으로 냉철해지는 걸 봤다.

포테이토 치즈 팬케이크

양파와 감자를 거칠게 갈아서, 물을 빼고 물기가 하나도 없을 때까지 꽉 짠다. 거기에 가늘고 길게 썬 그뤼에르 치즈, 밀가루를 넣고 풀어 놓은 달걀과 마늘 퓌레를 섞어서 걸쭉하게 반죽을 만든다. 기름을 두른 프라이팬에 3인치 정도 두께의 동그란 반죽을 넣고 노릇노릇하게 구워질 때까지 계속 뒤집어가면서 익힌다. 헤비 크림에 데친 시금치에 소스와 사워크림과 같이 낸다.

23

마블은 뉴욕 지부에서 관여하기엔 극도로 신중을 요하는 정보원이었다. 그래서 러시아 작전부장이 뉴욕지부장은 건너뛰었다. 뉴욕 지부장은 성질 더럽고 키 작은 아첨꾼으로 항상 시내에서 하는 스포츠 행사 티켓을 졸라서 얻어내는 능력만 뛰어난 사람이었다. 그는 이 작전에 대해 아무것도 모른 채 배제됐다. 마블은 유엔 총회 모임들이 끝난 후 밤에 네이트를 만날 것이다.

모스크바, 헬싱키, 그리고 뉴욕. 그들은 지난번 만남에서 했던 이야기에 이어 대화를 시작했다. 모스크바 안에서 활동하는 정보원들과 다시 만나 친목을 다질 만한 시간 같은 건 없었다. 만나면 곧바로 일 이야기를 시작해야 했다. 네이트는 마블과 함께 작은 미드타운 이스트 호텔 방에 앉아 있었다. 책상 하나, 의자 둘, 그 뒤에 침실이 있고, 그들의 코트는 침대 위에 던져놨다. 경적 소리가 희미하게 유리창을 통해 들어왔다. 램프 두 개가 켜져 있었고 남자들은 작은 테이블 주위에 의자 두 개를 당겨 앉았다. 마블이 애정을 담아 네이트의 손을 잡았다.

네이트가 남은 한 손으로 물병에 든 물을 잔에 따라 마블에게 건넸다. "좋아 보이세요." 그는 대화를 시작하기 위해 먼저 이렇게 인사했다. 탁자 위에 있는 쟁반에 샌드위치, 작은 샐러드 접시들과 비네그레트 드레싱 병이 있었다. 하지만 그들은 음식에는 손도 대지 않았다.

마블이 미소를 지으며 어깨를 으쓱했다. "일이 착착 진행되고 있어. 모스크바 본부에서는 우리가 성공했다고 서로 덕담을 나누고 있지. 우린 생쥐들이 하는 미로 게임을 하고 있는 거야. 그중에서 노력을 할 만한 가치가 있는 건 별로 없어." 마블은 네이트의 손을 놓고 뒤로 물러나 앉아, 물을 한 모금 마시고 차고 있던 시계를 봤다. "오늘 밤은 30분 정도밖에 시간이 없어. 이틀 후에는 아마 자유롭게 시간을 쓸 수 있을 거야. 하지만 자네에게 말할 흥미로운 일들이 있어. 내 생각에 S국에서 미국에 불법체류자를 관리하고 있는 것 같아. 관리는 뉴욕에서 하고 있지만 실제로 그 불법체류자가 활동하고 있는 곳은 뉴잉글랜드인 것 같아. 그들이 보스턴에서 만나고 있거든. 난 원래 이 사건에 대해 알아선 안 되는데 S국 사람들이 내게 그 회합 장소들에 대한 조언을 구하러 오기 시작했어. 그 작전은 탄탄하게 자리를 잡았고, 내가 추정한 바로는 그 불법체류자는 미국에 온 지 5년 정도 된 것 같아."

"그 불법체류자의 신원을 파악할 수 있는 다른 사항이 있습니까?" 네이트가 물었다.

"없어. 하지만 아마 거기에 관련된 다른 게 있는 것 같아. 이건 그냥 내 짐작일 뿐이지만 최근에 새로운 정보들이 들어오기 시작했어. GRU가 집중적으로 관심을 보이고 있지. 미국의 탄도미사일을 탑재한 잠수함 프로그램 내부에 누군가 있어."

"새로운 정보들이라고요? 어떤 종류의 정보인가요? 그 정보원에 대해서 짐작하실 수 있는 게 뭐가 있을까요?" 네이트가 물었다.

"보수, 유지 파트에 관여하는 인물인 것 같아. 오래된 배들을 다시 건조한다는 정보가 있어. 포세이돈, 아니, 트라이던트 급이야. 어떤 정보들은 아주 빽빽해."

"빽빽하다고요? 그러니까 아주 자세하다는 말인가요?" 네이트가 말했다.

"그래. 내가 요약 보고서를 읽어봤어. 그걸 보면 그 정보원은 그 프로그램 내부에 있어." 마블이 물을 한 모금 더 마셨다. "하지만 뭔가 이상한 게 있어. 난 미국 담당 부서 부장인데 내 담당 구역에서 군사 정보를 제공하는 정보원은 하나도 없어. GRU가 관심을 보이는 걸로 봐서 거기서 그 정보원을 관리하고 있는 것도 아니야. 그들에게도 그 정보는 새로운 것이었어."

"그게 무슨 의미죠?" 네이트가 말했다.

마블이 손가락으로 하나하나 꼽아가며 말했다. "새로운 정보들이 들어오고 있다, 우리 부서에 등록된 정보원 중에서 이걸 설명할 수 있는 정보원은 없다, 불법체류자는 엄연히 존재하고 있다. 그러니까 아무래도 S국에서 관리하는 이 불법체류자가 잠수함에서 일하는 정보원인 것 같아." 마블이 말했다.

"보고서들은 이제 막 들어오기 시작했지만 그 불법체류자는 미국에 5년 정도 있었던 것 같다고 말하셨잖아요." 네이트가 말했다.

"정확해. 5년 동안 그 불법체류자는 자신의 위장 신분을 가지고 조심스럽게 경력을 쌓아가다가 마침내 그쪽에 접근할 수 있는 자리에 올라가서 적극적으로 보고를 시작한 거야. 그거야말로 완벽한 조합이지. 내부에 확실하게 자리를 잡은 보이지 않는 첩자가 아주 순조롭게 요직에 올라온 거야." 마블이 말했다. 네이트는 고개를 끄덕이면서 작은 노트에 필기했다.

"헬싱키에서 언급하신 그 국장의 작전은 어떤가요? 거기에 대해서 새로 나온 정보가 있나요?" 네이트가 물었다.

"아무것도 없어. 나도 이게 얼마나 중요한 작전일지 알고 있어서 매일 주시하면서 듣고 있어. 거기에 관련됐을 만한 일이 한 가지 있어. 내가 어느 날 국장 사무실 뒤쪽에 앉아 있는데 예고로프가 들어와서 국장에게 말하더라고. '레베드에게서 새로운 정보가 들어왔습니다.' 예고로프는 내가 그 말을 들었는지 몰라."

"레베드라면 스완(swan, 백조-옮긴이)이란 말씀이세요?" 네이트가 물었다.

"그래, 스완."

"첩자의 암호명입니까?"

"바로 그거야." 마블이 말했다.

"다른 건 없어요? 다른 단서는?"

"방금 내가 말한 그대로야. 국장이 관리할 정도라면 백조는 어느 정부의 고위직 인사인 게 분명해. 우리 부서에서는 그런 작전 내용이 전혀 없어. 그 정보원을 다루는 규정도 없고, 작전 상황을 알리는 메시지들도 없어."

"어떻게 생각하세요? 어떤 결론을 내리실 수 있겠어요?" 네이트가 물었다.

마블이 물을 한 모금 또 마셨다. "그 첩자가 워싱턴, 즉 자네 정부 내부에 있는 인물이 아니라면 국장이 맡지 않았을 거라는 거지, 이 친구야."

"스완이 여기 있다고 생각하신단 말씀이시죠?" 마블은 그 말에 고개를 끄덕였다. "그자를 어떻게 찾아야 할까요?"

마블이 어깨를 으쓱했다. "내가 더욱 더 노력해서 그 자의 정체를 알아볼게. 그동안 자네는 워싱턴 레지던트인 골로프를 주시해. 골로프는 그 정도 급의 정보원을 만날 지위에 있으니까. 그리고 그자는 거리에 나오면 면도날처럼 예리해서 빈틈이란 게 없어."

마블은 자리에서 일어나 창가로 가서 거리를 내려다봤다.

"게임도 너무 많고," 마블은 아래 있는 도시에 대고 말했다. "위험도 너무 많아. 이 모든 것의 끝을 보면 기쁠 것 같아."

"위험 이야기가 나왔으니 말인데 어떠세요? 안전하신가요? 놈들이 유출된 정보를 찾기 위해 어떻게 하고 있나요?" 네이트는 이중 첩자라는 말이 주는 어감 때문에 그 말을 쓰지 않았다.

"그 얘긴 우리의 다음번 미팅을 위해 아껴둬야 할 것 같은데." 마블이 시계를 보면서 말했다. "그 문제에 대해 긴급하게 해야 할 말은 없으니 다음번에 해도 돼."

마블이 돌아서서 침대로 걸어가 코트를 입었다. 네이트는 노인의 구겨진 옷깃을 바로 펴주고, 그의 어깨를 탁탁 쳤다. 그들은 더 이상 그 스파이 가루에 대해선 걱정하지 않아도 된다. 마블이 그를 애정 어린 시선으로 봤다. "이틀 후에 가장 흥미로운 주제인 나에 대해 토론할 수 있어. 회의는 정오에 끝나. 우린 같이 저녁 먹고 밤새 얘기할 수 있어." 마블은 다시 창문을 내다봤다. "난 이 도시를 사랑해. 언젠가는 여기서 살고 싶어."

"언젠가는 그렇게 되실 겁니다." 네이트는 그렇게 말하면서 마블이 여기서 재정착하라는 승인을 받게 될 가능성은 없을 거라고 생각했다. 그것은 그의 은퇴 성격에 달린 것이고, 그것도 그가 살아서 은퇴하게 될 경우에 그랬다. 마블이 네이트와 팔짱을 끼고 문으로 걸어갔다. 네이트는 마블이 뭔가(뭐든) 도미니카에 대해 들은 게 있는지 물어보고 싶은 마음이 간절했지만 도저히 그럴 수 없었다. 각 작전은 철저히 분리해서 관리해야 한다는 엄격한 규정에 따라 네이트는 마블에게 도미니카를 포섭한 일에 대해 한 번도 말한 적이 없고, 그녀가 네이트를 통해 마블의 정체를 밝히는 임무를 맡았다는 점도 말하지 않았다. 정보원은 절대로 다른 정보원의 정체를 알아선 안 되었다.

대신 네이트는 이렇게 말했다. "반야 예고로프가 최근에 승진했다는 소식을 들었습니다."

"반야는 물불을 가리지 않는 자야. 난 그자를 20년 동안 알고 지냈어. 그자는 첩보부를 통째로 손에 넣고 싶어 하지만 아직은 크렘린 주인의 후원이 부족하지. 늑대 인간 같은 주인을 만족시키려면 작전을 성공시켜야 해. 스완 건을 잘 해내면 도움은 되겠지만, 그보다 더 극적인 성공이 필요해."

"그런 게 뭐가 있죠?" 네이트가 물었다.

"예를 들면 나를 잡는 그런 거지." 마블이 웃었다. "그자에게 행운을 빌어주진 않겠어." 마블이 네이트의 손을 따뜻하게 잡았다. 마블의 마음속에 뭔가가 더 있다는 걸 느낄 수 있었다.

"다른 하실 말씀은 없나요?"

"부탁이 있어. 자네가 좀 전해줬으면 싶은 메시지가 하나 있어." 마블이 말했다.

"뭐든 시켜만 주세요." 네이트가 말했다.

"벤포드가 이틀 안에 뉴욕에 올 시간이 있다면 그 친구와 이야기를 하고 싶어. 그 친구와 반드시 의논할 일이 있어." 마블이 네이트의 눈을 들여다봤다.

"제가 대신 메시지를 전해드리면 안 될까요?" 네이트가 말했다.

"네이트, 자네 기분을 상하게 하고 싶진 않지만 반드시 벤포드에게 직접 말해야 해. 이해하겠어?" 마블은 네이트의 얼굴을 찬찬히 살펴봤다. 자신에 대한 애정과 존경 외에 아무것도 보이지 않았다.

"물론 그렇게 할게요, 아저씨. 벤포드 부장님이 오실 겁니다." 네이트가 말했다.

마블이 문을 열었다. 네이트는 순간 노인이 본능적이면서도 다른 사람은 알아챌 수 없을 정도로 순식간에 복도를 확인하는 걸 봤다. "잘 자게." 마블이 말했다.

"안녕히 주무세요." 네이트가 대답했다.

호텔을 바꾸라고 벤포드가 우겨서 네이트는 마블에게 방 번호를 전달하기 위해 브라이언트 공원에서 기다리고 있었다. 현무암 흉벽이 있는 미국 방열기 회사의 전 본사가 뉴욕시의 불빛들을 배경으로 희부연 각광에 잠겨 있었다. 4, 5년 만에 다시 만난 벤포드와 마블은 호텔 방문 앞에서 힘차게 포옹했다. 그들은 방에 들어가서 앉았다. 라디에이터에서 덜컥거리는 소리가 나고 서부 40번가 거리에서 맨해튼 택시들의 경적 소리가 유리창을 통해 들어왔다. 그들은 반병쯤 남은 브랜디로 잔 두 개를 채우고 또 채웠다. 둘은 그렇게 '오래된 친구'는 아니었지만 벤포드는 마블이 한 일을 14년 동안 지켜봤다. 그는 1년에 한 번씩 마블의 파일을 읽으면서 그 파일이 확장되는 걸 지켜봤다. 그것은 정원용 호스에서 나오는 물로 수영장을 채우는 것처럼 매년 두 번씩 파리나, 자카르타나 뉴델리에서 가진 귀중한 미팅을 보고하는 보고서들로 두툼해져갔다.

20개에 달하는 마블의 파일은 아내의 죽음, 홀아비의 슬픔, 예상치 못했던 서구 출장들과, 급하게 준비된 미팅들을 포함한 한 정보원의 삶을 담은 손때 묻은 연대기였다. CIA에서 마블에게 세 번이나 훈장을 수여했지만 만일을 대비해 다시 가져갔다. 그의 핸들러들과 지부장들과 국장들이 보낸 감사장들도 있었고, '전 세계의 민주주의를 지킨' 공로를 치하하는 상장들도 있었다. 지난 14년 동안 그가 해결한 크고 작은 문제들과 은퇴 계좌에 있는 예금과 이 기나긴 항해의 매년 6개월마다 새로운 장을 만들기 위해 끼우는 조잡한 노란색 서표들도 있었다.

그 파일에는 CIA 러시아 담당 부장들도 순서대로 나와 있었다. 굉장한 인물들도 있었고, 마블이 거둔 성공을 자신의 성공이라고 주장한 그릇이 좀 작은 부장들도 있었다. 이 파일에는 마찬가지로 CIA 국장들의 계보도 들어 있었다. 국장들 중에는 전직 제독이거나 장군으로 앨런 덜레스가 지은 건물에서 태연하게 제복을 입고 훈장을 달고 다니고, 마블이 가끔 제공하는 깜짝 놀랄 만한 정보를 가지고 백악관에 가서 그게 그동안 마블을 정보원으로 관리해온 자신의 공으로 돌리는 이들도 있었다. 그리고 그 파일에는 마블의 핸들러로 눈이 쌓인 거리들과 파리가 날아다니는 로비들과 소리가 울리는 계단들을 누비며 활약한 젊은 남녀 요원들의 이름들도 있었다. 마블을 거쳐 간 그 요원들 중에서 승진한 이들도 있었지만 그렇지 못한 이들도 있었다.

관습대로, 벤포드는 매년 마블의 파일을 읽으면서 스파이 기술에 빈틈이 생긴 신호들을 찾고, 나무를 갉아먹는 벌레 소리가 나진 않는지 소리를 들어봤다. 벤포드는 냉정하게 마블이 보내는 정보가 양적으로나 질적으로 하락하거나 감소되는 신호가 있는지, 공식석상에서 찍힌 마블의 사진들을 살펴보면서 그의 모습이 점점 더 중심에서 멀어지거나 프레임 밖으로 밀려나고 있는 건 아닌지, 그러면서 그와 동시에 중요한 정보에 대한 접근권한들을 상실해가는 건 아닌지 살펴봤다. 하지만 문제가 생긴 기미는 전혀 없었다. 마블은 CIA가 관리하는 최고의 러시아 스파이였는데 그건 그가 오랫동안 살아남았을 뿐 아니라 그의 스파이 기술이 점점 더 좋아지고 있기 때문이기도 했다.

"내가 말한 걸 네이트가 보고했어?" 마블이 물었다.

"그랬어. 우린 앞으로 바빠지겠어."

"그 불법체류자, 잠수함 문제, 국장의 작전, 스완 문제?"

"오늘 아침에 네이트의 요약 보고서 읽었어." 벤포드가 말했다.

"유감스럽게도 냉전은 끝났지만 우리 지도자들이 못된 짓을 하는 성향은 줄어들지 않은 것 같아. 여러모로 예전 소련 사람들이 훨씬 더 이해하기 쉬웠어." 마블은 브랜디를 두 잔 더 따르고, 자신의 잔을 들어 한 모금 마셨다.

벤포드는 어깨를 으쓱했다. "미국도 못지않아. 게다가 우리가 멈춘다고 해도 어차피 실업자가 되는 수밖에 없잖아."

"그게 바로 내가 자네에게 하고 싶은 얘기야." 마블이 말했다.

"볼로냐, 지금 그만두고 싶다는 말을 하는 거야? 그 타이밍에 무슨 이유가 있어?" 벤포드가 말했다.

"벤포드, 내가 한 말을 오해하지 마. 난 그만두고 싶지 않아. 때가 되면 조용히 은퇴해서 미국으로 이주하고 싶어. 자네가 이 도시에 있는 아파트 한 채를 사주길 바라는 마음이 굴뚝같아."

"그것뿐이겠어. 그것보다 더한 것도 해줄 거야. 어쨌든 지금 무슨 생각을 하고 있는지 말해봐."

"내가 얼마나 자네와 더 같이 일할 수 있을지, 그리고 내 은퇴가 정확히 자발적인 은퇴일지 아니면 동역학적인 이유로 하게 될지는 두고 봐야겠지." 마블이 말했다. 벤포드는 한 번도 정보원이 자신이 체포돼서 사형될 가능성을 '동역학적인 은퇴'라고 하는 걸 들어본 적이 없다는 생각이 들었다. 마블이 이야기를 이어갔다. "하나는 확실해. 정상적인 수순을 밟는다면 내가 은퇴하기까지 2, 3년 정도 남았어. 반야가 국장이 되고 싶은 열망과 우리 첩보부가 흘러가는 방향을 보면 말이야."

"자네도 부국장이 될 수 있어." 벤포드가 확신을 가지고 말했다. "자넨 야세네보에서 존경받고 있고, 의회에 친구들도 많잖아."

마블이 브랜디를 한 모금 마셨다. "날 10년 더 부려먹겠다고? 정치가들 사이에서? 벤포드, 난 우리가 동지인 줄 알았는데. 아냐, 친구, 내 시간은 한정돼 있어. 그리고 이건 좀 과시하려고 물어보는 말인데, 내가 활동을 멈추면, 정보도 멈출 텐데, 그 손실이 클까?"

"정확해. 괜히 겸손하게 보이려고 가식 떨 필요도 없어. 자네가 은퇴하면 국가적으로 큰 손실이 될 거야. 그 누구도 자네를 대체할 수 없어." 벤포드가 말했다. "그렇게 되면 자네 상사들이 정신없이 경보음을 울려대면서, 새로운 후임 스파이를 찾으라고 닦달하고, 엉뚱한 후보들을 포섭하려고 들겠군."

"그야 뭐 유서 깊은 절차지. 그런 절차 때문에 나 같은 사람이 늙을 수가 없다니까. 그나저나 볼로댜, 대체 무슨 속셈이야? 우리끼리 하는 말로 '그 대가'를 알게 될 때까지 기다릴 수가 없겠어."

"내 후계자를 제공하려고 해. 내가 해온 일을 계속해줄 후임 말이야."

벤포드는 오랫동안 너무나 많은 일을 겪어서 웬만하면 놀라지 않았지만 이번에는 좀 놀랐다. "볼로댜, 미안하지만 지금 자네에게 제자가 있다는 말을 하는 거야? 우리가 같이 일하는 걸 아는 사람이 있어?" 그는 잠시 이걸 기록할 보고서의 첫 문장을 잠시 생각했다.

"아니야, 그녀는 우리가 같이 일하는 걸 전혀 모르고 있어. 때가 되면 알게 될 거야. 내가 그녀를 훈련하고 준비시킬 그때 말이야."

"그녀라고?" 벤포드가 말했다. "지금 SVR에서 30년간 일한 장군이자 SVR 미국 부서를 책임지고 있는 자네 후임으로 여자를 들이자는 소리야? 여자라서 반대하는 건 아니지만 러시아 첩보부에 여성 고위 인사는 없잖아. 내가 알기로 지난 30년 동안 간부급으로는 여자가 단 한 명밖에 없었는데. 하급 장교들, 행정가들, 사무직 직원들과 보조들은 여자가 있지만. 그녀는 어떤 접근 권한을 갖게 될 건데?"

"진정해, 벤포드. 그런 사람이 있어."

"제발 좀 말해봐." 벤포드가 말했다.

"도미니카 예고로바라고 반야 예고로프의 조카딸이야." 마블이 말했다.

"지금 농담하는 거지?" 벤포드는 무표정한 얼굴로, 눈동자도 움직이지 않고, 천천히 브랜디를 새로 따랐다. 그의 머릿속에서 순식간에 수많은 생각들이 차례로 지나갔다. '맙소사, 그녀가 살아 있어. 두 정보원이 만났어. 이들이 함께 일하고 있군. 세상에, 이들은 구내식당에서 보르시치를 같이 먹으면서도 자기가 가진 비밀들은 공유하지 않았군. 내쉬라는 그 애송이가 바빠지겠어.' 그리고 마지막으로 이런 생각이 순식간에 스쳐갔다. '망

할, 이거 기똥차게 풀리겠는데.'

"그 이유를 말해줘. 이 브랜디가 떨어져서 내가 술이 깨기 전에 말이야." 벤포드가 굉장히 회의적으로 말했다.

마블이 집게손가락으로 작은 테이블을 톡톡 치며 말했다.

"벤포드, 내 말을 집중해서 들어줬으면 좋겠어. 이건 자네 첩보부 역사상 최고의 기회야." 마블은 자신의 주장을 하나씩 말할 때마다 테이블을 한 번씩 쳤다. "그녀는 우리 문제에 대한 완벽한 해결책이야. 내가 아주 신중하게 고려해봤어. 그녀는 혈연인 삼촌의 후광을 받고 있어. 적어도 반야가 은퇴하거나 숙청당하기 전까진 그럴 거야. 그리고 그런 일이 일어났을 땐 이미 혼자서 잘 해내고 있을 거야. 그녀는 해외 첩보 아카데미인 AVR을 졸업했는데 그것도 우등으로 졸업했어. 그녀는 똑똑하고 기백도 있어." 벤포드는 고개를 숙인 채 쥐고 있는 잔을 돌렸다. 마블은 모든 걸 다 따져보고 선택한 것이다.

"자네와 나도 성적이 좋은 것만으로는 충분하지 않는다는 걸 알고 있지." 마블이 이야기를 이어갔다. "그녀에겐 동기도 있는 데다 엄청난 분노를 품고 있어. 아버지가 죽었고, 자기는 다니던 발레 아카데미에서 쫓겨났어. 삼촌이란 작자는 푸틴의 라이벌을 제거하는 데 그녀를 이용했지. 그래놓고 조카딸에게 한 약속을 깨고 스패로우 학교로 보내버렸어. 자네도 그 학교가 어떤 덴지는 알고 있겠지." 벤포드가 고개를 끄덕였다.

"그리고 헬싱키. 자네도 그녀가 거기 있었다는 건 알거야. 그러다 작전을 하던 중에 소란이 일어났지. 그녀의 잘못은 아니었지만 어쨌든 문제가 발생해서 그들이 그녀를 소환했고 두 달간 진땀을 흘리게 했어. 레포르토포 감옥에서 말이야. 어땠는지 상상할 수 있겠어? 옛날과 똑같은 그런 감옥에서 말이야. 그녀가 그들을 금방 용서하진 않을 거라는 거 하나는 확실히 말해줄 수 있어."

"그리고 가장 끝내주는 건 바로 이거야." 마블이 의자에 등을 기대고 앉으면서 말했다. "자네가 지금 무슨 생각하고 있는지 알아. 여자로서 그녀가 승진할 가능성이 별로 없다는 거지, 말단 직원인 데다 절대로 어떤 성공도 할 수 없을 거라고 생각하고 있는 거 안다고. 그래서 내가 그녀가 고속 승진하면서 확실하게 성공할 수 있는 방법을 제안할 거야. 그리고 그녀는 절대로 다른 장군의 무릎에 앉을 필요가 없는 거지. 내 무릎까지 포함해서 말이야." 마블이 말했다.

"알겠어. 그런데 그걸 어떻게 해낼 건데? 어떻게 그녀를 하룻밤 사이에 스타로 만들어줄 거냐고?" 벤포드가 물었다.

"반야 예고로프는 첩보부 안에 스파이가 있다는 걸 확실하게 알고 거기에 집착하고 있어." 마블이 자신을 손으로 가리키며 웃었다. "그가 도미니카를 헬싱키로 보낸 건 그녀를 네이트에게 접근시키기 위한 거였어. 그녀에게 그 스파이에 대한 정보를 알아내라고 지시했지. 자네는 헬싱키에서 네이트가 러시아의 작전 목표였다는 걸 알고 있었나?" 벤포드는 계속 얼굴에 아무 표정도 드러내지 않았다. 마블이 이야기를 계속했다.

"반야의 계획은 도미니카가 조사를 받는 바람에 연기됐지만 그녀는 이제 감옥에서 나왔고 혐의도 벗었어. 솔직히 그녀에 대한 이 테스트, 그러니까 레포르토포 감옥 에피소드 덕분에 그녀에게 더 많은 매력과 명성이 생겼어."

'오직 러시아인들만 그런 식으로 생각할 수 있지.' 벤포드는 생각했다.

"내가 도미니카를 우리 부서로 데려왔어. 그녀가 성장할 토대를 마련해주기 위해서지. 반야가 내게 네이트를 상대로 도미니카를 이용하는 작전을 재개해달라고 비공식적으로 요청했어. 이 작전을 이용해서 도미니카를 내 직속 부하로 만들 거야. 우리, 그러니까 자네와 내가 가장 좋은 순간을 선택해서 젊은 도미니카를 영웅이자 첩보부의 스타로 만들어서 확실하게 승진할 수 있게 해주는 거지."

"그 대가를 말해, 볼로댜. 밤이 점점 깊어지고 있어. 대체 어떻게 그녀를 영웅으로 만들 셈이냐고?" 벤포드가 말했다.

"아주 간단해. 도미니카가 내가 그 스파이란 걸 알고 그들에게 넘기는 거지." 마블이 말했다.

유엔의 소음과 사람들과 다른 러시아인들로부터 멀리 떨어진 곳을 원한 그들은 웨스트 4번가에 있는 빌리지 레스토랑에서 만났다. 그 날은 마블의 마지막 날 밤이었다. 붉은색 차양이 있는 그 레스토랑은 거리에서 몇 계단 내려온 곳에 있었다. 벽에는 댄서들이 그려진 그림들이 걸려 있었고, 좌석들은 높은 목재 칸막이로 구분돼서 편하게 이야기를 나눌 수 있었다. 마블이 사르데 파스타를 시키도록 벤포드는 가만히 있었다. 그들은 상대의 이야기를 잘 들을 수 있게 테이블 앞에 어깨를 맞대고 나란히 앉았다.

벤포드는 몹시 흥분해서 속사포처럼 지껄여댔고, 사실 조금 겁이 나기도 했다. 그는 마블의 제안을 모든 각도에서 이틀 동안 생각해봤다. 그것은 도저히 말도 안 되고, 불가능하고, 터무니없는 것이었다. 지금 상황은 그렇게 절망적이지 않았다. "만약 CIA의 정보 흐름이 끊긴다면 그렇게 하라고 해. 우리 일이란 게 원래 그렇지 뭐. 하지만 단순히 후계자가 자리 잡는 걸 도와주기 위해 자신을 죽이는 건 있을 수 없는 일이야." 벤포드가 말했다. 마블은 물론 그런 일은 일어날 수 있고, 일어나야 한다고 했다.

"만약 내가 잡히면, 그 내부 첩자 사냥이 어떻게 끝날지 누가 알겠어? 그러면 모든 게 곧바로 중단되는 거야. 아무것도 돌이킬 수 없는 상태에서 말이야. 그렇게 상황이 무너지도록 내버려둘 여유가 없어. 그리고 그렇게 선뜻 결정할 수 없다면 잠수함 안에서 기어 다니는 의문의 그 불법체류자에 대해 생각해봐, 아니면 스완이 누구건 그자가 미국 국무부나 의회나

백악관에서 야세네보에 보고를 한다고 생각해보라고. 우린 기다릴 여유가 없어." 마블이 말했다.

달리 할 말이 없어진 벤포드는 도미니카가 승진하는 데 필요한 후원을 받게 된다는 보장도 없고, 괜히 마블만 희생될 수도 있다고 했다. 그러자 마블이 말했다. "지금 농담해? 젊은 간부 급 요원에, 러시아 첩보부의 신세대 여성 요원이고, 미래로 쭉쭉 뻗어가길 염원하는 인재인 데다 그런 대단한 일을 해냈으니 당연히 그들이 그녀를 당장 일약 스타로 만들어줄 거야." 벤포드는 마블을 보고 와인을 두 잔 더 시켰다. 마블이 말했다. "이봐, 벤포드, 내가 암에 걸렸는데 반년밖에 못 살 거라고 말해야만 지금 내 제안이 일리 있다고 생각하겠어?" 그러자 벤포드가 말했다. "자네 암 걸렸어?" 마블이 아니라고 하자 벤포드가 말했다. "거봐, 지금 농담하는 사람이 누구야?" 벤포드는 할 수 없이 한심하지만 마지막 카드를 꺼냈다. "그럼 뉴욕에서 은퇴한다는 건 어떻게 할 건데?" 마블은 미소를 지으면서 자신은 사실 한 번도 그럴 거라고 예상하지 않았다고, 자기는 정말 그런 식으로 끝낼 수 없다고 하면서 벤포드의 팔에 손을 얹고 말했다. "자, 한 번에 한 단계씩 올라가면서 보자고. 이 일이 어떻게 되는지." 그러자 벤포드가 항복하고 말했다. "조건이 하나 있어. 누구에게도 말하지 말자고. 내 쉬에게도. 이 일이 확실해질 때까지는." 그러자 마블이 말했다. "조건이 두 개야. 그녀에게도 말하지 마." 그렇게 그들은 늦은 밤에 몰려온 손님들의 목소리를 들으며 그들만의 음모를 마음에 품었다.

사르데 파스타

올리브오일에 잘게 썬 양파, 가늘고 길게 썬 이탈리아 회향(finocchio, 미나리과의 다년
초 식물로 뿌리에서 나온 잎을 식용으로 함–옮긴이), 사프란, 신 건포도와 잣을 볶는다.
같은 냄비 바닥에 깨끗이 씻은 정어리와 멸치 살코기를 녹인다. 거기다 화이트 와인을 뿌
린 후에 양념을 하고, 뚜껑을 덮어서 재료들의 맛이 골고루 섞일 때까지 끓인다. 거기에 부
카티니나 페르차텔리 같은 파스타를 넣는다.

24

불법체류자와 내부 첩자들에 대한 마블의 보고서들은 러시아 작전 데스크에서 소수의 고위 관리자들만 볼 수 있게 제한됐다. 이 정보의 실질적인 분석가들은 CIA 방첩부서에 있는 내성적이고 사소한 것에 까다롭게 구는 사람들이었다. 그들은 외부의 스파이들뿐만 아니라 내부의 스파이들과 싸워야 하는 삭막한 곳에서 혈거인처럼 하루에 열네 시간씩 사무실에 틀어박혀 나오지 않고 집에서는 지하실에 미니어처 기차 세트를 조립해두고 취미로 분재를 한다. 이들이 네이트의 보고서들을 읽고, 정보를 분석하고, 조사를 시작했다.

뉴욕에서 돌아온 네이트는 다시 벤포드의 동굴로 호출됐다. 방첩부서는 본부의 층 하나를 다 차지하고 있는데 일반적인 사무실 구조와 달리 칸막이 책상들이 아니라 개별적인 사무실들로 가득 차 있었다. 모든 문은 닫혀 있었고, 각 방마다 문손잡이 위에 번호를 조합한 다이얼이 달려 있었다. 가끔 손잡이 없이 키패드만 달려 있는 방도 있었다. 이런 방들은 무슨 방이고, 거기에 대체 뭐가 있을까? 벤포드의 사무실 밖에 있는 책상에 아무 특징이 없는 비서 하나가 앉아 있었는데 그녀의 왼쪽 눈이 간헐적으로 씰룩거렸다. 그녀는 네이트를 주의 깊게 보더니, 눈을 깜박이고, 일어서서, 벤포드의 방문에 노크를 했지만 열지는 않았다. 그러고는 방에서 나는 소리를 들어보더니 다시 조심스럽게 노크했다. 안에서 목소리가 들리자 그녀는 문을 조금 열고, 네이트의 이름을 말하고, 옆에 서서 네이트에게 들어가라고 손짓을 했다.

벤포드의 사무실은 사람들에게 잊힌 중서부 대학에 있는 방종한 교수의 아틀리에 같아 보였다. 뒤쪽 벽에 붙어 있는 여기저기 찢어지고 색이 바랜 소파는 수없이 쌓인 파일들로 뒤덮여 있었다. 바닥에 떨어져 있는 몇 개는 마치 흩어진 포커 칩처럼 촥 펼쳐져 있었다. 방 반대쪽 끝에 있는 벤포드의 책상 위에는 밖으로 넘쳐서 흘러나오는 서류들로 꽉 찬 서류함들이 모여 있었는데 그것도 모자라서 그 위로 서류들이 겹겹이 쌓여 있었다. 반대쪽 구석에는 신문 더미가 금방이라도 쓰러질 것처럼 불안하게 쌓여 있었다. 벽에는 액자에 넣은 작은 사진들(흐릿한 흑백사진들)이 있었는데 아내나 아이들이나 친지의 사진이 아니라 다리들, 나무의 그루터기들, 나무가 울창하게 우거진 시골길, 버려진 창고들 사이에 있는 눈 덮인 골목들 사진이었다. 네이트는 이것들이 악명 높은 현장들, 오래전에 쓰던 신호들, 비밀 정보의 은닉처들과 정보원들을 차로 태우러 온 장소들을 찍은 사진들이라는 걸 알았다. 벤포드의 아이들이었다. 벤포드의 책상 뒤에 모스크바에 있는 네오 바로크 양식의 러시아 보험 회사, 다시 말하면 루비안카로 알려진 건물 사진이 액자에 들어 있었다.

"앉아." 벤포드의 목소리는 걸걸하고 나직했다. 벤포드는 키가 작고 배불뚝이에 이마는 툭 튀어나오고 희끗희끗한 머리는 빗질도 안 한 것처럼 보였고, 머리 한쪽은 옆으로 삐져나와 있었다. 그는 여성스러워 보일 정도로 긴 속눈썹에 소처럼 크고 깊은 갈색 눈으로 네이트를 봤다. 그의 턱살은 축 쳐져 있었고, 지금 하는 일을 아주 역겨워하거나 경멸하는 것처럼 작은 입매가 시종일관 경련을 일으키는 듯 삐죽거리고 있었다. "뉴욕에서 자네가 보낸 최종 보고서들 읽었어. 문법 실력은 형편없었지만 대체로 만족스럽더군." 벤포드가 말했다. "고맙습니다." 네이트가 말했다. 그는 조심스럽게 파일 몇 개를 치우고 소파 가장자리에 걸터앉았다.

"마블을 좋아하나?" 벤포드가 물었다. "그를 믿어?"

"전 그분을 아저씨라고 부릅니다. 부장님이 물어보신 게 그런 뜻인지 모르겠지만 가까운 사이입니다." 네이트가 대답했다.

"난 지금 자네가 그 친구와 둘이서 변태 짓을 하고 있냐고 물은 게 아니야. 그를 믿느냐고 물어본 거야." 벤포드가 말했다.

"네, 믿습니다. 그분은 14년 동안 우리를 위해 스파이로 활동했습니다." 이미 알고 있는 사실을 들은 벤포드가 조바심을 내면서 입을 내밀었다.

"그가 준 새 정보, 그 불법체류자와 이중 첩자에 대한 단서들과 힌트들이 진짜라고 생각해?"

"제가 보기엔 그런 것 같습니다." 네이트는 그렇게 대답하고 곧바로 후회했다.

벤포드는 짜증이 나서 뺨을 부풀렸다. "그냥 그런 것 같다는 거야, 아니면 그렇게 믿는 거야?"

네이트가 심호흡을 했다. "저는 그의 정보가 진짜라고 생각합니다. 만약 마블이 바람이 든 식사를 했다면 훨씬 더 눈에 띄고 훨씬 더 쉽게 알아낼 수 있었을 겁니다." 네이트는 벤포드가 또다시 얼굴을 찡그리면서 입을 뿌루퉁하게 내밀기를 기다렸다.

벤포드가 천천히 고개를 들었다. "바람이 든 식사라. 어디서 들은 가락은 있어가지고. 역사책 좀 읽었나 보지?" 그의 시선이 저쪽 벽으로 갔다. "저 사람이 누군지 알아?" 그는 안경을 쓰고, 기름을 발라 반지르르한 머리카락을 머리에 찰싹 붙이고 턱이 사각인 남자의 작은 흑백 사진을 가리켰다.

"앵글턴이죠, 그렇지 않나요?"

"제법인데. 10년 동안 앵글턴은 모든 소련 정보원이 이중 스파이고, 정보를 들고 온 모든 자원자가 소련에서 보낸 거고, 모든 정보가 허위 정보라고 믿었어. 그는 매력적이지만 불쾌한 편집증 환자였고, 자신이 밤마다

꾸는 악몽이 진짜라고 완전히 확신하고 있었지. 그의 생각이 맞았던 건지도 몰라. 나는 이런 정신병자는 되지 않기 위해서 그의 사진을 벽에 붙여 놓은 거야. 자, 이제 마블의 이야기를 해 보자고. 나도 마블을 믿어." 네이트는 고개를 끄덕였다. 그의 시선이 방의 반대편으로 가서 종이들과 책들이 넘쳐나는 책장으로 갔다. 제일 위쪽에 있는 칸에 가죽으로 장정된 책 다섯 권이 삐뚤빼뚤 쌓여 있었다. 벤포드가 네이트의 시선을 쫓았다. "저건 『버드나무 숲에 부는 바람(The Wind in the Willows)』이라는 책이야. 밀고자들과 스파이들로 가득 찬 책이지."

벤포드는 몇 초 동안 네이트의 얼굴을 보면서 얼굴을 실룩거렸다. 그에 대한 불쾌한 마음이 점점 커지는 건지, 아니면 깊은 생각에 잠겨 있는 건지 분간할 수 없었다. 네이트는 자신이 할 수 있는 유일한 행동으로 입을 꽉 다물고 있었다. 이 사람은 인간 자체를 혐오하는 사람이야. 20년 동안 이중 첩자 사냥을 하고 이중, 삼중의 사기와 함정을 상대한 사람이다. 네트워크들이 교란되고, 다락방의 무전기에서 아무 소리도 안 나고, 스파이들이 체포된 세월. 머리에 웃옷을 뒤집어쓰고, 손목에 수갑을 찬 채 법정에서 끌려 나가는 쪼그라든 남자들의 흑백 뉴스 영화를 봐야 하는 일들. 그게 벤포드의 전쟁터이다.

사람들은 벤포드가 천리안을 가지고 있다고 말했다. 그는 속임수와 이중 스파이와 가짜 단서들로 얽힌 복잡 미묘한 세계를 대단히 즐기는 서번트(서번트 신드롬에서 온 말로 전반적으로는 정상인보다 지적 능력이 떨어지나 특정 분야에 대해서만은 비범한 능력을 보이는 사람을 뜻함-옮긴이)였다. 네이트는 한시도 가만히 있지 않는 그의 손, 머리를 빗어 넘기는 긴 손가락들, 아마도 본인에게는 해로울 정도로 너무 뜨겁게 돌아가고 있을 그의 두뇌를 눈여겨봤다. 네이트는 마블의 내부 첩자와 불법체류자에 대한 최근 보고서를 본 벤포드가 쥐새끼들을 본 사냥개처럼 아주 신나게 추격할 거라는 짐작이 들었다.

"내 짐작에 벤포드가 자네에게 같이 일하자고 할 것 같아. 행운을 빌어." 러시아 작전 부장이 그렇게 말했다.

"나랑 같이 마블의 정보를 조사하지. 오늘부터 시작해. 러시아 작전 데스크에서 자네 소지품들을 옮겨와. 이제부터 무슨 일을 하는지에 대해 아무에게도 말하지 마. 우리가 그 불법체류자를 찾아낼 거야."

"유라시아/러시아 작전 부장님껜 말할까요? 부장님이 절 찾으실 경우에 대비해서 말이죠." 네이트가 말했다.

"아무에게도 말하지 마. 만약 그 친구가 물어보면 내가 알려줄게. 하지만 물어보지도 않을 거야. 이 단서들에 대해 아무에게도 말해선 안 돼. 보스턴 지부나 뉴욕 지부도 안 되고, 융통성이라곤 눈곱만큼도 없는 FBI도 안 돼. DIA(Defense Intelligence Agency, 미 국방부 정보국)도 안 돼. NSC(National Savings Certificate, 미 국가 안전 보장 회의)도 안 되고, 의회 위원회도 안 돼. 워싱턴의 그 누구에게도 이 망할 놈의 단서들에 대해 입도 벙긋하지 마. 자네와 나 단둘만이야. 자네도 이에 동의하리라 믿네."

네이트는 고개를 끄덕였다. '저 사람의 조수가 되는 건 확실한 명예거나 징역형을 선고받는 거나 둘 중에 하나겠군.' 네이트는 생각했지만 별로 상관 없었다. 헬싱키 사건 이후로 그의 경력은 정체돼 있었다. 현장에는 아직도 포사이스와 게이블 같은 후원자들이 있지만, 그를 후원해줄 수 없었다. 네이트는 끊임없이 까닥거리고 있는 비범한 벤포드를 보고 결심했다. 네이트는 국내 작전에도 능숙하고, 러시아에 대해서도 잘 아니까 이일에 기여할 수 있다. 벤포드를 후원자로 볼 수는 없지만(이렇게 인간을 싫어하면서 뚱한 사람이 다른 사람의 멘토가 되려고 하진 않을 테니까) 네이트는 그와 손을 잡고 방첩의 세계에 뛰어들어, 벤포드가 그렇게 화려하게 활약하고 있는, 안개에 휩싸인 세계를 배워보기로 했다. 어쩌면 손상된 평판을 회복할 수 있을지도 몰랐다. 어쨌든 팜에서 나온 후 처음으로 네이트는 미래에 대한 걱정을 그쳤다.

　　네이트는 조용히 방첩부서의 구석에 있는 사무실에서 자리를 잡았다. 이곳은 복도로 나오면 적막이 흘렀다. 사무실에서 사람들이 일을 하긴 하는 건가? 아니면 의자에 앉아 있는 노먼 베이츠(Norman Bates, 앨프리드 히치콕 감독의 영화 「사이코」의 주인공-옮긴이) 엄마의 바짝 마른 해골이 의자를 돌려서 씩 웃는 얼굴을 보여줄까? "여기예요." 벤포드의 비서가 그 말을 하면서 윙크를 한 건지, 눈을 씰룩인 건지 잘 모르겠다. 그건 정말 모를 일이라고 벤포드가 말하면서 그냥 익숙해지라고 했다.

　　네이트의 새 사무실은 창문도 없고, 아무 장식품도 없고, 퀴퀴한 냄새가 났다. 벽에 압정들이 점점이 박혀 있었었다. 대체 여기에 뭘 붙여놨던 거지? 잡아당겨서 열어본 책상 서랍 안에는 자른 손톱들이 서랍 바닥에 얇게 깔려 있었다.

　　그의 옆 사무실은 앨리스 뭐시기(성은 알려져 있지 않았다)의 사무실이었다. 40대, 혹은 50대 혹은 아마도 60대인 그녀는 어깨가 떡 벌어지고, 뺨은 사과처럼 붉고, 코는 두툼하고, 아주 짧은 적갈색 머리를 마치 나폴레옹처럼 빗어 넘겼다. 그녀는 여자 간수들이 신는 그런 신발을 신고, 평발로 아주 빨리 걸었다. 그녀는 다른 사람들에게 하는 것처럼 네이트에게 말할 때 고개를 그에게 기울이고 몸을 앞으로 숙여서 하는 것이 비밀을 털어놓으려고 하는 것처럼 보였지만 물론 그런 경우는 한 번도 없었다. 첩보부 내에서 그녀의 비밀을 아는 사람은 한 명도 없었다.

　　네이트가 이곳에 처음 온 며칠 동안 동료들이 슬쩍 들러서 앨리스가 이 부서가 생길 때부터 있었다고 일러줬다. 그녀는 이곳에 영원히 있을 거라고 그들이 말했다. 사실 트로츠키를 죽인 사람은 앨리스라고 했다. 또한 그들은 그녀가 앨런 핀커튼(Allan Pinkerton, 1819~1884, 시카고 최초의 탐정이자 최초의 사설탐정 사무실 설립자—옮긴이)과 섹스를 했다고 말하고는 자신의 사무실로 얼른 돌아갔다. 방첩부서는 고장 난 장난감들이 모여 있는 섬이었다. 네이트는 자신의 사무실 벽에 부 래들리(Boo Radley, 로버트 멀리건 감독의 영화 「앵무새 죽이기」에 나오는 정신지체자—옮긴이)가 쓰러져 있는 건 아닌지 살펴봤다.

벤포드가 앨리스에게 네이트를 도와주라고 했다. 앨리스는 자신의 책상 앞에 앉아 있었다(그녀의 사무실은 사실 햇볕이 잘 들고, 파일 캐비닛 위에 양치식물과 제라늄이 잘 자라고 있었다). 그녀가 신고 있는 실용적인 구두에서는 찍찍 소리가 났다. "당신은 아는 게 별로 없군요. 어디 검토해봅시다. 불법체류자가 있고, 잠수함이 있고, 뉴잉글랜드가 있고, 보스턴과 뉴욕에서 만났고, 마블이 잠수함 보수 유지와 5년에 대해 언급했고. 좋아요. 그럼 당신은 어디서부터 시작하겠어요?" 그녀가 말했다.

"해군에서 근무하는 직원 리스트?" 네이트가 말했다.

"아뇨." 앨리스는 의자를 빙그르르 돌리면서 말했다. "점심부터 먹죠."

그들은 구내식당 2층에 앉아 있었다. 네이트는 샐러드를 먹는 둥 마는 둥 했고 앨리스는 수저로 수프를 떠먹었다. 앨리스의 친구 소피가 거대한 다리로 2층 계단을 올라오느라 씩씩거리며 도착했다. 그녀는 OSR에서 일하고 있었다. 그 부서의 직원들은 올레냐 베이와 폴랴르니(러시아의 해군 기지들—옮긴이)의 오스카와 타이푼, 아쿨라 같은 녹이 슬어가는 방사성 핵잠수함들을 여전히 중요하게 생각하고 있었다. 그것들은 아직 중요하다고 입술이 얇은 소피가 말했다. "7층에서 하는 말은 신경 쓰지 말아요." 쉰 살인 그녀는 이목구비가 흐릿했다. 그녀는 검은 팬티스타킹에 하늘거리는 검은색 드레스를 입고 치료용 신발을 신고 있었다. 긴급 상황에 대비해서 손목에는 검은색 헤어밴드를 차고 있었다.

소피는 테이블 위에 세일러문(세일러복을 입은 소녀 전사들이 등장하는 일본의 만화와 애니메이션-옮긴이) 도시락을 내려놓은 다음 플라스틱 도시락과 통들을 열고 젓가락과 테이블에 세워놓을 수 있는 숟가락들과, 샐러드 드레싱을 넣은 양념 통을 꺼냈다. "이거 한번 먹어봐요. 집에서 만든 거예요." 그 드레싱은 발사믹의 달콤함에 디종 겨자의 톡 쏘는 맛과 매콤함이 섞여 있었는데 지금까지 먹어본 어떤 비네그레트 드레싱과도 달랐다. 네이트가 그렇게 말하자 소피가 활짝 웃었다.

앨리스가 그들에게 그만 노닥거리라고 하고 소피에게 그들이 궁금해하는 것에 대해 말했다. 소피는 카레를 먹으면서 눈을 감은 채 술술 읊기 시작했다. 기억을 떠올리려고 그랬는지 아니면 먹는 즐거움을 음미하기 위해서 그랬는지 아니면 둘 다여서 그랬는지는 알 수 없었다. 코네티컷 주에 있는 뉴런던, 뉴햄프셔의 포츠머스, 메인 주의 브런즈윅. 해당되는 기지는 세 개밖에 없었다. 잠수함들은 컸다. 그중에서 단 한 곳만이 그 잠수함들을 수리하고 있었다. 잠수함들이 노화되고 있기 때문에 항상 수리를 해야 했다. 마치 1980년대 아쿨라처럼. 사실 러시아인들은 아쿨라가 아니라 슈카라고 불렀다. 그게 훨씬 더 조용하지. 그러다 앨리스는 다시 원래 주제로 돌아갔다. 수리는 뉴런던의 템스 강 건너편에 있는 코네티컷 주의 그로턴에 있는 큰 조선소인 일렉트릭 보트에서 한다고 했다. 거기서부터 시작해보라고 소피가 말했다.

그들은 앨리스의 사무실로 다시 돌아와 동굴 시대에나 썼을 법한 구식 정보 기기들을 사용해서 방첩부서의 링크를 따라 이름들을 죽죽 훑어 내려갔다. 비밀정보 사용 허가 데이터베이스, 직원들의 역할, 미 해군 현역 명단과 도급업자 명단들. 앨리스의 남자 같은 손가락이 스크린을 따라 죽죽 내려갔다. 아니야, 아니야, 7년이 넘었잖아, 3년 미만도 안 돼. 일렉트릭 보트 앤드 제너럴 다이나믹스(Electric Boat and General Dynamics, 미

해군 잠수함을 건조하는 회사-옮긴이)의 고위 경영진. 물론 아니야. 앨리스는 빨랐다. 그녀는 이름을 보고, 그 정보들을 죽 훑어본 후에 넘어갔다. 그녀는 30년 동안 명단에 나온 이름들을 골라내는 일을 했다. 그들에겐 서류가 두 뭉치가 있었는데 네이트는 누가 그럴듯한 후보인지를 놓고 그녀와 논쟁하는 걸 포기했다. 그러기엔 앨리스가 너무 빨랐다. 그녀는 감이 딱 오는 첫 후보 선수들을 골랐다. 네이트는 앨리스가 사랑스런 11인이라고 부른 그 후보들의 개인 정보들을 훑어봤다. 경력, 월급, 세금, 집, 전화, 인터넷, 차, 계좌 내역, 우편물, 결혼, 교육, 자녀들, 전과, 이혼, 여행, 부모, 이더넷(Ethernet, 여러 대의 컴퓨터로 네트워크를 형성하는 시스템-옮긴이)인지 아니면 케이블인지, 이성애자인지 아니면 동성애자인지. "이 불법체류자를 얼마나 대단하게 준비시킨 거야? 얼마나 오랜 세월을 공들인 거지? 나만큼이나 오래 됐어?" 앨리스가 화면에 대고 속삭였다.

사흘 후에 네이트와 앨리스가 벤포드에게 명단을 가져오자 벤포드가 연필 끝으로 이름 하나하나를 툭툭 치면서 그들의 신상 명세를 흘긋 보다가 연필을 옆으로 던지고 네이트에게 그 종이를 건넸다.

"제니퍼 산티니야." 머리가 사방으로 뻗친 벤포드가 하품을 하면서 서번트답게 아무것도 아니라는 듯이 말했다. 앨리스가 네이트를 팔꿈치로 쿡 찔렀다. 거봐, 내 말이 맞잖아, 그러고는 낄낄거리고 웃었다.

"더 조사해보자. 하지만 제니퍼가 확실해." 벤포드가 말했다. 그는 네이트를 봤다. "이제 뉴런던으로 가서 돌아보지."

소피의 비네그레트 드레싱

마늘 퓌레와 딜과 말린 오레가노(oregano, 허브의 일종-옮긴이), 말린 후추 가루, 디종 겨자, 설탕, 소금, 후추와 파르메산 치즈 가루를 섞고 거기에 발사믹 식초 4분의 1, 엑스트라 버진 올리브오일 4분의 3을 넣어서 유화시킨다.

25

화창한 여름날인데도 뉴런던은 문화적으로나 상업적으로나 정점을 찍고 내리막길에 있어서(1860년대에 포경 선단이 사라졌을 때 끝났다) 칙칙하고 활기가 없었다. 제2차 세계대전 당시 회색 선체 세 대가 나란히 건조되는 것도 봤고, 돛대들과 안테나들과 배에 달린 굴뚝들이 숲처럼 모여들어 물결에 부드럽게 흔들리는 것도 봤던 템스 강의 부둣가에, 이제는 기울어지고 기름이 둥둥 떠다니는 달의 표면 같이 황량한 부두들과 지붕이 무너져서 녹슬어가는 창고들만 있었다. 보통 두 세대가 사는 2층과 3층 물막이 판잣집들이 강 위쪽에 있는 언덕들을 뒤덮었다. 검은 타르 종이 지붕들은 다닥다닥 붙어 있다시피 했고, 2층 발코니 사이에 빨랫줄이 걸려 있었다. 허리까지 오는 철조망 울타리들과 소금기가 섞인 바람에 움푹 팬 흔들리는 문들이 작은 앞마당과 잡초가 난 뒤쪽 땅을 구분하고 있었다.

그로턴에 있는 강 건너편에 제너럴 일렉트릭 보트가 강둑을 따라 몇 마일에 걸쳐 쭉 뻗어 있었다. 이곳은 크레인들, 증기 기둥들과 궁형으로 구부러진 공장 지붕들의 도시였다. 가끔 물에 둥둥 떠 있는 거대한 건선거(큰 배를 만들거나 수리할 때에 해안에 배가 출입할 수 있을 정도로 땅을 파서 만든 구조물—옮긴이)의 바다 쪽 말단에서 유람선 정도 크기의 거대한 담배처럼 생긴 무광의 검정색 핵 잠수함이 보일 때가 있었다. 물 밖에 나와 있는 그 잠수함의 프로펠러는 러시아의 스파이 위성이 보지 못하도록 두꺼운 플라스틱을 덮어 숨겨놓고 있었다.

네이트는 뭘 기대해야 할지 알 수 없었다. 그들은 기차를 타고 와서(벤

85

포드는 운전을 안 한다) 기차 플랫폼에 서 있었는데 그 모습은 러시아에서 훈련받은 불법체류자를 찾으러 온 스파이 사냥꾼들이 아니라 주말을 보내러 소피아에 놀러 온 돼지 치는 불가리아 농부들 같아 보였다. 벤포드가 인색한 건지, 미친 건지 아니면 그냥 작전상 뭔가 착각해서 고집을 피운 건지 모르겠지만 그는 퀸 엘리자베스 여관방을 네이트와 같이 쓰자고 고집했다. 그 여관은 녹음이 우거진 언덕을 반쯤 올라가면 나오는 빅토리아 양식의 아주 낡은 간이 숙박소였다. 그런 다음 벤포드는 계속 걸었다(그는 그걸 미리 정탐한다고 표현했다). 하루에 다섯 시간, 여섯 시간, 열두 시간씩 걸었다. 그렇게 걸으면서, 머리가 기차게 좋은 그 괴짜 수다쟁이는 네이트에게 OGPU(소련의 국가 비밀경찰로 엔카베데의 전신−옮긴이)와 엔카베데, 케임브리지 파이브(Cambridge Five, 소련에 포섭되어 2차세계대전부터 1950년대 초반까지 기밀 정보를 유출한 영국의 스파이−옮긴이)와 냉전 역사의 기초적인 지식에 대해 이야기해줬다.

첫째 날: 그들은 언덕을 오르락내리락하면서 아침엔 올라갔다가 오후 늦게 내려오면서 집들, 연석에 주차된 차들, 보도에 올라오는 잡초들, 집 앞 창문에 달린 레이스 커튼들을 살펴봤다. 그들은 신호를 보낼 만한 장소들, 은닉처들, 근처 공원들, 불법체류자에게 도움이 될 만한 지형들을 찾았다. 그들은 아무것도 건지지 못했다.

둘째 날: 그들은 제니퍼 산티니의 집을 각각 다른 시간대에 지나가면서 창문 블라인드의 위치를 눈여겨보고, 현관 앞 계단 위에 있는 빈 제라늄 화분의 위치가 달라졌는지 확인했다. 만약 그렇다면 그것은 안전 신호일 수도 있었다. 밤에는 더 신중하게 행동해서 어두워진 집 앞을 딱 한 번만 지나갔는데 위층 방의 블라인드 너머로 희미한 램프 불빛이 보였다. 그녀가 어둠 속에 앉아서 거리를 내다보고 있는 걸까? 그녀가 가명으로 또 다

른 아파트를 빌려서 핸들러와 만나고 있는 걸까? 그들은 아무것도 건지지 못했다.

셋째 날: 그들은 모퉁이에 있는 허름한 구멍가게에서 제니퍼에 대해 아무렇지 않게 물어봤다. 그녀를 아는 사람이 하나도 없었고, 관심도 없었다. '우리가 어떻게 보일까? 방첩부서의 신비주의자와 젊은 조수 한 쌍.' 네이트는 생각했다. 네이트는 벤포드에게 농담을 해 봤지만 벤포드는 집중하지 않으면 집으로 돌려보내겠다고 했다. 그래서 네이트가 말했다. "어디에 집중하란 말이에요?" 이 빌어먹을 뉴런던에서 이렇게 삽질이나 하고 있는 판에 말이지. 그들은 아무것도 건지지 못했다.

그들은 남들의 이목을 끌지 않게 몰래 조사하고 있었다. 벤포드는 절대로 이 정보가 총과 배지를 휘두르는 FBI의 귀에 들어가지 않게 하겠다고 굳게 결심했다. "만약 그녀가 러시아 첩보부에서 훈련을 받았다면 누가 집 앞으로 차를 몰고 오기 훨씬 전부터 위험하다는 낌새를 알아챌 거야. 맘에 안 드는 게 보이거나 들리면 곧바로 토낄 거라고. 거기선 그렇게 훈련을 시킨단 말이야." 벤포드와 네이트는 단둘이서 이 일을 해내야 했다.

넷째 날: 그들은 이 모든 일을 다시 했다. 그날 밤, 여름 뇌우에 나무들이 흔들렸고, 여관방의 덧문들이 덜거덕거리고, 전기는 나가고, 아래층에서는 배터리로 작동되는 라디오가 틀어져 있었다. 번개가 치는 바람에 잠이 깬 네이트는 벤포드가 의자에 앉아 창문으로 폭풍우가 치는 걸 빤히 보고 있는 걸 봤는데 아주 으스스한 광경이었다. 벤포드는 1985년 한 해에 CIA가 잃은 열두 명의 러시아 정보원들의 얼굴을 보고 있었다. 그들은 모두 에임스(Aldrich Ames, 전 CIA 요원-옮긴이)와 한센(Robert Hanssen, 전 FBI 요원-옮긴이)의 희생자들이었다. 에임스와 한센은 소비에트 연방이라는 거대한 용광로에 그 정보원들을 모두 밀어 넣은 도저히 이해할 수 없는 배신을 저질렀다.

그리고 벤포드와 같이 식사하는 건 정말 대단한 시련이자 시험이었다. 네이트가 무슨 말을 해도 퉁명스럽게 대꾸하는 대화만 힘들었던 게 아니라 바닷가재와 핫 소스와 오이스터 크래커(굴 수프에 곁들이는 짭짤한 크래커-옮긴이)와 클램 차우더(조개 크림수프-옮긴이)의 등급을 매기는 벤포드의 습관(크림이 너무 많이 들어갔다, 감자가 너무 많다, 너무 걸쭉하다, 조개가 모래 한 톨 없이 너무 매끈하다, 적당한 양을 넣어야 한다 등등)이 문제였다. 그러면서 벤포드는 대구와 대구 새끼의 차이점과 뉴잉글랜드 정식에 들어가는 것과 들어가지 않는 것을 토론했다. "정향은 안 넣어. 절대로 안 넣어. 세상엔 절대로 어길 수 없는 규칙이란 게 있는 거야." 스파이 잡는 사냥꾼인 벤포드가 말했다.

수사를 계속할 만한 단서가 거의 없었기 때문에, 목요일 밤에 벤포드는 저녁을 먹으면서 다음 날 아침 제니퍼 산티니의 집에 들어간다고 선언했다. "들어간다고요?" 테이블 맞은편에 앉아 있던 네이트가 말했다. 그들은 항구 근처의 뱅크 스트리트에 있는 버클리 하우스에서 식사를 하고 있었다. "무슨 뜻이에요, 들어간다는 건?"

벤포드가 어마어마하게 큰 소갈비를 자르면서 살을 더 잘 자르기 위해 머리를 옆으로 돌렸다. 네이트가 나이프와 포크를 내려놨다.

"진정해." 벤포드가 고기를 씹으면서 말했다. "들어간다는 말은 무고하다고 추정되는 미국 시민의 집에 우리가 법의 영역을 벗어나서 침입한단 뜻이야. 그 시민이 범법 행위를 저질렀다는 증거가 없는 상황에서 CIA 요원 두 명이 당국의 승인도, 권한도 없이 침입한다는 거지. 그 요원들은 마침 현재 어느 부서와도 공조하지 않았기 때문에 불법 방첩 수사를 벌이고 있는 거지. 이건 국내에서 하는 수사라 제12333호 행정명령에 규정된 대로 FBI 소관이거든." 벤포드는 자신의 접시를 내려다보고 고기에 크림처럼 만든 호스래디시 소스를 듬뿍 발랐다. "내 말은 바로 그런 뜻이야." 그는 그렇게 말하더니 덧붙였다. "이 소스 맛이 기가 막힌데."

다섯 째 날: 금요일 아침. 그들은 10시까지 기다렸다가 머리에 아무것도 안 쓰고 빈손으로 작은 문을 지나 산티니의 이층집 뒤쪽으로 갔다. 거리 건너편에 있는 집들의 창문들은 텅 비어 있었다. 뒷마당은 어질러져 있었다. 기울어진 대피소 옆의 맨땅에 녹슨 빨래 통이 뒤집혀 있었다. 벤포드가 목재 계단을 올라가서 뒷문을 열어봤다. 잠겨 있어서 커튼 사이로 들여다봤다. 집에는 아무도 없었다.

"자물쇠 딸 수 있어요?" 네이트가 커튼 사이를 들여다보고 있는 벤포드 뒤에 서서 물었다.

"좀 진지해져봐." 벤포드가 말했다. 그는 아직도 집에 8트랙 녹음테이프 데크를 가지고 있다.

"그럼 창문을 깰까요?"

"아니, 2층으로 가." 벤포드가 그렇게 말하고 신발 끈을 풀더니, 집 옆에 고정된 고무 케이블 전선 위로 걸어가서 그 케이블에 신발 끈을 묶고 매듭을 지어 고리를 만들었다.

"프루지크 매듭이라고 하지." 벤포드가 말하고 네이트에게 고리에 한 발을 걸치고 그 마찰력을 이용해서 한 번에 한 발씩 위로 올라가 마침내 잠그지 않은 2층 창문까지 가는 방법을 보여줬다. '대체 저런 건 어디서 배웠을까?' 네이트는 벤포드에게 들어왔다는 신호를 보내면서 생각했다.

2층 방은 쓰지 않은 침실로 비어 있었다. 네이트는 문으로 나와서 아래층을 살펴봤다. 혹시 개가 있는지 보려고 휘파람을 불어봤지만 움직이는 건 없었다. 그는 러시아 불법체류자가 조용히 집을 지키는 도베르만이나 로트와일러를 키우고 있을 거라고 상상했다.

네이트는 소리를 내지 않고 살금살금 목재 층계를 내려왔다. 한 단씩 내려올 때마다 두꺼운 마호가니 난간이 삐걱거렸다. 발꿈치를 들고 밀과 각종 씨앗과 기름 냄새가 나는 1950년대 풍의 부엌을 통과해 나온 네이트는 뒷문을 열고 벤포드를 들어오게 했다. "집은 비어 있는 것 같습니다." 네이트가 말했다. 그와 벤포드는 조용히 아래층의 방들을 걸어 다녔다. 무단 침입을 했다는 위험한 분위기가 그들을 둘러쌌다. 실내에선 헬스클럽 같은 냄새가 났다. 화창한 여름날과 어울리지 않게 통증 완화용 도찰제(살 갗에 문질러 바르는 약-옮긴이) 냄새와 먼지투성이의 라디에이터에서 나는 냄새가 풍겨 갑갑했다.

1층 앞쪽에 있는 식당과 거실 창문들은 모두 거리로 향해 있었다. 레이스 달린 커튼이 창문마다 쳐져 있었다. 거미 다리처럼 가늘고 긴 햇빛이 짙은 색으로 착색된 단단한 목재 바닥에 깔아놓은 올이 다 드러난 작은 융단 위로 아롱아롱 얼룩졌다. 육중하고 어두운 색에 속을 너무 빵빵하게 넣은 의자 등과 소파 팔걸이마다 장식용 덮개가 하나씩 있었다. 그을음이 묻은 벽난로 위에는 군용 플라스틱 머그잔들과 작은 장식용 조각상들이 나란히 놓여 있었다. 선장 머그잔과 큰 면사포를 쓴 스페인 소녀의 조각상이었다. 램프의 갓 하나는 아랫부분에 장식용 방울들이 달려 있었다. 벽난로 옆에 연철 부지깽이가 세워져 있었다. 그 실내장식을 훑어보면서 벤포드가 입을 씰룩거렸다. "실내장식하려고 폴 강의 포르투갈 골동 상점들의 절반을 털었나 봐."

거실과 별도로 책상 하나와 잡지들과 신문들이 꽂혀 있는 높이가 낮은 책꽂이가 하나 있는 방이 있었다. 책상 위에 공과금 고지서들이 쌓여 있었고 '어어이!'라는 글자가 새겨진 파란 도자기 잔이 하나 있었다.

"책상 확인해. 난 2층에 가서 둘러볼 테니까." 어이없게도 네이트는 벤포드와 떨어지고 싶지 않았지만 고개를 끄덕이고 책상 서랍을 하나씩 열어봤다. 다 비어 있었다. 맨 아래 서랍을 열려고 하자 뭔가 걸리면서 종이가 바스락거리는 소리가 났다. 서랍을 있는 힘껏 잡아당겨서 빼자 텅 빈 공간 속에서 돌돌 말린 종이 한 장이 보였다. 네이트는 그 종이를 꺼내서 책상 위에 대고 폈다. 그것은 일종의 청사진으로 부품들과 전기 배선 장치를 그린 단면도였다. 그 페이지에는 '섹션 37, 잠금 장치와 받침대'라는 라벨이 붙어 있었다. 이건 잠수함 부품들일까? 산티니는 일렉트릭 보트 회사의 공급과 물품 조달 부서에서 일하고 있었다. 이건 기밀 서류일까? 왜 이걸 집의 책상 서랍 밑에 쑤셔넣었지?

한편 벤포드는 2층으로 올라가 침실로 갔다. 커다란 침대에는 꽃무늬 누비이불이 덮여 있었고 머리맡에 레이스 베갯잇을 씌운 커다란 베개가 세 개 있었다. 옷장에는 블라우스들과 바지들이 단정하게 옷걸이에 걸려 있었다. 바닥에 신발들이 몇 켤레 있었는데 모두 실용적이고 걷기 편한 것으로 일렬로 정리돼 있었다. 사진도 없고, 기념품도 없고, 개인적인 물품도 없다. 언제고 90초 안에 버리고 떠날 수 있는 집이었다. 욕실은 중간색 톤이고 약상자는 거의 비어 있었다. 칫솔 하나, 아스피린 약병 하나, 관장제 두 개가 있었다. 그리고 도찰제 냄새가 강하게 풍겼다.

침실로 돌아온 벤포드가 탁자의 서랍을 열었다. 책도 없고, 포르노도 없고, 자위 기구나 콘돔도 없었다. 서랍에 깔린 펠트 밑에서 손으로 쓴 날짜와 시간들의 리스트가 적힌 종이 한 장을 찾아냈다. 6월 5일 밤 8시, 6월 30일 밤 9시 30분. 메시지 전송 스케줄이다. 그녀는 아마 노트북과 암호 카드를 가지고 다닐 것이다. 이것은 뉴욕의 러시아 영사관에 있는 핸들러와 정한 미팅 스케줄이다. 잠수함 프로그램에 잠입해서 알아낸 내용을 보고한 것이다. 벤포드는 서랍을 닫고 네이트에게 말하려고 아래층으로 내려가기 시작했다.

네이트가 다시 다른 서랍들의 뒤도 다 확인해봤지만 아무것도 나오지 않았다. 그는 2층으로 올라가서 벤포드에게 보여주려고 청사진을 돌돌 말왔다. 그러고선 문을 열고 나오다 멈칫 섰다. 제니퍼 산티니가 거실에 서서 그를 보고 있었다. 더플백 하나가 그녀의 발치에 놓여 있었다. 네이트는 그들이 그녀를 실제로 한 번도 본 적이 없다는 걸 깨달았다. '와, 이 여자 운동 좀 하나 보네. 그것도 역기 들고.' 스테로이드도 맞고 있는 게 분명해. 그녀는 체육관에서 집으로 막 온 것 같았다. 왜 회사에 안 갔지?

제니퍼는 30대 후반으로 평균 키였다. 피부에 착 달라붙는 스판덱스 반바지를 입고 있었는데 그 밑으로 통나무 같은 허벅지와 종아리와 대퇴부의 사두근이 사정없이 튀어나온 게 보였다. 팔과 어깨와 목 모두 근육 덩어리였고 턱은 주걱턱이었다. 몸에 착 달라붙은 민소매 티셔츠 밑으로 여성스런 가슴이 아니라 젖꼭지가 달린 접시만한 크기의 가슴 근육이 드러나 있었다. 눈동자는 밝은 초록색이었고 흰자는 파르스름한 게 건강하고 에너지가 넘친다는 걸 알 수 있었다. 입가 주위엔 가늘게 주름이 파였고 코는 매부리코였다. 얼굴을 찡그리고 있어서 이마에 주름이 깊게 파여 있었다. 그녀는 빨간 머리를 머리통에 딱 붙여서 하나로 묶고 있었다. 그녀는 총알이자, 어뢰이자, 조립해서 만든 액션 캐릭터 피규어이자, 여러 가지 부품을 합쳐서 만든 변종 SUV처럼 무시무시하게 생겼다.

그렇게 마지막 평가를 내리던 네이트는 그녀의 손은 아름답고 여성적이란 걸 눈치챘다. 손톱에 연한 핑크색 매니큐어가 칠해져 있었다. 제니퍼는 맨발이었는데 같은 색 매니큐어를 칠한 발도 역시 섬세하고 아름다웠다. 벤포드가 쿵쿵거리며 계단을 내려오는 소리에 제니퍼가 무시무시하게 빠른 속도로 네이트에게 덤벼들었다. 그녀는 단 두 발자국에 그 긴 거리를 대번에 좁혀오면서 탁자 위에 있던 램프를 집어서 네이트에게 던졌다. 네이트가 피하는 순간 램프는 벽에 부딪쳐 박살이 났지만 허리를 다시 펴고 일어서자 곧바로 그녀와 얼굴이 마주쳤다. 그녀는 바윗덩어리 같이 단단한 팔뚝으로 그의 목을 누르고 거실 벽에 밀어붙이면서 남은 한 팔로 그를 인정사정없이 퍽퍽 쳤다. 네이트는 두 팔로 자신의 목을 조르고 있는 그녀의 한 팔을 잡아당겼지만 꿈쩍도 하지 않았다.

네이트가 계속 그녀의 팔을 때렸지만 그녀는 아널드 슈워제네거 같은 팔뚝과 그레이스 켈리같이 우아한 손으로 그의 목구멍을 으스러져라 누르고 있었다. 네이트가 그녀의 얼굴에 주먹을 날려 뺨을 쳤지만 아무 효과가 없었다. 제니퍼는 네이트의 얼굴에 자신의 얼굴을 바짝 들이댄 채 이를 악물고 그의 목을 힘주어 누르고 있었다. 네이트는 그녀가 그의 입술을 물어뜯어버릴 거라고 예상했다. 제니퍼가 계속 네이트의 얼굴을 퍽퍽 치고 있는 동안 그의 머릿속에서 일관성도 없고 정신 나간 생각들이 흘러갔다. 첫째, 세상에 많고 많은 러시아 불법체류자 중에 들새의 생태를 관찰하는 회계사가 아니라 이 여자를 잡으러 온 것도 다 내 팔자지. 둘째, 이 여자랑 같은 사무실에서 근무하는 남자들은 매일 아침 이 여자가 자리에 앉을 때마다 대체 무슨 생각을 할까? 셋째, 이 사이보그 같은 여자가 섹스를 한다고 치면 대체 어떤 섹스를 할까? 그러다 어이없게도 네이트는 도미니카가 지금 이 순간 뭘 하고 있을까 생각했다. 그녀는 어디 있을까? 도미니카가 죽었을지도 모른다는 생각을 하는 동안 형언할 수 없는 슬픔이 그를 압도했다. 제니퍼가 그의 목을 조르면서 그의 얼굴을 퍽퍽 치는 동안 네이트는 이 괴물이 도미니카를 죽인 조직의 일부라는 생각을 했다.

벤포드가 계단 밑으로 내려왔다가 그 광경을 보고 충격에 그대로 얼어붙었다. 제니퍼가 잠시 그 땅딸막하고 쭈글쭈글한 남자를 쳐다봤다(저 인간은 이 메인 코스가 끝난 다음에 디저트로 처리해주지). 그때 네이트가 신발로 그녀의 정강이를 확 긁어버리고 롤리타처럼 예쁜 분홍색 발을 콱 밟았다. 제니퍼가 순간 움찔해서 팔을 조금 떼었고 그 사이에 네이트가 자신의 목을 누르고 있던 그녀의 팔에서 옆으로 슥 빠져나와 그녀의 가랑이 사이에 있는 스판덱스의 툭 튀어 나온 부분을 발등으로 있는 힘껏 찼다. 제니퍼는 남자 같은 신음소리를 내면서 두 손으로 자신의 몸을 끌어안고 쿵 소리를 내며 바닥으로 쓰러졌다가 옆으로 굴러 몸을 웅크렸다.

벤포드는 네이트를 보다가, 다시 바닥에 쓰러진 짐승을 봤다. 30년 동안 내부 첩자를 사냥하고, 스파이를 잡고, 불법체류자들에게 미끼를 놓으며 일해왔지만 이런 적은 한 번도 없었다. 특히 제니퍼가 마치 호숫가의 여름 캠프에 온 공포의 연쇄살인범처럼 갑자기 휙 일어나 앉았을 때는 더 그랬다. 그녀는 소파 앞에 있는 유리를 깐 목재 커피테이블을 들어서 방 건너편의 계단 밑에 서 있는 벤포드에게 던졌다. 벤포드가 갑자기 숨겨져 있던 엄청난 스피드(아마도 1960년대 후반 프린스턴 대학 조정 팀의 장비 매니저로 2년간 활약했을 때 비축해둔 스피드)를 끌어내서 계단 위로 쿵쿵 뛰어 올라가는 사이에 커피테이블이 그가 서 있던 바로 그 자리를 치면서 유리와 나무가 부서졌고 튼튼한 난간 기둥도 부서졌다. 벤포드는 계속 계단을 뛰어 올라가서 2층 층계참 너머로 사라졌다.

제니퍼가 네이트에게 돌아섰다. 네이트는 이제 거실 한가운데 서 있었다. 마지막 순간에 그는 몇 발자국 움직여 벽난로 근처에 있는 부지깽이를 잡았다. 그녀는 묶은 머리를 휘두르면서 맨발로 마룻바닥을 살짝 치며 네이트에게 다시 덤벼들었다. 네이트는 순간 기이하게도 그에게 백병전을 가르쳤던 '칼'이라는 교관의 이름이 떠올랐다. 그는 반 발자국 앞으로 나가서 백병전을 치를 때 배웠던 것처럼 손목을 휘둘러 제니퍼의 목 옆을 부지깽이로 쳤다. 그 순간 마치 털가시나무의 몸통을 내리친 것 같은 충격이 네이트의 팔을 타고 올라왔다.

제니퍼는 놀랍게도 아주 여성적인 비명을 지르면서 옆에 있는 소파로 쓰러졌다. 그 소파가 뒤집히면서 그 위에 있던 장식용 덮개들이 사방으로 날아갔다. 그녀는 바닥을 1미터 정도 굴러가서 저쪽 벽에 부딪쳐 멈췄고 얼굴은 굽도리 널(baseboard, 방 안 벽의 밑 부분에 대는 좁은 널빤지-옮긴이)에 대고 있었다. 네이트는 숨을 거칠게 몰아쉬면서 아직도 팔이 얼얼하니 아무 감각이 없는 상태에서 그 부지깽이를 계속 쥔 채 뒤집혀진 소파 가장자리를 돌아와서 제니퍼 옆에 무릎을 꿇고 앉았다. 그녀의 다리 한 쪽이 살짝 경련을 일으키고 있었고 원숭이 엉덩이 같은 엉덩이의 근육이 떨리고 있었다. 네이트는 그녀를 끌어당겨서 바닥에 제대로 눕혔다. 제니퍼는 눈 하나를 뜨고 있었지만 앞을 보지 못했고 다른 하나는 뒤집혀져 있었다. 입을 벌리고 있었지만 숨을 쉬지 않았다. 어두운 색 마룻바닥에 빌어먹을 핑크색 발톱만 눈에 띄었다. 매니큐어를 칠한 제니퍼의 발 하나가 마치 진열장에 든 에클레어 케이크처럼 장식용 덮개 위에 있었다.

계단에서 삐걱거리는 소리가 나더니 벤포드가 와서 네이트 옆에 섰다. 거실은 부서진 가구들과 박살 난 도자기 파편들로 난장판이었다. 벤포드가 제니퍼의 한쪽으로 처진 얼굴을 내려다봤다. "맙소사." 그가 말했다.

"이 여자는 망할 제임스 본드 영화에 나오는 악당 같아요. 대체 놈들은 어디서 이런 인간들을 찾아내죠? 부지깽이가 휘어진 것 같은데." 네이트가 말하면서 손을 뻗어 제니퍼의 맥박을 찾아보려고 했지만 그녀의 머리가 또다시 반대쪽으로 축 늘어져버렸다.

"애쓸 거 없어. 목굽힘근이 나가버렸어. 네가 부지깽이로 치는 바람에 척수가 찢어졌다고." 벤포드가 말했다.

"대체 무슨 소리를 하시는 거예요?" 네이트의 손이 덜덜 떨리기 시작했다.

"찢어졌다고. 자네가 이 여자 목을 분리한 거야."

네이트가 얼굴을 손으로 닦았다. "젠장! 다음번엔 내가 살인을 하기 전에 말려주세요."

"자네 괜찮아?" 벤포드가 물었다.

"네, 부장님의 엄청난 지원에 감사드립니다. 부장님이 2층으로 도망가시는 바람에 이 여자가 정신이 팔려서 기회가 생겼지 뭡니까." 네이트가 일어서면서 부지깽이는 바닥에 떨어지게 놔뒀다. "이제 어떻게 하죠?"

"이 여자가 메시지를 보내는 스케줄을 찾았어. 노트북과 암호 카드도 찾아야 해. 이 여자 가방을 뒤져봐. 아마 안전한 인터넷 링크를 통해 그쪽과 교신했을 거야. 그걸로 직접 만나서 메시지를 전했겠지. 자네는 뭐 찾은 거 있나?"

"책상 서랍에서 어떤 부품들의 청사진을 찾았습니다. 이곳을 샅샅이 뒤져봐야겠어요."

"관둬. 우리가 가지고 있는 것만 챙기고, 이제 FBI 불러도 돼. 놈들보고 핀셋과 비닐봉지 가지고 찾으라고 해. 어떻게 지들 뒷마당에서 활동하는 불법체류자 하나 못 찾아냈는지 실컷 설명해보라고 해야지. 지들 관할이고 뭐고 다 엿 먹으라고 해."

크림 같은 호스래디시 소스

중간 불에 베샤멜 소스(우유, 밀가루, 버터로 걸쭉하게 만든 소스-옮긴이)를 만든다. 거기에 버터와 디종 겨자와 강판에 간 신선한 호스래디시(horseradish, 서양의 고추냉이-옮긴이)를 넣어서 맛을 낸다. 후추를 갈아서 레드 와인 식초와 함께 양념을 한다. 차게 식혀서 낸다.

26

모스크바의 여름이 다가오고 있었다. 그녀의 뺨에 닿는 햇살이 실제로 따뜻하게 느껴졌다. 도미니카는 코르치노이 장군의 미국 담당 부서에서 '특별 프로젝트'를 시작했다. 그곳으로 발령 난 직후에 장군이 그녀를 따로 불러서 그들(장군과 도미니카)이 작전 출장을 갈 것이라고 말해줬다. 장군은 그 점을 의논하기 위해 한 시간 내로 제1국 부국장의 사무실로 오라는 지시를 받았다고 했다.

도미니카는 그 미국인들과 다시 접촉할 수 있도록 해외로 가기 위해 자신이 작전을 구실로 코르치노이 장군을 속이고 있다는 걸 알고 있었다. 그녀는 자신을 기꺼이 도와주는 장군을 좋아하고 존경했다. 도미니카는 그동안 다른 사람들에게 이용당했던 것처럼 자신이 지금 선량한 사람을 이용하고 있다는 사실을 곰곰이 생각했다. 도미니카가 들어온 이 똥 구덩이의 배설물들이 그녀의 엉덩이에도 묻기 시작한 것이다. 하지만 그 점에 대해 자신은 할 수 있는 게 없다고 그녀는 스스로에게 말했다. 그녀는 그의 믿음을 배신해야 한다.

그렇다면 2층에 있는 반야 삼촌은? 도미니카는 그의 얼굴을 똑바로 보면서 즐길 것이다. 레포르토포 감옥의 심문자들은 그녀의 비밀을 찾아내지 못했다. 도미니카 예고로바가 SVR에 침투한 CIA 요원이라는 걸 그 누구도 모르고 있다. 그녀는 반야 삼촌을 조종해서 네이트를 공략하는 작전으로 돌아왔다. 이제 그녀는 초반부의 성공을 보고하고, 더 많은 만남들을 주선하고, 더 많은 해외 출장을 갈 것이다. 비밀 요원이 활동을 재개한 것이다.

지금 내 몸에서 느껴지는 이 열기는 뭘까? 그 미국인들은 도미니카를 이해했다. 그들은 이 비밀을 소유하고 싶어 하고, 그게 그녀에게 힘을 준다는 걸 곧바로 알아봤다. 네이트의 보라색 구름, 다정한 브라톡의 보라색 구름, 그리고 포사이스의 하늘색 후광은 모두 강렬하면서도 소중했다. 그들은 같은 동포들보다 그녀를 더 잘 알고 있었다.

네이트에 대한 그녀의 감정이 정확히 뭔지는 알 수 없었다. 감옥에 있을 때 네이트에 대한 생각 덕분에 복도 끝에 있는 그 좁고 갑갑한 벽장에서 견딜 수 있었다. 도미니카는 둘이 함께 지냈던 그 하룻밤에 대해 생각하지 않으려고 애를 쓰면서 네이트가 그녀를 생각할지 궁금해했다. 그는 그녀를 주로 정보원이자 자산으로만 대했다. 네이트가 그녀를 한 번이라도 여자로 생각한 적이 있었을까? 그가 그녀를, 도미니카를 좋아했을까?

도미니카는 그 미국인들을 다 만나야 했지만 그중에서도 특히 네이트를 만나야 했다. 모스크바에서 그들에게 메시지를 보내는 건 극히 위험하다. K국에서 그녀를 감시하면서 정기적으로 모니터하고 있을 게 뻔했다. 그들은 조사를 받고 복귀한 요원들에겐 항상 그렇게 했다. 해외 출장이 임박한 상황이니 기다릴 수 있었다.

이제 위층으로 가야 할 시간이었다. 그들은 말없이 엘리베이터를 같이 탔다. 도미니카는 옆에 있는 이 백발머리의 스파이가 좋았다. 엘리베이터의 좁은 공간이 그의 짙은 보라색 기운으로 가득 차서 마음이 편해지고 안정감이 느껴졌다. 그녀는 저 아버지같이 자애로운 미소 아래 뛰어난 실력과 날카로운 지성과 국가에 대한 강직한 충성심이 있다는 걸 알고 있었다. 어떻게 이렇게 고결하고 분별력이 있는 사람이 이 첩보부에서 이렇게 오랫동안 버틸 수 있었을까? 그는 어디서 이렇게 이 일을 계속할 수 있는 힘을 받는 걸까? 도미니카는 자신의 조그만 실수 정도는 이 장군이 알아채지 못할 거라는 환상은 전혀 가지고 있지 않았다. 장군과 같이 있을 때는 조심해야 했다.

그들은 함께 도미니카가 아주 잘 아는 복도를 걸어갔다. 벽에는 에어브러시로 착색한 전 국장들의 초상화들이 줄줄이 걸려 있었다. 그 회색 추기경들이 지나가는 그녀를 빤히 보고 있었다. '이번에는 도망쳤지.' 그들은 그녀에게 이렇게 말하는 것 같았다. '하지만 우리가 지켜볼 거야.' 지나치는 그녀를 보는 그들의 시선이 계속 따라왔다.

코르치노이가 그녀의 얼굴을 찬찬히 뜯어보는 사이에 그들은 반야의 방에 도착해서 문을 열었다. 그는 그녀가 감정을 드러내는 걸 전에도 본 적이 있었는데 지금은 발끈하는 걸 느낄 수 있었다. '이걸 어떻게 이용해야 할까?' 그는 생각했다. 사무실로 들어가자 반야가 그들을 기다리고 있었다. 허세를 부리는 대머리 주위에 역광으로 노란색 후광이 보였다. 그의 추악하고 야심만만한 노란색이 창문에 반사된 것이다. 그는 코르치노이의 어깨를 다정하게 툭툭 치고, 조카딸은 아주 달콤하게 환영했다. 그가 저렇게 달달하게 나올수록 그녀의 입맛은 더 시다는 걸 도미니카는 알고 있었다.

이제 모두 본론으로 들어갔다. 목표는 여전히 내쉬라고 하는 그 CIA 요원이다, 그 요원의 머릿속에 배신자의 이름이 들어 있다, 시간이 별로 없기 때문에 도미니카는 반드시 성공해야 한다. 장군과 도미니카는 반야가 이렇게 가식적인 연기를 하고 있는 동안 둘이 거의 똑같은 생각을 하고 있다는 걸 알면 놀랄 것이다. 허풍쟁이, 깡패, 떠버리.

코르치노이 장군은 조용히 사려 깊게 이야기했다. 이 작전을 실시하려면 예고로바 요원이 정기적으로 해외 출장을 나가야 한다. 그녀가 최근(그리고 아주 통탄할 만한) 조사를 받은 점을 고려해볼 때 그게 문제가 될까? 반야 삼촌은 마치 축복의 기도를 하는 것처럼 두 팔을 쫙 벌렸다. 아니, 절대 아니야. 모든 건 다 유능한 자네 손에 맡기겠어. 미국에 가서 그 요원과 다시 접촉하는 것이 중요해. 그것만 확실히 잘 해내면 돼. 반야는 도미니카에게 윙크했다.

코르치노이와 도미니카는 같이 넓은 1층 복도를 다시 걸어갔다. 코르치노이는 그녀에게 해야 할 일들을 술술 열거하면서 작전 일정과 그때 할 세부적인 행동과 말들로 계획서를 작성하라고 지시했다. 도미니카는 그가한 점의 의혹이나 걱정 없이 흐뭇해하는 걸 봤다. 그가 왜 걱정을 하겠는가? 도미니카는 완벽한 후배인데. 그를 배신하는 것은 어렵지만 어쩔 수없이 그렇게 할 수 밖에 없다.

반대쪽 벽에서 그들을 향해 라인 F의 사형집행인인 세르게이 마토린이걸어왔다. 그는 도미니카를 알아보지 못하는 것 같았다. 도미니카의 시야가 좁아지기 시작했다. 그녀는 두려움을 느꼈고 이어서 분노가 서서히 치솟았다. 도미니카는 자신의 손가락과 그의 눈 사이의 거리를 쟀다. 뭉게구름처럼 피어나는 증오를 코르치노이 장군님이 느낄 수 있을까? 장군님에게는 마토린 뒤로 길게 끌리는 피투성이 발자국들이나 그의 주위에 피어오르는 먹구름이 보이지 않는 걸까? 마토린이 커다란 낫을 바닥에 질질끌며 내는 음악 같은 소리가 들리지 않는 걸까? 마토린은 뿌옇고 흰 눈동자로 도미니카를 쓱 훑어보면서 복도를 걸어갔다. 마치 모래가 깔린 해저를 헤엄치는 빛살처럼 벽에 붙어 걸어가는 그의 뒤로 물 위에 흐르는 피처럼 진하고 검은 연기가 흘러나왔다. 그의 뒷모습을 보던 도미니카는 뒤통수에 달라붙은 가늘어지는 머리와 나이프를 잡으려고 기다리는 그의 텅빈 손가락들이 다물어졌다 펴지는 걸 보며 몸서리를 쳤다.

비 오는 밤 8시, 반야 예고로프는 차를 타고 크렘린 서쪽 모퉁이에 있는 보로비츠카야 게이트를 지났다. 차가 비에 젖은 자갈도로를 지나 그랜드 팰리스와 대천사 성당을 지나 14 빌딩에서 왼쪽으로 돌아 인적이 끊긴이바노브스카야 광장으로 들어갔다. 그의 관용 메르세데스가 좁은 문 사이를 천천히 통과해서 겨자색의 의회 건물 안쪽에 있는 뜰로 들어와, 차를 대는 불빛이 어둑한 곳에서 멈췄다. 지난번에 여기 왔을 때는 두 번째 별을 받기 위해서였다. 오늘 밤은 그 별을 계속 가지고 있을 만한 자격이 있다는 걸 보여줘야 했다.

보좌관이 노크를 한 번 하고, 문을 열고, 옆으로 비켜섰다. 대통령의 사무실은 비교적 작았지만 벽판은 호화로웠다. 초록색 대리석으로 만든 펜 세트가 책상 위에 있는 유일한 물건이었다. 벽에 툭 튀어나와 있는 조명들은 모두 다이얼을 돌려서 밝기를 낮췄다. 대통령은 짙은 색 양복을 입고 흰색 셔츠에 넥타이는 매지 않았다. 예고로프는 푸틴이 양말만 신고 있는 걸 못 본 척하려고 노력했다. 신발은 의자 밑에 밀어 놨다. 대통령은 책상 앞에 있는 상감 세공을 한 작은 탁자 위에 앉아 깍지 낀 손을 무릎에 얹고 있었다. 탁자엔 서류도 없고, 뉴스 수신 장치도 없고, 텔레비전도 없었다. 예고로프는 작은 탁자 앞에 앉았다.

"안녕하십니까, 대통령 각하." 그가 인사했다. 푸틴은 평소처럼 아무 감정도 드러내지 않았지만 오늘 밤은 피곤해 보였다.

"예고로프 장군." 푸틴이 대꾸하면서 손목시계를 보고 나서 전기가 흐르는 것 같은 눈을 반야의 얼굴에 고정했다. '자, 짧게 보고하자.' 예고로프는 목소리의 크기를 조절했다.

"그 미국인에게서 확보한 국가 통신망 매뉴얼에 중요한 정보가 들어 있었습니다. 그 매뉴얼은 향후에 쓸 수 있는 사이버 작전의 유용한 자료로 판명되고 있습니다." 푸틴이 파란 눈은 깜박이지도 않은 채 고개만 한 번 끄덕였다.

"워싱턴에 있는 우리 특급 정보원인 스완이 미 군사 우주선에 대한 포괄적인 기술 정보를 제공하고 있습니다. 우주 군에서 그 정보가 아주 탁월하다고 평가했습니다. 워싱턴에 있는 제 레지던트가……"

"장군 말은 내 레지던트겠지." 푸틴이 말했다.

"물론입니다. 각하의 레지던트인 골로프 장군이 스완을 아주 극진히 대접하고 있습니다." 예고로프는 대통령의 심기가 안 좋으니 말 한 마디 한마디를 조심하자고 속으로 다짐했다.

보좌관이 밖에서 노크하고 금줄로 세공을 한 우아한 유리잔 두 개에 든 김이 모락모락 피어오르는 차를 쟁반에 가져왔다. 유리잔 가장자리에 걸쳐 놓은 은 스푼 위에 각설탕이 하나씩 있었다. 보좌관은 차 쟁반과 함께 마들렌이 든 은제 쟁반을 구석에 있는 회의 테이블에 두고 갔다. 두 쟁반 모두 손이 닿지 않는 곳에 그대로 있었다.

"계속해봐." 보좌관이 나간 후에 푸틴이 말했다.

"저희는 계속해서 CIA가 관리하는 내부 첩자를 찾고 있습니다. 첩보부 내에 그 첩자가 있는 것 같습니다. 그 자의 가면을 벗기는 건 시간문제입니다." 반야가 말했다.

"그렇게 해야 해. 외국인들 특히 미국인들이 우리 정부를 혼란에 빠뜨리기 위해 작업 중이라는 증거들이 계속 나오고 있어." 푸틴이 말했다.

"네, 대통령 각하. 그건 두 가지 이유에서 중요한 일입니다. 그 첩자가 우리 정보원의 안전을 위협……"

"스완 같은 정보원 말이군. 그녀에겐 어떤 일도 일어나선 안 돼. 국제적인 논란이 일어서도 안 되고, 실패해서도 안 돼." 푸틴이 말했다. 예고로프는 대통령이 스완의 성별을 정확하게 알고 있다는 점에서 관심을 갖고 주목했다. 예고로프는 그 점을 대통령에게 언급한 적이 없었다.

"그 내부 첩자의 담당자인 미국 CIA 요원의 정체를 밝혀냈습니다. 그 첩자의 이름을 확보하기 위해 그 요원을 목표로 한 작전을 시작했습니다."

"흥미롭군." 전 KGB 요원이었던 푸틴이 말했다. "하지만 그런 작전을 실행하는 데 있어 내 승인은 필요 없단 말이지……"

"그게 상당히 복잡한 작전이라서 말입니다." 예고로프는 화제를 빙빙 돌리면서 말했다. "우리 요원 중 하나를 그 미국인과 관계를 맺게 해서 그를 파멸시킬 작정입니다. 그자가 관리하는 첩자의 이름을 알아내야 하니까요."

푸틴이 쓰고 있던 가면이 순간 살짝 움직였는데 심기가 불편해서 그랬는지 아니면 대리 만족을 느껴서 그랬는지는 알 수 없었다. "신중하게 적절히 수위를 조절해가면서 해. 그 CIA 요원을 납치하는 일은 용납 못해. 그건 서로 경쟁하는 첩보부끼리 할 일이 아니야. 우리가 감당할 수 없는 일이 벌어질 거야." 대통령의 목소리는 비단결처럼 부드러웠다. 코브라가 목을 바짝 치켜세운 것이다. 탁자에 있는 파베르제 도자기 시계의 색깔이 30분마다 미세하게 변했다. 건너편에 있는 차는 식어버렸다.

"물론입니다. 제가 매사에 신중하게 처리하고 있습니다, 각하. 제 지시와 별도로 고위 간부 하나가 그 미국인을 상대로 현장에서 실시하는 작전을 지휘 중입니다."

"그리고 그 젊은 요원은 최근에 방첩부서의 조사를 통과했다고 하던데? 여자 맞지?"

"그렇습니다, 각하." 예고로프는 움직이는 소시지 같은 대통령의 입술을 보며 말했다.

"그 젊은 여성이 자네의 조카딸이라는 내 기억이 정확한가?" 푸틴은 예고로프의 눈을 똑바로 봤다. "최근 세상을 떠난 형의 딸 말이야."

"가족이 가장 안전하죠." 예고로프가 자신 없게 말했다. 이건 자신의 어마어마한 정보력과 힘을 보여줘서 사람들을 충격에 빠뜨렸다가 충성하게 만들기 위해 하는 쇼였다. 스탈린이 전에 그랬던 것처럼. "그 아이는 제 지시를 따를 겁니다."

"그 여자 요원이 미국인과 관계를 맺게 해, 하지만 공격적인 방법들은 내가 용납하지 않아. 그건 생각할 수 없는 일이야." 푸틴은 분명 어떤 대안들을 논의했는지 알고 있는 것이다.

"분부대로 하겠습니다." 예고로프가 말했다.

9분 후에 예고로프는 웅장한 계단에서 발소리를 울리면서 내려와 대기 중인 차로 급히 들어갔다. 그는 뒷자리에 쓰러지듯 앉으면서 자신의 야망 앞에 도사리고 있는 재앙들을 곰곰이 생각했다. 예고로프의 메르세데스가 보로비츠카야 탑의 아치형 입구를 휙 지나쳐 갔을 때 또 다른 관용차(그의 것보다는 조금 덜 화려했다)가 그가 막 나온 의회 건물을 향해 달려가는 걸 반야는 보지 못했다. 그 차에는 라인 KR 방첩팀장인 난쟁이 알렉세이 주가노프가 타고 있었다.

크렘린의 마들렌

달걀과 소금을 섞어서 스펀지케이크 반죽이 걸쭉해질 때까지 만든 후에 설탕을 서서히 넣고 그 다음에 바닐라 추출물을 넣는다. 반죽을 밀가루와 뵈르 누아제트 버터로 감싸서 두껍게 만든다. 기름칠을 하고 밀가루를 바른 마들렌 틀에 그 반죽을 붓고 중간 온도로 맞춘 오븐에 넣어 가장자리가 노릇노릇해질 때까지 굽는다. 틀에서 꺼내 철사 선반에 올려 식힌다.

27

미 상원 의원 스테파니 바우처는 자신의 차를 직접 운전하거나 주차시키거나, 경호원 없이 복도를 혼자 걸어가는 것에 익숙하지 않았고 심지어 혼자서 차 문을 여는 것조차 어색했다. 상원 정보위원회의 부위원장인 그녀는 원한다면 차까지 그녀를 안고 갈 인턴들과 직원 군단을 거느리고 있었다. 지금도 그들의 도움이 필요했다. 그녀의 차 앞쪽 범퍼가 앞에 주차된 차의 범퍼에 으드득 소리를 내며 살짝 스쳤다. 망할 놈의 평행 주차. 바우처 상원 의원은 핸들을 확 돌리면서 액셀을 살짝 밟았다. 뒷바퀴가 연석을 쳤지만 차 앞은 아직도 거리 쪽으로 튀어나와 있었다. 그녀는 손바닥으로 핸들을 탕 쳤다. 그녀는 차를 조금 앞으로 빼서 새로운 각도로 틀었다. 뒤에 있는 차가 경적을 울렸다. '이 자리로 들어오든지 아니면 다른 자리를 찾아!'

바우처 상원 의원이 조수석 창문을 내리고 "이 새끼가!"라고 소리를 지르는 사이에 경적을 울린 차는 그 비좁은 공간을 간신히 지나갔다. 그녀는 좀 더 신중하게 행동해야 한다는 걸 알고 있었다. 그녀의 얼굴은 세상에 많이 알려져 있었고 의회에서는 유명 인사지만 그래도 저 개자식이 그녀에게 경적을 빵빵 울려대고 그냥 빠져나가게 둘 수는 없었다. 네 번째 시도 만에 그녀는 간신히 그 자리로 들어갈 수 있었다. 초저녁의 그곳은 워싱턴 DC의 녹음이 우거진 어두운 N 거리였다. 차 문을 잠갔을 때 뒤의 왼쪽 바퀴가 연석 위에 올라와 있는 걸 알았지만 그러거나 말거나 그녀는 돌아서서 보도를 따라 걸으며 우아한 브라운스톤 건물들을 지나쳤다. 조지

왕조풍의 그 건물들은 모서리를 깎아낸 유리 랜턴들로 출입구의 불이 밝혀져 있었다.

바우처는 마흔 살로 키가 작고 마른 체격에 몸매는 소년 같고 햇볕에 탄 다리는 날씬했다. 사람을 꿰뚫어보는 것 같은 초록색 눈동자와 작고 동그란 코는 어깨까지 내려온 금발 머리에 더 돋보였다. 그녀의 입은 힘이 넘치는 기업 중역 같은 그녀의 이미지와 유일하게 어울리지 않는 부분이었다. 그 얇고 조그만 입은 자주 삐죽거리다 일그러지곤 했다. 금방이라도 상대를 물어뜯을 것 같은 입이었다.

바우처는 의회에서 출세 가도를 달리고 있었다. 상원 의원이 되기엔 젊은 나이였지만 아주 치열하게 준비하고 노력해서 상원 정보위원회의 자리를 따냈다는 걸 그녀 자신도 알고 있었다. 전에도 소속된 위원회들이 많았지만 이 위원회만큼 명망 높은 곳이 없었다. 12년 전에 그녀는 방위산업 하청업체들과 항공우주산업 하청업체들이 바글거리는 남부 캘리포니아 지역에서 재정적으로 아주 힘든 선거전을 벌여 하원 의원에 당선됐다. 그녀는 예산을 책정하면서 사람들의 눈앞에 돈자루를 쥐고 흔들었고, 점점 자신이 원하는 걸 갖는 데 익숙해졌다. 그다음에는 상원으로 진출하는 것이 일반적인 단계였고 이제 재선 의원이자 상원 정보위원회의 새 부위원장으로 선출된 그녀는 국방부, 국토 안보부, 정보기관 내에서 법률을 제정하고, 예산을 책정하고, 감독하는 데 관여하게 됐다. 바우처는 의회에서 하는 청문회 내내 까칠하고, 성마르고, 모욕적으로 굴었지만 국방부는 그녀가 활동하는 지역구의 밥줄이기 때문에 참을 수밖에 없었다. 국토 안보부 역시 그녀가 정치적으로 건드릴 수 없었다. 개인적으로 바우처는 그 부서의 담당자들을 시시한 인간들로 여기고 있었다. 그들은 자신이 활동하는 분야에서 손톱만큼도 아는 것이 없으며, 그들이 하는 모든 일들은 마치 투수용 글러브를 끼고 뇌수술을 하는 격이라고 그녀는 생각했다.

하지만 바우처의 그 얇은 입술 껍질이 벗겨질 정도로 악물게 만드는 부서는 바로 정보기관(열여섯 개의 개별적인 부서들이 모여 있는 거대한 기관)이었다. 국방 정보기관들은 별로 상관이 없었다. 그들은 직업 군인들로 사실 그들이 정말 원한 건 다음번 공격 목표를 선명하게 찍은 사진 한 장이면서도, 해외 첩보라는 어울리지 않는 환경에서 머리를 싸매고 고민에 고민을 거듭하고 있었다. 국무부의 정보기관엔 훌륭한 분석가들도 몇 명 있지만 국무부는 더 이상 기밀들을 수집하지 않았다. 그들이 한 분석은 햇볕에 널어서 좀 말리고 비타민 D를 투여해야 할 정도로 고리타분했다. FBI는 마지못해 결혼식에 나온 신부 같은 존재로 그들이 이해도 못하고 반기지도 않는 국내 첩보 기관이라는 역할을 떠밀려 맡게 됐고 그래서 어쩔 수 없이 전통적인 뿌리인 경찰 역할로 돌아가게 됐다. 사실 그들은 장기간 관리할 정보원들의 네트워크를 세우는 것보다는 차라리 디트로이트에 있는 아랍 10대들을 상대로 한 함정수사를 하는 걸 선호했다.

하지만 이들은 다 그냥 평범한 인간들일 뿐이었다. 바우처 상원 의원은 사실 CIA, 이 기관 하나에 앙심을 품고 있었다. 그녀는 위원회 회의실에서 그녀 앞에 구부정하니 앉아 어쩔 때는 성실하게 대답하다가 또 어떤 때는 얼버무리는 CIA 관료들을 혐오했다. 그들이 입만 열면 항상 그녀에게 거짓말을 하고 있다는 걸 바우처는 알고 있었다. 자신만만한 그들은 너그러운 미소를 지으며 다 안다는 표정으로 뻔뻔스럽게 거짓말을 했다. 바우처는 그들이 지퍼를 채운 보안 가방에 가지고 다니는 브리핑 서류들이 대부분 쓰레기이며 진짜는 감추고 있다는 걸 알고 있었다. 그들은 스스로를 '정보부의 열심히 일하는 사람들'이자 '국가의 비밀을 지키는 부서'라고 역겨운 자화자찬을 했고, 자기네 부서가 '정보 수집의 완벽한 기준'이라고 선언하고 다녔다. 이것들이야말로 바우처를 돌아버리게 만드는 진부한 표현들이었다.

바우처가 처음 하원의원이었을 때 일흔다섯 살인 맬컴 앨저넌 필립스를 만났다. 그는 드문드문 일을 하는 로비스트이자, 호화로운 파티를 자주 여는 호스트이며 워싱턴의 막후에서 활동하는 정계 실력자다. 필립스가 모르는 유명인사는 없고, 그보다 더 중요한 건, (워싱턴의 어법으로 말하자면) 누가 누구의 엉덩이를 왜, 무엇을 가지고 때리는지 알고 있었다. 그를 흠모하는 많은 사람들은 완벽하게 차려입고 다니는 은발의 필립스가 1960년대 이후로 KGB를 위해 포섭 대상들을 물색해왔다는 걸 알면 충격과 분노를 느낄 것이다. 필립스는 흐루쇼프가 아직 공산당 총리였을 때 젊은 사교계 명사로 포섭됐다. 러시아인들이 두둑하게 보수를 주긴 했지만 필립스가 그 일에 뛰어든 건 마음껏 남의 험담을 하고, 자신이 들은 남의 비밀들을 퍼뜨리고, 타인의 믿음을 배신하고, 거기에 따라오는 권력을 휘두를 수 있는 즐거움 때문이었다. 그는 그 정보로 러시아인들이 무슨 짓을 하는지는 상관하지 않았다. 결과적으로 러시아인들은 그들답지 않게 필립스에게는 무한한 인내심을 가지고 대했다. 그들은 필립스에게 비밀을 알아내라거나 뇌물을 주라거나 서류를 슬쩍하라고 압력을 넣지 않았다. 그들은 워싱턴 정계라는 소용돌이 속에서 필립스가 적당한 포섭 대상들을 찾아내게 내버려뒀다. 그는 이 일을 거의 40년째 해왔는데 그것도 아주 훌륭하게 해왔다.

어느 겨울 조지타운에 있는 그의 저택에서 개최한 디너파티에서 필립스의 예리하게 단련된 안테나가 캘리포니아 출신의 여자 하원 의원에게서 뭔가를 감지해냈다. 그녀에게는 의원들에게 흔히 보이는 야망과 자부심과 탐욕의 조합 외에 뭔가 다른 게 있었다. 6주 후에 바우처와 둘이 점심식사를 하면서 필립스는 자신의 직감이 맞았다는 걸 확인했다. 필립스는 자신의 KGB 핸들러에게 그들의 요구에 딱 맞는 완벽한 엔진을 찾은 것 같다고 말했다. 스테파니 바우처는 지각이나 양심이라는 게 철저하게 결여된 인간이라고 필립스는 평가했다. 그녀의 머릿속에는 옳다거나 그르다는 개념 자체가 존재하지 않았다. 마찬가지로 애국심이나 신이나 가족이나 국가에 대한 충성심도 없었다. 그녀는 오직 자신만 생각하는 사람이었다. 자신에게 잘 맞으면 스테파니 바우처는 러시아를 위해 스파이가 된다는 윤리적인 면에 대해선 두 번도 생각하지 않을 거라고 필립스가 보고했다.

바우처는 허모사 비치에서 성장했다. 매일 무릎에서 잘라낸 청바지를 입고 서핑하고 담배 피우고 잘생기고 인기 많은 남자아이들을 피해 다니면서 놀았다. 그녀의 아버지는 한심한 인간이었다. 아버지는 그녀의 어머니가 놀아나도록 내버려뒀다. 그녀는 부모를 경멸하면서 자랐다. 그러다 그녀의 아버지가 그녀와 엄마 둘 다를 놀라게 했다. 그녀의 아버지는 그녀가 열여덟 살 때 페덱스 배달부의 품에 안겨 있는 엄마를 총으로 쏴서 죽였다. 스테파니는 충격으로 한동안 허물어졌지만 다시 기운을 내서 창피함을 무릅쓰고 남부 캘리포니아 대학을 졸업했고, 대학원을 나온 후에는 '우정이란 과대평가된 것이고, 인간관계란 개인적인 출세에 이용할 수 있을 때만 가치가 있는 것'이라는 점점 커져가는 확신을 품고 지역 정치판에 들어갔다. 하지만 그녀에게는 어머니의 피가 흐르고 있었고, 고질적인 인간 혐오증과 더불어 자신이 섹스를 아주 좋아한다는 걸 알게 됐다. 그것도 어떤 약속이나 헌신도 없는 자유로운 섹스를. 그녀는 정계에서 승승장구하면서 자제해야 했지만 그런 욕망은 항상 수면 바로 밑에 존재했다.

워싱턴의 레지덴투라가 그 포섭 대상에 대해 아주 꼼꼼하게 조사했다. 그녀에 대한 그림이 서서히 떠올랐는데 SVR이 본 모든 것이 맬컴 필립스가 보고한 것과 일치했다. 포섭 작전이 시작됐고 일련의 SVR 장교들과 영향력 있는 요원들이 계속 그 상원 의원을 조사했다. 하지만 워싱턴 레지던트인 아나톨리 골로프(그는 세련되고, 온화한 말투에, 매력적으로 비꼬는 말을 잘했다)와 처음 접촉했을 때 바우처는 비로소 그 보물 창고를 살짝 훔쳐보게 됐다. 상투적이고 철학적인 감언이설은 그 젊은 상원 의원인 바우처에게 아무런 인상을 남기지 못했다. 그녀는 국가 간의 친선이나 현대 러시아와 미국 간의 세계적인 힘의 균형에 대해선 아무 관심이 없었다. 골로프는 이런 점을 한눈에 꿰뚫어 보고 시간 낭비하지 않았다. 그는 그녀가 원하는 게 뭔지 알았다. 그녀는 좋은 경력, 영향력, 권력을 원했다.

골로프는 제1부서에게 전 세계에서 일어나는 사건들과 정책들의 배경을 해설하는 일련의 보고서들을 작성해달라고 의뢰했다. 그리고 그 보고서들을 그 상원 의원과 '토론하기 위해' 공유했다. 국제 관계들, 석유와 천연가스의 국제 정치학, 남아시아, 이란, 중국의 정치적인 발전 상황들. 이렇게 정보, 경제, 군사 문제에 대해 특별히 준비된 브리핑들을 받은 덕에 바우처 의원은 자신이 속한 위원회에서 금방 전문가가 됐다. 위원장은 그녀의 능숙한 일처리와 풍부한 학문적 소양에 감동받아서 그녀에게 상원 정보위원회의 부위원장 자리를 제의했다. 그러자 바우처 의원은 앞으로 지금보다 더 큰물에서 놀 수 있겠다는 걸 깨달았다.

이렇게 러시아와의 관계가 발전되면서도 바우처는 단 한 번도 자신이 스파이라는 생각에 괴로워하지 않았다. 그녀는 골로프와 저녁식사를 하면서 상원 정보위원회에서 하는 청문회들과 거기에 나오는 의제들을 토론했다. 그것은 가는 게 있으면 오는 것도 있어야 하는 워싱턴 정치가로선 극히 자연스러운 행동이었다. 골로프는 마치 새우의 내장을 빼는 것처럼 그녀에게서 정보를 이끌어냈다. 골로프가 점점 더 자주 주는 '경비'를 바우처는 마땅히 받아야 하는 회비 정도로 생각했다. 바우처는 오래전에 돌이킬 수 없는 선을 넘었지만 그녀에게 그걸 일깨워줄 필요는 없었다. 그녀가 보기에 자신은 자신의 장점을 키워가면서, 출세를 준비하고, 목표를 향해 노력하고 있었다. 이렇게 SVR은 의회에서 적극적으로 활동하는 의원을 정보원으로 두고 있었다. 그녀가 바로 스완이었다.

아나톨리 골로프는 N 거리에 있는 타바드 인 호텔 뒤쪽의 작은 정원이 있는 식당에 앉아 스테파니 바우처를 기다리고 있었다. 높은 벽돌담들로 차단된 좁은 정원의 나뭇가지들 사이로 아주 작은 불빛들이 흘러들어 왔다. 근처의 스콧 서클 교차로에서 들려오는 경적 소리는 부드럽게 출렁이는 파도 소리일 수도 있었다. 골로프는 1년 전에 워싱턴 레지덴투라의 레지던트가 됐고 스완을 직접 담당하고 있었다. 그는 방대한 작전 경험을 지니고 있었고, 스완이 러시아가 관리하는 가장 중요한 미국 정보원이라는 걸 알고 있었다.

그렇다 해도 그는 이 정보원이 싫었고, 이 작전도 마음에 들지 않았다. 사실 스완은 조금 무서웠다. 골로프는 정보원들이 이데올로기, 세계적인 공산주의에 대한 믿음, 완벽한 사회주의 국가를 건설한다는 꿈에 헌신하기 위해 포섭됐던 과거를 회상했다. 이제 그건 다 가식이 돼버렸다고 골로프는 생각했다. 스완은 탐욕스럽고 통제 불능인 반사회적 인격 장애자였다.

골로프는 손을 흔들어서 셔츠 소매의 소맷동을 드러냈다. 그는 제왕처럼 큰 키에 점점 얇아져가는 흰 머리는 빗어서 뒤로 넘겼다. 길고 쪽 곧은 코와 섬세한 턱을 보면 로마노프 왕조의 후손일거라는 짐작이 들지만 그건 이제 더 이상 중요하지 않았다. 심지어 SVR에서도 그런 건 통하지 않았다. 골로프는 아주 근사한 브리오니의 투 버튼 정장에 풀을 빳빳하게 먹인 흰색 셔츠에 마리넬라에서 산 주홍색의 작은 점들이 박힌 파란색 실크 넥타이를 매고 있었다. 발에는 토즈 고미노 단화에 회색과 검은색이 섞인 양말을 신고 있었다. 그는 미국에 휴가를 보내러 온 우아한 유럽 백작처럼 보였다. 그 이미지와 유일하게 어울리지 않는 건 새끼손가락에 끼고 있는 도장이 새겨진 금반지였다. 그 불가사의한 반지는 그의 숨겨진 역사를 암시하고 있었다.

골로프는 달걀과 레몬이 들어간 양고기 스튜, 발사믹 식초를 넣고 튀긴

레드 케일, 남부 유럽에서 먹었던 것만큼이나 맛있는 퐁 데 테르 알리고(감자 퓌레와 치즈를 주성분으로 해서 만든 음식-옮긴이)를 다 먹어가고 있었다. 작전 중일 때는 보통 술을 마시지 않지만 이 상원 의원을 만날 때는 기운을 낼 필요가 있었다(아니, 감각을 무뎌지게 하기 위해서일까). 그는 샤도네이를 두 잔 마시고 에스프레소 도피오를 한 잔 시켰다.

테이블이 치워지고 있을 때 골로프는, 달래고 질책하고 통제하는 데 시간과 기술을 낭비하기엔 스완이 너무 중요한 정보원이라는 걸 다시 한 번 스스로에게 일깨워줬다. 바우처가 원하는 건 SVR에서 줄 것이다. 그녀는 상원 정보위원회가 밀실에서 한 회의들의 회의록들을 넘겨주고 있다. 그것은 러시아 첩보부에서는 본 적도 없고, 그 존재조차 모르고 있던 무기 시스템, 첩보 작전들, 미국 정책들에 대한 국방부와 정보부 관료들의 증언들로 수백 쪽을 디지털 페이지로 작성한 것이다. 그 대가로 SVR은 만성적으로 인색한 러시아 정보부 역사상 듣도 보도 못한 어마어마한 액수의 월급제 보수를 바우처에게 주고 있다.

바우처의 가치는 단순한 정보원의 위치를 넘어섰다. 그녀는 초특급 정보원이자 지금보다 더 큰 영향력이 생길 수 있는 잠재력을 가진 정보원으로 그들의 꼭두각시였다. 골로프는 그녀에게 길을 알려주고, 도와주고, 코치하기 시작했다. 그녀가 좀 더 높은 자리에 오를 수 있도록 준비시키고 있는 것이다. 이런 게 새로운 일도 아니었다. 다년간 러시아는 미국의 다른 의원들을 위해 간접적으로 이런 일을 해왔다. 불행하게도 이렇게 타락한 의원들은 대부분 결국 가로등에 차를 박거나, 반사의 연못(Reflecting Pool, 링컨 기념관과 워싱턴 기념비 사이로 펼쳐진 대형 인공 연못-옮긴이)에 빠져 죽거나, 다리에서 미끄러져 물속에 빠져 죽었다. 그런 어이없는 얼간이들과 비교하면 스완에게는 그런 취약한 점이 없었다. 그보다 더 나은 점은 그들 중 누구도 스완만한 잠재력을 가지고 있지 않다는 점이었다. 본부에서는 바우처가 CIA 국장이나 혹은 그보다 더 나은 부통령 같은 각료가 되는 그림을 그리고 있었다.

그녀는 엄청난 정보들을 제공하고 있었고, 특급 정보들이 앞으로 더 나올 예정이었다. 스완은 국방부에서 특별히 추진하는 사업이자 극히 민감한 사안인 지구 궤도를 도는 우주선(GLOV, 이하 GLOV로 표기함) 개발 프로그램의 접근 권한을 곧 받게 될 것이다.

러시아인들은 이미 스완이 제공한 초기 정보를 받고 경악했다. GLOV는 혼성 플랫폼으로 비밀 정보 수집과 전자 정찰 정보 수집을 하는 동안 GPS 기능을 제공할 수 있었다. 이것은 또한 다른 킬러 위성들로부터 자신을 보호할 수 있었다. 러시아에서 더 두려워하는 점은 GLOV가 우주에서 지구에 있는 목표를 겨냥해 무기를 발사할 수 있는 능력이 있을 거라고 예상되는 점이었다. 게다가 직통이었다. 전투기도 없고, 재급유도 없고, 레이더도 없고, 스텔스 기술도 없고, 대공 미사일도 없고, 목숨을 잃는 파일럿도 없고, 경고도 없었다. 지구에서 300마일 떨어진 우주에서 지구의 어느 한 점을 정밀 타격하는 것이다. 미 공군 프로젝트 브리핑에서는 이것을 '신의 손가락'이라고 불렀다.

수십억 달러가 들어가는 이 특별 추진 사업은 엘세건도의 에어포트 로드와 로스엔젤레스 공군기지를 따라 있는 하이테크 산업 지대에 소재한 패스파인더 위성 회사와 독점 계약해서 극도의 보안을 유지한 상태에서 관리되고 있었다. 이곳이 마침 바우처 상원 의원의 전 지역구이기도 했다. '그래, 특급 정보는 아직 나오지 않았지.' 골로프는 생각했다.

바우처 의원이 힘차게 걸어서 타바드 인 호텔의 영국 시골 저택풍 로비로 들어갔다. 작은 로비를 통과하자 객실과 라운지를 연결하는 좁은 복도가 나왔다. 그녀는 그림들이 줄줄이 걸려 있는 복도의 사람들을 거침없이 지나쳐 정원으로 나왔다. 그녀는 뒤쪽 테이블에 골로프가 앉아 있는 것을 보고 그에게 가서 섰다. 골로프가 일어나서, 유럽식으로 허리를 숙이면서 손을 내밀어 잡은 그녀의 손 바로 위에 입술을 댔다. 실제로 바우처의 손에 입술을 대진 않았다. 그는 그녀가 사교 파티에서 습관적으로 하는 행동들을 묘사한 초기 평가 보고서들과 거기서 그녀가 그 손으로 무슨 짓을 하길 좋아하는지 떠올렸다.

"스테파니, 어서 와요." 골로프가 세심하게 단어를 골라 말했다. 그는 그녀의 성이 아닌 이름을 불러 친밀한 분위기를 조장하면서 의원이라는 그녀의 직위를 쓰지 않음으로써 공손함과 친밀함 사이에서 적절하게 균형을 잡았다. 오늘은 이 여자 기분이 또 어떨지 알 수 없었다. 골로프는 바우처가 앉는 동안 그녀의 대답을 기다렸다.

"안녕하세요, 아나톨리." 바우처가 말했다. 그러고는 테이블 위에 팔꿈치를 걸쳤다. "곧바로 본론으로 들어가게 돼서 유감이지만 당신 본부에서 대답을 받았나요?" 그 상원 의원은 핸드백에서 담배를 하나 꺼냈다. 골로프는 몸을 기울여 연필처럼 가는 금제 부가티 라이터로 불을 붙여줬다.

"당신의 요구와 함께 주저하지 말고 곧바로 그 요구에 동의하는 게 좋겠다는 내 의견도 같이 전했어요. 며칠 후면 답변이 올 겁니다." 골로프가 말했다. 그는 테이블보 위에 자연스럽게 두 손을 놓고 앉아 있었다. 골로프가 주문한 커피가 도착했고, 바우처는 위스키와 소다를 주문했다.

"그렇게 지불하라고 당신이 권했다니 기분 좋네요, 아나톨리." 바우처가 의회용 목소리로 말했다. "당신의 지원 없이 내가 뭘 할 수 있을지 모르겠어요."

'저렇게 꼴 보기 싫은 여자가 또 있을까?' 골로프는 생각했다. 하지만 그는 모스크바에서 그녀가 요구한 돈을 지불할 것이란 걸 알고 있었다. 그 정보를 받을 수만 있다면 그녀가 요구한 액수의 다섯 배라도 줄 것이었다.

그녀를 통해 패스파인더 위성과 관련해서 상원 정보위원회 브리핑에서 나온 1차 디스크들을 받은 연구자들은 깜짝 놀랐다. 패스파인더와 국방부에서 앞으로 나오게 될 디스크들, 매뉴얼들, 소프트웨어들은 그 가치를 헤아릴 수 없이 중요한 자료들이었다. "스테파니, 내가 항상 당신을 지원할 거라는 걸 알고 있잖아요. 걱정하지 말아요, 본부에서 흔쾌히 동의할 겁니다." 골로프는 테이블 건너편에 있는 그녀의 손을 토닥이고 싶은 충동을 참았다.

"그거 잘됐군요, 아나톨리. 왜냐하면 오늘 패스파인더가 목표 궤도를 도는 첫 비행 테스트를 마쳐가고 있다는 브리핑을 받았거든요. 내가 정기적으로 진행 상황을 보고해달라고 요구했어요. 나는 앞으로 분기마다 한 번씩 로스앤젤레스에 있는 패스파인더사를 방문할 겁니다. 이 프로젝트는 앞으로 10년은 더 자금 지원을 받게 될 거고요." 바우처는 위를 보며 담배 연기를 뿜어냈다. "그러니까 모스크바에 있는 당신 동무들이," 마치 협박하는 것처럼 목소리가 너무 크다고 골로프는 생각했다. "돈을 내고 싶지 않다면 좋아요. 그럼 우리 사이는 이걸로 끝난 거고, 나도 끝낼 거예요."

골로프는 이 말 한마디로 다시 한 번 바우처가 얼마나 거만한지 실감했다. 그녀는 자신이 한 짓이 어떤 결과를 낳게 될지 전혀 의식하지 않고 있는 데다 모스크바 본부에서 절대로 그녀가 '그만두게' 놔두지 않을 거라는 점은 생각도 하지 못하고 있는 것이다. 골로프는 바우처가 모스크바를 위해 계속 정탐을 하지 않으면 그녀의 정체가 노출될 거라는 말을 하게 될 만남을 상상해보려고 애를 썼다.

"물론 우리의 협력 작업은 계속돼야죠." 골로프가 그녀를 달래며 말했다. "그 외에 다른 말은 아예 입에 담지도 말아요. 우린 계속 안전하게 이 관계를 이어갈 것이고, 당신은 계속 우리 본부를 감탄하게 만들 것이고, 우린 당신의 노고에 대한 보답을 할 것이고, 당신의 경력은 계속 쭉쭉 뻗어나갈 테니까." 골로프는 여기다 이데올로기에 대한 감언이설을 덧붙이고 싶은 유혹을 오래전에 버렸다. 간단한 사실을 다시 상기시켜주는 것만으로도 충분하다. 넌 우리에게 기밀들을 전달하고, 우린 그것에 대한 보수를 지불하고.

"당신의 안전에 대해 지난번에 했던 대화를 계속하고 싶어요. 당신은 필요 없다고 생각하는 거 알고 있지만 내 말을 꼭 들어줬으면 해요. 다른 사람이 아니라 당신을 위해 이 말을 하는 겁니다, 스테파니. 이건 아주 중요한 이야기예요." 골로프는 에스프레소를 몇 모금 마시고 잔 너머로 바우처를 바라봤다. 그녀는 지겹다는 듯이 발끈하면서 담배 연기를 뿜어냈다.

"당신은 워싱턴의 저명인사예요. 그리고 나 역시 러시아의 고위 외교관으로 얼굴이 알려져 있는 곳들이 있지요. 우리가 계속 이렇게 공개적으로 만나는 건 현명하지 못한 행동이에요. 모스크바 본부에서 걱정하고 있어요. 나도 걱정이 되고요. 우린 좀 더 신중하게 처신해야 해요." 골로프는 부드럽게 차분하면서도 스스럼없이 말했다. 그들은 너무 자주 만났다. 그는 요즘 너무 큰 위험을 초래하고 있었다. 바우처가 허공에 대고 담배 연기를 또 뿜어냈다.

"또 그 소리예요?" 바우처가 테이블 옆에 대고 담뱃재를 털면서 말했다. "전에 이 이야기를 했을 때 내 입장을 분명히 밝혔는데요."

"물론 그랬죠, 스테파니. 하지만 당신이 재고해줬으면 해요. 우선, 우리는 사람들의 시선을 피해서 좀 더 은밀한 곳에서 만나야 해요. 그리고 이렇게 직접적인 만남의 횟수를 줄이고 대신 간접적인 소통 수단을 써야 하고요." 골로프는 점점 가늘어지는 바우처의 눈을 바라봤다.

"잘 들어요, 아나톨리. 전에도 했던 말이지만 다시 하죠. 난 그레이트 폴스 공원에서 한밤중에 당신이 놔둔 꾸러미를 찾기 위해 더러운 나무 그루터기 밑을 파헤칠 생각이 전혀 없어요. 그리고 내 핸드백 속에서 연기를 내기 시작해서 디륵센 빌딩에 있는 경보음을 울리게 될 당신의 그 투박한 송신기를 받을 생각도 없고요." 바우처는 한 손을 들어올렸다. "내게 당신네 기술에 대해 뭐라고 늘어놓을 생각하지 말아요. 난 스파이 장비라면 훤하니까. 러시아 장비들은 우리 장비의 발끝도 못 따라와요." 그녀는 이를 드러냈다. "그리고 난 절대로 신발에 똥을 묻힌 아브하지아(Abkhazia, 흑해 연안 동쪽에 위치한 조지아의 자치 공화국-옮긴이)의 초짜 요원과는 절대로 만나지 않을 거예요." SVR이 준비한 브리핑을 받기 전까지는 바우처는 아브하지아라는 나라가 어디 있는지는 고사하고, 그런 나라가 있는지조차 몰랐다. "대체 이 얘기는 왜 계속하는 건데요?"

골로프는 정보원들을 다루는 법을 잘 알고 있었지만, 이 여자는 그가 관리했던 그 어떤 정보원들과도 달랐다. 그는 모스크바에 있는 예고로프가 보안 문제 때문에 불안해하고 있는 걸 알고 있었다. 골로프도 마찬가지로 불안했다. 하지만 이렇게 끝내주는 정보가 들어오는 작전의 속도를 늦춘다는 건 불가능했다. "스테파니, 이런 예방 조치들이 얼마나 어려울지 다 이해해요. 하지만 이것만은 동의해줘요. 당신과 나는 계속 만날 겁니다. 당신이 동의한다면 우리 만남을 위해 워싱턴 외곽에 있는 호텔 방을 잡을 게요. 그렇게 하면 만날 수 있는 시간이 많을 테니까 그 대신 만나는 횟수를 좀 줄이는 게 좋을 것 같아요. 그러면 훨씬 더 안전해요."

"워싱턴 외곽이라고요? 지금 농담해요? 밤 시간을 비워서 시내로 나오는 것만 해도 힘들어 죽겠는데. 감자칩 한 봉지 놓고 당신과 밀담을 나누자고 내 직원들도 놔두고, 스케줄을 비우고, 고속도로를 빠져나와서 촌스런 국도를 달리란 말이에요? 대체 어디서 만날 건데요? 볼티모어? 필라델피아? 리치먼드? 그런 건 아예 생각도 하지 말아요, 아나톨리."

골로프는 스완을 침착하게 바라봤다. 그는 더 이상 아무것도 주장하지 않을 것이다. 이 작전은 그러기엔 너무 큰 작전이었다. 그는 그녀에게 미소를 지었다. "당신은 정말 논리적인 사람이에요. 빈틈없고, 현실적이고. 그럼 한 가지만 약속해줘요. 계속 만납시다. 하지만 공개적인 장소에선 안 돼요. 매달 워싱턴 호텔에서 만나요. 스위트룸에서. 당신이 편한 시간에. 이렇게 작은 호텔에도 스위트룸은 있어요, 단지 작아서 그렇지. 우린 우리의 보안 대책을 계속 혁신하면서 당신에게 맞춰 융통성 있게 조절할게요. 내가 걱정하는 건 당신의 안전이에요."

다른 곳에 정신이 팔린 바우처 의원이 고개를 끄덕였다. "좋아요, 하지만 이 호텔 방부터 시작하죠. 왜지 모르겠지만 이 작은 호텔엔 끌리는 점이 있어요." 그녀는 테이블 맞은편에 있는 골로프를 보며 그가 새 담배에 불을 붙여줄 수 있게 몸을 그쪽으로 기울였다. "아, 그리고 아나톨리. 리히텐슈타인의 그 계좌 번호 알려줘요. 모스크바 본부에 연락해서 알려달라고 해요."

"스테파니, 이 문제도 여러 번 얘기했잖아요. 이 계좌를 쓸 수 있게 하는 건 우리 본부의 절차에 어긋나는 일이에요. 다 당신의 안전을 위해서 그러는 겁니다. 내 말을 믿어요, 당신 돈은 거기 다 있어요. 그동안 우리가 입금한 돈이 다 있다고요. 당신도 그 계좌의 잔고를 봤잖아요."

"아나톨리, 당신은 정말 사랑스런 사람이에요. 하지만 이 작전의 프리마 돈나답게 내가 좀 고집을 피워도 괜찮겠죠? 제발 내 기분 좀 맞춰줘요." 바우처는 일어서서 피우던 담배를 위스키 잔에 떨어뜨렸다. 골로프가 일어나서 작별 인사를 했다. 바우처가 가려고 돌아섰을 때 골로프가 그녀의 핸드백에 손을 넣어 검은색 종이 커버에 들어 있는 디스크를 한 장 꺼내 아무렇지도 않게 테이블에 놨다. "지난주 패스파인더에 대해 실시한 의회 청문회 회의록이에요. 모스크바의 당신 친구들이 돈을 줄 때까지 가지고 있으려고 했지만 당신이 너무 좋으니까, 아나톨리. 잘 자요." 그녀가 말했다.

골로프는 그녀가 씩씩하게 호텔로 걸어 들어가는 모습을 지켜봤다. 그녀의 걸음걸이에 맞춰 금발 머리가 흔들렸다. 골로프는 아무렇지도 않게 그 디스크를 양복 주머니에 넣고 다시 테이블 앞에 앉았다. 텅 빈 정원은 조용했다. 그는 브랜디를 한 잔 시키고 예고로프에게 보낼 메시지를 머릿속에서 작성하기 시작했다.

달걀과 레몬이 들어간 양고기 스튜

깍둑썰기한 양고기와 베이컨과 양파를 노릇노릇하게 굽는다. 거기에 화이트 와인과 육수를 넣고 소금, 후추, 육두구로 양념을 한 후 한 시간 동안 끓인다. 거기서 양고기를 들어낸다. 레몬주스, 달걀노른자, 간 마늘을 넣고 거품이 날 때까지 저어서 육수에 넣는다. 이 소스에 다시 소금, 후추, 육두구를 넣어 양념을 하고 양고기 위에 부은 다음에 잘게 썬 레몬 껍질을 고명으로 올린다.

28

반야 예고로프는 스완이 핸들러와의 만남에 있어서 좀 더 까다로운 절차들을 지키길 계속 거부하고 있다는 내용으로 아나톨리 골로프가 뉴욕에서 보낸 메시지를 읽었다. 반야는 작은 소리로 욕설을 퍼부으면서 골로프에게 그 작전 속도를 늦추게 할까 아니면 아예 잠시 중단하라고 지시할까 고민했다. 그러다 지난번에 만났을 때 스완이 전달한 디스크의 내용을 요약한 두 번째 페이지를 읽기 시작하자 마음을 바꿨다. 거기에는 패스파인더 회사와 미 공군 관료들이 상원 정보위원회에서 브리핑한 GLOV 프로젝트의 시간표, 관리 도표, 평가 기준, 생산 한도, 하도급 업체 요건들이 기록돼 있었다. 모든 정보가 다 있었는데 하나하나가 기가 막힌 정보였다. 라인 T에서 이미 크렘린, 의회의 집행위원회, 국방부를 위해 요약 보고서를 작성하고 있었다. 그는 그 보고서를 직접 제출할 것이다. 그러면 아주, 아주 보기 좋을 거야.

하지만 이 굴러들어온 호박 같은 정보가 지금은 심각한 위기에 처해 있었다. 정보원에 대한 보안이 부족했고 작전 자체도 취약했다. 어떤 상황에서도 동요하지 않고 노련한 골로프가 그 위험을 좀 낮추면서, 그 키 작고 금발 머리에 성질 더러운 여자를 능수능란하게 다루고 있지만 그들이 할 수 있는 게 하나도 없었다. 제아무리 뛰어난 스파이 기술이나 첨단 장비를 쓴다고 해도 스완의 안전을 무한정 보장할 순 없었다. 예고로프는 살짝 떨리는 손으로 담배에 불을 붙였다.

이 작전의 취약한 점은 두 가지였다. 레지던트인 골로프에게는 당연히

새로운 장르문학 시리즈의 탄생

VERTIGO

매듭과 십자가 존 리버스 컬렉션 이언 랜킨 지음 | 최필원 옮김　**열차 안의 낯선 자들** 퍼트리샤 하이스미스 지음 | 홍성영 옮김

올빼미의 울음 퍼트리샤 하이스미스 지음 | 홍성영 옮김　**테러호의 악몽 1, 2** 댄 시먼스 지음 | 김미정 옮김

퍼스널 잭 리처 컬렉션 리 차일드 지음 | 정경호 옮김　**숨바꼭질** 존 리버스 컬렉션 이언 랜킨 지음 | 최필원 옮김

레드 스패로우 1, 2 제이슨 매튜스 지음 | 박산호 옮김　**레버넌트** 마이클 푼케 지음 | 최필원 옮김

다음 질문에 답과 적어 홍엽서로 보내주세요.
추첨을 통해 소정의 사은품을 드립니다.

1 가장 좋아하는 장르소설 작가와 그 이유는?

2 내 인생 최고의 장르소설 BEST 3를 꼽는다면?

3 미래의 버티고 리스트로 추천하고 싶은 숨은 걸작이 있다면?

보내는 사람
성명 :

이메일 :

연락처 :

받는 사람
서울시 마포구 동교로13길 34 우) 121-896
(주)오픈하우스 버티고 담당자 앞

facebook.com/vertigo.kr

끊임없이 미행이 붙을 것이고, 컴퓨터는 항상 감시받고, 도청되고 있을 것이다. 하지만 골로프는 워낙 실력이 뛰어나고 조심성이 많아서 미행을 달고 스완과의 미팅 장소에 가진 않았다. 게다가 그는 상대가 감시하는 것을 파악하기 위해 상대 감시팀과 같은 거리를 두고 같은 수법을 써서 상대팀을 방해하는 제타 감시팀을 이용하고 있었다. 그보다는 스완이 훨씬 더 큰 문제였다. 그녀가 남들 몰래 다녀야 한다는 생각은 아예 하지도 않고 워싱턴을 돌아다니다가 우연히 골로프와 같이 있는 장면이 목격될 수도 있었고 아니면 타인의 불필요한 주목을 끌 수도 있다. 어떤 스파이 기술로도 그건 통제할 수 없었다.

하지만 누가 정보가 유출된 걸 알아차리거나, 제보가 들어온다면 미국의 내부 첩자 사냥꾼들이 숨어 있던 구멍에서 나와 수색을 절대로 멈추지 않을 것이다. 그렇다면 그런 정보는 어디서 유출될까? 우선 미국 CIA 요원인 네이트 내쉬가 관리하는 그 빌어먹을 SVR 내부 첩자의 입에서 흘러나올 수 있었다. 예고로프는 주먹으로 책상을 쾅 내리쳤다. 이 빌딩에 있는 누군가, 그가 알고 있는 사람이 첩자일 가능성이 컸다.

이 건물에서 스완에 대해 간접적으로 알고 있는 사람들과 그 작전을 지원하는 소수의 인물들을 제외한 고위 간부는 대여섯 명 정도 있었다. 반야는 머릿속에서 그 사람들을 꼽아봤다. 올빼미처럼 생긴 유리 나사렌코는 라인 T(과학과 기술 담당 부서)의 부장이고, 라인 R(작전 기획과 분석) 부장, 라인 OT(기술 지원) 부장, 라인 I(컴퓨터 서비스) 부장이 있었다. 이 관료들은 자기들이 아주 특별한 작전을 지원하고 있는 걸 알고 있고, 이 작전이 어디서 진행되고 있는지 추론할 수 있었다. 그들은 스완의 정체는 모르지만, 그녀가 넘겨준 보고서들을 열람할 수 있는 권한이 있고, 거기서 많은 정보를 이끌어낼 수 있었다. 그들은 계급도 높고 상당한 지위에 올라 있지만 모두 그것과 상관없이 철저하게 조사를 해야 했다. 그 불쾌한 임무는 라인 KR 방첩팀장인 난쟁이 알렉세이 주가노프를 시키면 된다.

그가 주가노프에게 자신의 동료들에 대해 내부 조사를 하라고 시키면 주가노프는 루비안카 지하실에서 했던 일 이후로 이 직장 생활에서 경험할 수 있는 최고의 환희를 맛볼 것이었다. 반야가 그 난쟁이에게 내부 조사에 대한 전권을 주자 무덤덤한 미소를 짓고 있던 귀가 큰 그 난쟁이는 아주 기뻐하면서 머릿속으로 온갖 아이디어를 떠올리며 돌아갔다.

예고로프는 사무실 밖을 내다봤다. 스완을 위험에 처하게 할 사람이 또 누가 있을까? 물론 국장이 있었다. 그리고 집행 사무국과 대통령 사무실, 국방장관 사무실에 대여섯 명이 있었다. 하지만 거기 있는 사람들은 그의 손을 벗어난 사람들이라 예고로프가 어떻게 해 볼 도리가 없었다. 또 누가 있을까? 이제 후보로 고려해볼 만한 유일한 고위 간부는 블라디미르 코르치노이였다. 미국과 캐나다 담당인 제1부서 부장인 그는 스완의 정보를 열람할 수 있는 권한은 없지만 자신의 텃밭에서 무슨 일이 일어나고 있는지 알아차릴 만한 감이 있는 인물이었다. 그와 코르치노이는 서로를 애정 어린 약칭으로 부르는 친구 사이였다. 볼로댜 코르치노이는 전통적인 공산주의자로 첩보부 장교들의 신임과 사랑을 받고 있었다. 또한 그는 마당발이라 떠도는 소문들도 많이 듣고 있었다. 그리고 그는 현재 네이트를 잡기 위한 작전을 지휘하고 있었다.

예고로프는 요즘에 코르치노이를 만나거나 이야기해본 적이 거의 없다는 생각을 했다. 그의 친구는 늙어가고 있었다. 은퇴하기까지 몇 년 안 남았을 것이다. 그때쯤 되면 예고로프가 정상에 올라 미국 담당 부서를 차지할 충성스런 후계자를 고를 수 있을 것이다. 반야는 마음속으로 그가 내부 첩자일 가능성이 희박하다는 걸 알고 있었지만(사실상 불가능했다) 형식적으로라도 코르치노이를 그 명단에 넣기로 결심했다. 그는 첩보부 내의 첩자 문제를 먼저 처리하고 나서 그 미국인인 내쉬에게 관심을 돌릴 것이다.

'동시에 토끼 두 마리를 쫓다간 한 마리도 못 잡는 법이지.' 반야는 생각했다.

라인 T 부장인 유리 나사렌코는 마치 헛간으로 들어오라는 초대를 받은 농노처럼 예고로프의 사무실 앞에서 기다리고 있었다. 쉰 살에 키가 멀대같이 큰 나사렌코는 굵은 철테 안경을 쓰고 있었는데 수년 동안 되는대로 쓰고 다니는 바람에 여기저기 휘어지고 패어 있었다. 그는 머리가 컸고, 이마는 툭 튀어나왔고, 날개처럼 펄럭일 것 같은 큰 귀에, 러시아인치고도 치아 상태가 형편없이 안 좋았다. 그는 끊임없이 몸의 여기저기를 씰룩이고, 머리를 홱홱 움직이고, 엄지손가락을 구부리고, 자신의 소매를 만지면서 꼭두각시 인형처럼 움직이며 불안해했다. 그의 왼쪽 턱 끝에는 커다란 사마귀가 하나 있었는데 예고로프는 정신 사납게 몸을 가만히 두지 않는 그자를 보지 않기 위해 그 턱에 난 사마귀만 보면서 이야기했다. 겉으론 그렇게 산만해 보이지만 나사렌코는 훌륭한 기술 전문가였다. 그는 문제를 체계적으로 이해하고 이론을 작전이나 정보 생산에 적용시킬 수 있는 능력을 가지고 있었다.

"유리, 들어와. 이렇게 빨리 와줘서 고마워." 예고로프는 마치 나사렌코에게 약속 시간과 날짜를 고를 수 있는 선택권이 있었던 것처럼 말했다.

"앉아. 담배 한 대 피우겠어?" 나사렌코는 앉아서, 어깨를 으쓱하고, 무릎에 두 손을 놓고 깍지를 낀 채, 양손의 엄지손가락을 매우 빠르게 두 번 구부렸다.

"아닙니다, 감사합니다, 부국장님." 나사렌코가 말했다. 그의 눈썹이 올라갔다 내려오는 동안 예고로프는 그의 턱에 시선을 고정하고 있었다.

"유리, 자네가 미국의 우주선 관련 정보들을 아주 훌륭하게 처리해줬어. 윗분들의 칭찬이 자자해서." 예고로프가 말했다.

좀 더 정확히 말하면 스완 작전에 대한 칭찬은 '예고로프 자신이' 받고
있었다.

"그 말씀을 들으니 기쁘네요. 그 정보는 정말 대단합니다. 우리 부서의
분석가들과 저는 그 개념의 우수성에 상당히 감동받았습니다." 나사렌코
는 책상 너머에 있는 예고로프의 무표정한 레슬러 같은 얼굴을 봤다. "물
론 러시아의 우주 기술도 아주 수월하게 이 프로젝트와 겨룰 수 있는 수준
이죠." 그는 울대뼈를 두 번씩 끄덕이면서 덧붙였다. "하지만 미국의 기술
역시 놀랍습니다."

"나도 동의해." 예고로프가 담배에 불을 붙이면서 말했다. "그 분석과
평가 작업을 계속해달라고 하고 싶네만 그 정보의 흐름이 잠정적으로 중
단될 거라는 말을 해야겠군. 그 정보를 제공한 정보원이 말이야, 자네도
알겠지만 보안상 더 이상 자세하게 그 정보원에 대해선 말할 수 없네. 아
무튼 그 정보원이 건강 문제로 힘들어서 잠시 작업을 보류해야겠네." 예
고로프는 그 말을 하면서 잠시 뜸을 들이며 그의 눈치를 봤다.

"그 흐름이 끊길 정도로 심각한 건 아니겠죠?" 나사렌코가 의자에 앉아
있다가 몸을 앞으로 기울이면서 물었다. 그의 오른쪽 다리와 무릎이 아주
미세하게 떨렸다.

"난 그러지 않기를 간절히 바라고 있어. 대상포진에 걸리면 심신이 쇠
약해지지. 우리 정보원이 곧 회복되기를 바라고 있어." 예고로프가 말했다.

"네, 당연히 그래야죠. 우린 지금까지 받은 정보를 계속 분석하겠습니
다. 당분간 계속 쉬지 않고 분석할 데이터가 남아 있습니다." 나사렌코가
말했다.

"잘됐네. 자네가 계속 그렇게 잘해주리라 믿어." 반야는 나사렌코를 문
까지 배웅하면서 초조해하는 그의 어깨에 손을 올렸다. "이 정보를 확보
하는 것은 물론 중요해, 유리. 하지만 그 정보를 어떻게 이용할 것이냐가

관건이야. 그게 자네가 맡은 일이고." 예고로프는 나사렌코와 악수를 하고 그가 엘리베이터를 향해 복도를 걸어가는 모습을 지켜봤다. 머리와 몸을 오른쪽으로 기울이면서 걷는 나사렌코는 페트루슈카 인형극에 나오는 끈이 떨어진 인형 같았다. "만약 저런 인간이 스파이라면 우린 파멸이야." 예고로프는 그렇게 혼잣말을 하고 다시 자신의 사무실로 들어갔다.

라인 R 부장 보리스 알루셰프스키는 유리 나사렌코와 전혀 달랐다. 그는 예고로프의 문을 딱 한 번 노크하고 침착하고 아주 자연스럽게 걸어왔다. 마흔 살인 그는 나이보다 더 들어 보였고 생각에 골똘히 잠긴 모습이 위험해 보였다. 어두운 색의 양복을 입은 그는 말랐고, 움푹 꺼진 뺨과 튀어나온 광대뼈는 말끔하게 면도했지만 피부는 거무스름했다. 그의 검은 눈은 아몬드 모양이고, 강한 턱에 코는 큼지막했다. 칠흑처럼 검고 굵고 숱이 많은 웨이브 머리를 보면 비슈케크(Bishkek, 키르기스스탄의 수도-옮긴이) 출신의 키르기스 중앙위원회 위원처럼 보였다. 그는 사실 상트페테르부르크에서 태어났다. 라인 R의 부장은 해외에서 하는 모든 SVR 작전을 평가하는 일을 책임지고 있다. 알루셰프스키는 런던에서 몇 년 근무했기 때문에 영어를 완벽하게 했다. 영국에서 돌아온 후 그는 기획과 분석 쪽으로 들어오게 됐는데 그 일이 잘 맞아서였다. 그는 지적이면서도 호기심이 왕성했다. 그런 한편으로 정치적으로는 순진하다고 반야는 생각했다. 알루셰프스키가 첩자일 가능성은 거의 없었다. 어쨌든 그는 워싱턴 레지덴투라에서 '그 기밀을 요하는 정보원'을 관리하는 절차들을 평가했고, 제타 감시팀을 이용해서 매달 있는 그 정보원과 골로프의 만남을 보호하라고 제안한 사람도 바로 그였다. 따라서 반야는 카나리아를 잡는 덫 테스트에 그도 포함시킬 것이다.

"보리스, 앉게." 예고로프가 말했다. 그는 알루셰프스키의 노동관과 뛰어난 지능을 좋아하고 존경했다. "워싱턴에서 실시하는 작전의 보안을 업 그레이드하자는 자네의 권고를 검토해서 승인하기로 했어." 예고로프가 말했다.

"감사합니다. 부국장님. 골로프 장군님은 거리에서는 완벽한 프로이십니다. 장군님은 FBI의 미행을 달고 다닌 적이 거의 없으십니다. 또한 장군님께서 판단하시길, FBI는 장군님 정도의 지위와 위상이 있는 사람이라면 정보원 관리에 직접 나서진 않으리라 생각할 거라고 하셨습니다. 그렇다면 우리에게 더 유리합니다. 게다가 제타 팀은 철두철미하고 신중합니다. 제타 팀은 보안 수준을 확실히 높여줄 것입니다." 알루셰프스키는 예고로프가 별갑 뚜껑이 달려 있는 마호가니 상자에서 꺼내서 내민 담배를 받았다.

"훌륭해."

"레지덴투라에 있는 기술 장교들 역시 열심히 FBI의 감서 주파수를 듣고 있습니다. 그들은 특히 무선 통신 절차에서 평소와 다른 점을 찾고 있습니다. 전략이 바뀐다는 건 상대편의 관심이 커졌다는 뜻입니다." 알루셰프스키는 예고로프가 이 게임의 미묘한 차이를 이해했는지 확신할 수 없어 간단히 설명했다.

"보리스, 자네가 계속 보안 상황과 우리의 대책을 모니터 해줬으면 좋겠네. 우린 그 상황을 평가할 수 있는 여유 시간이 좀 있으니까."

"어떻게 그런 여유 시간이 생겼습니까?" 알루셰프스키가 물었다.

"골로프 장군 작전에 대한 세부적인 사항은 논의할 수 없네. 유감스럽지만 그래. 하지만 자네는 이해하리라고 믿네. 자네에 대한 신뢰가 부족해서 그런 건 절대 아닐세. 그건 내가 보장하네."

"물론 이해합니다. 보안은 어디까지나 보안이니까요." 알루셰프스키의 목소리에서 분한 기색이라곤 전혀 찾아볼 수 없었다.

"골로프의 정보원이 한동안 활동을 중지한다는 건 말해줄 수 있네. 질병 문제인데 사실 상당히 심각해." 예고로프가 온화한 표정으로 알루셰프스키를 봤다.

"그 기간이 얼마나 될까요? 골로프 장군님이 갑자기 활동을 중단하면 안 될 것 같습니다. 반드시 전에 보여준 행동 패턴을 그대로 유지해야 합니다. 조그만 변화라도 생기면 상대편에서 경계할 수 있습니다. 그렇게 되면 장군이 작전을 재개했을 때 두 배로 위험해집니다." 알루셰프스키가 말했다.

"그 정보원이 활동을 얼마나 오랫동안 중단할지 모르겠어. 심장 바이패스 수술에서 회복하는 기간은 길수도 있고 짧을 수도 있지. 두고 봐야해."

"허락해주신다면 부국장님이 말씀하신 점에 대해 추가 보안 조치를 마련해서 골로프 장군에게 보내겠습니다."

"좋지, 나도 자네의 아이디어를 보고 싶네. 그 보고서를 끝내는 즉시 제출하게." 예고로프가 의자에서 일어나면서 말했다. "다시 한 번 말하지만 자네 부서의 성과에 대해 정말 흡족하게 생각하고 있네. 자네가 라인 R을 아주 잘 이끌어주고 있어." 예고로프는 알루셰프스키를 문으로 인도하고 그와 악수했다.

20분 후에 SVR의 미국 담당 부서 부장인 블라디미르 안드레예비치 코르치노이가 예고로프의 사무실 밖에 있는 접수처로 왔다. 예고로프의 개인 보좌관인 디미트리가 자신의 칸막이 책상에서 나와 그와 악수했다. 코르치노이는 책상 뒤에 앉아 있는 비서 두 명이 까칠하게 구는 걸 봤지만 그들의 이름을 하나하나 부르며 인사했다. 그는 숱이 짙은 흰 눈썹 밑의 깊은 갈색 눈을 반짝이며 한 비서의 책상 귀퉁이에 앉아 이야기했다.

"간통을 많이 하는 직장들의 순위 발표가 나왔어. 1위는 영화배우들. 2위는 연극배우들. 3위가 KGB였지. 그 발표를 듣고 누군가 소리쳤어. '난

KGB에서 30년 동안 일했지만 단 한 번도 아내를 속인 적이 없어!' 그러자 다른 사람이 소리쳤지. '너 같은 놈들 때문에 우리가 3등했잖아!'"

비서들과 디미트리 모두 웃었다. 디미트리가 탁자 위에 있는 물병에서 물을 한 잔 따라 코르치노이에게 내밀었다. 비서 하나가 동료 비서에게 또 다른 농담을 하고 있을 때 안쪽 문에 가죽을 댄 예고로프의 사무실 문이 열리고 부국장이 나타났다. 비서들이 재빨리 고개를 숙이고 자기 자리로 돌아가 다시 일을 시작했다. 디미트리는 코르치노이에게 공손하게 목례를 하고 그다음에 상사에게 인사하고 작은 칸막이 책상 안으로 물러났다. 예고로프가 그들을 둘러봤다.

"여긴 분위기가 아주 좋네. 이러니 우리가 제대로 하는 일이 없는 거야." 예고로프가 엄격하게 말했다.

"국장님, 그건 전적으로 제 잘못입니다." 코르치노이가 장난스럽게 예의를 차려 말했다. "제가 바보 같은 이야기를 해서 사무실 분위기를 어지럽히고 시간을 낭비하게 했지요."

"그렇지, 거기다 20분이나 지각하고." 예고로프가 말했다. "이제 나랑 얘기할 시간은 있겠지?" 예고로프가 돌아서서 자신의 사무실로 들어갔다. 코르치노이는 그를 따라 가면서 비서들을 지나칠 때 고개를 끄덕여 보였다. 문이 닫히자 비서들이 서로 보며 미소를 짓고 나서 다시 일을 시작했다.

예고로프는 사무실 끝에 있는 황금색 가죽 소파로 가서 앉았다. 그러고 나서 코르치노이에게 와서 앉으라는 뜻으로 옆 자리를 토닥였다. "볼로댜, 내 비서들을 꼬셔보려는 수작이야? 둘 중 어느 쪽이 자네 취향인지 짐작이 가는데. 잠자리 실력은 둘 다 출중해."

"반야, 난 누구랑 잠자리를 하기엔 너무 늙고 지쳤어. 게다가 어떤 식으로든 자네의 그 여우 같은 궁둥이 뒤를 따라가고 싶지도 않고. 사실 밖에 있는 저 아가씨들이 불쌍해." 코르치노이는 부드러운 소파에 앉아 재킷의 단추를 풀었다.

"자네가 그 미국인 내쉬 작전 계획을 세우기 시작했다니 기쁘군. 자네가 잘 관리해줄 거라는 거 알고 있어. 자네야말로 그 배신자를 찾을 수 있는 최고의 카드지." 반야는 일어서서 장식장으로 가서 조지아 공화국에서 만든 브랜디 한 병과 잔 두 개를 꺼내서 브랜디를 따라 코르치노이에게 한 잔 내밀었다.

"지금은 좀 이르잖아, 반야." 코르치노이가 말했다. 그는 들고 있는 잔을 내밀어 예고로프의 잔과 쨍 소리를 내며 마주쳤다. 둘 다 한 모금씩 마시고 테이블 위에 잔을 다시 올려놨다. 예고로프가 다시 잔에 술을 채웠을 때 코르치노이가 말했다. "난 이제 그만."

"내가 마시자고 하잖아." 예고로프는 심각한 척 장난을 치며 말했다. "이렇게라도 해야 자네가 나랑 여기 앉아서 이야기를 하지. 난 믿고 얘기를 할 사람이 필요해."

"우린 아카데미 시절부터 친구였잖아. 우리 작전에 대한 이야기야? 자네 조카딸에 대해 다시 생각하는 건 아니겠지? 그렇다면 내가 자신 있게 말할 수……"

"아니야, 이건 그 작전과는 아무 상관 없어. 그 작전에 거는 기대가 커. 이건 다른 문제야. 마음에 걸리는 게 있어서 털어놓고 싶어." 예고로프가 말했다.

"무슨 문제 있어, 반야?" 코르치노이가 물었다. 그는 국장을 몰아내고 그 자리를 차지하려는 반야의 작전이 어떻게 진행되고 있냐는 말까진 하지 않았다. 아무리 둘이 몇십 년 된 친구더라도 그렇게 노골적으로 말할 사이는 아니었다.

"그저 흔히 있는 두통거리에 사소한 충돌이 있는 것뿐이야. 한 번 성공할 때마다 그만큼 실패도 하면서 균형이 잡아지는 거지. 정보원을 잃는다거나, 우리 편이 망명을 한다거나, 저쪽에 포섭된다거나 그런 식으로."

"반야, 우리 일이 어떻게 돌아가는지 자네도 잘 알잖아. 실패야 항상 하는 거지만 5년에 한 번, 10년에 한 번 꼴로 어마어마한 성공을 거두게 되지. 곧 또 다른 성공을 하게 될 거야. 그렇게 될 거라고." 코르치노이는 두 번째로 따른 브랜디를 홀짝홀짝 마셨다.

"그게 바로 자네에게 하고 싶은 말이야. 볼로댜, 자네에게 사과해야 할 게 있어. 그러면 안 되는데 자네에게 비밀로 한 게 하나 있어. 당분간은 계속 그렇게 해야 하지만 조금은 말하고 싶어." 예고로프가 말했다.

"난 자네의 판단을 존중해, 반야." 코르치노이가 말했다.

"자넨 진정한 친구야, 볼로댜." 예고로프가 잔 두 개에 다시 브랜디를 따르면서 말했다. "자네 텃밭인 뉴욕에서 자네 모르게, 자네 동의도 받지 않고 작전을 진행해왔어. 원칙적으로는 자네 부서가 그 작전을 관리해야 하는 건데 말이야. 내가 자네에게 말해줄 수 있는 건 이게 크렘린의 지시라는 것뿐이야."

마블은 계속 여유로운 표정을 유지했다. 이게 바로 그거군, 국장의 작전, 스완.

"그런 게 처음도 아니잖아. 나도 그런 적이 있는데 뭐. 작전상 편리하다면 그렇게 해야지." 코르치노이는 반야의 거짓말을 알아차리고 그렇게 대꾸했다.

"자네가 프로답게 받아들일 줄 알았어. 자네나 자네 부서를 무시해서 그런 건 절대 아니야." 예고로프가 말했다.

"나도 그렇게 생각하지 않았어. 워싱턴의 골로프는 이 작전을 알고 있는 거야?" 좀 더 은근하게 질문할 수 있는 아주 작은 기회의 창이 열려 있었다. '부드럽게 물어보자.' 코르치노이는 생각했다.

"그건 우리가 논할 필요가 없는 세부 사항들이고." 예고로프가 그 질문을 은근슬쩍 피하면서 대답했다. "페클리소프가 실제 폭탄에 대한 정보가 적힌 노트를 받는 대가로 푹스에게 아이스크림을 사준 1949년 이후로 러시아에게 가장 민감하고 중요한 정보가 이 작전에서 나오고 있어." '정말 절묘한 비유군, 우리가 엔카베데에 있던 1950년대가 정말 절정이었지.' 코르치노이는 생각했다. 예고로프가 웃으면서 코르치노이의 등을 툭툭 쳤다.

"그럼 축하해야겠네. 그거야말로 우리에게 필요한 대성공이잖아." 코르치노이는 브랜디를 한 모금 마셨다. "반야, 내가 어떻게 도와줄까?"

"아냐, 아냐. 자네가 할 건 없어. 자네는 그 미국인을 상대로 한 작전을 진행시켜주면 돼. 우린 이 민감한 작전을 잠시 중단해야 하지만 말이야. 자네는 언제 시작할 수 있지?"

"자네가 원할 땐 언제고 가능해. 자네 조카딸은 준비가 됐어." 코르치노이가 수월하게 말했다. "얼마나 빨리 움직여야 하는데?"

"시간은 좀 있어. 지금 우리 정보원이 심각한 눈 수술에서 회복되는 동안 자네가 움직일 수 있다면 타이밍이 적절할 것 같은데."

"문제없어. 며칠 내로 출장 갈 준비가 될 거야."

"좋았어." 예고로프가 말했다.

"우린 성공할 거야. 믿어도 좋아." 코르치노이가 말했다.

"난 자네를 믿어. 자넨 내가 가장 신뢰하는 가장 오래된 파트너야." '이 늙은 악어 같은 인간.' 코르치노이는 생각했다. 그는 소파에서 일어나서 거대한 전망창 밑에 있는 소나무 숲을 내려다봤다. "우린 잘해왔어, 반야. 특히 자네가 그렇지. 그 젊은 아카데미 졸업생 둘이서 이런 자리까지 오를 수 있을 거라고 누가 생각이나 했겠어?"

"나에 대해선 아직 그렇게 감상적인 이야기는 하지 마. 우린 아직 할 일이 많이 남았어. 고마워, 친구. 이렇게 오랫동안 충직한 친구가 돼줘서. 앞으론 이렇게 오랫동안 소원해지지 말자고." 예고로프가 말했다. 그들은 팔짱을 끼고 복도로 나가서 거기서 잠깐 또 힘차게 포옹했다.

"이제 브랜디 냄새에다 자네의 그 지독한 향수 냄새까지 풍기면서 내 사무실로 돌아가게 생겼군. 자네 덕분에 내가 주정뱅이란 평판이 생겼어." 둘이 껄껄 웃고 나서 코르치노이가 복도를 걸어가는 걸 보며 예고로프가 생각했다. '예전에는 똑똑하고 대담한 친구였는데 지금은 기운이 빠졌군.' 그는 돌아서서 사무실로 들어가 문을 닫았다.

마블의 머릿속에서 여러 생각이 줄달음쳤다. 오늘 밤 즉시 위성 전송망을 통해 그 정보를 전달해야 했다. 그는 벤포드가 그 쪽지를 읽는 모습을 상상했다. 하지만 뭔가 다른 냄새도 풍겼다. 반야가 자기 사무실로 오라고 한 것은 평소의 그와 어울리지 않았다. 그의 본거지에서 작전을 진행했다고 사과한 것은 그야말로 겉치레에 지나지 않았다. 반야는 한 치의 거리낌도 없이 남의 작전 구역에 멋대로 침범하는 인간이었다. 반야는 자신에게 이익이 되고 공을 쌓을 수 있는 일만 했다. 항상 그런 식으로 살아왔고 그래서 진정한 첩보 업무는 다른 사람들에게 맡기고 관료가 되기로 결심한 것이다.

코르치노이는 반야가 제공해준 네 가지 중요한 사항을 다시 검토했다. 그 특급 정보원인 스완은 원자폭탄 스파이 건 이후로 최고의 정보를 제공해주고 있다고 했다. 이 작전은 현재 워싱턴 레지덴투라에서 관리하고 있다고 했다. 아나톨리 골로프가 개입하고 있을 가능성이 컸다. 스완은 최근에 눈 수술을 했다고 했다. '벤포드에게 줄 단서가 늘어났군.' 마블은 생각했다.

마블은 넓은 1층 복도를 걸어가서 널찍한 구내매점으로 들어갔다. 아직 오전 11시 반도 안 됐지만 직원들이 벌써 점심을 먹으려고 음식 쟁반을 들고 테이블로 가고 있었다. 마블은 반야의 그 빌어먹을 브랜디 때문에 머리가 어질어질하고 속이 안 좋았다. 그는 카운터에서 멈춰서 사워크림이 떠다니는 진한 버섯 수프인 그립노이 수프를 주문했다. 그때 라인 T의 부장인 나사렌코가 혼자 앉아 있는 걸 보고 필사적으로 그의 눈에 뜨이지 않으려고 했지만, 나사렌코가 이미 마블을 발견하고는 그가 있는 쪽으로 고개를 끄덕였다. 이제 어쩔 수 없이 가서 합석해야 했다. 직장 동료끼리 그 정도도 하지 않으면 무례한 사람으로 비춰진다. 코르치노이는 기술부서의 젊은 과학자들이 '오실로스코프(oscilloscope, 전압 측정 장치-옮긴이)'라는 별명을 붙인 그 남자와 20분 동안 수프를 먹는 고행을 참아내기 위해 마음을 단단히 먹었다.

"유리, 요즘 어떻게 지내?" 코르치노이가 그의 앞에 앉으면서 물었다. 그는 빵을 한 조각 찢어서 김이 모락모락 피어오르는 수프에 찍었다.

"바빠요, 너무 바빠." 나사렌코가 말했다. 그는 양배추 롤을 자르고 있었지만 안에 든 내용물이 산산이 흩어지고 있었다. 코르치노이는 교통사고의 대참사 현장을 보는 것처럼 그 롤에서 눈을 뗄 수 없었다. "일이 워낙 많아서 야근하고 있어요. 새로운 데이터가 끝도 없이 들어와서, 번역하고, 분석하고, 4층에 올릴 요약 보고서 작성하고. 거기다 디스크들도 산더미처럼 쏟아져 들어오고. 그 자료들을 모두 크렘린으로 보내고 있어요."

흥미롭군. 디스크들이라. 이건 분명 좀 전에 들었던 바로 그 작전일 것이다. 아주 많은 정보들이 들어오고 있다는 그 작전.

"도움이 필요해? 우리 부서 분석가를 한두 명 보내줄까?" 그것은 전례 없는 아주 후한 제의였다. 어떤 부서도 그렇게 선뜻 도와주겠다고 제안하지 않는다. 나사렌코는 감동받기도 하고 놀라서 고개를 홱 치켜들었다.

"코르치노이 부장님, 정말 친절하시네요. 그렇게 말씀해주셔서 감사합니다." 나사렌코는 양배추 롤을 씹으면서 말했다. "하지만 그 작업은 보안 심사를 통과한 분석가들만 해야 하는 거라서요. 규정이 그래요."

"뭐, 어떤 식으로든 내가 도울 수 있는 일이 있다면 알려줘. 일에 파묻혀 사는 게 어떤 건지 나도 아니까." 코르치노이가 말했다.

"곧 한숨 돌릴 수 있을 겁니다. 예고로프 부국장님이 그러시는데 정보 유입이 잠정적으로 중단된다고 하시네요." 나사렌코는 접시 너머로 몸을 기울였다. 롤을 우적우적 씹으면서 말하는 그의 목젖이 위아래로 까닥거렸다. "정보원이 대상포진에 걸려서 활동할 수 없다고 하네요." 나사렌코는 지금 심각한 보안 규정을 위반하고 있었지만, 어쨌든 코르치노이는 같은 부장 급 동료고 오랫동안 존경받아온 첩보 전문가니까 괜찮다고 여기는 듯했다.

마블은 얼음처럼 차가운 손가락이 그의 등을 쓰다듬는 게 느껴졌다. 식당 벽들이 그를 향해 좁혀 들어오고, 식당에서 들리는 목소리들이 함성처럼 크게 느껴졌다. 그는 억지로 스프를 한 수저 떠먹었다.

"아, 그거 좋은 소식이네. 쉴 수 있을 때 실컷 쉬어둬야지." 그러고 나서 코르치노이는 목소리를 낮췄다. "그런데 유리, 우리끼리 이런 이야기는 하지 말아야 해. 자네도 이 작전이 얼마나 민감한 사안인지 나보다 더 잘 알고 있잖아. 우리가 이런 대화를 나눴다는 건 누구에게도 말하지 말자고, 내 말에 동의하나?"

코르치노이의 말이 무슨 의미인지 깨달았을 때 나사렌코의 어두운 갈색 눈에 죄책감이 어렸다. "완벽하게 동의합니다." 그가 말했다. 그러고는 접시를 가지고 일어서면서 갑자기 자리를 뜨게 된 걸 사과했다. 마블은 자연스럽고 편하게 보이려고 혼자 앉아 억지로 입 속에 수프를 밀어 넣었다.

종말이 시작된 걸까? 이게 덫일까? 그들이 구체적으로 나를 콕 짚어서 의심하고 있는 걸까? 아니면 이건 충성도를 시험하기 위한 일반적인 시험인가? 마블은 반야가 놓은 카나리아 덫에 얼굴을 찌푸리면서 고개를 흔들었다. 반야가 그 작은 은제 스푼에 각기 다른 꽃가루를 넣어 얼마나 많은

고위 관료들에게 먹였을까? 자, 이 작은 벌새야, 넌 어떻게 꽃가루를 퍼트
릴 거니? 랭글리에 보내는 메시지가 갑자기 그 어느 때보다 더 중요해졌다.

그립노이 수프

말린 버섯을 물에 불렸다가 체에 받쳐 물기를 뺀다. 버섯에서 빠진 물을 쇠고기 육수에 넣
고 버섯도 같이 넣어서 네 시간 동안 끓인다. 가늘게 썬 양파를 버터에 넣고 노릇해질 때까
지 볶아서 수프에 넣는다. 옥수수 가루를 넣고 휘저은 다음에 걸쭉해질 때까지 끓인다. 간
을 한 후에 사워크림과 파슬리와 같이 낸다.

29

벤포드는 어두워져가는 사무실에 앉아 있었다. 쓰레기 매립지 같은 책상 위에 비밀 통신 장치를 통해 들어온 메시지가 놓인 사각형의 공간만 치워져 있었다. 그는 마블의 암호로 작성된 메시지를 두 번 읽으면서 그의 목소리를 들으며, 위성 전송망을 통해 전할 수 있게 제한된 글자 수를 지킨 그 간결한 내용을 들여다봤다. 그는 당장 네이트와 앨리스를 불러오라고 비서에게 소리 질렀다. 기다리는 동안 다시 그 메시지를 읽었다.

1. 스완은 분명 미국에 있음. 스완의 자료는 1950년대 이후로 최고라고 V(Vanya Egorov, 반야 예고로프의 이니셜-옮긴이)가 말함. 수도를 벗어나서 접선할 가능성이 있음. 골로프가 핸들러일 것 같음. 나사렌코의 작업량이 급증했고, 디스크들과 기술적인 내용이 담긴 데이터들을 받았다고 함.

2. V가 카나리아 덫을 놓고 있음. 나사렌코는 중요한 정보원이 대상포진에 걸렸다고 함. 난 눈 수술에서 회복 중이라고 들었음. 여러 가지 핑계들을 댔을 가능성이 있음.

3. V가 네이트에 대한 작전을 재개함. 내 부서에서 네이트를 목표로 V의 조카딸이 하는 작전을 내가 지휘(!)하게 됨.

4. 국제 총회 날짜에 맞춰 로마로 출장 갈 예정. 해외로 나오면 조언하겠음.
niko.

벤포드의 시선이 'niko'라는 서명의 소문자 n에 머물렀다. 그것은 협박을 받아 쓴 게 아니라는 표시였다. 더 구체적으로는 마블이 그의 주위에 남자들이 동그랗게 둘러싼 상태에서, 그들이 원하는 메시지를 마블이 쓸 때까지 어떤 남자가 그의 새끼손가락을 위로 꺾고 있는 상태에서 쓴 게 아니라는 뜻이었다.

스완이 미국 정부에 있는 첩자라는 걸 마블이 알아냈다. 이제 본 게임이 시작됐다. 러시아인들이 이 건이 몇십 년 만에 최고의 건이라고 생각한다는 건 스완의 정보가 양만 많은 게 아니라 질적으로도 뛰어나다는 뜻이었다. 그렇다면 미국이 다량의 중요한 정보를 잃고 있다는 뜻이기도 했다. 앨리스가 문 안으로 머리를 쓱 들이밀었을 때 벤포드가 그녀에게 지금 당장 시작하는 새 프로젝트를 맡기겠다고 했다.

"난 지금 브라질의 이중 스파이 건을 처리하고 있는데요." 앨리스는 직설적으로 말했다. 앨리스는 벤포드가 하는 말에 반박하길 두려워하지 않았다.

"그 건은 나중에 해도 돼." 벤포드가 책상에서 고개도 들지도 않고 말했다. "지금 하던 거 다 중지하고 명단 하나 만들어요. 이건 당신이 지금까지 했던 그 어떤 일과도 다른 일일 거요."

"말해봐요." 앨리스는 앉을 만한 자리를 은근히 찾으면서 말했다. 하지만 결국 못 찾고 계속 벤포드의 책상 앞에 서 있었다.

"이건 조금 색다른 일이 되겠지만 그거야 당신 전문이니까, 앨리스." 벤포드가 말했다. 그는 고개를 들었다. "리스트를 만들어요. 미국 정부의 최고 기밀 열 개를 알아내요. 군사, 정치, 사회, 사이버, 은행 업무, 우주, 에너지, 이슬람, 혹은 팻 베네타의 엉덩이에 새겨진 문신이든 뭐든 상관없어요."

"누구 엉덩이라고요?" 앨리스가 물었다.

"팻 베네타, 팝 가수 있잖아요." 벤포드가 방어적으로 말했다. "국방부와 거기서 추진하는 가장 유망한 특별 프로그램들, 군사 기밀들, 러시아인들을 가장 흥분시키는 것들. 국방부에서 어떤 프로젝트들을 가장 민감하게 취급하고 있는지 알아내요. 장기적이고, 거액의 자금을 투입하고 있고, 전략적인 프로젝트. 필요하면 군사 문제 담당 부장을 시켜서 국방 장관에게 전화를 해보라고 해요. 최대한 빨리 답변해달라고 정중하게 요청하고 신속하게 처리해요. 그러면 놈들이 뭘 최고급 정보라고 생각하는지 알 수 있을 테니까. 그 정보에 대한 접근 권한이 있는 사람들의 명단을 검토할 수도 있을 거고." 앨리스가 문으로 갔을 때 네이트가 막 들어왔다. 둘이 서로 비켜 지나가다가 앨리스가 네이트에게 돌아섰다.

"팻 베네타가 누군지 알아요?" 앨리스가 물었다.

"한 번도 못 들어본 사람인데요." 네이트가 작은 의자에 있는 파일들을 들어내고 거기 앉으면서 말했다. "뉴잉글랜드 작전을 맡은 보스턴의 FBI 수사관이에요?"

"관둬. 고마워요, 앨리스. 내가 말한 거 당장 시작해요, 알았죠?" 벤포드가 말했다. 그러고는 네이트에게 돌아서서 마블이 보낸 메시지의 사본을 건넸다. 도미니카에 대한 부분을 읽을 때 네이트의 뺨에 화색이 도는 걸 볼 수 있었다. 네이트는 그 간결한 메시지의 행간에서 더 많은 정보들을 쥐어짜낼 수 있을 것처럼 메시지를 읽고 또 읽었다. 그러고는 고개를 들어 벤포드를 봤다.

"그녀가 살아 있군요."

"디바는 살아 있을 뿐만 아니라 시련을 이겨냈어. 그리고 이제 그녀의 삼촌이 아주 현명하게도 마블에게 그녀를 맡겼지." 벤포드는 다시 마블의 승계 전략에 대해 생각했다.

"그녀가 마블과 같이 로마로 올 거라고 생각하십니까?" 네이트가 물었다.

"찬물로 샤워부터 하지 그래." 벤포드가 느릿느릿 말했다.

"디바는 결코 그들의 전적인 신임을 받지 못할 것이고, 그렇기 때문에 완전히 복귀한 것도 아닐 거야. 이제 우리는 자네가 포섭한 정보원인 디바가 최근에 혹독한 조사를 간신히 통과한 후 자네를 유혹하라는 임무를 맡은 점을 이용해야 해. 게다가 지금 자네를 유혹해서 마블의 정체를 알아내는 작전의 지휘를 맡은 사람이 바로 디바의 새 상사이자 자네의 정보원인 마블이잖아. 마블이 자네를 거세하는 작전의 지휘를 맡고 있는 거라고. 자네 정보원인 마블이 말이지." 벤포드는 신문과 파일 폴더로 만들어진 탑 두 개 사이에서 그를 바라봤다. 그는 현자의 돌을 엉뚱한 곳에 놓고 찾지 못하는 중세 시대 연금술사처럼 보였다.

"부장님은 이 개수작이 맘에 드시나 봐요, 그렇죠?" 네이트가 말했다.

"난 자네가 이 어마어마하게 복잡하고 애매한 상황에 잘 대처하길 바라고 있어. 그럴 수 없다면 지금 당장 빠져." 벤포드가 네이트를 쏘아봤다.

"자, 자네라면 어떻게 하겠어?" 벤포드가 곧바로 네이트에게 뼈다귀를 던졌다.

네이트는 심호흡을 하고 머릿속에서 도미니카 생각을 떨쳐버리려고 애를 썼다. "이 메시지를 보면 놈들은 아직 마블의 정체에 대해 알고 있는 단서가 없습니다."

"그런 결론은 어떻게 내렸지?" 벤포드가 물었다.

"예고로프는 여러 부서의 책임자들에게 스완에 대한 서로 다른 정보를 미끼로 흔들어대고 있습니다. 그가 절망적이란 걸 보여주는 거죠."

"그거 말고 또 뭐가 있지?"

"예고로프가 그 고위급 관리자들에게 바륨이 든 음식을 먹이고 있다면, 거기서 성과가 나올 거라고 기대하고 있는 겁니다. 그가 먹인 바륨 중 하나가 그에게 돌아올 테니까요."

"그리고?" 벤포드가 계속 물었다.

"그렇다면 그건 미국 정부 내에 누군가를 심어놨다는 뜻입니다. 그 누군가는 예고로프가 뿌린 바륨 중 하나를 들을 만한 위치에 있을 거고 그걸 다시 러시아에 보고하겠죠. 정보계에 있는 누군가. 바로 스완이겠죠?"

"그럴 수 있지. 이 메시지에서 스완을 찾을 수 있는 소소한 정보로 또 뭐가 있을까?" 네이트는 다시 고개를 숙였다가 고개를 들어 벤포드를 봤다.

"힌트를 하나 주세요." 네이트가 말했다.

"나사렌코."

네이트는 메시지를 다시 봤다. 그러다 갑자기 고개를 들었다.

"우리는 나사렌코가 들은 그 평계를 알고 있습니다. 그러니까 그 평계를 퍼트리는 겁니다. 단, 어떤 사람들이 그 정보를 넘기는지 명단을 확인해가면서 하는 거죠. 만약 나사렌코의 운명이 갑작스럽게 변한다면 거기서부터 시작할 있어요. 우리가 그 정보를 전달해준 사람들의 명단을 가지고 수사를 시작할 수 있죠."

"반야 예고로프의 바륨이 든 음식이 바륨 관장제가 되는 거지." 벤포드가 말했다. "이런 점들도 다 고려해야 하긴 하지만 예고로프가 성질이 급하고 절망적이란 걸 잊으면 안 돼. 자넨 예고로프가 단두대행을 피할 수 있게 해주는 지름길 같은 존재야. 그래서 그자가 자네에게 집중하고 있는 거야."

네이트가 다시 도미니카를 생각했고, 벤포드는 그의 표정에서 그걸 짐작하고 과장되게 끙 소리를 냈다.

"실망스럽겠지만 자네 얘긴 실컷 했고. 어서 머리 비우고 당면한 스완 문제를 어떻게 할 건지 말해봐. 마블의 정보가 맞다면 이 건은 여기 워싱턴 레지던트가 직접 관리하고 있어."

"골로프가 개인적으로 스완을 관리하고 있다면 그건 그들로서는 약점이 됩니다. 전 그 레지던트를 집중적으로 감시해야 한다고 생각해요." 네이트가 말했다.

"좋아. 하지만 골로프를 어떻게 작업해? 자네라면 어떻게 할 건데?" 벤포드는 네이트가 아이디어를 낼 수 있게 계속 자극했다.

"한 달 동안 스완과 접촉을 끊게 만드는 겁니다. 밀착 감시해서 그자가 접선할 수 없게 해야죠. 저기, 화내지 말고 들어보세요. 이 작전에 FBI 요원들도 데려와야 합니다. 워싱턴 시내에서 골로프와 놀려면 FBI도 끼어야 해요. FBI 해외 방첩 요원들은 일류 추적자들이에요. 그들이 거리에서 뭘 하는지는 하느님도 모르죠. 끝내주는 감시팀입니다. 그렇게 FBI까지 데려와서 소란을 떨면 골로프는 열두 번 접촉을 시도했다가도 열두 번 다 중단할 겁니다. 그러면 스완을 못 만나겠죠. 모스크바 본부는 초조해지기 시작할 거고요. 골로프는 식은땀을 흘리기 시작할 겁니다. 그들은 정보원과 연락이 끊어질까 봐 정신이 없을 거예요. 그게 스완에게 어떤 영향을 미칠지는 짐작만 할 수 있을 거고요." 네이트가 말했다.

"좋아, 그래서 자네가 골로프를 초조하게 만들었어. 그래도 그 작자가 거리에서 실수하기엔 실력이 너무 좋아. 그리고 그자도 자기를 따라다니면서 다른 미행을 감시하는 자기 팀이 있을 거고." 벤포드가 말했다.

"그건 괜찮습니다. 어느 어둡고 폭풍우 치는 밤에 감시를 풀어주는 겁니다. 골로프는 미행이 없는 걸 알게 될 거고, 그의 감시팀도 그 짐작이 옳다고 확인해줄 겁니다. 그러면 그는 정보원과 만나야겠다는 결정을 내리겠죠. 그때 우리가 그보다 앞서 오리온 팀과 트랩도어(IT 용어로 시스템 보안이 제거된 비밀 통로-옮긴이)를 가동시키는 겁니다. 그때 거리 모퉁이에서 초조하게 서성거리는 자를 보거나 혹은 그곳과 어울리지 않는 차의 번호판을 볼 수 있겠죠. 그렇게 목표를 달성할 때까지 시도해보는 겁니다." 네이트가 말했다.

벤포드는 그 제안을 마음에 들어 하며 고개를 끄덕였다. 이 애송이는 지구 반대편에 있는 모스크바의 비열한 거리에서 FSB의 총구를 빤히 쳐다보며 서 있던 경험이 있었다. 벤포드는 정보원의 약점들이 뭔지 알고, 그 정보원의 핸들러가 뭘 무서워하는지도 잘 알고 있었다. 벤포드는 네이트의 실력이 늘고 있다고 만족스럽게 생각했다.

오리온 팀은 벤포드의 소유로, 벤포드가 그들을 보호하고, 남들에게도 빌려주지 않는다. 은퇴한 전직 현장 요원들로 구성된 늙은 감시팀을 누가 원하겠는가? 똥차를 몰고 다니고, 검은 양말에 샌들을 신고, 조류 관찰자들이 쓰는 쌍안경을 들고 다니는 노인네들을? 그 팀의 크기는 개인적인 스케줄, 손자 방문 혹은 병원 예약에 따라 유동적으로 줄어들거나 늘어났다. 오리온 팀이 그렇게 유능한 이유는 그들의 본질(그들은 느리고, 인내심이 많고, 생각이 깊었다) 때문이다. 도발적인 작전을 펼쳐서 그들을 자극하는 것은 불가능했다. 지켜보고 기다리고, 흔적도 없이 나타났다 흔적도 없이 사라지는 것이 그들의 주특기였다. 그들은 감시 목표들을 어루만지고, 섬세하게 냄새를 맡고, 밀물처럼 들어왔다 썰물처럼 빠졌다. 하지만 그 어떤 순간에도 감시를 멈추지 않았다.

그리고 그들은 트랩도어를 사용했다. 오직 특별한 팀만이 트랩도어를 효과적으로 쓸 수 있었다. 그걸 사용하려면 남다른 감시 기술과 철학이 필요했다. 이를테면 차를 쫓는 개와 새를 지켜보고 있는 고양이의 차이라고나 할까. 그들은 그 기술을 쓰기 위해 상당히 오랫동안 노력해왔다. 그들은 그 기술을 완벽하게 갈고 닦느라 사냥감이 드러낸 행적을 찾아 지도 위에서 수없이 많은 예상 동선을 그렸다. 길이 구불구불한 것도 개의치 않았고, 후진했다가 깔때기같이 좁은 공간 속에서 이동하는 것도 상관하지 않았다. '그 자식이 어디로 가고 있는지, 어디로 갈 건지만 말해준다면.'

FBI에서 오리온 팀이 작업하는 걸 관찰하기 위해 감시 전문가들을 불러

왔다. 그들은 다른 감시팀들도 오리온 팀과 같은 성과를 낼 수 있게 훈련시키고, 오리온 팀이 부리는 흑마술을 규정할 수 있는 꼬리표를 붙이고 싶었던 것이다. '프로파일 분석을 기반으로 한 예측 가능한 감시.' 그들은 오리온 팀이 작업하는 걸 보고 이렇게 썼다. '신중하게 감시할 수 있는 상황추정 능력이 뛰어남. 감시 루트가 정해진 상황에서 일어날 사건을 예상하며 위험 부담을 줄여 균형을 맞춤.' 그들은 그렇게 표현했다.

다 헛소리라고 오리온 팀원들이 말했다. 이 작업의 요령은 그저 현장에서 감을 키우고, 추측을 해보고, 운에 맡기고 해 보는 거라고 말했다. 오리온 팀원들의 말을 들은 연방 요원들은 눈만 껌벅거렸다. "이렇게 생각해봐." CIA 요원으로 일하던 초반에 베를린 터널에서 GRU의 전화 통화를 도청했던 예순여덟 살의 오리온 팀원 하나가 말했다. "우린 아메바야. 왜 있잖아, 원형질에 부드럽고 신축성이 있어서 양쪽으로 착착 늘어났다가 옆으로 죽죽 흘러 다니는 그 생물체." 감시 전문가들은 공손하게 미소를 지었다. 대체 그걸 어떻게 현장 매뉴얼에 집어넣으라는 거야?

그렇게 오리온 팀이 거리에서 시범을 보이는 동안, 그 감시 전문가들은 일반적인 감시팀 위치에서 오리온 팀원들을 찾았다. 하지만 그들은 사라졌다. 이건 감시도 아니다, 목표를 보지도 못했는데 가버리다니. 그 팀은 대체 어디 있는 거야? 하지만 사냥감이 현장에 도착했을 때 오리온 팀은 이미 거기서 기다리고 있었다. 그들은 목표 근처에 차를 주차해놓고 공원에서, 교차로에서 감시 전문가들을 지켜보면서 너무나 조용하게 기다리고 있었기 때문에 전문가들이 그들을 보지 못한 것이다. 연방 요원들이 그들은 괴짜고 그들이 쓰는 기술은 연금술이라고 하면서 고맙다고 했다. 그들은 오리온 팀을 벤포드에게 놔두고 떠났다.

그래서 그 오리온 팀이 골로프를 보고 평가를 시작했다. 아주 기품 있는 신사고, 여전히 공산주의자로서의 정체성을 꿋꿋이 지키고 있고, 말솜

143

씨가 좋고, 침착하다. 그 사람에 대해 더 잘 알아보고, 그 사람을 보호하는 상대 감시팀도 조심하라고 벤포드가 말했다. 긴장을 풀고, 그를 관찰하면 서, 눈에 띄지 않게 다니도록.

"좋았어. 한동안 골로프 씨를 쉬게 할 때가 됐군." 벤포드가 말했다. 다음 날 아침, FBI 감시팀이 위스콘신 대로에 있는 러시아 대사관 밖에 쫙 깔렸다. 그들은 최대출력 250마력의 포드 크라운에 구부정하니 앉아, 오클리 선글라스를 끼고, 나올 테면 나와보라는 표정으로 있었다.

헌법의 거리에 있는 하트 상원 빌딩 216호실에서 '정보 문제'를 토론하기 위해 상원 정보위원회에서 밀실 회의가 열렸다. 의회 안내 책자에 HS로 표기된 이 건물은 검은 유리와 대리석으로 지은 9층 건물로 좀 더 우아한 신고전주의 양식의 더크슨 빌딩과 러셀 상원 건물과는 전혀 달랐다. 혼자 도착한 벤포드는 높이 치솟은 아트리움(atrium, 현대식 건물의 중앙 높은 곳에 있는 넓은 공간으로, 대개 유리로 지붕을 해서 만든다─옮긴이) 로비를 가로질러 2층으로 가는 계단을 올라갔다. 216호실에 도착한 그는 대기실로 들어가 카운터 뒤에 서 있는 경비원에게 출석 체크를 하고 핸드폰을 넘겼다. 그러고 나서 열려 있는 회색 강철 금고문으로 들어가 위원회 회의실로 갔다. 그가 일찍 와서 회의실에는 높은 오크 연단에 있는 의원들이 앉을 자리에 폴더들을 놓고 있는 보좌관들 빼고는 아무도 없었다. 물론 높은 자리에 앉아야겠지, 벤포드는 생각했다. 상원 의원들은 증인을 내려다보는 걸 좋아하니까.

대리석과 목재 패널을 댄 벽과 천장과 바닥 뒤에 보이진 않지만 계속 에너지를 공급해주는 구리 필라멘트들로 구성된 배전망이 있었다. 일단 금고 문의 걸쇠가 단단히 잠기면 그 어떤 신호도 들어오거나 나갈 수 없게 하기 위해 이렇게 설계한 것이다.

1980년대에 민감한 문제에 대한 상원 정보위원회의 증언을 엿듣기 위해 러시아인들이 회의실에 녹음 장치를 놔두고 갔다가 나중에 회수하는 작전을 실시한 적이 있다. 그것은 전자 정조대를 무력화시키기 위한 아주 간단한 수법이었다. 그 대담한 계획은 수위가 그 장치(그 장치는 상원에서 가끔 공개 청문회를 할 때 들어와 방청석 의자 밑에 접착제로 붙여 놨다)를 발견해서 의회 경찰에 넘기는 바람에 좌절되고 말았다. 그 경찰은 즉시 그걸 FBI에 전달했다. 그걸 다른 장치와 바꿔서 소련인들에게 오랫동안 허위 정보를 흘리는 대신 FBI는 적국이 설치한 도청 장치를 발견했다고 기뻐 날뛰면서 그 녹음기를 발로 사정없이 밟아 가루로 만들었다. 그 아까운 기회를 날려버렸다고 벤포드는 회의실을 둘러보면서 생각했다.

증인 테이블에 앉은 사람은 벤포드밖에 없었다. 보좌관 하나가 그 앞에 그의 이름이 적힌 작은 카드를 놓았다. 위원회 소속 의원들의 요청에 따라 벤포드는 상원 정보위원회 대표로 3개월에 한 번씩 브리핑을 하고 있었다. 그 브리핑은 위원회 소속 의원 열다섯 명만 참석할 수 있었다. 오랫동안 자신을 보필하는 보좌관들을 달고 다니는 데 익숙해진 의원들은 이 회의실에는 오직 의원만 들어올 수 있다는 요건에 마지못해 응했다. 이것은 즉 노트 필기를 하는 사람이 거의 없다는 뜻이고, 있다 해도 몇 명 안 된다는 뜻이었다.

위원들은 정보계 내부에서 가장 간단명료하면서도 유용한 정보가 많다는 평을 듣고 있는 벤포드의 발표에 거의 빠지지 않았다. 의원들 중 단 한 명만 빼고 나머지는 모두 벤포드에게 정중하게 대했다. 캘리포니아에서 온 스테파니 바우처 의원만 정보계에서 온 증인들에 대해 격렬한 반감을 품고 있는 것 같고, 그중에서도 특히 CIA 증인들을 싫어했다. 위원들이 천천히 회의실로 들어와 앉는 동안 바우처는 험악한 얼굴로 벤포드를 내려다보고 있었다. 벤포드는 그녀를 무시하고 브리핑 노트 가장자리에 필기했다. 위원들이 모두 자리에 앉고, 보좌관들이 한 줄로 서서 나가자, 금고 문이 휙 닫혔다. 문이 닫히면서 문 위에 작은 초록색 불빛이 들어왔다. 의장이 "벤포드 씨"라고 간단히 말하면서 브리핑을 시작하라는 신호를 보냈다.

벤포드는 재빨리 서부 해안에서 벌어지는 중국 사이버 작전의 진전 상황들을 강조했지만 그 위험한 작전의 성격에 대한 더 자세한 내용은 '코드 피스'라는 별명으로 통하는 CIA 내 컴퓨터 작전 부서에게 문의하라고 말했다. 그리고 CIA와 FBI가 DGSE(프랑스 해외 첩보부) 요원들이 뉴욕 주 북부의 비밀 연락처 현장에서 활동하는 것을 감지한 민감한 사안에 대해 말했다. 그리고 개구리라는 별명을 가지고 있는 FBI의 프랑스 작전 그룹과 함께 미국 영토에서 활동하는 프랑스 첩보원들에 대한 합동 브리핑을 준비 중이라고 밝혔다. 그러고 나서 벤포드는 브리핑 자료의 다음 페이지로 넘어갔다.

"CIA는 미 해군과 관련 하도급 업자와 함께 코네티컷 주의 뉴런던에 있었던 러시아 불법체류자로 인해 발생한 피해에 대한 1차 평가를 마쳤습니다." 벤포드가 노트를 내려다봤다. "국방부에서 해군 프로그램 침투에 대한 장기적인 영향을 조사한 보고서를 계속 준비 중이지만 1차 조사 결과로는 플랫폼 작전의 실행 가능성이 실질적으로 저하될 만한 정보는 러시아로 넘어가지 않은 것으로 판명됐습니다."

"잠깐만요, 벤포드 씨." 바우처 의원이 말했다. 동료 의원들은 그녀의 공격 신호를 알아차리고 마음의 준비를 했다.

"그냥 잠수함이라고 하면 될 걸 왜 군이 플랫폼이란 용어를 쓰는 겁니까?"

"그러면 잠수함이라고 하겠습니다. 감사합니다, 의원님." 벤포드가 말했다. 그는 바우처의 잔소리가 끝나지 않았을 것이라고 생각하고 기다렸다. 바우처는 러시아 해군의 신형 탄도유도탄 잠수함인 돌고루키와 비교해서 시대에 뒤떨어진 미국 잠수함들의 성능에 대해 짧게 훈계했다. '이 여자 의원은 박식한데?' 벤포드는 생각했다. 바우처가 다시 다른 이야기로 넘어갔다.

"그리고 방첩 문제가 심각해 보입니다. 뉴런던에서 나온 정말 중요한 문제는 미국 정보부나 사법당국이 미국에서 거의 5년 동안 활동해온 러시아 불법체류자를 발견해서, 정확한 위치를 알아내고, 체포할 만한 능력이 없었다는 거 아닙니까? 게다가 이 불법체류자가 아주 쉽게 배경 조사와 보안 조사를 다 통과해서 프로그램에 침투했잖아요?" 바우처는 자기 앞에 놓인 압지를 연필로 툭툭 쳤다.

"의원님, 냉전이 끝난 후로 불법체류자를 이용하는 전형적인 수법은 극히 드물게 사용되고 있습니다. 러시아인들조차 이걸 정보를 수집하는 방법으로 쓰기엔 비용이 아주 많이 들고 비효율적이란 점을 인정했습니다." 벤포드가 말했다. 그는 절대로 애초에 어떻게 그 불법체류자에 대한 정보를 얻었는지에 대해선 언급하지 않을 것이다.

"내 질문은 그게 아니잖아요, 벤포드 씨. 제가 하는 말을 좀 집중해서 들으세요. 난 당신이 생각하기에 어떤 정보기관이 가장 무능하냐고 묻고 있는 겁니다. CIA인가요? 아니면 FBI인가요?"

"그 문제에 대해선 할 말이 없습니다. 뉴런던 사건의 여파가 아직 남아 있지만 유감스럽게도 우리가 잡아야 할 더 큰 물고기가 있으니까요." 벤포드가 말했다.

"어떤 종류의 물고기인데요?" 바우처가 물었다.

"러시아인들이 또 다른 정보원을 관리하고 있다는 조짐이 있습니다. 기밀 정보에 대한 접근 권한을 가지고 있는 사람이죠. 조사는 이제 막 시작됐습니다. 아직 확인된 점은 하나도 없습니다." 벤포드가 말했다.

"아, 애매모호하게 말 돌리는 건 그만둬요. 지금 대체 무슨 소리를 하고 있는 겁니까?" 바우처가 쏘아붙였다.

벤포드는 모두 들을 수 있을 정도로 크게 심호흡을 했다. 그는 브리핑 자료를 덮고 그 커버 위에 손을 올려놓고 깍지를 꼈다. 그러고는 의원들의 머리 위 벽에 붙어 있는 상원의 직인을 바라봤다.

"국가 안보에 관련된 기밀 정보를 접할 수 있는 미 정부 고위층의 한 인사가 현재 SVR의 지휘를 받고 있다는 단편적인 정보가 있습니다."

"그 정보 유출자의 신원을 밝히는 데 얼마나 근접했나요?" 플로리다 출신의 의원이 물었다.

"누가, 무엇을, 어디서 했는지에 대한 정보는 없습니다. 우린 모든 가능성을 확인하고 있습니다." 벤포드가 말했다.

"말을 들어보니 아는 게 하나도 없는 것 같군요." 바우처가 말했다.

"이런 수사들은 시간이 걸려요." 뉴욕 출신의 상원 의원이 짐짓 그렇게 말했다.

바우처가 웃었다. "아하, 저도 그런 수사에 대해선 잘 알고 있어요. 수백 명이 바쁜 척 돌아다니면서 월급을 받아가지만 스파이를 잡는 사람은 하나도 없는 것 같더군요."

벤포드는 의원들끼리 떠들게 1분 정도 가만히 있다가 다시 목소리를 키웠다. "정보 수집 과정에서 문제의 그 인물이 병에 걸려 정상적인 활동을 하지 못하고 있다는, 근거가 입증되지 않은 보고를 받았습니다. 대상포진에 걸렸다고 하더군요. 수사 범위를 좁혀서 대조 확인을 해본다면 그 보고가 유용하게 쓰일 수도 있습니다." 벤포드가 말했다.

"그건 결정적인 증거가 아니잖아요." 바우처가 연단을 향해 고개를 돌리며 말했다. "다른 의원들이 괜찮으시다면 전 또 다른 위원회에서 중요한 회의가 있어서 먼저 일어나야 할 것 같습니다." 그녀는 벤포드에게 다시 고개를 돌렸다. "저는 이걸로 오늘 끝내겠습니다." 바우처는 자리에서 일어나서, 기밀 폴더들을 챙겨, 문으로 걸어갔다. 다른 의원들이 종이를 바스락거리면서 아무 말도 하지 않는 동안 바우처가 거대한 금고 문을 열고 회의실을 나갔다.

벤포드는 고개를 들지 않았다. 다 끝났다. 열다섯 명의 의원들 모두 '대상포진'이라는 말을 들었다. 이틀 전 국방부의 차관 세 명도 같은 말을 들었고, 사흘 안에 대통령의 특별 보좌관들과 국가 안전 보장 회의에서 엄선한 직원들에게 하는 브리핑에서 국방부 국장도 그 말을 듣게 될 것이다.

벤포드는 텅 빈 상원 정보위원회의 회의실에서 탁 소리를 내며 서류가방을 닫았다. 그는 크렘린에 있는 사각턱의 얼굴들을 마음속으로 떠올리며 생각했다. '카나리아를 원한다 이거지, 동무들. 내가 카나리아 한 마리를 주겠어.'

반야 예고로프의 보좌관이 코르치노이를 찾아와 야세네보 4층에 있는 국장의 회의실로 오라는 지시를 전달했다. 드미트리는 코르치노이가 사무실로 들어오자마자 그렇게 말했다. 코르치노이는 아직 옷장에 코트도 못 걸고, 책상에 앉아 아침에 들어온 보고서들을 검토하지도 못했다. 긴급 지시 같았다. 코르치노이는 덮개를 씌운 시리니키 접시를 안타까운 눈빛으로 바라봤다. 그것은 비서가 그를 위해 놔둔 치즈 팬케이크였다. 보고서들을 읽으면서 먹을 계획이었다. 다시 사무실로 돌아오기 전에 그 케이크는 식어서 고무같이 질겨질 것이다. 사무실을 나가면서 그는 팬케이크 하나를 집어서 돌돌 말아 입 속에 쑤셔 넣었다.

반야가 카나리아를 잡을 덫을 놓아 SVR에 있는 CIA 첩자를 찾고 있다는 걸 알았기 때문에 코르치노이의 이중생활은 이제 그동안 익숙해진 위험에서 언제라도 발각될 수 있다는 두려움으로 굳어졌다. 14년 동안 그는 지속적인 스트레스를 받으며 살아왔다. 그 스트레스에 적응하면서 살아가는 법을 익혔지만 들키지 않고 정탐하는 것과 사냥을 당하는 것은 차원이 달랐다.

매일 아침 본부의 정문을 밀고 들어갈 때면 무표정한 얼굴의 보안 장교들이 그를 맞아 다짜고짜 로비에서 옆방으로 떠밀고 가지 않을까 불안했다. 매일 아침 그의 책상 위에 있는 전화가 울릴 때마다 그것이 굳은 표정의 얼굴들로 가득 찬 창문도 없는 방으로 가게 될 호출은 아닐지 확신할 수 없었다. 여행을 가는 주말이면 나무가 우거진 시골 도로나 쓸쓸한 시골 별장에서 매복하고 있던 군인들이 그를 체포하는 건 아닌지 알 수 없었다.

코르치노이는 엘리베이터에서 나와 복도에 걸린 초상화들을 지나쳐 갔다. '안녕, 늙은 바다코끼리들. 아직 날 못 잡았지?' 그는 생각했다. 그는 간부 회의실로 들어갔다. 반야 예고로프가 테이블 귀퉁이에 앉아 라인 KR 방첩팀장인 알렉세이 주가노프가 뭐라고 한 말에 웃고 있었다. '쟤는 그 쪼그만 마귀 새끼 아니야. 죄수들이 자비를 베풀어달라고 소리 지르는 게 듣기 싫다고 입 속에 걸레를 처넣고 이마에 총을 쏜 그 새끼잖아.' 코르치노이는 생각했다. 코르치노이 장군이 그들을 향해 걸어오는 걸 주가노프가 쳐다보고 있었다.

예고로프의 커다란 대리석 같은 이마는 번들거렸고, 말쑥한 셔츠는 풀을 먹여 빳빳했다. 그는 자신의 오랜 벗과 포옹했고, 앉으라고 손을 흔들었다. "여기에 프로젝터를 설치할 수 있어서 이쪽으로 오라고 했어, 볼로댜. 이제 자네가 그 작전을 지휘하고 있으니까 보여주고 싶은 추가 자료가 있어서." 예고로프가 리모컨을 집어서 버튼을 하나 눌렀다. 벽의 스크린에 네이트 내쉬가 코트 주머니에 두 손을 찔러 넣고, 추위에 등을 구부린 채, 모스크바 거리 같은 곳을 걷고 있는 흐릿한 사진이 나왔다.

"자네는 이자가 누군지 모를 거야, 볼로댜. 이자는 그 배신자를 담당하고 있는 CIA 요원인 내쉬야. 이자는 모스크바에 파견된 지 채 2년도 못 돼서, 그러니까 약 18개월 전에 떠났지."

코르치노이는 먼저 네이트를 감시한 이 사진이 네이트가 그와 만나고 나서 돌아가는 길에 찍힌 건 아닌지 궁금했다. 그다음엔 이게 그를 조롱하면서 낚기 위한 드라마가 아닌가 하는 의문이 들었다. 이러다 회의실 문이 확 열리면서 경비대원들이 쏟아져 들어오는 거 아니야? 예고로프가 그렇게 기만적인 인간일까? 예고로프가 그런 식으로 고문하려는 성향이 있었던가? '아니야, 이건 아무것도 아니다. 이건 네가 선택한 인생이야. 그러니까 받아들이고, 심연의 가장자리를 빙빙 돌더라도, 이성을 잃지 마.' 코르치노이는 생각했다.

"이 내쉬란 놈이 솜씨가 좋아. 한 번 삐끗해서 우리에게 잡힐 뻔하다가 도망친 걸 빼면 그 자식이 활동하는 걸 전혀 감지할 수 없었어." 예고로프는 잠시 담배에 불을 붙이려고 입을 다물었다. 그러고 나서 코르치노이와 주가노프에게 담배를 권했다. 코르치노이는 그가 아직 안전하다고 해석할 수 있을 만한 말들을 마음속으로 정리했다. 이게 다 예고로프가 그의 관심을 딴 데로 돌리기 위해 세심하게 늘어놓은 헛소리만 아니라면.

"내 개인적인 생각으로는 그 배신자가 우리 첩보부 내에 있다고 믿어." 예고로프가 말하는 동안 주가노프는 화면에 나온 내쉬의 모습을 침착하게 보고 있었다. 이것들이 지금 나를 가지고 놀고 있는 것일까? 코르치노이는 생각했다. 주가노프는 이렇게까지 사악할 수 있는 인간이다.

"그건 부국장님 추측이시죠. 한 가지는 확실합니다. 미국인들이 고작 중간급 정보원을 관리하기 위해 모스크바에서 정보원과 만나는 그런 큰 위험을 무릅쓸 리 없다는 겁니다." 주가노프가 지껄여댔다.

'뭔가 말을 해, 가벼운 말을.' "자네 둘 다 맞는다면, 형제들. 그러니까 그자가 대어고 이 첩보부 안에 있다면, 그 후보 명단에 국장, 자네 반야와 열두 명의 부장들, 그러니까 주가노프와 나까지 포함되는 거겠네." 코르치노이는 그들의 시큰둥한 표정을 봤다. 이게 무슨 소리야. 이건 정말 어이없이 웃기는 소리잖아.

"물론 그 명단에 자네 특별 보좌관, 비서, 혹은 통신 담당 직원, 혹은 메시지를 간접적으로 볼 수 있는 백 명이나 되는 다른 직원들은 넣지도 않았고. 그런 직원들도 상사의 서류함을 슬쩍 들여다보거나 대기실과 구내식당에서 아무 생각 없이 하는 대화들을 엿들을 수 있다는 소리야. 서류 보관실에서 근무하는 직원들은 우리 셋이 일주일 동안 본 기밀 서류들을 합친 것보다 더 많은 양을 하루에 보고 있어." 코르치노프는 주가노프의 표정에서 이미 그것도 다 계산에 넣었다는 걸 볼 수 있었다. 심문할 사람이 훨씬 더 늘어난 것이다.

코르치노프는 여기서 멈추기로 했다. 분석도 과하지 않게, 격려도 과하지 않게. 예고로프가 담배를 눌러 껐다. "자네 말이 정확해, 볼로댜. 가능성이 너무 많아. 믿을 만한 내부 단서를 찾거나 그 배신자나 배신자의 핸들러를 거리에서 잡아야만 놈을 잡을 수 있어. 하지만 이 두 가지 대안이 실현되려면 몇 달, 심지어 몇 년이 걸릴지도 몰라. 그래서 우리의 세 번째 대안이 유일한 대안인 거지."

"나도 동의해. 자네 조카딸이 최고의 기회야." 코르치노프가 말했다. 이 상황은 상상도 할 수 없고, 있을 법하지도 않고, 불가능한 상황이었다. 그는 금방이라도 터질 것 같은 웃음을 억지로 참았다. 코르치노프는 스파이를 찾아, 그가 숨어 있던 곳에서 몰아내서, 그의 정체를 노출시켜 잡으려 하고 있다. 바로 그 자신을.

주가노프가 의자를 빙 돌렸는데 발이 카펫에 닿지 않았다.

"부국장님의 조카 따님이 적절한 시간 내에 성공하지 못하면요? 그럼 다른 방법들을 고려해봐야겠죠."

예고로프가 재빨리 그에게 고개를 돌렸다. "절대 안 돼. 난 가장 높은 분에게 직접 지시를 받았어. 이 작전에서 '적극적인 대책'은 용납할 수 없어. 내 말 분명히 알아들었어?" 주가노프는 의자를 조금 더 돌렸는데 그의 얼굴에 엷은 미소가 떠올라 있었다.

"자네 말이 맞아. 냉전 후 첩보 작전의 역사상, 어느 첩보부도 의도적으로 상대 요원을 해친 적이 없었어. 그건 해선 안 돼. 그렇게 되면 큰 혼란이 일어날 거야." 코르치노이가 그렇게 말하자 주가노프가 의자를 빙그르르 돌렸다.

"볼로댜, 진정해. 우리가 거칠게 나가고 싶었다면 자네가 아니라 라인 F와 이야기를 하고 있었을 거야." 예고로프가 웃으며 말했다. 코르치노이는 주가노프의 오른쪽 눈꺼풀이 씰룩이는 걸 봤다. "아니야, 내가 원하는 건 우아하고, 섬세하고, 뛰어난 작전이야. 빠른 성과를 내서 우리의 주적이 대체 뭐에 맞았는지, 어떻게 자신들의 가장 민감한 정보원을 잃었는지 궁금해하면서 SVR의 기술과 간계에 감탄하게 되는 그런 작전을 원해."

시리니키 팬케이크

부드러운 염소젖 치즈, 달걀, 설탕, 소금을 넣고 믹서기에 곱게 갈고 거기다 밀가루를 넣어 끈적끈적한 반죽을 만든다. 반죽을 냉장 보관한다. 작고 동그란 반죽덩어리를 밀가루에 굴려서 옷을 입힌 다음에 얇게 원반 모양으로 누른다. 중간 불에 녹인 버터를 두른 팬에 반죽을 넣고 노릇노릇해질 때까지 굽는다. 사워크림, 캐비아, 훈제 생선 혹은 잼과 같이 낸다.

30

코르치노이와 도미니카는 그의 아파트의 아주 작은 거실에 서 있었다. 코르치노이는 사람의 마음을 흔들어놓는 그녀의 아름다운 모습을 바라보며, 그녀의 매끄러운 움직임, 등을 꼿꼿이 세우고 걷는 모습, 그녀가 그와 눈을 마주치는 모습을 봤다. 그녀와 같이 있는 시간이 늘어갈수록 그는 자신의 선택이 옳았다는 걸 확신하게 됐다. 이제 그녀의 협조를 받아내야 한다. 오늘 밤은 만만치 않을 것이다.

도미니카는 겉으로는 감정을 드러내지 않고, 자신을 잘 통제하고, 집중하고 있었다. 하지만 그녀와 이야기를 나누면서 그녀의 몸짓을 봤을 때 그에 대한 존경심 너머로 분노와 굳은 결심이 보였다. 도미니카는 스패로우 학교에 대해 한 번도 말한 적이 없었지만 코르치노이는 그녀가 레포르토포 감옥에서 어떤 심문들을 받았는지 알아냈던 것처럼 조용히 그 학교에 대한 대부분의 사실들을 알아냈다.

도미니카가 뭔가 숨기고 있다는 걸 그는 알고 있었다. 그녀는 매일같이 그 미국인을 상대로 작전을 시작하고 싶다고 말해왔다. 하지만 그녀의 음색과 고개를 기울이는 모습을 볼 때 코르치노이는 도미니카가 헬싱키에서 네이트와 접촉하면서 충돌도 하고, 공감도 하다가 어쩌면 그에 대한 깊은 감정이 생겼을지도 모른다는 의심이 들었다. 곧 알아낼 수 있겠지.

그들은 코르치노이가 '내쉬 프로젝트'라고 한 작전 준비를 시작했다. 커튼을 친 어두운 사무실에서 장군이 리모컨을 누르자 네이트의 모습이 사무실의 하얀 벽에 비춰졌다. 코르치노이는 눈 가장자리로 순간 도미니카가 헉 숨을 들이쉬는 걸 봤다. 옆에서 보니 그녀가 콧구멍을 벌름거리는 게 보였다. 그는 가차 없이 계속 이야기를 이어가면서 SVR이 네이트에 대해 알고 있는 점들을 세세히 묘사하고, 헬싱키에서 도미니카가 작성한 보고서들을 검토하는 내내 계속 그녀를 지켜보며 그녀의 신중함이 어느 정도인지 가늠했다.

코르치노이는 프로젝터를 끄고 엄격한 눈빛으로 도미니카를 봤다. 이것은 헬싱키에서 그녀가 맡았던 임무보다 훨씬 더 복잡하다고 도미니카에게 말했다. 도미니카는 해외로 여행을 가야 하는데 그런 해외 출장이 타당해 보이려면, 그녀를 라인 OT의 SVR 배달 부서로 다시 발령해야 할 것이라고 말했다. 도미니카는 서구에서 혼자 작업해야 하는 것이다. 그녀는 그 젊은 미국인에게 접근해서 그를 유혹해 배신자의 정체를 알아내야 했다. 그걸 할 수 있을까? 도미니카의 파란 눈이 반짝이면서 순간 흔들렸다. 감정이 드러난 것이다. 그녀는 마음속으로 갈등하고 있었다.

도미니카로서는 화면에 나온 네이트의 모습을 보는 것이 아주 힘겨운 시련이었다. 그녀가 동요하는 걸 코르치노이 장군님이 느꼈을까? 얼마나 오래 더 그를 속일 수 있을까? 그가 거짓말을 간파할 수 있을까?

그날 저녁에 코르치노이는 도미니카를 자신의 아파트로 초대했다. 다가올 로마 여행을 축하하기 위해 러시아 요리가 아닌 파스타로 간단하게 저녁을 준비할 것이다. 그들은 저녁을 먹으면서 작전에 대한 논의를 계속할 것이다. 장군의 초대에 부적절한 암시는 전혀 없었다. 코르치노이는 유명한 고위급 장성이자 베테랑 스파이로 비열한 인간이 아니었다. 그들은 지하철을 타고 제4구역에 있는 스트로기노에서 내려 모스크바 강변에 있는 나무가 울창하고 넓은 공원을 따라 걸었다. 코르치노이의 아파트는 다섯 개의 똑같은 아파트 건물들이 나란히 서 있는 곳에서 세 번째인 튜브 모양의 고층 건물로, 녹슬어가는 창틀에 지팡이 모양의 캔디처럼 기다란 줄무늬가 있었다. 그의 아파트는 12층이었다. 거무죽죽한 엘리베이터가 시끄러운 소리를 내며 그들을 싣고 위로 올라갔다.

그 작은 아파트는 가구는 별로 없었지만 깨끗하고 아늑했다. 혼자 살지만 그걸 개의치 않는 사람의 공간이었다. 아파트 안에 귀중품이 몇 개 있었다. 벽에 걸린 액자 속의 아주 아름다운 이탈리아 유화 한 점, 바닥에 깔려 있는 페르시아 실크 카펫. 그가 외국에서 근무했었다는 걸 짐작할 수 있는 물건들이었다. 거실 구석에는 낡고 큰 안락의자, 독서용 램프, 장정한 책이 몇 권 꽂혀 있는 낮은 책꽂이가 하나 있었다. 그 작은 거실로 강의 U자형 만곡부가 한눈에 들어왔다.

도미니카는 한 여자와 아주 젊은 코르치노이가 호수 앞에 서 있는 사진 액자를 봤다. 배경은 여름이었고 그는 여자의 허리에 손을 두르고 있었다.

"그때가 1973년이었지. 이탈리아에서 찍은 건데, 아마 마조레 호수일거야." 코르치노이가 말했다.

"이분이 사모님인가요? 대단한 미인이세요." 도미니카가 물었다.

"우린 26년간 같이 살았어." 코르치노이가 도미니카에게서 그 액자를 받아 희미해져가는 햇살에 비춰봤다. "우린 같이 전 세계를 여행했어. 이탈리아, 말레이시아, 모로코, 뉴욕." 코르치노이는 액자를 다시 테이블 위에 놓았다. "그러다 아내가 병에 걸렸지. 몇 달 동안 오진을 받았고." 그들은 아주 작은 부엌으로 들어갔다. "해외의 러시아 대사관에서 지낼 때는 아프지 말게." 그는 미소를 지었다. 도미니카는 그가 고개를 푹 숙이는 걸 눈여겨봤다.

코르치노이 장군은 아내가 죽은 후에 원래 아내와 같이 살던 곳으로는 돌아갈 수 없어서 이 아파트로 옮겼다고 했다. 좀 더 작지만, 비교적 현대적이고, 조용하면서, 시내에서 그리 멀지 않은 곳에 있는 이 아파트와 원래 살던 아파트를 바꿨다. 그는 강가에 자라는 초목을 보며 즐길 수 있었다. 코르치노이는 12층 거실 창문에서 미국 위성의 신호를 잡기가 제일 좋다는 말은 하지 않았다.

코르치노이는 호박색 잔 두 개에 달콤한 몰도바 와인을 따랐다. 부엌에는 싱크대 하나와 문이 열리면 덜거덕거리는 작은 냉장고 하나와 버너가 세 개인 레인지가 하나 있었다. 도미니카는 조리대에 몸을 기대고 그들이 하게 될 작전의 성공을 기원하며 엄숙하게 건배했다. 그녀는 장군을 보며 편안해 보인다고 생각했다. 그의 내면 깊은 곳에서 따뜻한 보라색 빛이 흘러나오고 있었다.

코르치노이의 아파트에서 잠깐 있는 사이에 도미니카는 그를 정말 좋아하게 됐다. 뛰어난 스파이 기술과 대단한 직감의 소유자인 그는 그녀를 정중하게 대했고 그녀가 지금까지 고생했던 걸 안쓰러워하는 것처럼 친절했다. 그리고 그는 의리도 있었다. 부서에서 작전 회의를 할 때 코르치노이는 도미니카가 한 말을 변호하고 지지해줬다. 사실 그녀를 위해 나서서 옹호해주기까지 했다. '대체 지금까지 어디 계셨던 거예요?' 도미니카는 다시 한 번 아버지를 떠올리며 생각했다. 지금 그녀가 양다리를 걸치고 있는 게 발각되면 그가 다치게 될 것이고, 어쩌면 그의 경력이 절단날 수도 있었다. 그가 내 동기를 이해해줄까?

저녁을 준비하면서 코르치노이는 도미니카에게 그녀 자신과 가족에 대해 물어봤다. 사무실의 규율과 규정을 벗어나서 그녀는 애정 어린 마음으로 부모님과 발레 공부와 해외로 파견되어 기뻤던 마음에 대해 허심탄회하게 말했다. 헬싱키는 경이로웠고, 그녀는 전 세계를 여행하고 싶었다. 이렇게 코르치노이에게 이야기를 하고 있으려니까 그를 속이고 있는 것도 잊어버릴 지경이었다. 도미니카는 그 생각을 마음속 깊이 꾹꾹 눌러놨다.

"하지만 헬싱키에서 뭔가 일어났지." 코르치노이가 부엌 조리대에서 바쁘게 요리를 준비하면서 말했다. "그 일에 대해 말해보겠나?" 도미니카는 망설이면서 생각을 정리하며 그가 토마토, 마늘과 양파를 잘게 썰어 뜨거운 올리브오일에 볶는 걸 지켜봤다. '놀라워. 이탈리아 요리법을 알고 계시네.' 그녀는 생각했다. 부엌은 곧바로 맛있는 냄새로 가득 찼다.

"우리 대사관에 찾아왔던 그 미국인 정보 제공자를 만났어요." 도미니카는 들고 있던 와인 잔을 비우면서 말했다. "그자가 서류를 넘겨주고 몇 분 후에 체포됐어요. 저 말고 그 미팅에 대해 알고 있었던 사람은 헬싱키 레지던트 하나밖에 없었죠. 본부에선 어떻게 그 일이 일어났는지 이해할 수 없었어요. 그래서 자연스럽게 제가 미국인들에게 그 정보를 유출시켰다는 최악의 시나리오를 의심한 거죠." 코르치노이는 도미니카에게 와인을 한 잔 더 따라줬다.

"하지만 그들은 결국 제가 유출시킨 게 아니라는 결론을 내렸어요." 도미니카는 그렇게 간단하게 이야기를 끝냈다. 더 이상 그 일에 대해 이야기하고 싶지 않았고, 계속 거짓말을 하고 싶지도 않았다.

"그래, 하지만 내 말은 헬싱키에서 자네에게 '다른' 일이 일어났다는 뜻이었어." 코르치노이가 천천히 말했다. "자네가 작성한 보고서들을 읽었어. 네쉬와 어느 정도 규칙적으로 만나긴 했지만 사실 실질적인 진전은 거의 없더군." 도미니카는 그의 어조를 듣고 그가 세심하게 고른 단어들을 생각해봤다. '조심해야 해. 뭔가 시작되고 있어.' 그녀는 생각했다.

"그래요, 맞아요. 그 사람은 저에게 관심이 없고, 지속적으로 저와 만나는 걸 피했어요. 사실 절 만나러 나오게 하는 게 힘들었죠." 도미니카는 차분하게 말했다. 장군님이 내가 거짓말하는 걸 알아챌 수 있을까?

"이상한 일이군. 자네처럼 아름다운 여자에게 그랬단 말이지. 젊고 매력적이고, 외국에서 혼자 사는 첩보 요원에게……."

코르치노이는 말을 맺지 않았다. 토마토소스가 보글보글 끓고 있었다. 도미니카는 장군이 프라이팬에 발사믹 식초를 한 번 뿌리고, 저은 후에, 바질을 찢어서 프라이팬에 넣는 걸 지켜봤다. 그의 후광이 점점 더 환해지고 있었다. 그녀는 아무 말 없이 그가 줄기에 있는 바질 잎들을 따는 걸 봤다.

코르치노이가 고개를 들어 도미니카를 봤다. 벤포드나 네이트나 둘 다 그에게 핀란드에서 CIA가 그녀를 포섭했다는 말을 하지 않았지만 그것만이 그 의문에 대한 답이라는 걸 코르치노이는 알았다. '이 잔을 뒤집어봐야겠군.' 그는 생각했다.

"자네는 지금까지는 아주 운이 좋았어. 소비에트 연방이 사라진 지 오래됐지만 지금도 그 괴물은 수면 바로 밑에 있지." 코르치노이가 부드럽게 말했다.

도미니카는 진정한 두려움이 엄습해오는 걸 느꼈다. 코르치노이가 그녀를 끌어들이고 있었다. 그걸 느낄 수 있었다. 그녀는 결국 그와 있을 때 그렇게 영리하게 굴지 못했던 것이다. 그는 의심하고 있었다. 아니, 이 마술사는 알고 있었다. 만약 그녀가 거짓말을 하면, 계속해서 그에게 결례를 범하면, 그녀를 작전에서 빼버리고, 자기 부서에서 쫓아내버릴 수도 있었다. 도미니카가 그의 손에 자신의 운명을 맡기고 모든 걸 인정하면 그가 그녀를 왜 곧바로 고발하지 않겠는가? 그때 그들이 그녀를 위해 준비할 고문에 비교하면 레포르토포는 아이들 장난 수준일 것이다. '널 지켜, 널 보호하란 말이야.' 도미니카는 생각했다.

"그 괴물에 대해서 저도 알고 있어요." 도미니카는 큰 목소리로 말했다. "전 레포르토포의 지하실에서 자봤어요. 그들이 절 4 국립학교, 그러니까 스패로우 학교에 강제로 입학시켰어요. 전 그들이 철사를 가지고 사람을 살해하는 것도 봤어요. 머리를 잘라내다시피 했죠. 제 친구인 마르타가 헬싱키에서 실종됐어요. 그들은 그녀가 망명했다고 말했지만 전 그걸 믿을 만큼 어리석지 않아요." 도미니카는 작은 부엌에서 자신의 목소리가 크게 울리고 있다는 걸 깨달았다.

'이 아이는 금방 열을 내는군, 조금만 더 밀어붙여보자.' 코르치노이는 생각했다. "그 젊은 미국인 내쉬, 그자를 좋아했나?" 그가 물었다.

"그런 것 같아요. 그 사람은 웃기고, 예의 바르고, 상냥했어요. 미국인들이 그럴 거라곤 전혀 몰랐죠." '맙소사, 내가 지금 예의 바르다고 한 거야?' 도미니카는 자신의 목소리가 얼간이처럼 들린다는 생각을 했다. 코르치노이는 아직도 그녀를 보고 있었지만 보라색으로 빛나는 빛에 둘러싸여 침착했다. 도미니카는 자신이 마치 최면에 걸려 꼼짝 못한 채 선명한 진녹색 뱀이 천천히 둥지를 향해 가지 위를 기어오르는 걸 보는 새처럼 느껴졌다.

"난 자네가 헬싱키에서 작전을 맡고 있는 동안 보고했던 것보다 그 젊은 남자를 훨씬 더 잘 알고 있다는 인상을 받았거든." 코르치노이가 말했다. 그는 잠시 입을 다물고 소스를 천천히 저었다. 소스 젓는 소리가 부엌에서 나는 유일한 소리였다. 코르치노이의 목소리는 아주 부드러웠다. 그는 이제 시도해볼 것이다. "그들이 자네를 어떻게 포섭했지?" 그가 물었다.

도미니카는 미동도 하지 않았다. 그녀는 건너편에 있는 그를 바라봤다. 그녀는 입을 열었지만 말을 할 수 없었다. 그녀의 은밀한 삶에서 위험이 절정에 달한 순간이었다. 이것은 레포르토포의 그 짐승들에게 저항하는 것보다 훨씬 더 힘들었다. 와인 잔을 내려놓는 도미니카의 손이 가늘게 떨렸다. 코르치노이는 소스를 젓고 있었고, 부엌은 그의 점점 커져가는 보라색 거품들로 가득 차 있었다. 도미니카는 저항할 수 없이 강력한 그의 의지를 느꼈다. '널 지켜, 너만이 널 구할 수 있어, 떠나, 여기서 당장 나가라고.' 그때 비범하게 머리가 좋은 그녀의 스승이 놀라운 말을 했다.

"도미니카, 난 알 수 있어. 난 지금 자네에게 내게 말할 기회, 날 믿을 수 있는 기회를 주고 있는 거야. 난 자네를 해치지 않을 거야." '맙소사, 이 사람이 심문자가 되면 그 누가 입을 열지 않고 배길 수 있을까.' 하지만 도미니카는 본능적으로 그가 진실을 말하고 있다는 걸, 자신을 보호해줄 거란 걸 알았다. 그녀는 그가 자신을 도와주고, 자신의 짐을 덜어주길 원했다. 그게 필요했다.

"전 명령에 따라 그를 상대로 한 작전을 시작했어요. 그 사람이 나를 상대로 한 작전을 하고 있었던 것처럼요." 도미니카는 온몸을 부들부들 떨면서 말했다.

"그것은 누가 누굴 먼저 포섭할지 보는 경주나 다름없었어요." 도미니카는 아직 저항하고 있었다. 아직도 절벽의 입구에 매달려 있었다. 이것은 인정이 아니라 회피였다.

코르치노이는 그녀가 그렇게 하도록 내버려두지 않을 작정이었다.

"그렇지, 물론 그렇겠지. 하지만 내 말을 잘 들어. 난 그들이 자네를 어떻게 포섭했냐고 물었어." 코르치노이가 말했다.

도미니카의 목소리는 들릴락 말락 했다. 그녀는 마치 몽유병자처럼 말했다. 코르치노이가 한쪽 눈썹을 추켜올렸고, 그녀는 결심했다. 도미니카는 펄떡펄떡 뛰고 있는 자신의 심장을 코르치노이의 손에 놓고 그의 공간으로 들어왔다. "그들이 절 포섭한 게 아니에요. 제가 그들과 같이 일하기로 선택했어요. 그건 제가 내린 결정이었어요. 그래서 제가 원하는 조건에 맞춰 일했어요."

코르치노이는 싱크대에서 냄비에 물을 받아 두 번째 버너에 올려놓고, 소금을 한 줌 물에 넣었다. 그러고 나서 그녀에게 스토브로 오라고 손짓을 하고 숟가락을 건넸다. 도미니카는 소스 앞에 서서 저었다. "그건 애정 문제가 아니었어요. 제 선택이었어요." 도미니카가 말했다.

코르치노이는 대꾸하지 않았지만 도미니카는 자신이 안전하다는 걸 알았다. 그녀는 이제 절벽 위로 날아올랐고, 큰 소리로 윙윙거리는 바람이 그녀를 둘러쌌고, 밑에 있는 바다가 바위들에 부딪쳐서 요란하게 부서졌다. 그녀는 날고 있었다. '도미니카는 코르치노이와 같이 있을 땐 안전하

다는 걸 안 것이다.'

코르치노이는 만족했다. 그는 도미니카가 진실을 인정한 것을 약점이라고 보거나 판단력이 부족했다거나 어리석어서 그랬다고 보지 않았다. 그는 그녀가 어떻게 이 상황을 계산하고, 그의 의도를 평가하는지 봤다. 하지만 가장 중요한 점은 그녀가 어떻게 자신의 놀라운 직감에 따라 치명적인 위험을 받아들였냐는 것이었다. 이것이야말로 실로 강력한 조합이었다. 그리고 그렇게 진실을 인정해서 그에 대한 신뢰를 보여줬다. 그게 중요했다. 가까운 장래에 그녀가 그를 믿어줘야만 했다.

이제 모험을 해야 할 사람은 코르치노이가 됐다. 14년 동안 그는 단 한 번도 실수하지 않았지만, 이 승계 전략이 제대로 풀리려면 둘은 파트너가 되어야 했다. 도미니카에게 비밀을 말하는 건 그녀가 그랬던 것처럼 그로서도 힘거운 일이었다.

그들은 작은 레인지 앞에 어깨를 나란히 하고 서 있었다. 버너 사이로 가스가 쉭쉭거리는 소리가 들렸고, 프라이팬의 소스가 보글보글 끓고 있었다. 도미니카가 점점 걸쭉해지는 토마토소스를 젓자 나무 수저가 얇은 알루미늄에 부딪혀 음악처럼 부드러운 소리를 냈다. 그녀는 코르치노이에게 고개를 돌렸다. 이렇게 가까이서 보자 그녀의 미모가 눈부셨지만 그녀는 결코 그런 미모를 이용하지 않았다. "이제 어떻게 하죠?" 도미니카가 조용히 물었다. "절 고발하실 건가요?" 그녀는 코르치노이가 대답을 해주길 원했다.

"파스타를 너무 푹 삶아버리면 고발할 거야." 장군이 그렇게 말하면서 팬의 끓는 물속에 마른 부카티니 파스타 한 줌을 떨어뜨렸다. "소스가 타서 팬에 눌어붙지 않게 해. 난 코트와 넥타이 좀 벗고 올 테니까." 코르치노이는 침실로 이어지는 작은 복도를 걸어가다가 멈춰서 돌아섰다. 지금이다.

"자넨 아마 궁금해하고 있겠지. 내가 슬퍼한다고 그녀가 살아 돌아올 순 없겠지만, 내 아내가 죽은 후로, 나는 우리의 대의에 대한 믿음을 잃었어. 그들에 대한 내 마음은 그 후로 영원히 식어버렸어. 난 일을 계속했지만, 그 후로 결코 그들의 일원은 되지 않았어. 그들은 내 충성을 얻지 못했고, 지금 자네의 충성도 받을 자격이 없어. 그들은 우리의 경멸을 받아 마땅해." 드디어 해버렸다. 코르치노이는 거기에 그대로 서서 도미니카를 바라봤다. 그녀는 눈을 휘둥그레 뜨고 있었다. 코르치노이가 넥타이의 매듭을 찾아 풀기도 전에 도미니카는 빠르게 돌아가는 머리로 그가 준 암시를 알아챘다. 그녀는 속삭였다.

"장군님이셨어요? 그들이 찾고 있는 사람이 장군님이셨어요? 장군님이……"

코르치노이가 입술에 손가락 하나를 대서 그녀의 입을 다물게 했다.

"소스 잘 보고, 계속 젓고 있어." 그는 그렇게 말하고 복도를 걸어갔다. 도미니카는 혼자 남아 그의 회색 머리와 보라색 망토를 보고 있었다.

"우리는 성공 가능성은 높고 작전상의 위험은 적다고 평가했어. 로마에서 작전을 시작할 준비가 됐어. 난 그곳을 잘 알아." 코르치노이 장군이 말했다.

"계속해봐." 반야가 말했다. 그들은 그의 사무실에 있는 소파에 앉아 있었다. 주가노프는 한쪽에 있는 의자에 앉아 있었다.

"예고로바 요원이 CIA 로마 지부장에게 접근할 거야. 첸트로 스토리코에 있는 그의 집 주소를 우리가 알고 있어. 모두 TV에 코를 박고 게임을 보는 한가한 일요일 오후를 고를 거야. 예고로바 요원이 자신은 SVR의 중요 문서를 전달하는 자격으로 로마에 와서 며칠밖에 머무를 수 없다고 말할 거야. 끔찍한 위험을 무릅쓰고 그를 찾아왔다고 하는 거지. 그러면서 스칸디나비아에서 알게 된 네이트 내쉬와 접촉하고 싶다고 해. 그러면 그 지부장이 어떻게 해야 할지 알 거야. 전화하면 내쉬가 곧바로 비행기를 타고 로마로 오겠지."

"내쉬가 도착하면?" 예고로프가 물었다.

"내쉬와 예고로바 요원은 내쉬의 호텔 방에서 만날 가능성이 커. 그게 통상적인 절차야. 예고로바 요원이 SVR의 문서 전달 부서로 이동했고, 앞으로 유럽, 아시아, 남미로 정기적으로 출장을 가게 될 거라고 말할 거야. 미국인들은 물론 그녀의 정보 접근 권한에 관심을 갖게 되겠지. SVR의 외교 행낭을 가로챌 수 있는 가능성을 보고 흥분할 거야. 이 위장과 함께 내쉬와 미래에 하게 될 접촉의 빈도와 기간을 정할 수 있는 거지. 그다음에 예고로바 요원이 헬싱키에서 시작된 관계에 다시 불을 붙일 거고."

"아주 좋아." 예고로프가 말했다.

"난 계속 막후에 남아 그녀에게 지시를 내릴 거야." 코르치노이가 말했다.

"긍정적인 결과를 기대하겠어." 반야가 말했다.

"작전 동료들에게 제안을 하나 해도 될까요? 내쉬를 예고로바 요원의 호텔 방으로 오게 하는 게 낫지 않나요? 상황을 더 잘 통제할 수 있고, 더 안전하고요." 주가노프가 말했다. 코르치노이는 왜 이 난쟁이가 이런 제안을 하는지 궁금했다.

"지금 단계에서는 아주 사소한 얘기잖아." 반야가 손을 저으면서 말했다. "모두 긍정적인 결과를 내는 데 집중하도록 해."

"당연하죠." 주가노프가 상사에게 경의를 표하며 말했다. 그러고는 코르치노이에게 고개를 돌렸다. "장군님이 물론 야세네보에 계속 작전 상황과 미팅들, 장소들에 대해 보고하시겠죠."

코르치노이는 기분 좋게 고개를 끄덕였다. "물론 그래야지. 내가 정기적으로 보안 상황과 거기서 쓸 수 있는 정탐 전략들에 대해 보고할게."

"고맙습니다." 주가노프가 대답했다.

코르치노이와 도미니카가 본부의 복도를 같이 걸어갔다. 그들은 이제 서로의 비밀을 알고 있었다. 말하지 않고 서로 눈빛만 봐도 상대의 마음을 알 수 있었고, 그 유대감이 마치 족쇄처럼 단단하게 그들을 묶고 있었다. 풀어질 수도 없고, 어쩌면 조금 불편하기도 한 족쇄. 도미니카는 그의 옆에서 속도를 맞춰 걸어가고 있었다. 조금 절뚝이긴 했지만 마음속으로 하늘을 훨훨 날고 있었다. 그녀는 생애 최초로 로마를 볼 것이고, 네이트를 다시 만날 것이다.

그러다 장군이 동요하는 걸 느꼈다. 그는 불안하고 초조해하고 있었다. 엘리베이터를 같이 기다리고 있을 때 도미니카가 그를 힐끗 봤다. "무슨 일 있어요?" 이제 그들의 상호작용 하나하나가 의미심장했고, 질문 하나하나가 그들이 품고 있는 거대한 비밀을 건드렸다.

"뭔가 이상해. 로마에 출장 갈 때 아주 신중하게 처신해야겠어. 이제부터는 내가 시키는 대로 정확히 따라줘야 해." 문제가 생겼다는 건 재앙이 시작됐다는 뜻이다. 엘리베이터 문이 열렸고 마치 그들을 통째로 집어삼킨 것처럼 닫혔다.

자신의 사무실로 온 주가노프는 통화 중이었다. 작은 사무실 벽마다 주가노프와 SVR 동료들이 해변과 시골 별장 앞에 나란히 서 있는 사진들이 걸려 있었다. 이제 사진 속 동료들은 대부분 죽었는데 주가노프가 직접 제거했다. 그는 그 사진을 보는 게 그렇게 즐거웠다.

주가노프는 고개를 끄덕이며 마치 자세한 지시 사항을 듣고 있는 것처럼 수화기에 대고 "네, 네"라고 계속 말하고 있었다.

"네, 잘 알겠습니다. 어떤 조치를 취해야 할지 잘 알고 있습니다. 네." 주가노프는 수화기를 내려놓고 인터폰의 번호를 눌렀다.

"마토린을 불러. 곧바로 오라고 해."

'호랑이도 제 말 하면 온다더니.' 주가노프가 그렇게 생각하면서 책상 뒤에 앉았다.

마블의 토마토소스

양파를 깍둑썰기하고, 마늘을 길고 가늘게 썰고, 멸치 살코기를 올리브오일에 넣어 맛있는 냄새가 나고 살코기가 부드러워질 때까지 볶는다. 프라이팬 한 가운데 토마토 페이스트를 넣고 저어가면서 볶는다. 토막 낸 익은 토마토들과 으스러뜨린 마른 오레가노, 청량고추와 잘게 썬 신선한 바질 잎을 넣는다. 거기에 간을 해서 맛을 낸다. 소스를 바짝 졸인 다음에 발사믹 식초를 뿌려서 마무리한다. 손으로 찢은 신선한 바질 잎을 고명으로 얹고 파스타나 미트볼 위에 뿌려 낸다.

31

워싱턴 레지덴투라의 요원들은 차를 끓이고, 신문을 읽고, CNN과 RTR 플라네타(RTR-Planeta, 러시아 뉴스 전문 채널-옮긴이)를 보고, 1990년대 이후로 들춘 적이 없는 창문의 블라인드 틈을 가끔 들추고 살짝 밖을 훔쳐봤다. 정보 흐름(들어오는 것과 나가는 것)이 줄었다. 점심 약속을 한 날짜들이 됐지만 그냥 지나갔고, 약속들을 지키지 못했고, 새로운 접촉을 못하고 있었다. FBI가 전례 없이 차량과 도보 양쪽에서 숨이 막힐 정도로 철저하게 감시하고 있었다. 그렇게 처음 한 달이 지나자 모스크바 본부에서는 앞으로 다른 지시가 있을 때까지 모든 작전 활동을 중지하라고 통보했고 이 상황을 설명할 수 있는 보안 평가 보고서를 준비해서 제출하라고 요구했다. 하지만 어떤 설명도 할 수 없었다.

심지어 우아한 레지던트인 골로프조차 FBI의 감시를 피할 수 없었다. 그는 지난 30일 동안 그를 미행하는 차량들이 따라온 걸 스무 번이나 직접 확인했는데, 그런 상황을 타개할 해결책이 절실하게 필요했다. 스완과 만날 날짜가 다가오고 있는데 이미 한 번 약속을 깬 상황에서 또 안 나갈 수는 없었다. 그녀가 대체 어떻게 반응할지 알 수 없는 노릇이었다.

골로프나 그의 제타 팀이 미행이 있다는 걸 손톱만큼도 감지하지 못했던 그 열 번의 밤은 최악의 밤이었다. 그런 날에는 미행이 있는 건지 없는 건지 도무지 확신이 서지 않았다. 미국인들에게 새로운 수법, 새로운 기술이 생긴 건가? 그들이 대체 무슨 속셈인지는 아무도 모를 일이었다. 하지만 어쨌든 미행을 따돌려야 했다.

스완을 보호하기 위해 할 수 있는 건 다 해야 하지만 그녀는 보안상으로 볼 때 악몽과 같은 존재였다. 스완은 그녀의 안전을 보장할 수 있는 합리적인 제안들(전자 통신, 호텔에서의 조심스런 만남, 그동안 만나지 못한 것들을 보충할 수 있도록 미리 준비한 대안들)을 계속 거부하면서 말을 안 들었다. "내가 약속 장소에 나왔으면, 빌어먹을 당신도 나와야 할 거 아니야." 그녀가 골로프에게 말했다. 정말 불쾌하기 짝이 없는 여자였다. 골로프는 정체가 드러나지 않은 불법체류자 요원에게 스완을 넘기고 싶었지만 모스크바에서 허락하지 않았다. 특히 뉴런던에 있는 불법체류자가 발각돼서 더 그랬다.

그래서 골로프는 첩보원들이 겪는 가장 전형적인 난제에 부딪치게 됐다. 거리 상황에 관계없이 극히 중요한 정보원을 미리 지정된 밤에 지정된 곳에서 만나야 하는 것이다. 만남을 취소하는 것은 용납할 수도 없고 불가능했다. 오늘 밤은 스완과의 미팅 일정이 잡힌 날이다. 오늘은 무슨 일이 있어도 만나야 했다.

그날 오후에 골로프는 제타 팀과 함께 자신의 감시 탐지 루트를 검토했다. 골로프는 그들에게 자신을 따라오는 미행꾼들을 모두 연통으로 몰아넣어서 그들의 정체를 드러내고 싶고, 그보다 더 중요한 건 그 틈을 타서 탈출해 미행들을 모두 따돌리겠다고 말했다. 그들은 연통 작전이 효과를 발휘할 수 있을지 신호를 주는 암호화된 무전에 코드 번호를 지정했다. 그 다음 그 탈출 루트를 다시 한 번 검토했다.

골로프는 이게 미친 짓이란 걸 알고 있었다. 오직 스완 급의 특급 정보원들을 다룰 때만 이런 위험을 감수해야 하지만 모스크바 본부에서 워낙 강경했다. 골로프는 어쩔 수 없이 이 작전을 시도해봐야 했다.

골로프는 오후 중반에 출발했다. 제타 팀원들이 탄 여덟 대의 차와 그 중간에 들어가 있는 골로프의 차까지 총 아홉 대의 차가 위스콘신 대로에 있는 러시아 대사관을 동시에 빠져나와 각각 다른 방향으로 갔다. 미행하는 요원들을 수적으로 압도한 후 몇 대는 감시를 피해 도망칠 목적으로 우르르 출발하는 러시아의 작전을 본 FBI 요원들이 작전명인 '스타버스트'를 무전으로 보냈다. 그 무전을 CIA의 오리온 팀도 들었다. 그들은 지부장인 골로프에게만 관심이 있기 때문에 인내심을 가지고 FBI 감시자들이 골로프를 찾아내는 소리가 들리길 기다렸다. 골로프는 자기 차인 번쩍거리는 검은 BMW 5 세단을 몰고 있었다. 골로프가 위스콘신 대로를 올라가는 사이에 제타 팀은 이미 위스콘신 서쪽에 배치돼 있었다. 골로프는 웨스턴 대로와 메릴랜드를 가르는 경계선을 넘어 남쪽으로 가다가 차를 후진시켜서 격자형으로 아메리칸 유니버시티 공원으로 들어가, 그 근처 거리들을 이용해 옆길로 들어갔다가, 후진해서, 연석으로 올라와 기다렸다. 15분 후에 제타 팀이 미행이 보이지 않는다는 신호를 보냈다. 그들은 공원 가장자리에 미리 자리 잡고 대기 중인 오리온 팀의 차 두 대는 보지 못했다.

골로프가 다시 주택가의 거리를 따라 서쪽으로 달리는 동안 제타 팀원들이 그가 가는 길을 나란히 달렸다. 그렇게 달리는 동안 FBI 감시팀이 주위를 빙빙 도는 익숙한 움직임은 전혀 느껴지지 않았다. 그들은 오지 않았으니까. 제타 팀이 골로프를 가려주는 동안 그는 서쪽으로 달려 카날 도로로 들어가 체인 브리지를 건너 버지니아로 들어갔다. 그 모습을 애리조나와 카날 도로의 교차로에 서 있던 오리온 팀의 차가 봤다. 그 길은 포토맥 강이 조지타운과 순환도로 사이의 버지니아로 흘러들어오는 유일한 길이었다. 오리온 팀원들은 버지니아의 교외 지역으로 몰려가고 싶은 충동을 느꼈지만 65세의 오리온 팀 리더로 전에 CIA 아카데미에서 감시와 미행을 가르친 교관이었던 크레머가 그들에게 제 위치에서 기다리라고 말했다. 그러고 나서 차 세 대를 시켜 대신 포토맥의 메릴랜드에서 골로프가 갈 만한 방향으로 달리라고 지시했다. 그들은 강을 따라 북쪽으로 달리면서 골로프가 갈 길을 예측할 것이다. 트랩도어가 설치된 것이다.

오리온 팀원 하나(SVR 요원들을 추적하지 않을 때는 평범한 할머니였다)가 카날 국립공원에 있는 10번 주차장에서 기다렸다. 또 다른 할머니는 6킬로미터를 달려 맥아더 대로에 있는 올드 앵글러 호텔로 들어가 정원에 있는 테이블에 앉아 저물어가는 햇살을 받으며 셰리주를 한 잔 시키고, 맞은편 테이블에 앉은 커플들 중에서 누가 불륜 커플일지 점쳐봤다.

크레머는 세 번째 오리온 팀원(이번에는 할머니가 아니라 고모할머니)은 북쪽으로 6킬로미터를 달려 포토맥에 있는 마을에 가게 했다. 그 마을의 헌터스 호텔에서 그녀는 조금 이른 저녁으로 샐러드를 주문했다. 그렇게 세 여자가 기다리면서 자동차 번호판의 번호들을 수십 개 적고 주변을 어정거리는 사람들을 눈여겨봤다. 가능성이 있어 보이는 후보들의 명단이 자꾸 늘어났다. 저들 중에 검은 BMW를 기다리는 사람들이 있을까? 남아 있는 오리온 팀의 차량 두 대(그날은 팀원들이 많지 않았다)는 갈라졌다. 한 대는 포토맥 남동쪽에 있는 강변도로 위쪽을 감시했고, 다른 하나는 카날 국립공원 출입구에 주차했다. 그곳은 워커와 에임즈와 폴라드와 펠튼 같은 미국의 배신자들이 몇 년 동안 썩은 나무의 몸통에서 러시아인들이 준 돈이 가득 든 쓰레기봉투들을 꺼내던 곳이었다. 오리온 팀원들은 모두 꼼짝도 하지 않고 앉아서, 무전기는 가까이 하지 않고, 주위를 훑어보고, 확인하면서 검은 BMW의 옆모습, 그 광택, 그 모양을 찾으려고 노력했다. 골로프가 계속 달려서 버지니아로 간다면 그들이 진 것이다. 골로프가 다시 메릴랜드로 돌아왔지만 포토맥을 벗어난다면 그래도 진 것이다. 그들은 기다리는 데 만족했다. 트랩도어는 그런 식으로 작동된다. 앞으로 또 다른 낮과 밤들이 있을 것이다. 그들은 딱 한 번만 맞추면 되는 것이다.

알고 보니 그들이 졌다. 골로프는 다시 I-495를 타고 메릴랜드로 돌아왔다. 그 도로는 제타 팀이 그가 계획한 연통인 길고 구불구불한 해변 도로의 마지막 구간을 준비할 수 있게 해준 환상 도로였다. 그 도로는 록크리크 공원의 숲 속을 들어갔다 나왔다 하면서 남쪽으로 쭉 이어져서 조지타운까지 연결돼 있었다. '안전하다'는 신호인 브레이크의 끼이익 소리를 들은 골로프는 록크리크 공원 끝에 있는 해변 도로를 빠져나와 웨스트엔드의 22번가에 주차하고 제타 팀은 계속 남쪽으로 달려가게 놔뒀다. 만약 FBI가 골로프의 차에 위치 추적 장치를 심어놨다면(그럴 가능성은 없었다. 이 차는 항상 사람이 지키고 있는 데다 매주 추적 장치 검사를 한다) 이 차가 리츠 칼튼이나 페어몬트 호텔에서 한 블록 떨어져 있고 K 거리를 따라 약 50개의 레스토랑들이 있는 곳에 주차된 것을 발견할 것이다. 그 호텔들과 레스토랑들을 다 뒤져보고 싶으면 그러라지 뭐. 골로프는 차를 잠그고 거기서 여섯 블록을 걸어 익숙한 타바드 인 호텔의 입구로 들어갔다. 이제 날이 어두워졌고, 실내에는 따뜻한 불빛이 흐르고 있었다.

같은 장소를 두 번 연속 쓰다니 이건 더 미친 짓이었다. 지난번에 만난 후에 약속이 한 번 취소되면서 틈이 생긴 게 그나마 다행이었다. 골로프는 호텔로 들어가 프런트 데스크를 지나, 복도를 거쳐, 담장이 있는 뒤쪽의 작은 정원으로 들어갔다. 이번에는 스완이 먼저 와 있었다. 골로프는 그 골칫거리를 만나기 전에 마음을 단단히 먹었다. 스완이 막 웨이터에게 술을 한 잔 더 갖다달라고 신호를 보내고 있었다. 테이블에 빈 하이볼 잔이 하나 있었다. 그녀는 붉은 블라우스에 파란 정장을 입고 있었다. 목에 걸고 있는 파란 보석 목걸이가 옷 색깔과 잘 어울렸고, 환한 붉은색 매니큐어는 블라우스와 어울렸다. 금발 머리는 뒤로 빗어 넘겼는데, 나무들 위에 걸린 전구 불빛에 보니 종이처럼 얇고 건조해 보여서 나이 들어 보였다.

"스테파니, 어떻게 지냈어요?" 골로프가 인사했다. 그는 손을 내밀었지만 바우처는 그 손을 잡으려고 하지 않았다. 그는 그녀에게 미소를 지어

보이고 앉았다. 웨이터가 바우처 상원 의원에게 줄 더블 스카치를 가지고 왔다. 피곤하기도 하고 거의 다섯 시간 동안 차에 있었던 골로프는 캄파리 소다를 주문했다.

"아나톨리." 바우처가 다정한 척 비꼬는 목소리로 말했다. "난 이 빌어먹을 정원에서 거의 한 시간 동안이나 기다리고 있었어요." 그녀는 작은 금제 라이터를 몇 번이나 켜대다가 간신히 담배에 불을 붙였다.

"미안해요, 스테파니. 하지만 난 이 자리에 FBI 요원들을 몽땅 달고 나오지 않으려고 조치를 취하다 늦었어요." 골로프가 말했다.

"정말 대단한 프로시네요."

"당신이 사소한 변화 몇 가지만 고려해주면 좀 더 안전하게 만날 수 있어요." 골로프가 말했다.

"또 그런 소리 하지 말아요. 워싱턴에서 고위급 러시아 첩자를 찾느라 대대적인 수색이 벌어지고 있는 마당에 당신이 내 안전을 걱정한단 말을 들으니 퍽이나 안심이 되는군요."

"정말이요? 무슨 말을 들었는데요? 당신이 위험에 처해 있다고 느낄 만한 이유는 하나도 없는데요. FBI나 CIA나 우리 관계에 대해선 전혀 모르고 있다고 우린 상당히 확신하고 있어요. 이 지구상에서 당신의 정체를 아는 사람은 딱 다섯 명인데 그것도 당신과 나를 포함해서 다섯 명이에요. 그 러시아 첩자를 찾는 수색이란 건 뭐죠? 자세하게 말해봐요, 스테파니. 제발요." 이건 중요했다. 골로프의 두피가 가려웠는데 그건 나쁜 징조였다.

"그렇게 확신하고 있다니 기쁘군요. 그렇다면 내가 참석한 밀실 회의 브리핑에서 어떤 CIA 얼간이에게 들은 말은 어떻게 설명할래요? 그 얼간이가 하는 말을 들어보니까 단서가 있는 것 같던데요. 그들은 대상포진을 앓는 사람을 찾고 있어요. 그게 뭔지 알죠? 피부에 생기는 그 고통스런 빨간 상처들 말이에요. 마치 이 골칫거리처럼 말이죠." 바우처는 고개를 뒤로 기울이고 술을 한 번에 비웠는데 얼음이 이에 부딪치는 소리가 났다. 그녀는 또 한 잔 달라고 손짓했다.

"스테파니, 당신이 대상포진에 걸린 건 아니죠?" 골로프가 물었다. 그는 이 정보를 즉시 보내야 했다.

바우처는 짜증스런 표정으로 그를 봤다. "내 말의 요지는 그게 아니잖아요. 내 지위를 위태롭게 할 수 없다는 건 나뿐만 아니라 당신도 잘 알잖아요. 난 지금 이 자리에 오르기 위해 너무나 오랫동안 힘들게 고생했어요."

골로프는 이렇게 치명적이고 심각한 게임을 단순히 자신의 경력을 망칠 수 있는 사건으로만 해석하는 바우처의 엄청난 이기심에 경이로워했다. 그녀가 이 일이 얼마나 위험한지 알기는 아는 걸까? 어떤 결과들이 따를지 알까? "그래서 내가 호텔 방에서 미팅을 하자고 주장한 거예요."

"그 제안은 고려해보겠어요." 바우처가 말했다. 그녀는 웨이터가 세 번째 술을 갖다 주자 그의 얼굴을 살펴보고 그가 걸어가는 모습을 물끄러미 봤다. "하지만 지금은 또 다른 게 있어요." 바우처는 의회에서 증언할 때 쓰는 그런 단호한 목소리로 말했다. "만약 당신네가 실수해서 연방 요원들이 우리 집 문을 두드린다면 난 절대로 감옥에 가지 않을 거예요. 절대 안 가. 그래서 당신이 내게 뭔가…… 영구적인 걸 줬으면 좋겠어요. 내가 먹을 수 있는 그런 거 말이에요."

골로프는 의자에 등을 기대고 앉아 감탄했다. '스파이 사냥을 한다니까 불안해졌구나. 그래서 자살할 수 있는 약을 달라는 거잖아, 이 상원 의원이.' 저런 말은 대체 어디서 들었을까? 그는 몸을 앞으로 숙여서 바우처의 두 손을 자신의 손가락으로 가볍게 잡고 부드럽게 말했다. "스테파니, 이건 당신이 지금까지 한 말 중에 가장 놀라운 말이군요. 진담으로 하는 말은 아니겠죠. 당신은 지금 고대의 전설, 냉전 시대의 신화를 말하고 있는 거예요. 세상에 그런 건 없어요."

"당신이 거짓말하고 있는 것 같은데요, 아나톨리." 바우처는 골로프의 손에서 자신의 손을 비틀어 빼내면서 희미한 미소를 지으며 말했다. "그 걸 주지 않으면 당신네 표현대로 우리 관계를 끊기로 하죠. 다음 달에 만 날 때, 그때는 제시간에 나올 거죠? 작고 귀여운 약상자를 기대하겠어요. 아이보리나 진주색 알약으로 부탁해요."

"아직도 당신이 진담으로 하는 말이라고는 믿을 수 없지만 본부와 상의 해볼게요. 하지만 본부에서 승인할 것 같지는 않아요." 골로프가 말했다.

관습대로 바우처는 미팅이 끝날 때까지 기다렸다가 핸드백에 손을 넣 어 검은색 디스크 하나를 골로프가 있는 쪽으로 밀었다. 주머니에 그걸 넣 기 전에 골로프는 옆에 패스파인더 로고가 새겨진 걸 봤다. 이 상원 의원 은 확실히 극적인 연출을 잘 한다니까, 골로프는 그 생각을 하며 그녀가 불안정하게 걸어가는 모습을 지켜봤다. 대상포진이라.

아나톨리 골로프는 타바드 인 호텔 방에 있는 뉴잉글랜드 스타일의 흔 들의자에 앉아 있었다. 그 자그마한 방의 화려한 자주색 벽에는 프랑스 서 커스 동물들의 포스터가 들어 있는 액자들이 걸려 있었고, 바닥에는 다채 로운 색깔의 페르시아 카펫이 깔려 있었고, 방 한구석에 거대한 침대가 있 었다.

지난번 스완과 만난 후로 레지덴투라 요원들에 대한 감시는 전혀 줄지 않았다. 또다시 기나긴 감시 탐지 루트를 달리면서 위험을 무릅쓰는 대신 골로프는 미행을 따돌리기 위해 '트렁크 탈출' 방법을 써도 된다는 모스크 바 본부의 승인을 받았다. 스완과 만나는 날 아침에 골로프는 경제 고문의 차 트렁크에 누워 산소마스크를 쓰고 작은 산소통에 든 산소를 마시고 있 었다. 대사관 직원들의 부인들 셋이서 미행에 신경 쓰지 않고 그 차를 타고 위스콘신 대로 위쪽에 있는 프렌드십 하이츠로 갔다. 지시에 따라 허리가 굵은 그 부인들은 지하 주차장에 차를 주차하고, 차 문을 잠근 후에, 쇼핑을 하러 갔다.

주차장에 앉아 있던 또 다른 러시아 대사관 직원의 부인 하나가 그 주차된 차를 15분 동안 지켜봤다. 미행은 없었다. 안전했다. 쇼핑백들을 든 그 부인이 그 차로 걸어가서, 트렁크를 가볍게 두 번 두드리고, 트렁크를 열어 비좁은 곳에 갇혀서 열을 내고 있는 골로프를 꺼내줬다.

골로프는 스완 작전을 저주하고, 모스크바를 저주하고, 러시아 첩보부를 저주했지만 어쨌든 미행 없이 들키지 않고 빠져 나왔다. 트렁크 탈출 방법이 효과가 있었던 것이다. 그는 주차장을 나와 남쪽으로 걸어가서, 아무 버스나 집어타고 가다가, 다시 내려 지나가던 택시에 손을 흔들어서 탔다. 그는 사방 어디에나 카메라가 달려 있는 지하철은 피했다. 그는 듀퐁 서클에 도착해서 서점과 작은 식당에서 두 시간을 때웠다. 해질녘에 러시아워가 절정에 달했을 때 그는 서클을 돌아, 남쪽의 19번가로 내려가 N 거리로 들어가서 거기서 네 블록을 또 걸어 타바드 인 호텔로 갔다. 미행당한 기미는 없었다. 그는 여느 때와 달리 튀어 보이지 않도록 갈색 크루넥 스웨터에 코르덴 바지, 어두운 색조의 스웨드 재킷에 실용적인 스웨드 구두로 수수하게 입었다. 편한 신발을 신은 게 천만다행이었다. 호텔로 들어갔을 때 그는 투명한 유리 렌즈에 테가 두꺼운 안경을 쓰고 있었다.

골로프는 호텔 스위트룸에 앉아 오레가노, 페타 치즈, 레몬, 오일과 같이 구운 조개 요리에, 차게 식힌 토스카나 베르나챠 와인을 곁들였다. 그는 위조된 미국의 운전 면허증과 여행자 수표를 써서 아무 문제 없이 방을 빌렸던 것에 안도했다. 가명으로 호텔 방을 빌린 건 오랜만이었다. 그것도 다 젊었을 때 하는 거지. 그 시절, 긴장되면서 입이 바짝바짝 말랐던 절차들을 다시 냉정하게 즐기며 했다. 골로프의 억양이 외국인 억양이고,

예약도 안 했고 짐도 없었지만, 데스크에 있던 직원은 아무것도 눈치채지 못하고 흡족해했다. 이 손님은 아주 품위 있는 신사구나. 골로프는 작지만 우아한 2층 방으로 안내를 받았다. 그 방이라면 남들의 눈을 피할 수 있을 것이다. 사생활 보호가 무엇보다 중요했는데 특히 그가 오늘 밤 그녀에게 줘야 할 것을 생각해보면 더 그랬다.

골로프는 저녁을 먹고 욕실로 들어가서 얼굴에 물을 끼얹으면서 거울을 들여다보고 다시 한 번 첩보부를 저주했다. 방문을 잠근 그는 작은 로비로 내려가 앞문을 마주보고 있는 살짝 퀴퀴한 냄새가 나는 녹색 모직 소파에 앉았다. 그는 읽지도 않는 잡지를 무릎에 올려놓고, 긴장한 채, 기다렸다.

바우처 의원은 마치 그곳의 주인이라도 되는 것처럼 위풍당당하게 호텔 안으로 걸어 들어왔다. 그녀는 소파에 앉아 있는 골로프를 못 보고 저만치 지나쳐갔다(안경 때문에 평상시 그의 귀족적인 이미지가 깨졌다). 바우처는 누가 있는지는 살펴보지도 않고 그가 자길 보고 있을 거라는 생각으로 로비를 걸어갔다. 골로프가 말없이 복도에서 그녀를 잡고 작은 계단으로 올라가 2층으로 인도했다. 아무도 그들을 보지 못했다. 골로프가 문을 열고 바우처를 먼저 들여보냈다. 상원 의원은 그 방을 둘러보고 능글맞게 웃었다.

"아나톨리, 정말 아늑한 방이네요. 당신이 로맨티스트인 줄 알았다니까."

그 말을 무시하고 골로프는 스완에게 와인을 한 잔 권했다. 그녀는 스카치 대신 그걸 받았다. "이렇게 실내에서 만나야 더 안전하게 만날 수 있어요, 스테파니. 하지만 다음번엔 반드시 다른 호텔을 골라야 해요. 나도 그렇고 본부에서도 그러길 원해요." 골로프가 말했다.

"당신도 그렇고 모스크바도 그렇고 정말 다정들 하다니까." 바우처는 와인을 더 따라달라고 잔을 내밀었다. "내 그…… 비타민 가져왔어요? 가져왔다고 하면 아주 행복할 것 같은데."

골로프는 전에 베이루트에서 관리했던 한 정보원을 떠올렸다. 마론파 교도인 그는 정보를 내놓기 전에 걸핏하면 돈과 뇌물을 요구하는 바람에 상황이 걷잡을 수 없게 되어버렸었다. 골로프는 KGB 특수부대인 빔펠 팀을 시켜서 그의 무거운 시체를 바닷속에 던져버리게 했다. 골로프는 스완을 보면서 그녀를 그렇게 처리하는 백일몽을 꾸었다.

"긍정적인 소식이 있어요." 골로프가 말했다. 그는 와인을 또 한 잔 따르고 작은 벨벳 소파에 앉아 있는 바우처 옆에 앉았다. 그러고는 재킷 주머니에서 직사각형의 상자 하나를 꺼내 테이블 위에 놨다. 그는 상자를 열어 아주 연한 청색 실크 받침대 위에 있는 우아한 펜 한 자루를 보여줬다. 그것은 검은색 모래시계 통에, 크림 색깔의 캡과 끝 부분에 몽블랑의 상징인 흰색 별이 새겨진 몽블랑 에뜨왈이었다. 펜의 끝 부분에 완벽한 아코야 진주가 달려 있었다. 바우처가 펜으로 손을 뻗으면서 말했다.

"아주 아름답군요."

골로프가 그녀의 손목을 부드럽게 잡아 뒤로 뺐다. "이건 아름다운 펜이군요. 하지만 난 먹을 수 있는 걸 원했는데. 약 말이죠." 바우처가 말했다.

"약은 없어요." 골로프가 다소 퉁명스럽게 말했다. "우린 당신의 놀라운 요구에 동의했고, 이게 우리가 당신에게 주는 겁니다." 그는 그 펜을 들고 손가락 끝으로 그 진주를 잡았다. "이 진주를 단단히 잡아야 해요, 그리고 부드럽게 하지만 아주 침착하게 잡아당기면……" 진주가 갑자기 쑥 빠져 나왔다. 그 진주 끝 부분에 3센티미터 길이의 바늘이 딸려 나왔다. 바늘 끝은 마치 불 위에 대고 달군 것 같은 색깔이었다. 골로프는 다시 그 바늘을 포켓 클립 속에 집어넣고 진주를 다시 단단하게 펜 속으로 밀어 넣었다.

"이게 뭐예요? 난 간단한 걸 달라고 부탁했잖아요." 바우처가 말했다.

"조용히 해요. 내가 다 설명할 거니까." 골로프가 쏘아붙였다. 그는 미친 척 그 바늘을 다시 꺼내 스완의 목에 찔러 넣는 상상을 했다. 그러고는 이내 심란한 마음을 가라앉혔다. "이 바늘은 천연 화합물로 덮여 있어요. 이걸로 당신의 피부 아무 데나 찢기만 해도, 긁기만 해도 곧바로 효과가 나타나요. 딱 10초 걸리죠." 그는 손을 들어 바우처의 입을 다물게 했다. "이게 약보다 훨씬 더 효과적이에요. 영화에서 본 것들은 다 잊어요, 제발. 약은 어느 정도 시간이 지나면 약효가 없어져요. 이건 그런 문제가 없어요." 골로프는 바우처에게 그 펜을 건넸다. "이제 당신이 바늘을 뽑아봐요." 그는 다시 한 번 그녀의 손목에 손을 얹으면서 말했다. "아주 천천히 조심스럽게."

바우처가 펜을 집어서 손에 들고 진주를 천천히 침착하게 클립에서 빼냈을 때 그녀의 손이 조금 떨렸다. 작은 바늘이 흐릿하게 반짝였고, 그 뭉툭한 길이 때문에 어쩐지 더 위험해 보이는 것 같았다. 바우처가 조심스럽게 그 바늘을 다시 집어넣고 진주를 원래 위치에 밀어 넣었다. 그러고는 돌아서서 골로프를 봤는데 아까보다 성질이 조금 누그러져 있었다. "고마워요, 아나톨리." 그녀는 몽블랑 펜을 자신의 블라우스 단추 사이에 끼우고 마지막 남은 와인을 마셨다.

이제 심각한 순간이 지나가자 바우처의 시선이 방 안을 둘러보다 거대한 침대에 머무르더니 다시 골로프를 봤다. "조금이라도 관심 있어요?" 그녀의 질문에 골로프는 경악했다.

타바드 인 호텔의 지중해식 조개 요리

신선한 오레가노, 레몬주스, 빵가루, 올리브오일을 섞고 가루로 만든 페타 치즈와 실내 온도로 데운 버터를 섞어 부드러운 조정버터를 만든다. 그 버터를 굴려서 식힌다. 코셔 소금을 깔아놓고 그 위에 얹은 입을 벌린 조개에 버터를 한 번씩 바른다. 버터가 녹을 때까지 1분에서 2분 정도 굽는다. 조개 위에 레몬즙을 짜서 뿌린다.

32

로마는 황토색 지붕들과 끝없이 내리쬐는 햇볕에 희미하게 빛나는 대리석의 도시였다. 악어가죽 힐을 신은 검은 머리의 아가씨들이 타고 가는 스쿠터들의 윙윙거리는 소리가 대기를 가득 채웠다. 코르치노이 장군은 그 모든 것을 들이마셨다. 이곳에서 예전에 작전을 펼치던 기억이 생생하게 살아났다. 그는 소박하지만 우아한 이탈리아 레스토랑에서 점심을 주문했다. 도미니카는 알라 보타르가라는 요리는 한 번도 들어본 적 없었지만 암컷 숭어알과 오일로 번들거리는 파스타를 먹어보자 딴 세상에 온 것 같은 느낌이 들었다. 도미니카가 맞은편에 앉아 있는 코르치노이를 보자 그가 고개를 끄덕이며 흡족해했다. 이건 러시아 캐비아와는 차원이 다른데, 도미니카는 생각했다.

그들은 테이블보가 깔린 테이블들과 하얀 장식용 벽토를 바른 벽에 파스텔 색조의 벽화들이 그려져 있고, 윤이 반지르르 흐르는 검은색과 흰색 타일이 바닥에 깔린 방이 두 개인 '라 타베르나 데이 포리 임페리알레'라는 이름의 레스토랑에 앉아 있었다. 그 레스토랑은 1층에 빵집들과 목공장들이 있는 낡은 아파트 건물들의 그늘에 항상 가려진 좁고 오래된 거리인 비아 마돈나 데이 몬티에서 조금 내려온 곳에 있었다. 주위는 구운 빵냄새와 톱밥 냄새로 가득 차 있었다.

도미니카는 전날 CIA 로마 지부장에게 접근해서 메시지와 함께 쓰고 버릴 핸드폰의 번호를 남겼다. 코르치노이는 도미니카가 그 지부장을 접촉하기 전과 후를 면밀하게 살폈다. 그녀는 아주 침착하고 전혀 흔들림이 없어서 만족스러웠다. 거리로 나오자 흥분한 도미니카의 뺨이 붉게 달아올랐고, 그녀의 커다란 눈에 수십 개의 돌고래 분수들에서 튀기는 물방울이 반사됐다.

코르치노이는 일단 모스크바를 벗어나자 일방적으로 작전 계획을 바꿨다. 그는 먼저 조심스럽게 거리에서 미국인들과 접촉한 후에, 본격적인 대화를 위해 CIA에서 빌린 방을 쓰자는 의견을 조용히 고집했다.

"미안해, 하지만 난 자네 삼촌이나 주가노프를 믿지 않아." 코르치노이는 점심을 먹고 도미니카와 같이 산책을 하면서 말했다. 그들은 천천히 포럼을 지나, 좁고 높은 보도를 올라가면서 미행이 있는지 살폈다. 그들은 주석 통에 1유로를 넣고 마메르티노 감옥(성 베드로가 투옥됐다고 전해지는 감옥-옮긴이)으로 내려가면서 성 베드로가 카피톨리누스 언덕의 바위에 구멍을 내서 만든 지하 감옥으로 내려지는 모습을 상상했다. 그 감옥을 보자 코르치노이와 도미니카는 불안해져서 재빨리 환한 햇살이 비치는 밖으로 다시 나왔다.

주택가 사이에 있는 계단들을 오르락내리락하면서 그들은 미행이 따라붙지 않게 조심했다. 코르치노이는 그녀에게 이야기를 하면서 가끔 그녀의 어깨에 한 손을 올려 걸음을 멈추게 했다. 그는 러시아의 첩보부 안에서 들키지 않고 CIA를 위해 일하는 삶이 어떤지 이야기했다. 둘은 오벨리스크 근처에 있는 벤치에 앉아 으깬 얼음을 넣은 진한 아이스커피인 그래니타를 스푼으로 떠먹으면서 슬쩍슬쩍 차고 있는 손목시계와 지나가는 사람들과 주차된 차들을 보면서 이야기를 나눴다. 코르치노이는 스파이로서 위험과 무모함의 차이를 구분할 줄 알아야 하고 자신을 담당하고 있는 CIA 핸들러의 지시를 평가하되 다 받아들일 필요는 없다고 말했다. "이건 자네의 인생이고 자네의 안녕이야. 그러니 뭘 어떻게 해야 할지는 결국 자네가 결정해야 해." 코르치노이가 말했다.

로마의 햇볕에 마음이 편해진 도미니카는 들고 있는 얼린 에스프레소를 보면서 코르치노이에게 헬싱키에서의 일들과 자신이 한 활동들과 자신이 가지고 있는 비밀, 그러니까 마음속에 품고 있는 달콤한 얼음에 대해 어떻게 느끼는지에 대해 더 자세하게 말했다. 네이트에 대해선 별말 하지 않았는데 그녀에 대한 그의 감정이 어떤지도 모르고, 그 문제에 대해선 사실 자기 마음도 어떤지 몰라서였다. 네이트가 평소엔 나를 요원으로 보고 있다가 아주 잠깐씩만 연인으로 보는 걸까? 그것은 너무 어려운 문제였고, 코르치노이는 도미니카의 표정을 보고 그 마음을 알았다.

코르치노이 장군은 자제하고, 계산하면서, 인내심을 가져야 한다고 말했다. 그것이 CIA 정보원으로 14년간 생존할 수 있었던 핵심적인 세 가지 비결이라고 했다. 그는 둘이 '함께 일한다'는 것을 말로 표현하지 않았다. 그들은 둘의 협력 관계를 규정하려고 애쓰지 않았다. 요원들이 같이 정탐을 하는 것은 극히 드물다는 것을 그들도 알고 있었다. 코르치노이는 '승계'에 대한 그의 비전이나 미래 후계자로서 도미니카가 맡아야 할 역할에 대해 전혀 말하지 않았다.

그 밖에 그들이 말하지 않았던 것(아마도 말할 수 없었던 것)은 러시아와 그들의 조국에 대한 감정이었다. 그곳은 배신과 반역의 늪이었기 때문에 건드리지 않고 그냥 놔뒀다. 그건 나중에 얘기하게 되리라. 지금은 미행을 다 털어내고 접선 장소로 가서 주적을 만날 시간밖에 없었다.

마블은 위성 통신망을 이용해서 CIA 본부에 도미니카가 로마 지부장에게 접근하는 것이 그들이 그 도시에 도착했다는 신호가 될 것이라고 일러뒀다. 그 신호를 받은 후 24시간 안에 양측이 만나게 될 것인데 장소는 아이러니하게도 KGB가 오래전에 활동을 중지한 빌라 보르게세였다. 그곳은 마블이 15년 전에 작업했던 곳이었다. 그는 또한 도미니카가 테스트를 통과해 이제 우리 편이라는 간단한 문장을 벤포드에게 전송해서 도미니카가 사실상 마블에 의해 포섭됐다는 뜻을 전했다. 이것이야말로 극히 드문 상황이었다. 정보원 두 명이 서로의 정체에 대해 알고 있는 데다, 그 정보원 두 명은 같은 핸들러가 관리하고 있고, 이 작전 전체가 미치광이 과학자 같은 방첩부장이 지휘하고 있는 데다 러시아와 미국 양국에서 내부 첩자 사냥이 진행되고 있었다. 게다가 어디서 저녁을 먹어야 하는지에 대한 문제까지 추가로 발생했다. 어쨌든 여긴 로마니까 그건 해결이 되겠지, 마블은 생각했다.

마블과 도미니카가 계단을 올라가 아우렐리우스 성벽의 북쪽 한계선으로 가서 푸른빛이 감도는 초록색 나무들과 비스킷 색깔의 타일들과 황금 돔들을 흘끗 봤을 때 도미니카의 싸구려 핸드폰이 울렸다. 코르치노이가 이탈리아어로 대답하고 10초 정도 듣더니 갑자기 딸각 소리를 내며 핸드폰을 닫았다.

"그들이 약속 장소에 도착했어. 공원을 좀 걸을까?"

그들은 작열하는 로마의 오후에 포르타 핀치아나(Porta Pinciana, 로마의 아우렐리우스 성벽에 있는 고대 로마의 문-옮긴이)를 통과해서 빌라 보르게세로 들어갔다. 코르치노이는 가벼운 회색 양복에 짙은 색 셔츠를 입고 목의 단추는 풀고 있었다. 도미니카는 짙은 남색 스커트에 핑크색과 파란색 줄무늬가 들어간 셔츠를 입고 있었다. 더워서 머리는 올리고 있었다. 같이 있으니 로마의 부유한 부녀가 공원 한가운데 있는 박물관을 찾아가려고 걸어가고 있는 것처럼 보였다. 코르치노이는 도미니카가 들뜬 한편으로 초조해하는 걸 볼 수 있었다. 그녀의 파란 눈이 번득이고 있었다. 하지만 그와 동시에 미행이 있는지 확인하면서 주변에 있는 평범한 사람들을 분류하느라 시선이 바쁘게 움직이고 있는 것도 보였다.

코르치노이는 물론 이 공원을 잘 알고 있었다. 그는 과거에 말단 직원으로 로마 레지덴투라에 파견됐었다. 그는 여기서 정보원들을 만났고, 그의 젊은 아내가 그를 위해 주위를 감시하는 동안 정보원들에게 전달할 물건들을 은신처에 숨겼다. 그야말로 전생의 일이었다. 이제 그와 도미니카는 플라타너스 사이로 들어온 햇빛이 아롱지는 자갈이 깔린 대로를 걸어가고 있었다. 그는 도미니카를 이끌고 햇빛이 반사되는 웅덩이들을 지나 발굽이 갈라진 해마들이 사납게 일어선 해마의 분수 앞에서 멈췄다. 시에나 광장의 극장 주위도 거닐었다. 여기까지 구불구불한 길을 왔지만 반복적으로 보이는 사람도 없었고, 미행도 없었다. 약속 장소까지 2분 남았다. 도미니카가 점점 더 초조해하면서 긴장하는 게 느껴졌다. 코르치노이는 슬쩍 그녀의 팔짱을 끼면서 농담을 했다.

"겁에 질린 남자 하나가 KGB에 왔어. '내 앵무새가 사라졌어요'라고 그 남자가 말했지. '그건 우리 사건이 아니야. 경찰에 가봐'라고 KGB가 말했어. 그러자 그 남자가 하는 말이, '물론 경찰에 가야 한다는 건 알고 있어요. 난 그저 그 앵무새가 하는 말에 동의하지 않는다는 걸 공식적으로 말해두기 위해서 찾아온 겁니다.'"

도미니카는 코웃음을 치다가 손으로 자기 코를 가렸다. 코르치노이는 그녀를 찬찬히 살펴보고 자신의 직감이 맞았다는 걸 알았다. 그녀는 나의 후계자가 될 것이다. 그녀는 해낼 수 있다. 벤포드가 그녀와 10분만 같이 있으면 그 점을 깨닫게 될 것이다.

그들은 호수 한가운데 고전적인 이오니아 양식의 아스클레피오스 신전이 있는 작은 인공 호수에 가까워지고 있었다. 그녀는 코르치노이의 시선을 따라갔다가 호수 가장자리에 있는 벤치에 키가 작고 머리가 헝클어진 남자가 앉아 있는 걸 봤다.

"벤포드야, 내가 인사할게." 코르치노이가 말했다. 그는 신전이 있는 쪽으로 고개를 끄덕였다. "호수 주위를 돌아봐. 저 신전과 호수를 연결하는 다리가 있어." 그가 도미니카에게 말했다. 도미니카는 그 남자가 일어서서 코르치노이와 악수하는 걸 봤다. 그러고 나서 둘은 벤치에 앉았다.

도미니카는 작은 호수 주위를 걷기 시작했지만 다리에 아무 감각이 없었다. 심장이 쿵쿵 뛰고 있었고 자신이 계속 마른 침을 삼키는 소리를 들을 수 있었다. 그에게 뭐라고 하지? 그를 그리워했다고? 멍청한 소리. 아마추어처럼 굴지 마. 여기 지금 그와 너 둘만 있는 게 아니잖아. 다른 사람들도 있고 이건 스파이로서 맞는 내 인생의 첫날이야. 프로답게 굴어.

호숫가의 버드나무 밑에 있는 작은 철교에 한 사람이 서 있는 모습이 보였다. 그는 그 우아하게 굴곡이 진 다리의 가장 높은 곳에 서 있었다. 도미니카가 잘 알고 있는 체격과 자세로 난간에 기댄 그의 형체가 그늘 속에서 보였다. 머리 주위에 있는 후광도 볼 수 있었는데 도미니카가 기억했던 것보다 훨씬 더 어두웠지만 나무 그늘 속에 있어서 그런 걸지도 몰랐다. 그는 이제 움직이고 있었는데 철교를 걸어오는 그의 발자국 소리가 울려 퍼졌다.

고요한 호수 위에 활짝 핀 버드나무 꽃들이 둥둥 떠다녔다. 도미니카는 그에게 걸어가 손을 내밀었다.

"즈드랏스부이." 도미니카가 말했다. 안녕하세요. 그녀는 가만히 서서 그 거품이 터지길, 그가 그녀가 내민 손을 무시하고 그녀를 끌어안아주길 기다렸다.

"도미니카. 잘 지냈어요?" 네이트가 손을 내밀어서 도미니카는 그 손을 잡고 그의 힘을 느끼면서, 모든 걸 떠올렸다.

"우린 당신 걱정을 했어요. 오랫동안 당신 소식도 모르고 있었어요." 도미니카가 기억했던 그대로 보라색이 은은하게 빛나고 있었다.

도미니카는 네이트의 손을 놓았다. "전 잘 지내요. 장군님과 같이 일하고 있어요." 적어도 이제 그건 밝혀졌다. 그녀가 그토록 찾고 있던 비밀.

네이트는 도미니카와 마블 이야기는 하고 싶지 않았다. 업무 분리 원칙에 따라 그렇게 할 수 없었다. 그는 그녀와 다시 만나면 해야겠다고 다짐했던 말들을 머릿속으로 다시 떠올렸다. 매일매일 그녀의 생각을 어떻게 얼마나 하는지, 그녀가 그에게 얼마나 큰 의미가 있는 사람인지. 하지만 엉뚱한 말이 나와버렸다.

"당신이 나와서 기뻐요. 당신과 할 얘기가 많아요." 네이트는 자신이 얼간이 같은 말, 평범한 핸들러나 할 말을 하고 있는 걸 들었다. 이러다 좀 있으면 그녀와 접선 스케줄을 의논할 기세군.

도미니카는 네이트가 안간힘을 쓰고 있다는 걸 알 수 있었다. 그의 후광이 마치 그의 심장에 매인 노예처럼 세차게 고동치고 있었다. 그들은 말없이 서로를 지켜봤고, 도미니카는 긴장했다. 그가 먼저 움직이지 않는다면 자신이 그의 목을 껴안을 거라는 걸 알고 있기 때문에.

부드럽게 손가락을 튕기는 소리가 들려서 네이트가 먼저 고개를 들었다. 벤포드가 손을 흔들었다. 그와 코르치노이는 이제 서 있었다. 벤포드가 손짓을 하면서 걸어오기 시작했다. 네이트도 알았다고 손을 흔들고 두 남자를 따라 걸어갔다. 도미니카는 그의 옆에서 갔다.

네 사람은 공원 맞은편에 있는 알드로반디 호텔에 잡은 벤포드의 스위트룸에 있는 우아한 거실에 앉아 있었다. 부드러운 회색과 갈색 벽지, 꽃이 꽂힌 꽃병 하나, 눈이 부시게 하얀 대리석 바닥이 두드러졌다. 밑에 있는 정원에 청록색 물이 들어찬 수영장이 하나 있었고, 그 너머로 사이프러스 숲이 있었다. 열어놓은 발코니 문으로 들어온 산들바람이 얇디얇은 흰색 커튼을 부드럽게 휘날렸다. 카운터 위에 있는 구리 버킷에 따지 않은 와인 병이 하나 있었다.

커튼이 조용히 펄럭이는 동안 그들은 커피테이블 주위에 있는 의자에 앉았다. 벤포드는 마블과 도미니카의 상당히 독특한 상황을 (아직도) 논하고 있었다. "이건 터무니없는 일이야. 보안 면에서 최악의 상황이라고. 우린 당장 이 상황에 맞게 보안 조치들을 수정해야 해." 벤포드가 말했다.

"아주 좋은 생각이야. 이 문제에 대해 자네와 단둘이서만 얘기하고 싶어, 벤포드. 유감스럽지만 적어도 지금으로선 도미니카가 이 방에 있지 않는 게 최선일 것 같아. 그리고 네이트가 내 담당 요원이긴 하지만 잠깐 도미니카와 같이 시간을 보내는 것도 싫어하지 않을 것 같은데." 두 사람이 방을 나가자 마블은 벤포드에게 고개를 돌렸다. 벤포드는 담배에 불을 붙이고 있었다.

"도미니카는 젊고, 정열적이면서도 영리해." 마블이 말했다. "도미니카를 내 부서로 데려온 후 내내 그녀는 날 보면서 아무 말도 안 하고 날 평가하고 있었어. 난 도미니카가 심지가 굳은 사람이란 걸 알 수 있었어. 그녀가 헬싱키에서 포섭됐다는 걸 내가 인정하게 만들었어. 내내 그러지 않을까 하는 의심이 들었거든. 대체 내게 그 얘기를 하긴 할 생각이었어?"

벤포드는 어깨를 으쓱했다.

"그리고 나에 대해 에둘러서 말하니까 곧장 알아채더군. 우린 그동안 계속 이야기를 해왔어. 위험에 대해, 일에 대해, 러시아 첩보부에 침투하는 일에 대해. 그녀는 그 이야기를 들으면서도 눈 하나 깜짝이지 않고, 떨지도 않아. 아주 만족스러워." 마블이 말했다.

"그런 말을 들으니 안심이 되는군." 벤포드가 냉정하게 말했다.

"난 아직도 자네 첩보부의 말단 직원으로 있는 도미니카가 승진하는 게 쉽지 않을 거라는 생각이 들어. 설사 요직에 오를 수 있다 해도 거기까지 올라가려면 오랜 세월이 걸릴 거야."

"자네도 나만큼이나 이 바닥을 잘 알면서 그래. 바닥부터 시작해서 차근차근 올라가는 사람이 가장 뛰어나면서 안전해. 도미니카는 완벽해." 코르치노이가 말했다.

"그녀가 자네를 밀고할 수 있을까? '과연?'"

"자신이 무슨 짓을 하고 있는 건지 모른다면 그렇게 할 거야. 그래서 도미니카의 연기가 더 설득력이 있고, 그녀가 느낄 충격도 진짜인 거지. 어쨌든 그녀는 지시를 따를 거야. 그러리라고 확신해."

"이건 말도 안 돼. 우린 그 어느 때보다 자네가 더 절실하게 필요해. 때가 되기 전에 자네를 잃는다는 생각을 하면……." 벤포드는 크리스털 재떨이에 담배를 눌러 껐다.

마블이 고개를 저었다. "우린 시간을 계산할 수 없어. 그들이 지금 얼마나 가까이 왔는지 알 길이 없어. 반야는 아주 적극적이야. 그것만 빼면."

"말을 하려면 제대로 해, 제발." 벤포드가 말했다.

"그가 지휘하고 있는 카나리아 덫 말이야. 그자와 주가노프가 또 무슨 꿍꿍이를 꾸미고 있는지 아무도 몰라."

"그래서 요점이 뭐야?"

"요점은 내게 시간이 많이 남았을 수도 있고 거의 없을 수도 있다는 거야. 도미니카를 최대한 빨리 준비시키는 게 아주 중요해. 만약 그녀가 날 밀고하기 전에 그들이 날 잡으면 아무 이득도 못 보게 돼."

"욕해서 미안하지만 이런 빌어먹을 경우를 봤나."

"그만 투덜거려, 친구. 우린 지금 이 판에서 전무후무한 일을 벌이고 있는 거야. 우리는 지금 내가 한 1, 2년 정도 수집할 수 있는 정보와 앞으로 20년, 25년은 거뜬하게 일할 잠재력이 있는 새로운 스파이를 맞바꾸고 있는 거야. 이건 아주 대단한 작전이라고."

벤포드는 고개를 흔들었다. "이러려고 자네가 지금까지 일한 게 아니잖아. 그 큰 위험을 감당하면서 말이야. 자네는 편안하게 은퇴해서 보상을 받을 자격이 있어."

"내 보상은 이 상황을 그대로 지켜서 그녀를 통해 이 일을 계속하게 하는 거야. 자네와 내가 적절한 순간을 골라야 할 일이 아직 남았어." 마블이 말했다.

"이 로마 여행은 시기가 적절하지 못한 것 같아." 벤포드가 또다시 새 담배에 불을 붙이면서 말했다. "너무 오래 기다리고 싶진 않지만 내가 설계한 작은 테스트에 놈들이 관심을 보이는지 지켜볼 수 있을 정도로는 기다리고 싶거든."

"무슨 테스트인지 말해줄 거야?" 마블이 말했다.

"내부 첩자가 대상포진에 걸렸다고 내가 브리핑에서 말했어. 예고로프가 나사렌코에게 그렇게 말했다고 자네가 그랬잖아."

"불쌍한 나사렌코. 그 새 모이를 누구에게 먹였는지 물어봐도 될까?" 마블이 물었다.

"상원 정보위원회의 위원 열다섯 명, 국방부 관료들, 백악관 직원 몇 명. 카나리아 덫에 뭔가 걸리면 확인할 수 있을 정도의 인원이지."

"친구여, 행운을 빌어. 난 계속 살펴보다가 그 불쌍한 나사렌코가 창문 밑으로 뛰어내리는 경우가 생기면 곧바로 연락할게."

"그러면 큰 도움이 되겠지. 그리고 다른 단서들도 좀 살펴봐줄 수 있다면……"

"내가 생각해둔 게 있어, 하지만 그건 나중에 말할게." 마블이 말했다.

네이트와 도미니카는 그의 방에 같이 앉아 조용히 이야기했다. 그는 태연하게 행동했지만 도미니카는 속지 않았다. 그의 후광이 강렬해지는 걸 볼 수 있었다. 그는 그녀를 걱정했고, 모두 소식이 오길 기다리고 있다가 코르치노이 장군이 그녀가 안전하다고 보고했을 때 안도했다는 말을 반복했다. 네이트는 그때 일어났던 일과 도미니카가 모스크바로 소환 명령을 받고 돌아간 게 자기 탓이라고 자책했다. 하지만 지금은 이 관계를 다시 시작할 수 있으니 다시 같이 일할 수 있다고 했다. 도미니카는 네이트의 말투가 마치 정보원을 관리하는 핸들러 같다고 생각했다. 하지만 어쨌든 그게 현실이니까. 그는 날 '걱정하다가 안도했군.' 좋아!

네이트는 자신이 쓸데없는 소리를 계속 하고 있는 걸 들었다. 그는 옆방에 있는 사람들을 의식하고 있었고, 이 순간이 어색하다는 것도 의식하고 있었고, 자제력을 잃지 말아야 한다는 것도 알고 있었다. 그는 그렇게 더듬거리다가 도미니카의 얼굴을 보고 입을 다물었다. 그녀는 우아했고, 눈이 부실만큼 아름다웠고, 침착했다. 저렇게 입을 다물고 있는 그녀의 표정이 기억났다. 그녀는 화가 나고 있었다. 그녀의 생사조차 모르는 수많은 시간들이 지나갔는데 만나자마자 한 시간 만에 그녀를 화나게 만들고 있다니.

'이젠 어떻게 하지?' 도미니카는 생각했다. 헤어져 있는 동안 그녀의 기대는 계속 커져갔지만 상황을 보니 이제는 달라져야 할 것 같았다. 그들은 그녀가 볼론포트의 레지덴투라에서 몰래 훔친 서류를 스웨터 밑에 감추고 달려갔던 그 자극적인 헬싱키 시절로 돌아갈 수 없었다. 햇볕이 구석구석 스며들던 그 작은 안가에서 기나긴 오후를 보내며 요리를 하던 시절은 갔다. 달빛이 비치던 작은 침실도 사라졌다.

도미니카는 어리석고 정신이 혼란한 몽상가였다. 좋아, 나도 그처럼 일 얘기만 하고, 절대로 호락호락하게 굴지 않겠어. 도미니카는 모스크바로 소환됐던 이야기, 레포르토포 감옥의 감방에서 지냈던 이야기, 끝도 없이 심문을 받고, 구타당하고 입술이 보라색으로 퉁퉁 부었던 이야기, 간수들이 복도 끝에 있는 캐비닛에 그녀를 밀어 넣었을 때 거기서 어떻게 삐걱거리는 소리가 났는지에 대해 가차 없이 말했다.

도미니카가 머릿속에 네이트의 모습을 떠올려서 살아남는 데 힘이 됐고 그의 모습을 마음에 품고 감방 복도를 걸어 다음번 심문실로 들어갔다는 말을 했을 때 네이트의 얼굴이 사색이 됐다. 네이트는 그 말에 반응하지 않았지만 눈에 다 보였고, 그의 머리 뒤에 있는 보라색 후광이 치미는 감정으로 격렬하게 움직였다. 당황한 그가 의자에서 벌떡 일어섰다.

네이트는 방 건너편의 탁자 위에 있는 와인을 잔에 따랐다. 도미니카가 일어서서 그에게 왔다. 잔에 와인을 채우는 그의 손이 덜덜 떨리고 있었다. 그는 그녀를 보지 않으려 했다. 만약 그 순간 둘이 닿게 되면 그가 질 것이란 걸 알고 있었다. 네이트가 돌아서서 도미니카를 봤다. 그녀의 머리, 입술, 바닥을 알 수 없이 깊고 파란 그녀의 눈을 봤다. 그의 눈이 그녀에게 말하고 있었다. 우린 그러면 안 돼. 하지만 그의 목구멍이 죄어들었고, 속이 뒤틀렸다. 네이트는 도미니카의 얼굴을 두 손으로 잡고 키스하면서 그녀의 맛을 기억해냈다.

그들은 마치 누가 와서 그들을 떼놓기라도 할 것처럼 미친 듯이 키스했다. 도미니카는 네이트의 목을 꽉 끌어안고 그와 같이 뒤쪽으로 걸어가서 저물어가는 햇살이 비치는 작은 대리석 발코니로 나갔다. 사이프러스 나무들의 꼭대기 사이를 휙휙 날아다니는 비둘기들이 파란 하늘을 배경으로 까맣게 보였다. 밖은 고요했고 바람 한 점 불지 않았다. 도미니카는 그를 발코니 난간에 밀어붙였다. 둘은 말없이 다급하게 벨트 버클을 풀고, 스커트를 걷어 올렸다. 도미니카는 마치 유흥가 골목에 서서 5분 동안 몸을 파는 창녀처럼 발꿈치를 들고 서서 네이트를 바라보고 있었다. 그녀는 손마디가 하얗게 질릴 정도로 연철 발코니를 꽉 움켜쥐고, 다리 하나를 들어 그녀의 신발을 난간에 걸었다. 그러고는 네이트의 입술에 대고 자신의 입술을 부드럽게 문지르면서 그의 목을 따라 배까지 신음소리를 내며 내려왔다. 도미니카는 몸을 가볍게 떨면서 난간을 잡았던 손을 놓고 네이트의 목을 두 팔로 안고 매달렸다. 발코니에서 그렇게 움직이면서 전율하는 두 사람 때문에 나무 위에 있던 비둘기들이 풀쩍 뛰어서 아래로 내려왔다가 다시 사이프러스 위로 날아올라갔다.

둘이 서로에게 매달리는 것은 달콤하고 자연스럽고 논리적이었다. 그 작은 발코니가 도미니카의 세상이 됐고, 그녀의 입술을 자신의 입술로 더듬고 있는 네이트가 그 세상에 존재하는 유일한 사람이었다. 도미니카를 안은 그의 팔에 힘이 들어갔고 그녀의 다리가 경련을 일으키기 시작했다. 도미니카는 네이트의 귀에 대고 '자기'라고 속삭였고, 비둘기들이 밤하늘을 거칠게 휩쓸고 갔다.

그들은 2분 동안 움직이지 않았다. 그러다 도미니카가 네이트의 키스 사이로 거칠게 숨을 쉬면서 그의 포옹에서 몸을 떼어 스커트의 매무새를 바로잡았다. 네이트는 밖으로 삐져나온 셔츠를 안으로 집어넣었다. 그들은 다시 방안으로 들어갔다. 네이트는 램프를 켜고 도미니카에게 와인 한 잔을 건넸다. 그들은 옆에 앉아 서로를 똑바로 보면서 아무 말 하지 않았다. 도미니카의 다리가 덜덜 떨렸고 자신의 심장이 뛰는 소리를 들을 수 있었다. 네이트가 뭔가 말하려고 하는 것 같았지만 그때 벤포드가 저녁 먹으러 가자고 방으로 들어왔다.

라인 F 소속으로 SVR의 사형집행인인 세르게이 마토린은 베네토 꼭대기에 있는 해리스 바의 인도에 있는 작은 테이블에 앉아 있었다. 거기서 도미니카가 묵고 있는 비아 디 포르타 핀차나 호텔의 정문이 보였다. 그는 도미니카, 코르치노이 그리고 무엇보다 젊은 미국인을 보려고 기다리고 있었다. 모스크바를 떠나기 전에 그 미국인의 얼굴은 기억해두었다. '지금쯤은 뭔가 움직임이 있어야 하는데.' 그는 생각했다. 가슴이 무거웠고, 입이 바짝바짝 말랐다.

마토린은 도미니카의 호텔 방 어두운 구석에 서서 식초와 암모니아가

섞인 자신의 체취에 둘러 싸여 기다리고 싶은 충동을 느꼈다. 하지만 주가
노프 팀장이 직접 엄격한 지시를 내렸다. 이건 철저하게 비밀에 붙여야 하
며, 절대로 필요 없는 행동은 해선 안 되고, 기회가 올 때까지 기다리면서
실수는 하지 말아야 한다고. 마토린은 기꺼이 앉아서 기다리기로 했다.

마토린는 보르게세 미술관 지하철역에서 에스컬레이터를 걸어 올라오
는 젊은 여자 몇 명을 봤지만 그들을 무시하고 파르반 공격 때 일단의 아
프가니스탄 여자들과 아이들이 언덕 꼭대기에 있는 진흙과 벽돌로 만든
양 우리의 벽 뒤에 몸을 웅크리고 숨어 있는 백일몽에 빠졌다. GP-25 유
탄발사기에서 발사된 유탄이 나른하게 호를 그리면서 거기에 떨어졌을
때 여자들의 비명 소리와 쿵 하는 폭발 소리가 들렸다가 마침내 잠잠해졌
다. 마토린은 베네토 거리를 지나가는 차에서 나는 요란한 경적 소리에 놀
라 몽상에서 빠져나온 것을 안타까워했다.

알라 보타르가

마늘을 올리브오일에 노릇노릇하게 튀긴 후에 마늘을 꺼낸다. 버터를 넣고 강판에 간 숭어
알을 한 스푼 넣어 볶는데 쓴맛이 나지 않게 살짝 익힌다. 그 오일에 알덴테 파스타를 넣고
섞으면서 볶는다. 불에서 내린 후에 버터와 숭어알을 한 스푼 더 넣는다. 신선한 파슬리를
썰어서 얹어 마무리한다.

33

아나톨리 골로프는 그가 거리에서 쓰는 기술을 오리온 팀이 보고 그에 대해 개인적으로 얼마나 많이 알아냈는지 알게 되면 무척 놀라며 불안해할 것이다. 골로프는 거장이자, 인텔리이자, 예술가라고 오리온 팀이 평했다. 골로프는 SVR의 지루하고 답답한 기술인 미행하는 사람을 혹사시키거나, 고속으로 감시 탐지 루트를 돌거나, 거만하게 행동하거나, 도망치다막판에 공격적으로 '도발'하는 그런 짓은 하지 않았다. 골로프의 스타일은 유럽과 미국에서 오랫동안 작전을 수행하면서 보냈던 시간들이 그대로 반영돼 있었다. 그의 루트는 감시자들을 어루만지고, 감시자들과 공존하고, 아주 오랜 시간 동안 부드럽게 조종하다가 마지막 순간에야 감시자들을 낙담하게 만들었다. 하지만 오리온 팀은 골로프가 미행을 따돌릴 때 반복적으로 쓰는 패턴들, 선호하는 점들, 아주 좋아하는 점들을 다 파악했다. 그는 자신의 우아한 스타일이 예측 가능하고 자신이 선호하는 방법들을 무심결에 드러내고 있었다는 사실을 의식하지 못했다. 그런 방법 중 하나에는 원래 일직선으로 부드럽게 가는 감시 탐지 루트를 4분의 3쯤 가다가 홱 돌아오는 낚싯바늘 수법이 있었다. 그 수법은 치명적으로 효과적인 술책으로 그는 연기처럼 사라져버린다.

골로프의 이 낚싯바늘 수법은 몇 달 동안 그의 뒤를 바짝 따라다니던 FBI 감시팀을 어리둥절하게 만들었다. 열 받은 팀원들은 그를 혼내주기 위해 곧 사방에서 그의 차를 에워싸고 벨트웨이를 세 바퀴나 돌게 한 후에 비로소 빠져나가게 해줬다. 무대 옆에서 그 모습을 관찰하고 있던 오리온 팀은 참을성이 훨씬 더 많았다. 그들은 조용히 골로프의 수법을 연구했다. 그들은 그걸 이해하고, 수량화하고, 비로소 깨닫기 시작한 점이 맞다는 걸 확인했다. 골로프가 자취를 감춘 후에 진짜로 움직인 구역은 바로 낚싯바늘의 자루 부분이었다. 그곳은 마치 북두칠성의 끝이 북극성을 가리키고 있는 것처럼 그의 최종 목적지(그리고 그의 정보원)를 가리키고 있었다.

이것은 사실 수학적인 문제였다. 골로프는 1년에 정상적인 감시 탐지 루트를 다섯 번 정도만 달렸더라면 안전했을 것이다. 하지만 워싱턴 레지덴투라에 있는 러시아 스파이들은 사정없이 압박을 받고 있었다. 그들은 해야 할 일들이 있고, 연락도 해야 하고, 정보원들과 접촉해야 했는데 그중에서도 골로프가 제일 심각했다. 그는 스완의 응석을 받아줘야 하는 막중한 임무를 맡고 있었고, 미행을 따돌리고 그녀를 만나야 했다. 그러려면 일주일에 두세 번은 그렇게 나가야 했다. 마치 들어오는 역할은 다 맡는 한물 간 영화배우처럼 골로프의 수법들은 과다 노출되고 있었다.

밤이 되기 전에 오리온 팀원들은 교외에 있는 메릴랜드 시즐러 레스토랑의 큰 테이블 앞에 앉아 얼리버드 스페셜 메뉴를 즐기고 있었다. 그날 밤은 팀원이 다섯 명밖에 안 되는 작은 팀이었지만 상관없었다. 그들은 모두 미행의 달인들이었으니까.

오레스트 자보르스키는 한밤중에 소련 기갑부대가 우르르르 소리를 내며 오는 걸 듣기 위해 풀다 갭의 폴리스티렌을 씌운 나무 그루터기들에다 전자 장치들을 설치했다. 멜 필립보는 눈먼 정보원의 손을 잡고 브라쇼브를 빠져 나왔다. 클리오 바비소토가 티토를 위해 쇼팽을 연주하는 동안 그녀의 남편이 2층에 있는 금고를 열었다. 조니 파먼트는 하노이에서 20명으로 구성된 감시팀의 코앞에서 베트콩 장군을 포섭했다. 그리고 테이블 끝에 앉아 있는 사람은 '철학자'로, 아래턱에 수염을 기른 소크라테스 버뱅크다. 그는 거의 여든 살이 다 된 나이에, 세 번 결혼해서 세 번 이혼하고, 트랩도어 미행 수법을 발명한 부처이자 막후에서 상황을 통제하고 팀을 지휘하는 리더다.

버뱅크는 돼지와 왈츠도 춰보고 안 해본 게 없는 인물이었다. 20대 초반에 그는 한 정보원과 정보원의 가족들을 부다페스트의 마터스 광장에서 빈둥거리고 있는 탱크들 사이에서 빼내 탈출시켰다. 그는 쿠바의 피그스 만 해변에서 무선 착륙 표지를 망치로 두드려서 박았다. 그리고 베를린의 끔찍하게 더운 안전 가옥에 앉아 보드카에 엉망으로 취한 소련 장성의 무릎 사이에 토하고 싶을 때마다 토할 수 있는 통을 끼워놓고 구슬려서 정보를 빼냈다. 버뱅크가 오리온 팀을 지휘할 때는 벤포드도 감히 참견하지 못했다. 그는 색연필을 손가락 사이에 끼우고, 무릎에 거리 지도를 놓고, 무전기를 든 로트레크(Lautrec, 프랑스의 화가-옮긴이)처럼 아메바들에게 조용히 말했다.

오후에 서쪽 하늘 높은 곳에 떠 있던 소나기구름이 밤이 되자 엄청나게 거대한 폭풍과 번개들을 퍼부어 워싱턴 대도시권이 마비됐다. 침수된 도로에 나뭇가지들이 여기저기 어질러져 있었고, 순환도로는 꼼짝도 하지 않는 고리가 됐고, 두 개 있는 공항 모두 운항을 중지했다. 밖에서 다니기엔 최악의 날씨였지만 미행을 피하기엔 그만인 날씨였다.

골로프는 도로에 나온 차들을 방패 삼아서 대사관 남쪽에서 나와 조지타운을 거쳐 키 브리지로 강을 건너 포토맥 서쪽으로 달리면서 크리스털 시티 언더그라운드와 올드 타운 알렉산드리아에서 중간중간 섰다. 폭우가 쏟아지는 상황에서 계속 멈춘다는 것은 너무나 불편한 일이었다. 골로프가 마침내 알렉산드리아에서 두서없는 쇼핑을 끝냈을 때는 비에 홀딱 젖어 있었다. 그의 뒤를 침울하게 따라다니는 FBI도 사정은 마찬가지였다.

날씨는 최악이었지만 골로프는 비교적 쉬운 직선 코스에 있는 마운트버넌이 최종 목적지인 것처럼 속이려고 애를 썼다. 그 저택에서 열리는 저

196

녁 콘서트들과 저녁식사들이 인기가 많았다. 밥벌이를 제대로 하는 감시 팀이라면 사냥감이 그쪽으로 가는 기미만 비쳐도 확실하게 그곳에 몰려들 것이다. FBI는 골로프가 의도한 대로 차 두 대를 거기로 먼저 보내놓고 나머지 네 대는 골로프의 한참 뒤에서 따라가게 했다. 이제 골로프가 마법을 부릴 때가 됐다. 그의 움직임은 차들 속에 가려질 것이고, FBI는 너무 뒤쪽에 있었다. 그가 생각한 낚싯바늘 코스는 고속도로 나들목으로 재빨리 빠져나가 윌슨 브리지를 타고 메릴랜드와 옥슨 힐 사이에 있는 포토맥강을 건너 포레스트 하이츠를 지나 애너코스티아를 향해 가는 것이었다.

골로프는 연기처럼 사라졌다. 30분 후에 FBI 팀이 GW 공원 도로 남쪽에서 사냥감을 놓쳤다고 우울하게 무전을 보냈다. 마운트버넌은 헛다리를 짚은 것이고, 그들은 왔던 경로를 되짚어서 알렉산드리아를 거쳐 북쪽으로 달려 버지니아 교외로 가겠다고 했다. 골로프의 낚싯바늘이 그들의 입속에 정확하게 박혀서 그들을 더 먼 곳으로 몰아내고 있었다.

비가 그치고 차들이 줄어드는 사이에 골로프는 북쪽으로 질러가서 워싱턴의 남서쪽을 통과해 옆으로 빠졌다가, 오던 길로 되돌아갔다가, 연석에 차를 세우고 기다리면서 지켜봤다. 간간히 와이퍼가 차의 앞 유리를 오락가락했다. 그는 이제 내셔널 몰을 가로질러서 시내로 들어가기만 하면 되었다. 차는 K 거리에 있는 지하 주차장에 세우고 한 다스 정도 되는 블록을 걸어서 타바드 인 호텔로 갈 것이다. 미행이 있는 기미는 전혀 보이지 않았다. 수십 년간의 경험으로 봐서 그는 자유의 몸이었다.

소크라테스 버뱅크의 색연필이 지도 위에서 찍찍 소리를 냈다. 골로프는 윌슨 브리지에서 방향을 반대로 바꿨고(그렇게밖에 설명이 안 된다) 이제 그 갈고리는 시내를 가리키고 있었다. 버뱅크는 FBI 무전기를 옆으로 던졌다. 이제 거기서 나오는 소리는 욕밖에 없었다. 그는 색연필로 찍찍 소리를 내면서 내셔널 몰의 남쪽을 따라 줄을 그었다. 7번가와 14번가와

17번가에 차를 한 대씩 배치하고, 9번가와 12번가에 있는 터널은 내버려 둔다. 황혼녘에 클리오는 골로프의 검은 BMW가 14번가를 천천히 올라오는 걸 봤다. 그녀는 무전기에 대고 작은 소리로 그가 가는 방향과 속도만 말했다. 그러고는 도로로 들어가 할머니만 할 수 있는 식으로 아주 부드럽게 집중해서 그의 차를 따라갔다.

오리온 팀의 다른 차 두 대는 18번가와 펜실베이니아를 따라 나란히 난 도로를 이용해 골로프에게 모여들었다. 멜과 소크라테스는 감시를 포기하고 맥퍼슨 광장 근처에 있는 조니에게 배턴을 넘겼다. 조니는 거기서 골로프가 주차장으로 들어가는 걸 봤다. 오리온 팀원들은 걸어서 골로프를 미행할 준비를 했다. 그들의 뛰어난 솜씨는 바로 여기서 빛을 발한다. 그들은 지난 10년 동안 ABC 대형을 쓰지 않았다. 대신 사냥감인 토끼 주변을 빙빙 돌면서 그 토끼를 초콜릿에 살짝살짝 적신다. 그들은 사냥감보다 앞서가고, 뒤로 돌아서 가고, 앞을 지나쳐 가고, 그의 주위를 고리 모양으로 이동한다. 골로프가 우연히 오리온 팀원이 있는 곳을 보더라도 그들은 움찔하거나 외면하거나 윈도우 쇼핑을 하는 척하지 않았다. 그들은 눈물이 질금거리는 눈을 그와 순간 마주쳤다가, 다시 아무 일도 없었다는 듯이 걸어갔다. 그들은 파란색으로 염색한 머리에 별난 베레모를 쓰기도 하고, 어부 모자를 비스듬하게 쓰거나, 꾸러미나 핸드백을 들고 가기도 하고, 사서들이 쓰는 안경을 쓰기도 하고, 나무로 만든 파이프를 들고 있는 식으로 변장을 하고 있다. 키가 크고 귀족적인 외모라 파리나 런던에 있었다면 본토인처럼 보였을 골로프는 이상한 점은 눈치채지 못했다.

오리온 팀은 기가 막힌 실력에, 물 흐르듯 자연스럽고 부드럽게 움직였다. 그들이 거리에 나와 사람들과 섞이면 투명인간이 됐는데, 특히나 지속적인 압박에 기진맥진하고, 절대 타협하지 않는 정보원을 관리해야 하는 부담에 시달리는 SVR 고위 장교의 눈에는 더더욱 보이지 않았다. 심각한 작전을 진행 중인 그는 타바드 인 호텔을 향해 걸어갔다. 이 러시아인은 여기저기 검버섯이 피고 무릎이 안 좋은 노인들 다섯 명에게 발각됐다. 만약 그들이 누군지 골로프가 감지했다면 그는 돌아서서, 신문을 사고, 커피를 주문하고, 집으로 돌아가, 접선을 포기했을 것이다. 하지만 그는 아무것도 보지 못했다.

비가 그쳤고, 골로프가 N 거리로 내려갔을 때 트랩도어가 닫혔다. 그의 목적지는 타바드 인 호텔이었다. 그곳만이 N 거리에서 그가 갈만한 유일한 곳이었다. 토파즈 호텔은 잊어라. 멜과 클리오는 이미 타바드 인 호텔의 로비에서 신발을 벗고, 발의 쓸린 곳을 살펴보고 있었다. 아이고, 발이 어찌나 아프던지. 그들이 지켜보는 동안 골로프는 방 열쇠를 하나 받고 좁은 계단 위로 사라졌다.

그들의 규율(그리고 확고하게 정립된 절차)에 따라 그들은 거기서 30분 동안 머무르면서 그곳에서 일어나는 활동들과 가능성이 있는 흥미로운 사람들을 살펴봐야 했다. 그들은 체포 권한이 없는 데다 그보다 더 오래 얼쩡거리면 목표가 경계심을 갖게 될 것이다. 그래서 소크라테스가 벤포드에게 전화해서 간단하게 보고를 하고 끊었다. 그다음 무전기를 켜서 모두 감시하던 위치에서 나오라고 했다.

그들은 그 미팅을 목격하진 않았다. 그들에겐 아무것도 없었다. 그들은 SVR 레지던트를 속였지만 거기엔 정보원도 없고, 용의자도 없었다. 인내심과 균형 감각 덕분에 그들은 불확실한 밤을 극복할 수 있었다. 18번가에 있는 셰이크 섁(패스트푸드점-옮긴이)에서 야밤에 파는 핫도그도 도움이 됐다.

오리온 팀원들이 핫도그를 주문하는 동안 러시아 정보 장교는 미 정부에 있는 정체가 알려지지 않은 스파이와 은밀하게 만날 가능성이 아주 컸다. 조니가 선택한 참깨 콜슬로와 칠리에서 그가 중국에서 작전을 실시했던 경험이 드러났다. 오레스트는 결벽주의자로 겨자와 크라우트(kraut, 소금에 절인 양배추-옮긴이)만 먹는다. 멜은 양파와 케첩을 선호하고, 클래식 피아니스트인 클리오는 상추, 토마토, 베이컨과 블루치즈가 들어간 핫도그를 골랐다. 소크라테스는 몇 년 전에 오직 셰이크 섹에서만 시킬 수 있는 재료들로 만든 메뉴를 개발해서 모두를 충격에 빠뜨렸다. 그것은 프라이팬에서 튀긴 감자튀김, 설탕에 절인 양파, 멸치와, 입에서 불이 나는 아르헨티나의 치미추리 소스를 합친 역겨운 핫도그였다. 오리온 팀원들은 모두 절대로 소크라테스와는 같은 차 안에서 핫도그를 먹지 않는 데 동의했다.

벤포드는 FBI와 전화 통화를 하면서 고함을 질렀다가 욕을 했다가 제발 좀 당장 타바드 인 호텔로 팀을 급파해달라고 애걸했다. 전화 몇 통이 전달되고, 교대 근무조 책임자에게 통보가 가고, 감시팀 팀원들이 움직였다. FBI가 그 작은 호텔 주위에 감시팀을 배치하는 데 걸린 그 두 시간 안에 스테파니 바우처가 도착해서, 골로프와 만나고, 출발했다. 그 상원 의원을 따라가는 것은 어렵지 않았을 것이다. 분명 아나톨리 골로프를 추적하는 것만큼 어렵지 않다는 건 확실했다. 분홍색 우산을 들고 타이들 베이슨을 따라 걸어가는 일본인 관광객 무리를 쫓아가는 것만큼 힘들지도 않았을 것이다. 사실 그것은 꼬리에 종을 달고 라이스페이퍼 공장을 통과하는 코끼리를 쫓아가는 것보다도 더 쉬웠을 것이다.

스테파니 바우처는 거만함이 하늘을 찌르는 반사회적 인격 장애자라 반역이라는 극한 모험을 하고 있으면서도 미행이 있는지 살펴볼 생각조차 하지 않았다. 그녀는 N 거리에 있는 적재 구역에 주차했다. 거기만이 유일하게 남아 있는 공간이었기 때문이다. 그녀는 자기 차에 달린 붉은색과 흰색의 의회 번호판 때문에 주차 위반으로 걸리지 않을 것이라고 믿고 있었다. 바우처는 골로프와 미팅을 마치고 패스파인더 회사 디스크를 하나 준 후에 호텔을 나와서 곧바로 집으로 갔다. 그걸 FBI가 다 놓쳤다.

벤포드는 아직도 방에 있는 FBI 특별 수사관들에게 고함을 지르면서 오리온 팀의 감시 일지를 검토했다.

"용서해주게." 벤포드는 대학교수 같은 고음의 목소리로 말했는데 네이트는 그것이 어마어마한 강풍이 불어올 첫 신호라는 걸 알아챘다. "내가 분명히 SVR 워싱턴 레지던트가 여러 시간에 걸쳐 미행을 따돌린 끝에 숨었고, 분명 모스크바 본부에서 '국장이 직접 관리하는 작전'으로 분류된 미국의 특급 정보원을 만날 거라는 사실을 당신들에게 알려줬어. 그런데 당신네 조직에 내가 전화한 후부터 타바드 인 호텔에 당신네 팀원들을 배치하기까지 100분하고도 20분이나 걸렸어. 그 호텔은 에드거 후버 빌딩(FBI 본부가 있는 빌딩-옮긴이)에서 약 2.5킬로미터밖에 안 되는데, 그 러시아인과 미국인 반역자가 접촉했다는 정황상의 증거가 있는데도, 당신네 사람들은 계단을 뛰어올라가 골로프의 방으로 쳐들어가는 건 고사하고 호텔 숙박부도 확인하지 않았고, 호텔 직원과 이야기를 해보지도 않았어. 그 방에 들어가서 북반구에서 가장 높은 자리를 차지하고 있는 그 SVR 장교의 몸을 수색했더라면 분명 기밀 정보를(어떤 형태로든) 발견했을 거야. 바로 그날 저녁 골로프의 미국 정보원이 준 바로 그 정보 말이야." FBI 특별 수사관들이 의자에서 앉은 자세를 바꿨다.

"하지만 FBI는 아무것도 하지 않았어. 2001년 이후 아마도 가장 큰 첩보 사건에서 그 배신자의 정체도 밝히지 않은 채 그냥 빠져나가게 내버려뒀다고."

"용의자지." 몽고메리가 말했다. 그의 넥타이는 느긋하게 누워 있는 폴리네시아 여자가 그려진 고갱 넥타이였다. 벤포드는 그 넥타이를 볼 때마다 온몸이 막 아플 것 같았다.

"뭐라고?" 벤포드의 언성이 올라갔다. 네이트는 이러다 FBI 특별 수사관 중 하나가 벤포드를 총으로 쏴서 그의 입을 다물게 하는 식으로 이 회의가 끝나는 게 아닌가 하는 생각이 들었다.

"내가 용의자라고 했어. 골로프와 만나는 사람이 누구든 그 사람은 '용의자'라고." 몽고메리가 말했다.

벤포드가 방 주위를 둘러봤다. "몽고메리, FBI 아카데미의 기본 훈련 코스에서 현재 쓰고 있는 교과 과정들 좀 보내주겠어? 거기에 아주 환한 색깔의 조랑말들과 꽃 사진들이 있을 것 같은 예감이 들어." 벤포드가 말했다.

"닥쳐, 벤포드. 당신도 우리 규정이 어떤지 알고 있잖아. 당신도 법과 친할 텐데 왜 이래? 우리가 가서 누굴 체포하든 증거가 필요하다고. 빼도 박도 못하는 확실한 증거 말이야." 몽고메리가 말했다. "골로프의 몸수색을 하는데도?" 벤포드가 말했다.

"외교관 면책 특권이라고 들어는 봤나? 우리는 그자가 누굴 만났는지 어쩐지도 모르고, 둘 사이에 뭐가 오고 갔는지, 애초에 그런 게 있었는지조차 몰라. 대사관에서 개최하는 러시아 행사의 날 초대장을 주러 갔을 수도 있잖아."

"지금 농담하는 거지?" 벤포드가 말했다.

"우리가 움직이기 전에 확실하게 사건이 성립돼야 하는 건 우리도 알고 당신도 아는 거잖아. 이런 수사는 시간이 걸린다고. 그 증거가 내일 나올 수도 있고, 다음 주에 나올 수도 있고, 내년에 나올 수도 있어."

"당신들은 타타르, 몽골, 서고트, 카르타고인들이야." 벤포드가 고개를 절레절레 흔들면서 말했다.

"작전 얘기 하다 말고 갑자기 무슨 암이 나오고 난리예요?" 한 젊은 수사관이 말했다. 빳빳하게 다린 그의 흰 셔츠 밑으로 이두박근이 보였다.

"카르타고라고, 이 유식한 친구야. 카시노겐(carcinogen, 발암물질—옮긴

202

이)이 아니라. 한니발이란 이름을 말해서 기억을 되살려주고 싶지만 그러면 소설에 나오는 한니발을 떠올릴까 두렵군." 벤포드가 말했다.

"아, 그 「양들의 침묵」에 나오는 한니발! 그 영화 진짜 재밌었는데. 거기 나오는 FBI 요원들이 죽여줬지." 그 수사관이 말했다.

"프록터, 닥쳐." 몽고메리가 말하고 벤포드에게 돌아섰다. "내가 이걸 당신에게 설명해야 할 필요가 없잖아. 우리가 조사를 다 마치면 그 신원미상 첩자는 가석방 없이 최고의 보안장치를 갖춘 형무소로 갈 거라고 100 퍼센트 확신해. 우리가 실수하면 그놈은 고액의 보수를 받는 컨설턴트가 될 거고. 좀만 더 버틸 수 있겠어?"

"조건이 하나 있어." 벤포드는 몽고메리의 무뚝뚝한 말투에 기분이 상한 것처럼 말했다. "그놈을 체포하는 자리에 우리 요원도 참석할 수 있게 해줘. 이건 형사사건일 뿐 아니라 첩보 문제이기도 하니까."

"동의할 수 없어. 국장도 동의하지 않을 거고. 게다가 이 수사나 미행이나 체포에 관련된 사람은 법정에 출두해야 할 의무가 있어. 신분을 숨겨야 할 필요가 없는 요원이 아닌 다음에야 이것 때문에 그 요원의 위장을 날릴 셈이에요?" 몽고메리가 말했다.

"어차피 이놈을 잡게 되면 우리 요원은 중요한 정보원을 잃게 돼. 우리 요원 중 하나가 꼭 거기 있어야겠어." 벤포드가 대꾸했다.

"그래도 우리 국장이 허락할 것 같진 않지만 물어보긴 하지. 당신이 염두에 둔 사람이 누구라고 말할까?" 몽고메리가 말했다.

"쟤." 벤포드가 네이트를 가리키며 말했다. "저 요원이 이 사건에 개인적인 시간과 노력을 투자해서 말이야." 벽 쪽에 앉아 있던 네이트는 그 말을 영광스럽게 생각해야 할지 알 수가 없었다. 그의 위장은 이쯤 되면 이미 너덜너덜해진 상태였다. 게다가 벤포드에게 이의를 제기할 수도 없었다. 특히 FBI 요원 한 다스가 지켜보고 있는 상태에서는 더더욱.

이두박근이 셔츠를 뚫고 나올 것 같은 그 수사관이 의자 등받이 너머로 네이트를 힐끗 보면서 대체 '개인적인 시간과 노력을 투자했다'는 게 어떤 의미인지 짐작해보려고 애를 썼다.

"프록터, 누가 네게 질문하지 않는 한 입 닫고 있어." 몽고메리가 말했다.

아르헨티나의 치미추리 소스

칼이나 만능 조리 기구로 잎이 납작한 파슬리 한 다발, 껍질을 벗긴 통마늘 한쪽, 중간 크기의 당근을 가늘게 썬다. 거기에 올리브오일, 화이트 와인 식초, 소금, 말린 오레가노, 고춧가루, 후추를 넣어 걸쭉한 소스로 만든다. 신선할 때 먹는 게 제일 좋다.

34

반야 예고로프는 사무실의 유리창을 내다보면서 그의 주위에서 소용돌이치고 있는 작전의 수많은 요소들이 금방이라도 충돌할 걸 예상하고 있었다. 스완은 아직도 놀라운 정보들을 제공하고 있었지만 절제를 모르는 성격 때문에 결국 소진될 것이다. 예고로프는 감히 스완을 잃는다는 생각조차 할 수 없었다.

이제 막 이탈리아에서 돌아온 코르치노이가 전한 소식은 탐탁지 않았다. 도미니카는 내쉬와 접촉해 관계를 다시 회복했고, 도미니카가 전달 부서에서 일한다는 위장 스토리를 내쉬가 받아들였다. 그들은 내쉬와의 전반적인 접촉 계획을 수립했다. 너무 느리다. 환장하게 느려.

내부 첩자는 아직 쌩쌩하게 살아 돌아다니면서 스완과 다른 작전들과 예로고프 본인을 위협하고 있었다. 그는 코르치노이에게 도미니카에게 중요한 문서를 전달하는 업무를 맡긴다는 구실로 다시 해외 출장을 보낼 준비를 시키라고 했다. 그는 실질적인 성과들이 필요했다. 그때 전화벨이 울렸다. 크렘린이다.

"이걸론 부족해. 그다음 접촉을 준비하고 있는 걸로 믿고 있겠어. 차질 없게 수행해." 대통령이 말했다. 푸틴 대통령은 KGB에서 근무한 경험에 비춰 일단 작전이 시작됐을 때 여세를 몰아가는 게 얼마나 중요한지 알고 있었다.

"네, 각하. 그 요원의 두 번째 출장 일정이 이미 잡혔습니다. 결과가 나올 겁니다." 예고로프가 말했다. 맙소사, 지금 푸틴 대통령 앞에서 허풍을

205

떨고 있다니.

"잘했어. 출장은 어디로 가지?" 푸틴이 물었다.

예고로프는 초조해서 마른침을 삼켰다. "어디가 가장 우리에게 유리한 곳일지 지금 평가 중입니다. 결정되는 대로 즉시 보고하겠습니다."

"아테네." 푸틴이 말했다.

"네, 각하?" 예고로프가 말했다.

"자네 조카딸인 그 요원을 아테네로 보내라고. 거긴 보안상 위험도 적고, 거기 경찰 내부에 우리 사람들이 있으니까." 왜 대통령이 그리스를 고집할까?

"알겠습니다, 각하." 예고로프가 대답했지만 이미 푸틴은 전화를 끊어버린 후였다.

한 층 밑에서 주가노프가 눈동자가 뿌연 저승사자 같은 사내의 얼굴을 들여다봤다. "아테네로 갈 준비해." 그 난쟁이는 이렇게 말하고 그 남자가 일어서서 사무실을 나가는 걸 지켜봤다. 주가노프는 만약 저 특수부대 출신 미치광이와 그의 목표 사이에 도미니카가 끼게 된다면 그녀가 위험해질 수도 있다는 생각을 잠깐 했지만 그건 어쩔 수 없었다.

벤포드는 각각 분리된 국방부 프로젝트들을 조사해서 후보 명단들을 작성하게 했다. 그는 반야가 설치한 카나리아 덫에서 메아리가 들려오길 기다리고 있었다. 오리온 팀이 워싱턴 거리에서 또다시 골로프를 잡으려고 노력하고 있었다. 하지만 그는 지금 당장 단서가 필요했다.

그들은 로마에서 논의했고 마블은 그 위험에도 불구하고 자신이 뭘 해야 할지 알고 있었고, 벤포드는 마지못해 동의했다. 코르치노이는 1층에 있는 T국의 연구소로 들어갔다. 나사렌코가 달의 표면에서 폭동이 일어난 것 같이 종이들, 상자들, 폴더들이 어질러져 있는 책상 뒤에 앉아 있었다. 벽에 붙어 있는 긴 테이블도 사정은 마찬가지였다. 나사렌코가 고개를 들어 코르치노이를 보자 그의 울대뼈가 까딱거렸다.

"유리, 이렇게 불쑥 찾아와서 방해한 걸 용서해주게." 코르치노이가 책상으로 걸어와 나사렌코와 악수하며 말했다. "이야기 좀 할 수 있을까?" 나사렌코는 그가 서 있던 얼음이 갑자기 산산 조각 나는 바람에 그 얼음과 배 사이의 거리가 점점 멀어지는 걸 보고 있는 선원 같았다.

"무슨 일입니까?" 나사렌코가 물었다. 그의 안색은 창백했고 머리는 (평소에도 빗질을 잘 하고 다닌 건 아니지만) 지푸라기같이 윤기가 하나도 없었다. 쓰고 있는 안경 렌즈는 여기저기 얼룩져서 흐릿했다.

"통신 문제에 대한 조언이 필요해서 말이야." 마블이 그렇게 말을 하고 나서 15분 정도 캐나다의 포섭 대상에 대한 백업 시스템에 대해 상의했다. 나사렌코는 불안해서 엄지를 계속 씰룩이며 건성으로 말했다.

코르치노이가 나사렌코의 책상 위로 몸을 기울여 그를 안쪽으로 밀어붙이면서 시야를 막았다. "뭣 때문에 그렇게 고민하고 있는 거야, 친구?" 그가 물었다.

"아무것도 아니에요. 그냥 요새 일이 너무 많이 쌓여서." 나사렌코가 말했다.

"내가 뭐 도울 게 있다면……"

"아무것도 아니에요. 그냥 일이 많아요. 이건 마치 소방 호스에서 쏟아지는 데이터를 마시고 있는 느낌이에요. 번역가들도 필요하고, 분석가들도 필요하고." 그렇게 말하는 동안 나사렌코는 발작하는 것처럼 엄지손가락을 계속 구부리고 있었다. "디스크 하나에 정보가 얼마나 많이 있는지 아세요?" 나사렌코가 의자를 휙 돌려서 서랍 네 칸짜리 금고에서 뚜껑이 덮인 철제 상자를 하나 꺼내 흔들어 책상 위에 쏟았다. 압지 위에 스테이플러를 찍어서 밀봉한 비닐봉지들이 한 다스 있었다. 봉투마다 회색 커버에 들어 있는 디스크가 한 장씩 들어있었다. 그는 떨리는 손으로 디스크 몇 개를 집었다. "이런 디스크 하나에 기가바이트의 데이터를 넣을 수 있어요. 그런데 처리해야 할 이런 디스크들이 쌓여 있어요." 나사렌코는 비닐봉지 하나를 책상 저쪽으로 휙 던졌다. 그 봉지는 회갈색 폴더들 밑으로 미끄러졌다.

코르치노이가 그 작은 봉지를 집었다. 그는 그렇게 막대한 양의 정보가 이렇게 작은 물건 속에 들어갈 수 있다는 사실을 상상할 수 없는 것처럼 그 플라스틱을 빤히 들여다봤다. 그는 디스크 옆에 패스파인더 로고가 있는 걸 봤다. "왜 상부에서 인원을 더 보충해주지 않지?"

나사렌코는 머리를 두 손으로 감쌌다. 코르치노이는 지푸라기 같은 머리에 두 팔이 펄럭거리는 이 허수아비가 불쌍해졌다.

"유리, 당황하지 마. 자네는 아주 오랫동안 훌륭하게 일해왔는데 이제 와서 이런 대접을 받으면 안 되지." 코르치노이는 나사렌코의 어깨를 다독이려고 책상 위로 손을 뻗는 도중에 디스크가 들어 있는 그 비닐봉지를 자신의 보이지 않는 코트 주머니에 슬쩍 집어넣었다. 이 디스크들은 일련번호가 있을까? 이게 보관 일지에 기록돼 있을까? 디스크가 한두 개쯤 없어지면 나사렌코가 눈치챌까? "내가 우리 부서 분석가들을 한두 명 잠시 빌려줄게. 그게 도움이 된다면 말이야. 우리 모두 인원이 부족하지만 자네 일은 아주 중요한 일이니까. 그 직원들을 자네 일에 쓸 수 있어?"

나사렌코는 우울한 표정으로 고개를 들었다. "그쪽 분석가들은 그 민감한 프로젝트엔 쓸 수 없어요. 그쪽은 접근이 제한돼 있습니다."

"그럼 그 친구들은 다른 일에 쓰면 되지. 그렇게 시간을 좀 벌 수 있을 거야. 유리, 사양하지 마. 이건 그렇게 결정됐어." 코르치노이가 말했다. "오늘 오후에 우리 분석가 두 명 보낼게. 하지만 유리," 코르치노이는 그에게 한 손가락을 흔들어보였다. "그렇다고 그 사람들을 훔쳐갈 생각은 하지 마." 나사렌코는 희미하게 미소를 지어 보였다.

워싱턴 레지던트인 골로프의 '대상포진'에 대한 보고가 반야 예고로프의 책상 위에 놓여 있었다. 대각선으로 파란 줄이 쳐진 종이 한 장이었는데 예고로프가 계속 양손으로 꽉 움켜쥐고 읽는 바람에 구겨져 있었다. 라인 KR 방첩팀장인 주가노프는 예고로프 앞에 있는 의자에 앉아 있었는데 신바람이 나 있었다. 예고로프가 고개를 흔들었다. "나사렌코가 첩자란 건 믿을 수 없어. 그 자식은 구내식당에서 이야기도 잘 못하는 변변찮은 인간이야. 그런 인간이 한밤중에 미국인들과 만나는 걸 상상할 수 있겠어?" 예고로프가 말했다.

주가노프가 자신의 입술을 핥았다. "대상포진이라. 골로프가 그걸 가지고 실수하진 않았을 겁니다. 보고서를 읽어보시면 스완이 직접 한 말이라고 나와 있잖아요. 그 첩자가 대상포진에 걸렸다. 그 평계는 나사렌코에게 쓴 겁니다." 주가노프가 말했다.

"나사렌코는 멍을 잘 때리는 얼간이야." 예고로프는 자신이 왜 그를 변호하는지 이유도 잘 모르면서 말했다. "그걸 다른 사람에게 말했을 수 있어. 나사렌코가 아닌 다른 자의 입을 통해 그 말이 나왔을 수 있다고." 주가노프는 사실 그 문제에는 별로 관심이 없었다. 그가 아는 거라곤 이제 곧 나사렌코의 머릿속으로 기어 들어갈 수 있다는 점이었다. 이제 그에게 할 일이 생겼다.

"빌어먹을. 지금 있는 거라곤 그거 하나밖에 없으니. 곧바로 수사를 시작해. 하나도 빼지 말고 철저하게 해." 예고로프가 말했다.

주가노프가 고개를 끄덕이고, 의자에서 폴짝 뛰어 내려와서, 문으로 갔다. 그는 소련의 붉은 군대(Red Army) 튜닉을 어디다 뒀는지 떠올리려고 애를 썼다. 그는 단추가 옆에 붙어 있는 그 재킷을 입고 심문하는 걸 좋아했다. 초록색이 섞인 그 갈색 재킷은 소매가 조금 닳고 말라붙은 갈색 핏자국과 수백 명의 배설물의 악취가 배어 묵직했지만 연구소 가운보다 훨씬 더 근사해 보였다.

"하나 더 있어." 예고로프가 그의 등에 대고 말했다. "나사렌코에게서 멧카가 나오는지 확인해봐. 만약 그 자가 지난 2년 동안 그 미국인을 만진 적이 있다면 뭔가 나올 거야." 주가노프는 고개를 끄덕였지만 스파이 가루에 대해선 생각이 따로 있었다.

주가노프는 그보다 자백을 선호했다. 유죄라는 걸 입증할 수 있는 가장 근사하면서도 자유로운 방법이 자백이었다. 주가노프는 용의자들이 비명을 지르게 하고 힘줄들을 찢어놓고, 눈에서 눈물이 쏟아지게 해서 자백해야 할 말들을 술술 하게 만드는 타고난 감각이 있었다.

하지만 그 군대 재킷을 어디 뒀는지 기억이 나지 않았다.

그들은 나사렌코에게 '무작위로 실시하는 보안 갱신'을 받으러 방첩부서로 오라고 호출했다. SVR에서 오래 일하지 않아도 이런 종류의 면담은 아주 큰 문제가 생겼다는 뜻이라는 걸 알 수 있다. 나사렌코는 공황 상태에 빠졌다. 혼란에 빠져 엉엉 울어대는 그 과학자와 별 결론이 나지 않은 면담을 한 후에 주가노프는 그를 곧바로 모스크바 한가운데 있는 부티르카 감옥의 지하실로 보냈다. 그는 기대에 찬 마음으로 그 재킷을 입었다.

'사람들은 웃겨.' 주가노프는 손으로 가벼운 곤봉을 만지며 생각했다. 모두 다르게 반응한단 말이야. 나사렌코는 속이 텅 빈 알루미늄 곤봉으로 발바닥을 때릴 때 가장 크게 반응했다. 일반적인 용의자들보다 반응이 훨씬 더 격렬했다. 주가노프가 그 눈이 튀어나온 과학자와 1회전을 치렀을 때 나사렌코의 연구소에 있는 자료 목록에서 스완 디스크가 없어졌다는 점이 밝혀졌다. 그 디스크는 아주 중요한 물건이기 때문에 고문이 잠시 중단됐다. 주가노프는 아모바비탈(amobarbital, 진정제―옮긴이)을 써서 나사렌코의 최근 기억을 모두 떠올리게 했다. 나사렌코는 수사관들에게 그를 찾아온 직원들과 동료들과 손님들을 모두 말했는데 그중에 코르치노이 장군이 잠시 나사렌코의 연구소를 찾아온 이야기도 있었다. 코르치노이라고? 그건 불가능해. 그들은 또다시 연구소를 철저히 수색했다. 여기엔 분명 다른 이유가 있을 거야. 그 디스크는 대체 어디 있는 거야?

코르치노이는 내부 첩자 사냥이 강화됐고, 라인 T에 문제가 생겼으며, 극히 민감한 자료가 사라졌다는 소문을 들었다. 그는 각기 다른 부서에 근무하는 오랜 벗들과 이야기를 나눴고, 고위 간부들이 화장실에서 하는 이야기를 들었다. 나사렌코가 자취를 감춘 지 며칠 됐다.

코르치노이는 첩자를 찾으려고 수색하고, 수사하고, 심문하는 자들이 그에게 접근하기 시작했다는 걸 알고 있었다. 오늘 밤 비밀 정보 전달 장소를 통해 곧바로 CIA에게 나사렌코의 연구소에서 슬쩍한 디스크를 보내고 벤포드에게 메시지를 보내야 했다. 오늘 밤 본부에서 제 발로 걸어 나갈 수 있다면 말이다. 그는 자신이 너무 아슬아슬하게 게임을 하고 있는 건 아닌지, 이러다 도미니카가 아테네로 출장 가서 그를 밀고할 시간조차 없어지는 건 아닌지 고민했다.

코르치노이는 본부에서 자신의 두 다리로 걸어 나갔고(이렇게 멀쩡히 걸어 나가는 것도 얼마 안 남았다고 그는 생각했다) 일단 아파트로 돌아오자 벤포드에게 보낼 메시지를 작성했다. 그 메시지가 전송되는 데 1초도 안 걸렸다. 20분 후에 벤포드는 두 줄로 된 메시지를 읽었다. 나사렌코가 덫에 걸렸다. 드라콘을 배달하겠다.

비밀 정보 전달 장소야, 벤포드는 생각했다. '이 늙은 여우에게 뭔가 아주 중요한 게 있는 게 분명해. 나사렌코는 곤경에 처했고, 그렇다면 그들

이 후보로 점찍어놓은 워싱턴 인사 스물세 명 가운데 한 명이 스완이다.'
그는 FBI로 전화를 걸었다.

밤비가 거리를 뒤덮으면서 강풍에 거의 수평으로 흩날리고 있었다. 몰
로디즈나야 지하철역 플랫폼과 계단은 텅 비어 있었고, 거리엔 차만 몇 대
다니고, 가게들은 닫혀 있었다. 마블은 입고 있던 레인코트의 옷깃을 세우
고, 손을 주머니에 찔러 넣고, 천천히 레닌스카야 거리를 걷기 시작했다.
그는 기차 세 대를 갈아타고, 만족스러운 느낌이 들 때까지 강가를 오래
걸었다. 주위에 움직이는 것은 아무것도 없었고, 날아다니는 것도 없었고,
그를 지켜보는 남자들의 기척이나 압력도 느껴지지 않았다.
'계속 일정한 속도를 유지하면서 걸어.' 목적지에 가까워지고 있어. 바
닥에 고인 물을 철벅거리며 걸어가는데 손가락으로 쓰다듬는 것 같은 물
방울들이 그의 등 아래로 뚝뚝 떨어지고 있다. '밤의 생물, 벽에 바짝 붙
어. 뒤에서 찍찍 소리를 내며 따라오는 신발 소리가 있는지 들어봐. 검은
숲 속으로 난 레닌스카야 거리를 따라가면 나무들 속에 있는 도로의 급커
브가 나오지. 나뭇가지들 사이로 81 산부인과 학교에서 나오는 불빛 하나
가 깜박거려. 이제 얼른 보도에서 나와 비가 뚝뚝 떨어지는 숲 속으로 들
어가.' 마블은 가볍게 몸을 떨었다. '닥치고, 이제 멈춰. 여기서 지켜보면서
소리를 들어. 특히 차의 기어박스를 두드리거나 끼이익 하는 브레이크 소
리나 문이 쾅쾅 닫히는 소리가 나는지 잘 들어야 해.' 나뭇가지들이 삐걱
거리는 소리만 들렸다.
움직일 시간이다. 도로 밑의 금속 지하 배수로로 검은 물이 콸콸 쏟아
지고 있었다. 마블은 무릎을 꿇고 주머니에서 파우치를 꺼내서, 접착제 뒤
에 붙은 걸 뗀 다음에, 팔을 배수로 안에 넣어서 그 회색 꾸러미를 배수로
안쪽에 단단히 붙였다. '1부터 10까지 세면서, 접착제가 잘 붙을 때까지 기

다리며 물을 첨벙첨벙 튀기는 소리가 나는지 들어봐.' 좋았어.

마블은 숲을 나오는 길에 미행이 없는지 다시 확인하면서 따뜻한 크릴라트스코예 지하철역 광장까지 갔다. 부엌 바닥에 비에 흠뻑 젖은 옷들이 한 무더기 쌓여 있었고, 그의 손에 든 키보드가 덜덜 떨렸다. 독서용 안경을 썼는데도 터치펜이 너무 작았다. '망할, 왜 노안에도 잘 쓸 수 있는 그런 펜들은 만들지 않는 거야? 왜냐면 그렇게까지 오래 사는 스파이는 없거든.' 자판에 움푹 들어가 있는 버튼을 누르니 뜨겁게 느껴졌다. 그는 그 비둘기를 우주로 날렸다. 현장에 드라콘 배달.

마블은 안락의자에 등을 기대고 앉아 눈을 감았다. '와서 얼른 드라콘을 가져가서, 그 작고 검은 디스크를 회수해. 그 기운이 넘치는 CIA 청년이 양복에 진흙을 묻히고 있거나, 머리를 하나로 질끈 묶은 대사관 직원 부인이 포낙 보청기를 귀에 꽂고 무선 송수신 차 안에서 자동차 브레이크 소리가 나는지 듣고 있겠군.'

모스크바 CIA 지부에서 그 꾸러미의 모서리를 히트 랩 테이프로 두 번 감고, 포장용 삼베로 그 박스를 단단히 싼 후에, 스테이플러를 찍어서 고정시킨 후, 끈으로 묶어서 잠글 수 있는 지퍼가 달린 오렌지색 K 행낭에 넣어 고국으로 곧바로 보냈다. 그리고 마블이 날려 보낸 비둘기가 입에 나뭇가지를 물고 돌아왔다. 드라콘 회수됨. 그 숲 속에 있는 배수로는 검은 물은 토해냈지만 비밀은 거의 영원히 간직했다.

벤포드는 워싱턴의 펜실베이니아 대로에 있는 FBI 본부 지하실의 회의 테이블 앞에 앉아 있었다. 그 테이블에 근처에 있는 레스토랑 몇 군데에서 주문한 도시락을 먹고 남은 것들이 흩어져 있었다. 이것은 간부들이 격식을 차려 먹는 정찬이 아니라 일하다 때우는 점심이었다. 벤포드는 랍 가이라는 태국식 치킨 샐러드를 주문했다. 샐러드 양념이 너무 매워서 벤포드가 증기 보일러처럼 호호 불어대는 동안 테이블에 앉은 다른 사람들은 샌드위치나 수프 같이 좀 더 전통적인 영국식 점심을 먹었다.

테이블 앞에 앉아 있는 사람들은 CIA와 FBI 요원들로 반반이었는데 대부분 기술과 방첩 부서에서 나온 고위 관료들이었다. 모스크바 지부 직원이 직접 마블의 파우치를 가지고 도착했을 때 벤포드는(심지어 벤포드조차) 해당되는 절차에 따라 그 소포를 FBI의 범죄 과학 수사 연구소에서 분석하는 데 동의했다. "이 연방 로봇들이 마블의 소포를 '증거 체인'으로 유지하는 방법에 대해 계속 말했거든. 만약 마블이 정말 스완이 러시아인에게 직접 전달한 그 일급 기밀 정보가 든 진짜 디스크를 찾아냈다면, 법정에 제출할 수 있는 증거들과 유죄 판결을 확보할 수 있는 방법에 대해 생각해봐야 한다고 FBI 요원들이 그러더라고." 벤포드가 네이트에게 말했다. 벤포드는 평소의 그답지 않게 그들의 의견에 순순히 따랐다.

벤포드는 테이블 한가운데 있는 금속 쟁반을 찬찬히 바라봤다. 그 디스크(이제 SVR의 비닐 봉투에서 나와 패스파인더 커버에 들어 있었다)가 살균을 한 타월을 깐 쟁반에 놓여 있었다. 디스크 표면은 회색 가루로 엷게 덮여 있었다. FBI 기술자들이 절차에 따라 적절한 시간 간격을 두고 테스트들을 실시했다. 디스크에 남아 있는 지문들을 뜨기 위해 닌히드린을 묻힌 면봉으로 닦고, 대조시키기 위해 그 위에 산화칼슘을 뿌렸다. 테이블 주위에 앉은 사람들은 모두 그 흐릿한 표면에 지문 세 개가 선명하게 나타나는 걸 볼 수 있었다. 저것은 러시아 연구소 직원의 소시지 같은 엄지손가락 지문이거나, 미국 첩자의 지문이 아닐까? 벤포드는 마블이 그 봉투를 개봉하지 않았을 거라는 걸 알고 있었다. 그는 그 디스크 자체를 만지기엔 너무 용의주도한데다 너무 실력이 좋았다. 연방 요원들이 사진을 찍고 추가 검사를 하기 위해 연구소로 보냈다. FBI의 지문 기록 보관소에서 자동 검사가 이미 시작됐다.

벤포드가 차를 타고 다시 GW 파크웨이를 지나 본부로 가고 있을 때 카폰이 울렸다. FBI연구소 부소장이었다. "차를 돌려서 다시 오셔야 할 것 같아요. 우리가 뭘 발견했는지 상상도 못하실 겁니다." 그가 말했다.

"시시한 걸로 부르면 재미없을 줄 알아." 벤포드가 차를 돌릴 출구를 찾으면서 말했다.

"아, 이거 대박이에요. 끝내줍니다." 그 FBI 과학자가 말했다.

태국식 치킨 샐러드, 랍 가이

큰 칼이나 식칼로 기름기를 뗀 닭 가슴살을 가늘게 썬다. 라임 주스와 청주로 양념을 해서 바삭바삭해질 때까지 튀긴다. 닭고기는 식히고 레몬그라스, 깍둑썰기한 마늘, 깍둑썰기한 고추, 레몬 껍질, 생선용 소스, 소금과 후추를 넣고 잘 섞는다. 거기에 잘게 썬 고수의 잎, 바질, 박하와 봄양파를 넣는다. 잘 섞어서 밥과 함께 커다란 상추 속에 넣어 마무리한다.

35

2005 DNA와 지문 법률은 그 해 초안을 작성해서 의회에 제출해 상원 법사위원회에서 논의됐지만 국가 안보와는 상관없는 여러 가지 정치적 이유들 때문에 두 번 연기됐다가 결국 안건 목록에서 제외됐다. 그 법안은 신원 조사, 범죄자와 이민자 등록, 민감한 지위에 있는 연방 정보 직원들의 신원 확인을 위해 국가적인 지문과 DNA 보관소를 설립할 의도로 만들어진 것이다. 당시 상원의 이익 단체 지도부가 초선 상원의원인 제니퍼 바우처에게 당파를 초월해서 서로 성의를 보이자는 목적으로 그 법안을 지지하는 민주당원들과 공화당원들에게 합세하라는 제안을 부드럽게 했다. 바우처 개인적으로는 신원을 확인할 수 있는 정보를 가지고 국가적인 보관소를 만든다는 개념이 터무니없는 사생활 침해라고 생각해서 반대하고 있었지만, 상원의원으로서 그녀는 이 법안을 공개적으로 지지하면 국가 안보에 관련된 자신의 경력에도 보탬이 되고 그녀의 선거구에 있는 많은 하이테크 항공우주 회사들에게도 좋게 보일것이라고 판단했다. 그녀는 심지어 그걸로 텔레비전에도 출연했다. 의원들이 기자들 앞에서 지문을 뜨고 DNA 샘플을 채취하는 데 동의했다. 바우처 상원 의원이 카메라들을 향해 미소를 짓고 있는 동안 기술자들이 그녀의 뺨 안쪽을 면봉으로 닦아냈다. 그걸 본 그녀의 보좌관 하나는 그 입에서 얼마나 많은 사람들의 DNA가 나올지 궁금해했다.

거의 10년 전에 했었던 이 초당적인 쇼(바우처는 오래전에 잊어버렸고 그녀를 관리하는 SVR 요원들은 모르고 있었다)의 결과로 스테파니 바우처 상원 의원의 지문들이 FBI 데이터베이스에 있었다. 모스크바의 SVR 연구소에서 가져온 기밀 정보인 패스파인더 회사 디스크에서 뜬 오른손의 엄지손가락 부분 지문과 얼룩이 진 집게손가락과 가운데손가락 지문들을 자동 시스템에 넣자 약 10분 후에 그 시스템에 저장된 2만 5천 명이 넘는 민간인들의 지문들 속에 있던 바우처의 지문이 나왔다.

벤포드와 FBI의 방첩 책임자들이 그 후 며칠 동안 회의실에 모였다. 이 사건의 수위를 논하기 위해서나, 이 상원의원에 대한 전면적인 수사의 자세한 내용을 토론하기 위해서가 아니라 백악관, 국가 안전 보장 회의, 국회 경비대, 미 상원, 캘리포니아 주 의회, 로스앤젤레스 시의회, 캘리포니아 건포도 재배 협회에서 이 수사를 언론에 유출시키지 않게 막는 방법을 연구하기 위해 모인 것이다.

"바우처가 겁을 집어먹고 러시아로 망명하는 사태가 일어나지 않게 하는 게 가장 중요해." FBI 국가 안전 보장 부장인 채즈 몽고메리가 말했다.

"말도 안 되는 소리." 벤포드가 감시 문제를 토론하기 위해 오랫동안 회의를 한 후에 지도들을 챙기면서 말했다. "바우처를 모스크바로 영원히 보내버리는 것이 붉은 광장 한가운데서 중성자탄을 터트리는 것보다 훨씬 나아."

CIA와 FBI는 거리와 전화와 우편물과 쓰레기통을 전면적으로 감시하는 작전 계획을 수립했다. 바우처는 깊은 협곡의 바위 위에서 사냥개들이 울부짖는 소리가 처음 안개를 뚫고 들렸을 때 자신이 회색 황무지를 혼자 걸어가는 금발 머리의 우유 짜는 여자가 됐다는 걸 모르고 있었다. 이젠 도망치기에 너무 늦었다.

바우처 의원 소유의 캘리포니아 집은 높이가 낮은 슬레이트 지붕에 실내가 탁 트인 스타일의 침실 다섯 개짜리 저택으로 브렌트우드의 맨더빌

캐넌 도로에 있었다. 언덕 꼭대기에 있는 이 조용한 집의 한쪽에서는 태평양이 보이고 반대쪽에서는 로스앤젤레스의 불빛들이 보였다. 바닥이 검은색인 수영장과 U자 모양의 집 한가운데 널찍하게 뻗어 있는 테라스에 흐릿한 햇살이 비치고 있었다. 침실이 있는 별채의 유리 미닫이문이 열리고 음악 소리가 흘러나왔다. 나른하면서 유혹적인 케이디 랭의 미스 샤트렌이었다.

스테파니 바우처는 스칸디나비아 특유의 간소한 분위기가 풍기는 인상적인 검은 색 머리판이 달린 거대한 침대 위에 누워 있었다. 침대의 검은색이 베이지와 크림색으로 장식한 침실 분위기와 대조됐다. 그녀는 벌거벗고 있었고, 머리는 뒤로 넘겨서 끈으로 단단히 묶었다. 바우처 옆에는 그녀 나이의 절반밖에 안 되는 남자가 누워 있었다. 20대 중반인 그는 다저스인지 에인절스인지 둘 중 하나의 내야수였다. 어느 쪽인지는 기억이 잘 나지 않았다. 벌거벗은 채 자고 있는 그의 흑단처럼 까만 몸은 아침에 한바탕 흘린 땀에 젖어 번들거렸고, 그의 물결치는 등 근육은 개울 바닥에 있는 돌멩이들 같았다. 그는 엎드려 있었고, 양 다리는 발목을 꼬고 있었다.

바우처는 천천히 침대 가장자리로 가면서 이름도 기억나지 않는 그를 깨우지 않으려고 조심했다. 그를 배려해서가 아니라 그를 또 다시 자극시켜서 격렬한 한 판을 치르고 싶지 않아서였다. 어젯밤으로 충분했다. 몇 시간씩 한 데다 '상당히' 고통스러웠던 부분들도 있었다. 인간의 다리라는 건 원래 그렇게까지 구부러지도록 설계되지도 않았고, 특정 신체 부위들은 오직 한 방향으로만 쓰도록 만들어져 있다. 하지만 좀 무리를 해야만 날아오르는 기분을 느낄 수 있지, 라고 생각하며 그녀는 침대에서 미끄러져 내려왔다. 등과 허벅지와 배가 가려웠다.

그녀는 욕실 거울을 보며 머리를 빗고, 거기서 엄마의 얼굴을 봤다. 허모사의 작은 집에 있는 작은 침실에서 퉁퉁 붓고 축 늘어진 얼굴로 침대에 앉아 어떤 남자와 담배를 나눠 피고 있는 엄마의 얼굴. 어떤 날은 늙고 뚱뚱한 남자, 또 어떤 날은 젊고 비쩍 마른 남자, 문신과 콧수염과 스포츠머리와 묶은 머리. 바우처는 그럴 때면 침실 문을 닫고 부엌 벽에 걸린 시계를 보면서 딱 한 번만이라도 소심하고 겁이 많은 아버지가 일찍 퇴근해서 집에 오길 빌었다. 장례식이 끝나고 재판을 한 후에 바우처는 또 다른 거울을 들여다보며 그녀가 스스로를 돕지 않았다면 아무도 그녀를 도와주지 않았을 거라고, 그래서 아버지에게 그 마지막 날 오후에 집으로 오라고 전화를 했다고 말했다.

바우처 의원은 수영장 옆에 있는 방석을 깐 긴 의자에 비스듬히 누워 커민과 딜을 넣은 새우 샐러드를 먹는 둥 마는 둥 하고 있었다. 그녀는 같이 일하는 비서가 그녀의 벗은 상반신을 보면서 불편해하지 않게 수영복 위에 걸치는 흰색 면직 셔츠를 입었다. 최근에 들어온 이 비서는 펑퍼짐한 몸매에 손톱을 물어뜯으면서 안절부절 못하는 성격의 미시라고 했다. 그 비서는 서류들로 뒤덮인 테이블 옆에 앉아 있었다. 미시는 지난 12개월 사이에 세 번째로 들어온 비서였다. 전 비서들의 백골들이 워싱턴에서 로스앤젤레스 사이의 풍경 여기저기에 흩어져 있었다. 미시는 폴더에 있는 종이를 읽어보면서 바우처 의원의 캘리포니아 일정들을 검토했다. 바우처는 샌디에이고와 새크라멘토에서 연설을 한 번씩 하고, 로스앤젤레스에 있는 패스파인더 회사에 기밀 브리핑을 받으러 가야 하고, 샌프란시스코에서 하는 기금 모금 행사에 참석해야 했다. 그리고 국방부의 추가 예산 책정에 대한 투표를 하기 위해 늦어도 다음 주 화요일까지는 워싱턴으로 돌아가야 했다. 바우처는 미시에게 CIA의 기밀 예산에 대해 철저히 검토하라는 말을 해야 한다는 걸 다시 일깨워주라고 말했다. 그녀는 이후 몇 달 동안 CIA의 엉덩이에 불쾌한 것들을 마구 쑤셔줄 작정이었다.

그걸 머릿속으로 떠올리다 그녀는 수영장 건너편의 열려 있는 침실 문을 봤다. 다행스럽게도 그녀의 유격수는 아직 자고 있었다. 그녀는 기사를 시켜서 그를 야구장이나 말리부나 아니면 다른 곳으로 태워다 줄 생각이었는데.

갑자기 사람들이 우르르 나타났다. 가정부가 본채에서 네 명의 남자들을 인도해서 수영장이 있는 곳으로 들어오고 있었다. 세 남자는 양복에 흰 셔츠를 입고, 어두운 색의 넥타이를 매고, 끈을 묶는 구두에, 비행사들이 쓰는 선글라스를 쓰고 있었다. 한 명은 서류가방을 들고 있었다. 그 검은 머리에 마른 몸매의 네 번째 남자는 네이트였다. 그는 면 셔츠와 청바지에 블레이저를 입고 단화를 신고 있었다. 바우처는 그들이 테라스를 가로질러 오는 걸 지켜봤다. 지나치게 뜨거운 햇볕을 받고 있는 데다 어지러운 그녀의 뇌에서 위험을 감지했다. 이 관료들이 누구건 일을 하는 도중에 방해 받은 게 화가 나서 몇 놈의 거시기를 차줄 작정이었다. 그들은 그녀가 그렇게 열을 낼 기회를 주지 않았다.

"스테파니 바우처 상원 의원." 세 양복쟁이 중에서 가장 연장자가 말했다. "난 FBI의 국가 안전 보장 부서에서 나온 특별 수사관 찰스 몽고메리라고 합니다." 그는 검은 지갑을 열어서 공식적인 신분증을 보여줬다. 그의 동료들도 같이 신분증을 보여줬지만 뒤에 있는 젊은 미남은 움직이지 않고 있었다. "당신을 1917년 제정된 미국 간첩활동법의 794조 a항과 c항을 위반하고 외국의 첩보원으로 활동한 혐의로 체포합니다."

바우처가 햇빛에 눈을 가늘게 뜨면서 그 남자들을 올려다봤다. 그녀는 입고 있던 셔츠를 일부러 여미지 않아서 어깨에 느슨하게 걸쳐진 그 셔츠 너머로 작은 가슴의 곡선이 살짝 드러났다.

"대체 지금 무슨 소리를 하는 거야? 당신들 미쳤어? 약속도 안 하고 내 집에 이렇게 쳐들어 올 수 있다고 생각해?" 그녀가 물었다. 미시는 테이블 옆에 앉아서 아무 말 없이 자신의 상사와 그 남자들을 보고 있었다.

"바우처 의원, 일어나세요. 집에 들어가서 옷을 입으시죠." FBI 수사관이 말했다. 그는 바우처를 의자에서 일으켜 세우기 위해 조심스럽게 그녀의 팔을 잡으면서 미란다 원칙을 읊기 시작했다.

"내 몸에서 손 떼. 난 미국의 상원 의원이야. 너희들은 지금 감당 못할 짓을 하고 있는 거야." 그녀는 아직도 꼼짝 않고 앉아 있는 미시에게 몸을 돌렸다. 미시는 오늘이 어떻게 시작됐고(30분 동안 침실에서 끙끙거리면서 흐느끼는 것으로 시작됐다) 지금은 어떻게 돌아가고 있는지(FBI가 상사를 체포하고 있었다), 상황을 머릿속에서 되새기고 있었다. 그녀는 이 하루가 어떻게 끝날지 궁금했다. "미시, 전화해. 당장 전화 세 통 걸어." 바우처가 말했다. 몽고메리가 정중하게 그 의원이 일어서는 걸 도와줬다.

"당장 빌어먹을 법무장관에게 전화 넣어. 그 사람이 어디 있건 무슨 짓을 하고 있건 상관없어. 당장 전화 연결해. 그리고 두 번째로 상원 정보위원회 위원장에게 전화해. 어떻게든 상관없어. 5분 안에 통화할 수 있게 해놔. 그 다음에 내 변호사에게 전화해서 당장 여기로 오라고 해." 바우처가 말했다. 그리고 그녀를 동그랗게 둘러싸고 있는 FBI 요원들에게 몸을 돌렸다. "법무부의 너희 상사가 너희들을 꼬챙이에 끼울 거고, 내 변호사가 너희들을 불 위에서 바짝 구워줄 거야." 미시가 다급하게 그 서류들을 챙겼지만 FBI 수사관 하나가 부드럽게 말했다. "아가씨, 미안하지만 그 서류들은 제가 가져갈 겁니다." 미시는 그 수사관을 한 번 보고 그다음에 상사를 보고 나서 집 안으로 달려갔다.

FBI 요원들이 바우처와 같이 테라스를 가로질러 본채로 들어갔다. 거실로 들어간 바우처는 그녀의 팔을 잡고 있는 손을 거칠게 뿌리쳤다. "내 몸에서 손 떼라고 했잖아, 이 개자식들아. 이건 너무나 터무니없는 일이야. 너희들은 날 체포할 권리가 없어. 증거는 어디 있어? 증거 어디 있냐고?"

그녀는 완고하게 소파로 걸어가서 앉았다. 난공불락 같은 그녀의 자존심과 거만함에 이제 실오라기 같은 균열이 생겼다. 그녀는 시간을 좀 벌면서 변호사가 도착할 시간을 갖고 싶었다. 골로프가 보안에 신경 좀 쓰라고 그렇게 끊임없이 잔소리를 했던 걸 좀 들을 걸 그랬나. 그래도 FBI에겐 아무 증거도 없어. 골로프는 프로야. 그들이 뭔가를 입증할 만한 걸 가지고 있을 리가 없어. 그녀는 골로프가 아니라 자신이 이 모든 것을 파괴했을 가능성은 생각도 하지 않았다. "난 내 변호사를 기다리겠어." 그녀가 팔짱을 끼면서 말했다.

"바우처 의원, 우리는 연방 수사관이라고 제대로 신원을 밝혔어요. 우린 당신에게 당신의 권리도 읽어줬고, 이 권리들은 이해합니까?" 바우처는 그를 빤히 보면서 대답하길 거부했다. "그 권리들을 이해하지 못한다면 내가 다시 읽어드리죠. 이해한다면 그렇다고 말을 해요. 그 권리들을 유념해서 이제 우리랑 이야기를 하시겠습니까?"

바우처는 이렇게 확답을 주지 않고 질질 끄는 게 자신에게 유리할 것이라고 판단했다. 워싱턴과 변호사에게 전화한 것들이 곧 효력을 발휘해서 이 일이 몇 달 혹은 몇 년씩 질질 끌게 될 행동들을 취할 것이다. 바우처는 이들이 그녀를 현장에서 잡지 않는 한 그 어떤 것도 입증할 수 없다고 자신에게 말했다. 지금 저 사람들이 말하는 건 다 저들의 주장일 뿐이고, 완전하지 못한 결론이고, 근거 없이 연루된 거야. 바우처는 이런 종류의 참호전에 대해 다 알고 있었다. 이런 전쟁이라면 최고의 전사들과도 싸울 수 있었다. 그녀는 그 수사관을 올려다보면서 말했다.

"당신 질문에는 대답하지 않겠어."

몽고메리 수사관이 손가락을 딱 부딪쳐서 소리를 내면서 서류가방으로 손을 뻗었다. 그는 폴더 하나를 꺼내서 바우처 앞에 있는 커피 테이블 위에 놨다. 그녀는 그 파일을 열어서 그녀가 패스파인더 회사의 기밀 브리핑에 참석한 시간표와 출처를 알 수 없는 현금이 입금된 것들이 드러난 개인 구좌들의 기록을 봤다. 한 번에 9500달러씩 들어와서 다 하면 수십만 달러였다. 그녀가 비상금을 입금해달라고 요구했을 때 골로프가 그러지 말라고 얼마나 그녀를 설득했는지 떠올렸다. 미국 의회에서 다년간 지내면서 갈고 닦은 본능으로 그녀는 이것이 아직은 정황 증거에 지나지 않으며, 유능한 변호사라면 의혹을 만들어내고, 상황을 일부러 혼란스럽게 만들어서 이 게임을 계속 지속시킬 수 있다는 걸 알고 있었다. 바우처는 반항적으로 몽고메리를 올려다봤다. "이건 그냥 종이 뭉치잖아. 이걸로는 아무것도 입증이 안 돼."

"바우처 의원, 파일에 있는 마지막 서류를 한번 봐요." 바우처가 파일의 끝에서 두 번째 있는 페이지를 펼쳐봤다. 패스파인더 로고가 찍힌 디스크의 선명한 흑백 사진이었다. 그 디스크는 흰색 가루가 묻어 있었다. "우리가 모스크바에서 당신의 지문이 찍힌 이 디스크를 손에 넣었어요." 몽고메리가 말했다. 바우처는 말하지 않았다. 거실은 조용했다. 별채에서 소리를 죽인 음악이 흘러나오고 있었다. 존 테쉬가 건반을 맡은 야니의 《아웃 오브 사일런스(Out of Silence)》 앨범이었다. 미시가 좋아하는 음악이었다. 몽고메리가 헛기침을 하고 바우처 앞에 있는 테이블로 서류 한 장을 쓱 밀었다. 그 서류 윗부분에 FBI 로고가 양각되어 있었다.

"이게 뭐야?"

"내가 설명한 그 권리들을 이해했으면, 이건 간첩 활동 혐의에 대한 유죄를 인정하는 진술서입니다. 여기 서명하시겠습니까?"

"내가 유죄를 인정하는 진술서에 서명할 거라고 생각해?" 바우처는 지금 입고 있는 흰 셔츠가 사정없이 벌어져 있다는 것도 느낄 수 없었다. FBI 수사관들은 그녀의 가슴을 내려다보지 않으려고 애를 썼다.

"당신은 지금 어떤 식으로든 이 서류에 서명하라는 강압을 받고 있지 않습니다. 전 그저 당신에게 선택권을 제공하는 것뿐입니다." 몽고메리가 말했다.

바우처가 단점은 많지만 그 중에 우유부단한 면은 없었다. 그녀는 항상 자신을 믿었고, 자신이 지금 누리고 있는 성공, 탄탄한 경력, 부와 라이프 스타일을 가질 만한 자격이 있다고(아니, 인생이 그녀에게 그렇게 빚을 지고 있다고) 믿고 있었다. 그녀를 불태운 그 격렬하고 탐욕스런 불빛이 또한 아주 오래전부터 절대 누구에게도 물러서지 않겠다는 확신에 불을 붙였다. 그렇다면 이 얼간이들이 그녀를 체포하게 놔둘 수 없었고, 그녀가 지닌 권력과 지위와 정치인으로서 받는 존경을 잃을 수 없었다. 그리고 절대로 감옥에도 갈 수 없었다. 그런 일이 일어나게 가만있지 않을 것이다. 그녀는 주위에 둘러선 그들의 얼굴을 봤다.

"좋아, 서명하겠어." 바우처가 퉁명스럽게 말했다. 요원들은 모두 서로의 얼굴을 쳐다봤다. 하나가 앞으로 나오면서 주머니에서 펜을 꺼냈다. 그것은 옆에 미 정부라는 글자가 찍힌 흰 플라스틱 펜이었다. 바우처가 그 펜을 보고 손을 흔들어 물리쳤다. "미시, 책상에서 내 펜 좀 가져와." 바우처가 말했다. 정신없이 전화를 하고 있던 미시가 바우처의 검은색과 베이지색이 섞인 몽블랑 에뜨왈 펜을 가지고 소파로 왔다.

바우처가 펜의 뚜껑을 열고, 서류 위로 몸을 기울여서, 서류의 밑에 그어진 줄 위에 뭐라고 휘갈겨 썼다. "이러면 되겠어?" 그녀가 물었다. 몽고메리가 그 서류를 받아서 보고 미소를 지었다.

"'지옥으로 꺼져'란 말이 법정에서 인정될지 모르겠군요. 어떤 식으로든 의원이 좋아하는 방식대로 하죠." 그가 부드럽게 말했다.

"대체 저 남자는 누구야?" 그녀가 네이트를 가리키며 말했다. 어색한 침묵이 떨어진 순간 모두 네이트에게 고개를 돌렸다.

소파 주위에 서 있던 요원들이 모두 딴 곳에 정신이 팔린 사이에 바우처가 펜의 클립 끝에 있는 진주를 잡고 홱 빼서 구리 빛깔의 바늘을 꺼내 자신의 왼쪽 팔뚝 정맥에 찔러 넣었다. 네이트 혼자 그녀가 한 짓을 보고 소파로 몸을 날려 그녀의 손에 있던 펜을 쳐서 빼냈다.

바우처의 거실에 있던 사람들 중 누구도 황금독화살 개구리에 대해 들어본 적도 없었고, 5센티미터 길이의 그 환한 노란색 개구리가 브리티시 컬럼비아 주의 태평양 연안에 있는 열대우림에 산다는 것도 몰랐다. 연구 자료가 있는 FBI 독물학자라면 그들에게 그 작은 양서류의 껍질에서 분비된 바트라코톡신이 인체에 치명적이란 사실을 알려줄 수 있었을 것이다. 그 신경 중독 독액은 순식간에 근육의 움직임을 멈춰서 숨을 못 쉬면서 심장 마비로 죽게 만든다. 1970년대에 KGB 제12연구소의 화학자들이 처음 그 신경 중독 독액을 채취했다. 그들은 이 독에 대한 해독제가 없으며 바늘 끝에 바른 이 화합물의 독성은 그 부분이 마르거나 시간이 지나도 소멸되지 않는다는 사실을 발견했다.

스테파니 바우처가 바늘에 찔린 효과는 과학적이라기보다는 아주 충격적인 장관이었다. 그녀의 온 몸이 극심한 경련을 일으키면서 그녀는 무의식중에 다리를 밖으로 차냈고, 발가락은 꼿꼿이 세워지면서, 팔다리가 사정없이 떨렸다. 바우처가 소파를 바닥으로 엎었다. 그녀의 머리가 축 늘어졌고, 목의 혈관들이 튀어나오고, 눈이 뒤집혀서 흰자만 남았다. 네이트가 그녀에게 몸을 던져서 그녀의 흔들리는 팔을 잡고 눌렀다. 그녀는 두 손으로 자신의 옆구리를 긁고 있었고, 입술은 침이 질질 흘렀다. 그녀의 마비된 후두에서 아무 소리도 나오지 않는 동안 그녀는 등을 구부려서 몸을 거의 반으로 접었다. 네이트가 두 손으로 그녀의 얼굴을 받치고 그녀를 인공호흡으로 소생시키려고 다가갔다. "그러지 않는 게 좋겠어, 친구." 젊은 특별 수사관인 프록터가 그녀의 입 주위에 두껍게 굳어가는 침을 보며 말했다. 방에 있는 남자들은 모두 서서 그녀를 내려다보고 있었다. 그녀는 경련을 두 번 더 일으키고 잠잠해졌다. 그녀가 입고 있던 겉옷은 한쪽에 떨어져 있었고, 젖가슴이 그대로 드러나 있었다. 네이트가 몸을 기울여서 그 걸로 그녀의 몸을 덮어줬다.

"맙소사. 이게 미국 정부 펜일까?" 프록터가 말했다. 방 한쪽 구석에서 미시가 훌쩍거리고 있었다. 그녀는 이제 이 정신 나간 하루가 어떻게 끝났는지 알았다.

커민과 딜을 넣은 새우 샐러드

껍질을 벗긴 새우 살이 단단해질 때까지 살짝 끓인다. 봄양파, 셀러리, 칼라마타 올리브를 네모나게 썰고, 패터 치즈도 깍둑썰기로 썰어서 마요네즈, 올리브오일, 커민, 신선한 딜과 레몬주스와 함께 섞는다. 거기에 삶은 새우를 넣고 섞어서 식힌다.

36

반야 예고로프는 어두워진 사무실 책상 뒤에 앉아 있었다. 거대한 전망 창에 커튼이 쳐져 있었고, 피우지도 않는 담배는 재떨이에서 타들어가고 있었다. 그는 책상 한쪽에 있는 캐비닛 속 TV의 소리가 나오지 않는 평면 화면을 보고 있었다. 미국 뉴스 방송국에서 사건의 추이를 보도하고 있었 다. 금발머리에 입술이 툭 튀어나온 로스앤젤레스 기자가 나무들이 죽 늘 어선 거리의 담쟁이덩굴로 뒤덮인 문 앞에 서 있었다. 그의 뒤 화면에 스 테파니 바우처 상원의원의 얼굴 사진이 붙어 있었다. 그것은 몇 년 전 찍 은 자료 사진이었다. 화면 밑에 자막이 흘러나왔다. '45세의 캘리포니아 상원 의원 사망. 심장마비로 추정.'

스완. 지난 50년을 통틀어 러시아 정보부의 가장 중요한 정보원이 죽었 다. 심장마비라니. 개소리지. 그녀는 골로프가 요청해서 예고로프가 승인 한 그 자살 펜을 사용한 게 틀림없었다. 이건 악몽이었다. 미국인들이 첩 자라는 그녀의 정체를 그렇게 빨리 알아내리라고 누가 짐작이나 했겠는 가? 그리고 유명한 첩보 요원들과 스파이 대부인 정치가들이 즐비했던 냉 전이 끝난 이 시대에 스완 작전이 이렇게 극단적이면서 폭력적으로(아주 소련스럽게) 끝날 거라고 누가 짐작이나 했겠는가? 예고로프는 지금 자신 에겐 실수를 만회할 아주 작은 기회가 있다고 혼잣말을 했다. 이 크나큰 대가를 치른 정보원의 상실은 CIA에서 관리하는 첩자의 작품이 분명하다. 예고로프가 그자의 가면을 벗길 수 있다면 지금 이 자리를 지킬 수 있다.

현재 그가 쫓을 수 있는 대안은 두 가지밖에 없었다. 카나리아 덫에 걸려든 기술부장 나사렌코와 그 반역자를 관리하는 CIA 핸들러 네이트. 예고로프는 리모컨으로 TV 채널을 바꿨다. 모니터에 나사렌코의 선명한 컬러 화면이 나왔다. 부티르카 감옥의 심문실에서 그의 보안 상황에 대해 여러 시간 동안 심문한 장면은 1초도 빼지 않고 전부 촬영되고 있었다. 예고로프는 이 불안해하는 기술부장에게는 CIA 내부 첩자를 할 만한 능력이 없다는 주가노프의 의견에 동의하게 됐다. 녹화 테이프에서 구타 장면들, 약물을 주입해 일으킨 히스테리 발작들이 나오면서 일종의 군복 재킷을 입고 용의자에게 몸을 숙인 주가노프가 나왔다. '물어보지 마.' 반야는 생각했다.

테이프에서 중요한 부분들에 표시가 돼 있었고, 예고로프는 테이프를 앞으로 돌려서 그 장면을 찾았다. 나사렌코는 멍한 상태에서 미국 담당 부서의 부장인 블라디미르 코르치노이 장군에게 밀린 일이 너무 많아 힘들다는 말을 했다는 걸 인정하고 있었다. 코르치노이가 그에게 과중한 업무량을 줄여주기 위해 분석가 두 명을 보내주겠다고 제안했다. 나사렌코는 그 대화를 하다가 코르치노이에게 그 디스크 중 하나를 보여줬다. 아니, 코르치노이와 그 이야기를 한 후에 디스크들의 목록을 확인하지 않았다. 하지만 수사관이 조사해보니 디스크가 하나 사라졌다. 아니다, 코르치노이가 그 디스크 하나를 가져갔다고 생각하는 건 터무니없다. 불가능한 일이다.

'불가능해?' 예고로프는 생각했다.

반야가 아카데미를 졸업한 후 코르치노이를 알고 지낸 지 거의 25년이 됐다. 코르치노이는 자신이 최고의 작전 요원으로 능숙하고, 대담하고, 교활한 인물이란 걸 증명해왔다. 이론적으로는 CIA의 비밀 정보원으로 맹활약을 하면서 위험한 상황들을 극복하고 살아남을 수 있는 인물인 셈이었다. 게다가 해외 파견 근무를 많이 했으니까 미국인들과 연결될 기회들도 많았다. '있을 수 없는 일이야.' 예고로프는 생각했다. 나사렌코는 아마도 앞으로 몇 달 동안 더듬거리면서 더 많은 이름들을 뱉어내고, 더 많이 울면서, 더 시간을 끌 것이다. 예고로프는 주가노프에게 코르치노이 문제를 말해보겠지만 지금은 시간이 없다. 그 미국인인 내쉬가 관건이다. 그의 조카딸은 이미 그리스로 가고 있었다. 거기서 일이 어떻게 풀리는지 지켜봐야지.

도미니카는 아테네의 새하얀 햇살을 보며 경이로워했다. 로마의 햇빛은 황금색으로 좀 더 부드러웠다. 이 에게 해의 햇빛은 사람의 마음을 짓눌렀다. 건물들이 햇빛을 반사했고, 검은 도로들은 햇빛을 받아 일렁거리고 있었다. 시내의 차량들(택시들, 트럭들, 모터스쿠터들)이 물처럼 바실리스 소피아스 거리를 흘러가서 마치 말뚝못에 부딪쳐 부서지는 파도처럼 갈라져서 신타그마 광장과 국회의사당 주위를 돌아 플라카를 향해 좀 더 작은 거리들로 물러났다. 도미니카는 호텔을 나와서 활기가 넘치는 에르무 거리를 거쳐 언덕을 내려가 조명 기구들, 스포츠 백들과 털 코트들이 진열된 2층 상점들을 지나갔다. 흰여우털 숄을 걸친 마네킹들이 그녀를 빤히 보면서 기울어진 머리들과 분절된 손목들로 신호를 보냈다. '경계를 풀지 마.' 그들이 말했다.

도미니카는 거리를 걷다가 블록 한가운데서 길을 건너고, 여러 건물들의 문간으로 쑥 들어가면서, 상점에 있는 거울들과 선글라스들을 이용해서 거리에 있는 사람들을 끊임없이 살폈다. 키 작은 사람들, 피부색이 검은 사람들, 옷소매들, 코밑수염, 먼지 낀 고무 샌들들, 이리저리 획획 움직이는 검은 눈동자들. 그녀는 팍팍 터지는 구운 밤 냄새를 맡고, 거리 모퉁이에 있는 바퀴가 달린 손풍금 소리를 들었다. 낯선 얼굴을 찾아, 파란 눈, 슬라브 인의 광대뼈. 활짝 피어오른 갈색, 노란색, 초록색 연기를 찾아. 그건 위험하거나 속임수를 쓰거나 스트레스를 받고 있다는 신호니까.

도미니카는 사각으로 목이 파인 파란색 면 드레스에 검은 샌들을 신고 있었다. 그리고 검은색의 작은 클러치 백을 들고 테가 검은 동그란 선글라스를 끼고 있었다. 왼쪽 손목에는 검은색 문자판에 심플한 메탈 시계를 차고 있었다. 아침부터 더워지는 날씨에 머리는 올렸다. 파란 눈의 러시아인이 적을 만나기 전에 미행이 없는지 감시하고 있는 것이다.

도미니카는 에르무 거리에서 옆길로 들어가서 종교적인 제의들, 황금색 카속(cassock, 성직자들이 입는 옷-옮긴이)들, 스툴들과 주교관들을 진열해놓은 작은 가게들 앞을 지나쳐갔다. 두꺼운 쇠줄에 은제 십자가가 달린 목걸이들이 상점 진열장 앞에서 서서히 돌아가고 있었다. 이 여러 개의 골목에서 한 번, 두 번, 세 번 방향을 바꿔 다닌 그녀는 혼자였다. 앞에 작은 비잔틴 양식의 교회인 카프니카레아가 있었다. 넓은 벽돌들과 아주 좁은 창문들과 기울어진 타일 지붕으로 지은 이 교회는 에르무 거리 한가운데 움푹 들어가 있었다. 도미니카는 거리를 건너, 다섯 계단을 내려가(기원후 1050년의 거리에 지어졌음직한 규모였다) 교회 안으로 들어갔다.

칠흑처럼 깜깜한 교회 내부는 볼품없었다. 천장 아치의 프레스코화들과 성상들은 깨진 데다 물얼룩이 졌고, 거미 다리처럼 생긴 비잔틴 문자들이 떨어져 나간 자국이 옅은 붉은 색으로 보였다. 영겁의 세월 동안 피어오른 양초 연기들과 향들 때문에 색이 바랜 것 같았다. 문 근처의 모래 테이블 위에 오렌지색의 길고 가느다란 양초들이 있었는데 몇 개는 서로를 향해 기울어져 있었다. 도미니카는 근처에 쌓여 있는 양초들 중에서 하나를 가져와 모래 쟁반 위에 이미 타고 있는 초에 대서 불을 붙였다.

그녀가 양초를 모래 위에 놓기 전에 손 하나가 나타나서 그녀가 들고 있는 양초의 불길에 또 다른 양초의 심지를 기울였다. 도미니카가 돌아보자 네이트가 뒤에 서 있었다. 그는 얼굴을 찡그리고 있었고, 그의 주위에 감도는 보라색 후광 덕분에 마치 벗겨져가는 프레스코화에 나오는 비잔틴 성인 같아 보였다. 그는 자신의 입술에 손가락 하나를 대고, 머리를 끄덕여 보이고 나서, 문을 슥 빠져 나왔다. 도미니카는 잠시 기다리다가, 들고 있던 양초를 모래에 꽂고, 돌아서서, 환한 햇살과 도시의 소음 속으로 나갔다.

네이트가 거리 맞은편에 서 있어서 도미니카가 그에게 갔다. 그는 정보원을 만나는 담당자처럼 격식을 차리면서 사무적으로 행동하고 있었다. 도미니카는 전에 로마에서 그리고 그 전에 헬싱키에서 나눴던 사랑을 떠올렸다. 그들은 스파이 활동을 떠나 연인이었다. 에너지가 넘치고, 불안해하지만, 서로에 대한 감정은 진실했다.

네이트에게 둘에 대한 기억은 좀 더 복잡했다. 그는 자신의 정보원과 잤고, 자신의 임무와 정보원의 안전 모두를 위험에 빠뜨렸다. 그것은 어마어마한 실수였다. 그는 존경하는 선배인 포사이스와 게이블에게 경고를 받고도, 로마에서 또 다시 그녀와 사랑을 나누었다. 모든 것을 꿰뚫어보는 벤포드가 바로 옆방에 있었는데도 도저히 멈출 수가 없었다. 도미니카가 모스크바로 소환돼 갔을 때 그의 일부가 죽었고, 그는 그녀가 견뎌내야 했던 고통들이 자기 때문이라고 자책했다. 이제 그들에게는 완수해야 할 임무가 있는데 그녀의 윗입술에 송송 맺힌 땀방울을 보자 그 땀을 훔쳐보고 싶었다.

도미니카는 공감각을 경험할 수 있는 능력으로 네이트의 그런 마음을 잘 알고 있었다. 그녀는 그에게 떨어져 서서, 손을 내밀지 않은 채, 그의 눈과, 머리 주위에 떠도는 보라색 기운을 보고 있었다. 네이트는 그녀가 자신의 정보원이자 스파이가 돼주길 원했고 그녀도 그걸 알고 있었다. 하지만 둘은 그 이상의 사이였다. 네이트는 그런 생각을 바꾸지 않을 것이기 때문에 그녀도 그 직업적인 관계를 계속 유지하기로 결심했다. 잠시 사정없이 내리쬐는 햇빛 속에 둘이 서 있다가 도미니카가 말했다. "갈까요?"

네이트가 돌아서서 거리를 올라가자 도미니카가 그 뒤를 따라갔다.

그들은 좁고 구불구불한 골목길들을 내려와서 플라카의 중심지로 들어가서 거기서 왼쪽으로 돌았다가 다시 언뜻 보기에 아무 목적 없이 돌아다니는 것 같이 오른쪽으로 꺾었다. 이 루트는 어떤 미행이 붙건 미로처럼 얽힌 통로들과 뜰들과 가게들로 둘러싸인 작은 광장들 속에 갇히게 만들 것이다. 가게마다 음악 소리가 흘러나왔고, 노란색 스펀지들을 줄줄이 꿰서 만든 밧줄들이 문간에 드리워져 있었고, 향과 백단유의 톡 쏘는 향기가 공기 중에 흘러 다녔다. 네이트는 자동적으로 도미니카의 어깨 너머를 슬쩍 봤고, 그녀는 아주 자연스럽게 그의 귀 너머로 반대편 거리를 봤다. 그가 그녀와 눈이 마주치자 그녀가 고개를 살짝 흔들었다. '아무것도 안 보이는데.' 그도 고개를 끄덕여서 동의했다.

땅거미가 지자 그들은 의자들과 차양들과 우산들로 둘러싸여 있고 머리 위에는 백열전구가 달린 줄들이 교차돼 있는 플라티아 필로모손 주위를 천천히 걸어서 돌았다. 레스토랑들의 주방에서 접시들이 덜걱거리는 소리가 들렸다. 네이트는 도미니카를 이끌고 모퉁이를 돌아 벽에 있는 낡은 초록색 문으로 갔다. 문 옆에 있는 작은 플래카드에 시노 선술집이라고 나와 있었다. 그들은 자갈이 깔린 정원의 구석 테이블에 앉아 파포사키아를 주문했다.

그들은 머리를 맞대고 도미니카가 모스크바에서 연기할 대본에 대해 조용히 이야기를 나눴다. 그들은 모스크바 본부에 그녀가 그를 유혹했다고 보고하는데 동의했다. 그리고 네이트는 잠시 그녀의 눈을 피했다. 그녀는 네이트가 그의 일에 대해 말하기 시작했고, 이 영리하고 작은 스패로우가 목표를 잡아들이기 시작했다고 보고하기로 했다. 그들은 그녀의 호텔에서 떨어져 있으면서 미행이 있는지 살펴보며 이 거짓말을 만들어낼 이틀이란 시간이 있었다. 아테네 CIA 지부와는 어떤 식으로든 접촉하지 않을 것이다.

"아테네에 누가 있는지 당신은 짐작도 못할 거예요." 네이트가 낡은 알루미늄 주전자에 있는 레치나(수지향을 첨가한 그리스산 포도주-옮긴이)를 도미니카의 잔에 따라주며 말했다. "두 달 전에 포사이스가 도착했어요. 이제 여기 지부장님이세요."

도미니카가 미소를 지었다. "브라톡은요? 브라톡도 지부장님을 따라왔나요?" 그녀가 물었다. 그녀는 그들이 둘의 비밀 연애에 대해 알고 있는지 궁금했다.

"게이블 선배? 왔죠. 두 사람은 실과 바늘 같은 사이니까요." 네이트가 말했다. 그리고 대화가 끊겼다. 둘은 말없이 서로를 봤다. 분위기가 무거웠고, 둘 다 머리가 묵직했다. 네이트가 도미니카를 봤는데 시야의 가장자리가 흐려졌다.

"우리에겐 이틀이란 시간이 있어요. 끝까지 연기를 해내는 게 중요해요. 이틀이란 시간을 채워야 해요." 네이트가 말했다.

"실제로 대화를 하고, 실제로 모스크바 본부에 보고할 것들을 말해야 해요. 모든 게 반드시, 뭐랄까. 이걸 뭐라고 표현하죠?" 도미니카가 물었다.

"진짜처럼. 우린 진짜처럼 보여야 해요." 네이트가 말했다.

"내가 모스크바 본부에 보고할 때를 대비해서 그 자세한 정황을 행동에 옮기는 게 중요해요." 도미니카는 레포르토포 감옥에서 받았던 심문을 떠올리며 말했다.

그다음엔 더 할 말이 없었다. 둘 다 거짓말과 그들의 마음속에 끓어오르는 정열을 부인하느라 마음이 무거웠다. 네이트는 마음속으로 아무 갈등도 느끼지 못하는 것처럼 보라색 구름이 전혀 변하지 않았다. 도미니카는 그에 대한 마음을 닫았다. 그들은 다시 걸으면서, 플라카의 가장자리를 둘러 가서, 좁고 어두운 골목들을 따라 아크로폴리스 벽에 바짝 붙어 갔다. 그리고 계단의 단마다 화분이 있는 좁은 계단을 올라갔다. 계단 맨 위에서 도미니카가 그의 팔에 손을 얹어 멈추게 했다. 그들은 밤의 어둠 속에서 밑을 내려다보며, 다른 발자국 소리들이 들리는지 들어봤다. 주위는 조용했고, 도미니카는 네이트의 손목에 댔던 자신의 손을 뗐다.

"결정해야 할 시점이에요. 여기서 찢어져서 각자 호텔로 갔다가 내일 아침 일찍 만날까요?" 네이트가 속삭였다.

도미니카는 그렇게 편하게 네이트를 놓아주고 싶지 않았다. "만약 그들이 내 방을 감시하고 있으면요? 그들은 당신이 날 호텔로 데려다주겠다고 하고 나는 그 제안을 받아들일 거라고 예상하고 있을 텐데."

네이트는 차가운 물속에 곤두박질치는 것 같은 느낌과 맞서 싸웠다.

"진짜처럼 보이게 하려면 그러는 게 좋겠군요. 진짜처럼 보여야 하니까." 네이트가 말했다.

그들은 한동안 서로를 바라봤다. "갈까요?" 네이트가 말했다.

"좋으실 대로." 도미니카가 대꾸했다.

세르게이 마토린은 신타그마 광장에 있는 킹 조지 호텔의 자기 방에 있는 전신 거울 앞에 벌거벗고 서 있었다. 그는 도미니카가 옆에 있는 그란데 브레타뉴 호텔에 묵고 있는 걸 알고 있었다. 두 호텔 다 소란스런 시내 중심가에서 구세계의 우아함을 그대로 간직한 보석 같은 호텔들이다. 마토린은 아프가니스탄에서 치른 여러 전투에서 생긴 지그재그로 난 흉터들이나 알파 그룹을 이끌고 가즈니 시장을 수색하고 있을 때 다친 오른쪽 어깨의 움푹 들어간 자리는 보지 않았다. 대신 느리게 움직이는 일련의 동작에 정신을 집중했다. 호텔 창문으로 저녁 도로를 달리는 시끄러운 찻소리가 들리는 가운데 악마는 치고, 막고, 축을 중심으로 회전하며 태극권을 수련했다. 그는 허리를 구부렸다가 다시 쭉 펴고 일어나면서, 흔들리지 않는 뿌연 눈동자로 허공을 바라보며 심호흡을 했다.

그리고 돌아서서 바퀴 달린 작은 여행가방을 들어 침대에 그대로 얹었다. 그는 가방의 금속 프레임에 있는 네 개의 나사를 돌려서 기술 부서에서 개발해 가방 속에 숨긴 튜브 모양의 공간을 열었다. 거기서 부드럽게 굴곡이 진 칼자루가 달린 60센티미터 길이의 카이버 나이프를 꺼냈다. 그는 거울 앞에 서서 다시 베고, 쳐내고, 자르는 전투 훈련을 실시했다. 백핸드로 칼을 낮게 휘두르자 윙윙 소리가 났다.

격렬하게 움직인 그의 몸은 땀으로 번들거렸다. 그가 루이 16세 의자에 앉자 아주 연한 청색 양단 의자가 땀으로 얼룩졌다. 그는 킹 조지 문장이 양각된 커다란 도자기 재떨이를 집어서 뒤집었다. 마토린은 유약을 바르지 않은 재떨이 받침대를 따라 칼날을 갈았다. 메트로놈처럼 규칙적으로 도자기에 대고 철을 가는 거친 소리가 방 안을 가득 채우면서 거리에서 흘러들어오는 소리가 지워졌다. 얼마 지나 살의를 충족시킨 마토린은 칼을 내려놓고 인슐린이라는 글자가 새겨진 작은 인조가죽 파우치 하나를 가방에서 꺼냈다. 그는 파우치를 흔들어서 두꺼운 피하주사기 펜 두 개를 꺼냈다. 하나는 노란색이고, 하나는 붉은색인 그 주사기들은 허벅지 근육이나 엉덩이에 주사하는 용도로 쓰는 것이었다. 노란 펜에는 라인 S에서 만든 바르비투르(barbiturate, 진정제, 최면제로 쓰이는 약물—옮긴이)가 들어 있었다. 이건 질문을 할 때 쓸 것이다. 붉은 펜에는 제12연구소에서 나온 것으로 팬쿠로늄 100밀리그램이 들어 있었다. 이건 90초 안에 횡격막을 마비시킬 것이다. 이건 질문하고 난 후에. 그 노란 펜과 붉은 펜은 특수부대에서 쓰는 것들이었다.

그들은 아무 말 없이 택시를 타고 네이트의 숙소인 리카비토스 언덕의 소나무들 사이에 자리 잡은 세인트 조지 리카비도스 호텔로 갔다. 높이 솟아오른 발코니에서 그들은 환한 조명이 비치는 파르테논 신전과, 지평선을 향해 길게 뻗어 있는 도시의 불빛들과, 좁고 긴 검은 바다와, 안드로게오스가 흰 돛을 단 배가 오길 기다렸던 항구 전망대를 봤다. 도미니카는 욕실을 재빨리 훔쳐보면서 불을 켰다가 껐다. 그들은 불을 켜지 않고 있었다. 호텔 정면에서 흘러들어오는 불빛만으로도 충분했다. 네이트는 어두운 방에서 조금 서성거렸고, 도미니카는 팔짱을 낀 채 그런 그를 지켜봤다.

"만약 지금 우리 계획을 재고하고 있는 거라면, 내가 당신 방에 가서 4분 동안 있었다고 보고하면 돼요. 그리고 그들에게 당신의…… 정력이 좀…… 그걸 뭐라고 하죠?" 도미니카가 물었다.

"약했다고." 네이트가 대답했다. 도미니카의 조롱에 그의 보라색이 순간 확 타올랐다.

"맞아요." 도미니카는 그렇게 말하면서 발코니 문으로 가서 밖을 내다봤다. "야세네보에서 그 메시지를 읽은 사람들은 CIA 요원의 끈기가 부족하다는 험담을 하면서 즐거워하겠군요. 당신의 탁월한 잠자리 실력에 대한 소문이 우리 본부에 금방 퍼지겠죠."

"난 항상 러시아 유머를 좋아했죠. 그런 유머가 별로 없는 게 안타까울 뿐이에요. 하지만 우리 위장 작전을 보호하기 위해 당신이 오늘 밤 여기서 묵어야 한다고 생각해요." 네이트가 말했다.

'우리의 위장 작전을 위해서.' 도미니카는 생각했다. "좋아요. 난 여기 소파에서 잘 테니까 당신은 침실에서 자요. 문도 꼭 닫아두고."

네이트는 계속 사무적으로 나왔다. "내가 담요와 베개를 갖다줄게요. 우리에겐 아무것도 하지 않아야 할 기나긴 내일이 있으니까." 도미니카는 네이트가 침실로 들어가서 문을 닫을 때까지 드레스를 벗지 않았다. 열려 있는 발코니 문으로 달빛이 비치자 도미니카는 또 달이 떴구나, 생각하며 불쾌해했다. 그녀는 얇게 비치는 커튼을 닫으려고 일어섰다가 그냥 다시 누워서 달빛이 그녀의 몸을 쏟아내려 은빛으로 빛나게 내버려뒀다.

그녀는 모든 사람들에게 이용당하는 데 신물이 났다. 과거 소비에트 연방을 그대로 물려받은 자들, 코르치노이 장군, 미국인들, 네이트 모두 그녀에게 어떤 것이 편리한지 말하면서 그렇게 하라고 암시하고 있다. 코르치노이는 어떻게 이 일을 그렇게 오랫동안 해왔을까? 그녀는 얼마나 오랫동안 이 일을 계속할 수 있을까? 그녀는 문 뒤 침실에 있는 네이트의 소리를 들었다. 그녀는 그들에게서 지금보다 더 많은 걸 받을 필요가 있었다. 그녀는 계속해서 자신의 감정을 부정당하는 현실에 지쳐가고 있었다.

새벽 3시가 다 됐을 때 네이트는 방문이 열리는 걸 어렴풋이 알아챘다. 가로등의 오렌지색 불빛이 얇은 커튼을 통해 들어왔다. 고개를 조금 돌리자 도미니카의 윤곽이 보였다. 우아한 걸음걸이에서도 감출 수 없이 아주 살짝 발을 절면서 그녀는 침실을 가로질러 창문으로 갔다. 그리고 손을 뻗어서 커튼의 한쪽을 열고 반대쪽도 열었다. 그리고 유리 미닫이문도 열어서 거기서 쏟아지는 달빛을 받으며 그를 바라보고 서 있었다. 밤바람이 커튼을 펄럭여서 뱀처럼 구불구불하게 그녀의 몸과 얼굴을 감쌌다. 그녀는 커튼을 젖히고 그에게 걸어와 침대 옆에 섰다. 네이트가 한쪽 팔꿈치를 받치고 몸을 일으켰다.

"괜찮아요? 뭐가 잘못됐어요?" 네이트가 물었다. 그녀는 대답하지 않고 그대로 가만히 서서 그를 내려다봤다. 작전 요원으로서 그는 본능적으로 그녀가 무슨 소리를 들은 게 아닌지, 문에서 무슨 소음이 들린 게 아닌가 하는 생각을 했다. 그들이 이 호텔 방에 도청을 해놓은 걸까? 그날 저녁에 뒤쪽에 있는 계단통을 확인했는데. 도미니카는 여전히 아무 말도 하지 않았다. 그래서 네이트가 일어나 앉아 그녀의 손을 부드럽게 잡았다.

"도미니카, 무슨 일이에요? 무슨 일 있었어요?"

그녀는 속삭였다. "우리가 사랑을 나눈 걸 당신 본부에 보고했나요?"

"무슨 소리를 하는 거예요?" 네이트가 말했다.

"헬싱키와 로마에서 우리가 연인이었을 때 당신 상관들에게 말했냐고 요?"

"우리가 한 일은 규칙을 어긴 것이고, 프로답지 못했어요. 그건 내 잘못이에요. 우린 당신의 안전과 이 작전을 위험에 빠뜨렸어요." 도미니카는 아무 말 없이 네이트를 내려다보고 있었다. 조금 지나서 그녀가 입을 열었다.

"그 작전이란 건 우리의 지속적인 정보 수집을 위험에 빠뜨렸다는 뜻이군요." 도미니카가 말했다.

"도미니카, 우리가 한 짓은 일로 보든 우리 개인으로 보든 미친 짓이었어요. 우린 당신을 잃을 뻔했어요. 난 당신을 항상 생각했어요. 아직도 그래요." 네이트가 말했다.

"물론 당신은 이 작전에 대해, 국가적인 자산이자 정보원인 도미니카에 대해 생각했겠죠."

"대체 무슨 소리를 하는 거예요? 내가 뭐라고 말해주길 원해요?" 네이트가 말했다.

"난 가끔은 우리가 작전은 잊고 우리 둘만 생각한다고 느끼고 싶어요." 브래지어 속 도미니카의 가슴이 크게 들썩거렸다. 네이트는 일어서서 그녀를 안았다. 그의 마음속에서는 이 사태를 수습해야 한다는 생각과 그녀에 대한 끓어오르는 열정 사이에서 극심한 갈등이 일어나고 있었다. 네이트는 도미니카의 머리 냄새를 맡고, 그녀의 몸을 느꼈다. '또 실수하는 건가, 작전 요원? 이번이 세 번째라고.' 그는 생각했다.

"도미니카." 네이트가 말하는데 귓속에서 세차게 피가 흐르는 소리가 들렸다. 위험신호인데.

"다시 당신의 규칙을 어길 건가요?" 도미니카가 물었다. 그녀는 그의 보라색 욕망이 어두워진 방을 환히 밝히는 걸 봤다.

"도미니카……." 네이트는 그녀의 눈을 들여다보며 말했다. 그녀의 속눈썹에 창문으로 들어온 달빛이 비쳤다. 그는 그의 머리 위에서 포사이스의 얼굴이 둥둥 떠다니면서 눈도 깜박이지 않고 무섭게 쳐다보는 걸 봤다. 그는 그녀를 원했다. 이미 그가 저항할 수 있는 한계를 넘어서 지금 이 순간 그 어떤 것보다 더 절박하게 그녀를 원했다.

"당신이 규칙을 어기면 좋겠어요…… 나랑 같이…… 당신의 정보원이 아니라 나로서. 당신이 날 범해주면 좋겠어요." 도미니카가 말했다.

도미니카가 브래지어의 고리를 푸는 사이에 브래지어의 레이스에서 바스락거리는 소리가 났다. 그들은 침대로 쓰러졌고, 그녀는 엎드려서 네이트를 자신의 몸 위로 끌어당겼다. 그는 무겁고 뜨거운 몸으로 그녀를 누르면서 그녀의 목을 입술로 애무하고, 그녀의 손에 자신의 손을 깍지 꼈다. 그녀는 그의 손을 꼭 잡았다. 그가 더듬거리자, 그녀가 놀렸고, 그가 자신의 두 다리로 그녀의 엉덩이를 조였고, 그녀의 호흡이 거칠어지기 시작했다. 그녀는 신음하면서 손을 뒤로 뻗어 자신의 귀에 대고 속삭이는 네이트를 어루만졌다.

"당신은 내가 얼마나 많은 규칙을 어기게 만들 거야?"

도미니카는 네이트가 지금 놀리는 건지 보려고 아무 말 없이 고개를 돌려 그를 봤다.

"다섯 개, 열 개?" 네이트는 도미니카의 귀에 계속 입술을 댄 채 자신의 엉덩이의 움직임에 맞춰 숫자를 셌다.

"하나…… 둘…… 셋." 도미니카는 온몸을 떨고 있었지만 전과는 다른 진동으로 떨고 있었다.

"넷…… 다섯…… 여섯." 도미니카는 팔을 밖으로 뻗어서 침대보를 힘껏 쥐었다.

"일곱…… 여덟…… 아홉." 도미니카는 침대보를 손톱으로 할퀴면서 그걸 손목에 감았다.

"열." 네이트는 그렇게 말하면서 도미니카의 등에서 몸을 살짝 뗀 채 아직 뜨겁게 연결된 몸을 땀이 번들거리는 그녀의 척추 위로 세웠다. 부드러운 그녀의 등과 엉덩이 곡선이 갑자기 활처럼 구부러지면서 그녀는 매트리스에 얼굴을 묻고 헉헉 숨을 몰아쉬었다.

막대기 같이 길쭉한 달빛이 슬금슬금 방 안으로 들어와 그들은 나란히 누워 그 달빛을 바라봤다. 네이트는 몸을 기울여서 그녀의 턱을 두 손으로 잡고 그녀의 입술에 키스했다. 그녀는 부드럽게 그의 손을 떼어냈다. "지금 뜬금없는 말을 하면 내가 당신 눈에 엄지손톱을 박고 발코니 난간 너머로 넘겨 버릴 거야." 도미니카가 말했다.

"당신에게 그런 능력이 있다는 건 믿어 의심치 않아." 네이트가 그렇게 말하면서 베개에 머리를 대고 누웠다.

"맞아, 네이트. 그리고 뭔가 더 필요해지면 당신의 작은 스패로우가 당신을 다시 침대로 유혹할거야." 도미니카가 말했다.

"알았어, 알았어. 난 그런 말을 하려던 게 아니었어. 이제 우리 몇 시간 잘 수 없을까? 그동안만 가만히 있을 수 있어?"

"물론이지. 착한 정보원은 항상 지시를 따르는 법이니까." 도미니카가 말했다.

시노 선술집의 파포사키아

간 양고기와 네모로 썬 양파와 껍질을 벗겨서 깍둑썰기한 토마토를 올리브오일에 넣고 갈색이 될 때까지 볶는다. 양념을 넉넉히 한 후에, 식히고 나서 거기에 치즈 가루, 파슬리, 하루 지나 축축해진 빵과 달걀 푼 것을 넣는다. 이등분한 가지를 길게 잘라서 부드러워질 때까지 오일에 볶는다. 가지 속을 파내고 그 속에 위에 준비해둔 재료를 채운다. 거기에 모르네이 소스를 올리고, 기름을 조금 부은 후에, 접시에 담아 윗부분이 노릇노릇해질 때까지 오븐에 굽는다(그 밑에 잘게 썬 가지 속과 물을 넣어서). 식히거나 데우지 않고 그대로 낸다.

37

주가노프는 암호화된 전화 수화기를 꽉 움켜잡았다. 그 수화기는 그의 머리통만큼이나 컸다.

"당연히 그들은 미행이 있는지 살펴보겠지." 주가노프가 말했다. "넌 절대로 그들의 뒤를 쫓지 못해. 그냥 원래 계획대로 해. 준비한 것들은 가지고 있겠지? 넌 15분만 있으면 되잖아. 이름 하나 확인하고, 그다음에 죽여." 주가노프가 의자를 빙 돌렸다.

"이봐, 그녀를 구하지 말란 말은 하지 않겠지만, 무엇보다, 그 누구보다 그 이름이 가장 중요해. 알아들었어? 난 좋은 결과를 기다리고 있겠어. 그리고 입 닫고 있고. 그만 끊어."

그들이 아테네에서 보내는 마지막 날 아침 9시의 태양은 살인적으로 뜨거웠고, 둘 다 피곤하고, 짜증이 나고, 멍했다. 그들은 호텔에서 나와 핀다로스 거리로 내려가서, 콜로나키 광장에서 그 자리에서 짜주는 오렌지 주스를 마시러 잠깐 멈췄다. 둘이 차양 아래 서로 팔꿈치를 맞대고 앉아 있는 동안 웨이터가 페이스트리를 갖다 줬다. 그들은 오늘 하루 내내 돌아다니면서 도미니카가 모스크바 본부에 이 만남을 보고하는 연습을 계속할 것이다. 도미니카는 껍질이 자꾸 떨어지는 페이스트리를 한 입 베어 물면서 손가락을 핥았다. 기분이 아까보다 나아져서 연습해보려고 노력했다.

"그들에게 당신이 날 억지로 범했다고 할까요, 아니면 내가 당신의 눈을 가리고 벌거벗은 당신을 장식장 속에 가뒀다고 할까요?" 도미니카는 브리오슈를 한 조각 뜯어 그에게 먹여주려고 했다. 네이트가 고개를 뒤로 뺐다.

"그쪽 본부는 사람을 장식장에 밀어 넣는 기술의 선수겠죠." 네이트가 말했다. 그는 몸도 따끔거리고, 짜증이 나고, 죄책감이 느껴져서 사랑을 나눈 다음 날 아침의 닭살 돋는 대화를 나눌 인내심이 없었다. 그렇게 말하자 도미니카의 얼굴에 실망스런 표정이 떠올랐다. 그녀는 브리오슈를 접시에 내려놨다.

"그건 말이 좀 심하잖아." 도미니카가 그렇게 말하면서 네이트의 얼굴을 똑바로 쳐다봤다. 무정하고 삭막한 인간. 하지만 네이트의 마음속은 이미 악마가 장악하고 있었다. 그는 그녀에 대한 자신의 감정이 어떤지 잘 알고 있지만 그의 의무 또한 알고 있었다. 그리고 그녀가 원하는 게 뭔지도 알고 있었고, 그가 뭘 줄 수 있는지, CIA가 뭘 주게 놔둘지 알고 있었다. 그가 자신의 정열이 이끄는 대로(아, 이건 확실히 진정한 정열이다) 놔두면 그녀가 모스크바로 돌아가야 하는 전날까지 몇 번이고 그런 일이 일어날 것이고, 그렇게 모스크바로 돌아간 그녀는 심문자들 앞에 앉게 될 텐데 거기서 질문에 완벽하게 대답하지 못하면 그의 잘못이 될 것이다. 그게 다 간밤에 그녀를 거절하지 못해서 생긴 일이었다. 아, 대책 없이 낭만적인 러시아인들. 그녀는 약간의 로맨스를 원했지만 그들은 둘 다 첩보요원으로 절대 다른 곳에 한눈을 팔아선 안 되었다. 네이트는 그녀를 봤다. 그의 마지막 생각은 아마도 그녀를 사랑한다는 것이었지만 그녀의 눈에 보이는 건 악마들, 그의 어깨 주위에 피어오르는 보라색 구름들이었다. 그녀는 어젯밤에 둘 사이에 존재했던 감정이 사라졌다는 걸 알았다.

도미니카는 네이트가 죄책감에 젖어 어젯밤 일을 후회하는 걸 봤고, 그런 감정이 옅어진 그의 색깔에 그대로 드러났다. 그녀 안에 있는 악마가 해질녘 동굴 밖으로 나오는 박쥐처럼 날개를 펄럭이며 나왔다. 분노가 서서히 치밀면서 코르치노이 장군이 잘 다스리라고 경고했던 더러운 성질이 나왔다. 그녀는 벌떡 일어섰다.

"샤워하고 옷 갈아입게 내 호텔로 돌아가겠어요." 도미니카가 말했다.

"안 돼요." 네이트는 다시 정보원을 다루는 담당 요원의 모드로 돌아갔다. "그곳은 그들이 당신과 나, 우리를 찾을 수 있는 유일한 곳이에요. 벤포드 부장님이 분명히……"

"벤포드 씨는 씻고 옷을 갈아입지 않아도 살 수 있겠죠. 난 그럴 수 없어요. 딱 10분이면 되는데." 네이트는 재빨리 계산했다. 그녀와 같이 있어? 그녀를 놔주고 나중에 다시 만나? 네이트는 그녀의 얼굴을 보고 위험 신호를 감지했다. 그녀는 지금 그에게 화가 잔뜩 나 있었다. 그녀를 혼자 놔두지 않는 게 좋겠다. 앙심을 품고 사라져버릴 지도 모르니까. 그러면 본부에 어떻게 보고서를 써서 보내겠는가.

"좋아요. 10분만. 더 이상은 안 돼요." 네이트는 도미니카의 팔을 잡으며 말했다. 그녀는 그의 손에서 팔을 쓱 뺐다.

햇살이 비치는 신타그마 광장에 있는 그란데 브레타뉴 호텔은 금박을 입힌 난간에 연철 출입구가 하얀 빛을 받아 반짝이고 있었다. 2층으로 올라간 네이트는 우아한 테이블들, 의자들, 램프들과 두꺼운 윌튼 융단이 깔려 있는 거대한 응접실에 어색하게 서 있었다. 그가 침실을 들여다보고 있는 사이에 도미니카가 드레스를 벗고(네이트는 그녀의 검은색 레이스 브래지어와 팬티를 떠올렸다) 허리를 숙여 샌들을 벗다가, 고개를 돌려 그를 봤다. 그녀는 거대한 실크 침대 머리판을 배경으로 반항적인 표정으로 서 있는 란제리 모델 같아 보였다. 반쯤 벗은 그녀의 모습이 그의 모든 감각을 후려쳤고, 그녀는 그걸 알고 있었다. 그의 마음을 훤히 읽을 수 있었다. 그녀는 거실을 향해 한 발짝 도발적으로 다가왔다.

"나 때문에 정신이 산란해요?" 도미니카는 두 팔을 추켜올리면서 말했다. 그녀의 마음속에는 지금 분노가 부글부글 끓고 있었다.

"도미니카, 그만해요." 네이트가 말했다.

"말해봐요." 도미니카는 브래지어의 컵을 두 손으로 끌어올리면서 말했다.

"내가 당신을 홀리고 있나요? 계획대로 잘하고 있어요?"

"감탄스러울 정도로 잘하고 있군. 이보다 더 임무를 잘 수행할 수 없을 것 같아, 예고로바 요원." 세르게이 마토린이 침실과 욕실 사이에 있는 벽장에서 나오면서 말했다. 러시아어로 말하는 그의 목소리는 마치 자갈이 가득 찬 트럭 변속기 소리 같았다. 그는 검은 스포츠 코트에 검은 셔츠와 검은 바지를 입고 끈 없이 신는 모카신을 신고 있었다. 그는 아무렇지도 않게 지퍼가 달린 파우치와 검은 천으로 만든 칼집을 침대 위로 던지고 스포츠 코트를 벗기 시작했다. 그런 내내 네이트에게서 단 1초도 눈을 떼지 않았다. 검은 사나이.

침묵이 흘렀고, 그 후에 단 1초의 망설임도 없이 전기 같은 충격이 일면서 검은 레이스 브래지어를 입은 그녀가 검은 사내에게 덤벼들었다. 그녀는 그의 목을 팔로 감고 무릎으로 그의 사타구니를 찼다. 네이트는 그녀의 다리에 있는 발레 근육들과 그녀의 엉덩이가 단단히 접히는 사이에 그 검은 사나이가 끙끙거리면서 그녀의 턱을 밀어내며 그녀의 목에 치명적인 타격을 가하는 걸 봤다. 도미니카는 레이스가 달린 속옷만 입은 몸으로 깔개에 쓰러져 숨을 몰아쉬었다.

네이트는 그 검은 사나이가 있는 곳에 도달하기 위해 더 많은 시간이 필요했다. 그는 그 사나이가 도미니카와 그가 하는 말을 들었고 전화 한 통만 하면 이 작전이 파괴될 수 있는 상황에서 누구 하나는 죽어야겠다는 생각을 했다. 그는 어깨를 숙이고 돌진하면서 암모니아 냄새를 맡으며 그 사내의 마른 몸을 구석에 있는 헤플화이트 가구로 밀고 가서 쾅 박았다. 목재 가구가 깨지면서 금이 갔다. 그들은 둘 다 바닥으로 떨어졌고 사내가 네이트의 옆얼굴을 돌주먹 같은 주먹으로 퍽, 퍽, 퍽 세 번 내리쳤다. 아, 빌어먹을, 구소련 특수부대의 맨손 격투술이다. 네이트가 그 기분 나쁜 팔뚝을 꽉 잡고 그의 무릎 뒤를 차자 검은 사내는 쓰러져서 데굴데굴 굴렀다가 다시 벌떡 일어나 악마 같은 손을 번쩍 치켜들며 씩 웃었다. 네이트는 부서진 가구 조각을 더듬어서 잡아 그 사내의 발치에 던지고 그에게 다가갔다가 다시 그 암모니아 냄새를 맡았다. 그가 자세를 낮추면서 손바닥을 들어 올려 그의 턱을 치면서 아주 오래전에 배웠던 격투술을 기억해내려고 애를 쓰는 사이에 그 검은 사나이는 다시 몸을 굴러서 침대로 가서 칼집에 든 칼을 쓱 소리를 내며 꺼냈다. 그 사내는 칼끝을 빙빙 돌리고 있었고 이제는 심각하게 물러서야 할 때였다. 이건 결코 좋은 상황이 아니었고, 지금 여기엔 손에 잡을 만한 무기도 없고, 저 개자식과 파란 색이 언뜻 언뜻 비치는 저 강철 칼날을 상대할 만큼 길고 단단한 물건도 없었다.

호흡기를 맞은 도미니카는 죽지 않았고, 검은색 레이스 팬티와 브래지어를 입은 그녀가 파란색과 흰색이 섞인 커다란 꽃병(명나라 도자기인지, 리모주 도자기인지, 웨지우드인지 모르겠지만)을 들어 그 검은 사내의 견갑골 사이를 내리쳐서 도자기가 박살났다. 그는 한쪽 무릎을 꿇고 앉았지만 그와 동시에 휙 소리가 나면서 칼날이 움직였고 이어서 도미니카의 허벅지에 가는 선이 생기고 배에 대각선이 생기면서 그녀의 몸에 붉은 피가 배어나오기 시작했다. 도미니카는 휘청거리면서 뒤로 물러섰다가 쿵 소리를 내며 바닥에 주저앉아 마른 한쪽 다리와 붉은 피가 번들거리는 반대쪽 다리를 봤다.

놋쇠 램프는 단단하게 잡히는 감촉도 좋고 던질 수 있을 정도의 무게였지만 검은 사내가 백핸드로 칼날을 휘둘렀다. 어쨌든 그 램프 덕분에 놈을 도미니카에게서 떼어낼 수 있었다. 그 사내는 바닥에서 쭉 미끄러지는 것 같이 움직여서 아주 인상적으로 빠른 속도로 그에게 돌진했고, 네이트는 그가 휘두르는 칼날 속으로 들어왔다. 그의 팔과 배에 차가운 공기가 획 스치는 게 느껴지면서 셔츠가 찢어진 사이로 뜨거운 피가 벨트 밑과 바지 앞으로 마치 오줌을 싸는 것처럼 흘러내리기 시작했다. 이 빌어먹을 칼이 진짜 문제여서 그는 서커스에 나오는 사람처럼 비단 의자를 잡았는데 다른 쪽 셔츠 소매가 벌어지면서 그의 손으로 뜨거운 피가 뚝뚝 고였다. 그리고 그 칼날이 양단 의자에 꽂혔다. 그래서 네이트는 시간이 얼마 없다는 걸 알고 번개같이 그에게 덤벼들어 검은 사내의 무릎을 발로 차려고 했지만 그의 다리는 기운을 잃어가고 있었다. 아주, 아주 안 좋은 징조였다. 카펫에 찍힌 그의 피투성이 발자국처럼, 그리고 공기 중에 퍼지는 구리 맛처럼 아주 불길한 징조였다.

도미니카는 방 건너편에서 마토린이 아주 쉽게 움직이면서 카이버 나이프를 휘두르고 옆으로 휘청거리는 네이트는 가슴 밑으로 온통 피에 흠뻑 젖은 모습을 지켜보고 있었다. '여기로 돌아온 네 잘못이야, 이 얼간아. 네이트는 죽을 때까지 싸울 거야.' 그녀는 생각했다. '그는 날 위해 싸우고 있어.' 그리고 곧바로 폭풍 같은 깨달음이 밀려왔다. '그이는 날 사랑하고 있어, 날 위해 시간을 벌어주고 있는 거야.' 그 분노가 그녀를 바닥에서 일으켜 세웠다. 그녀는 절뚝이면서 S자로 휘청거리며 침대 위에 있는 검은 파우치를 들었다. 그녀는 뭐든 무기가 될 만한 걸 찾고 있었다.

검은 사내는 코로 아주 쉽게 숨을 쉬고 있었고, 네이트는 칼날이 그의 이두박근을 획 스쳐가는 사이에 뭔가 풀리는 걸 느낄 수 있었다. 네이트는 그 칼날을 움켜쥐면서 그게 마치 생일 케이크를 자르는 젖은 칼처럼 그 칼이 자신의 손바닥을 지나 손가락으로 슥 내려가는 걸 느꼈다. 검은 사내가 서서 그를 보고 있었고, 네이트는 쓰러지지 않으려고 힘이 빠진 무릎을 단단히 붙이고 서 있는 데 모든 정신을 집중했다. 이 특수부대 개자식은 분

멍 내 몸의 또 어디를 베어줄까 하는 즐거운 고민을 하고 있군, 네이트는 생각했다. 칼을 위로 슥 그어서 나의 긴 창자를 월튼 융단 위에 쏟아줄지, 아니면 내 목 옆을 백핸드로 후려칠지 고민 중이다 이거지.

그때 도미니카가 들라크루아의 그림 속에서 뛰쳐나온 여자처럼 브래지어 밖으로 한쪽 젖가슴이 빠져나온 상태로 성벽처럼 서 있는 그 자식에게 달려가 붉은 펜과 노란 펜을 그의 엉덩이에 찔러 넣었다. 그는 본능적으로 등으로 그녀를 쳐서 넘어뜨리고, 고개를 홱 뒤로 돌렸지만 곧바로 흐물흐물해지면서 거친 숨소리를 뱉기 시작했다. 그는 엉덩이에 붉은색과 노란색 꼬리를 단 당나귀가 되어 무릎을 꿇고 숨을 들썩이면서 기어 다니기 시작했다. 그는 칼을 향해 기어가기 시작했지만 동작이 점점 느려지고 있었고 고개를 계속 좌우로 흔들었지만 횡격막에는 마취제가 들어갔고, 머릿속은 바르비투르로 가득 찼고, 성한 눈 하나는 뒤집혔고, 발바닥으로 핑크색과 파란색이 섞인 카펫을 계속 두드리고 있었다. 그의 죽어가는 몸이 덜거덕거렸고 네이트는 안전을 기하기 위해 이 자의 머리를 베어버리는 걸 심각하게 고려해봐야겠다는 생각을 했다. 하지만 그의 손은 도미니카의 왼쪽 젖가슴 밑에 있었고, 그녀의 떨리는 심장 박동을 느끼고 기뻤다. 그녀가 눈을 떴고 네이트는 그 부드러운 가슴에 머리를 기대기 시작했지만 뭔가 중요한 게 기억났다. 아직은 잠들 수 없다, 전화를 한 통 해야 했다.

도미니카는 네이트의 힘없는 손에서 전화기를 빼서 게이블에게 그들이 어디 있는지 말했다. 게이블은 잘 듣고 보안 승인을 받은 간호병과 같이 외상 치료용 구급상자를 들고 와서 거리의 차에서 기다렸다. 마틴 게이블이 어떻게 도미니카와 네이트 두 사람의 피를 닦고 호텔 밖으로 데리고 나올 수 있었는지는 기적이다. 아마도 사이공과 프놈펜에서 쌓은 경험 덕분일 것이다. 침대보들이 붕대가 됐고, 마토린의 식초 냄새가 나는 재킷은 목까지 단추를 채우고, 도미니카의 머리는 뒤로 넘겼다. 게이블은 도미니카에게 마토린의 엉덩이에 꽂힌 펜들을 뽑으라고 손짓하고, 카이버 나이프는 칼집에 넣은 후에, 마토린의 재킷 주머니들을 확인했다. 그리고 네이트의 팔을 자신의 목에 두르고 직원용 출입구 밖으로 끌고 나가면서 절뚝거리는 도미니카에게 스위트룸을 잠그라고 하고 열쇠는 복도에 있는 화분에 던졌다.

그들은 보니와 클라이드처럼 게이블의 차 뒷좌석에 쓰러졌고, 눈을 동그랗게 뜬 간호병이 네이트의 가슴과 팔과 손에 압박붕대를 감았고, 도미니카의 허벅지에도 하나 감아준 후에 그녀의 배에 대각선으로 베인 상처에 붕대를 감았다. 피를 많이 흘린 네이트의 맥이 약해서 간호병은 수혈을 시작했고, 도미니카는 자신의 무릎에 올린 네이트의 머리를 부드럽게 안고, 아무 말도 하지 않은 채, 게이블이 차들을 빠져 나가면서 핸들을 쾅쾅 치는 동안 그 수혈 팩을 들고 있었다.

그들은 쿵쾅거리면서 언덕이 많은 거리들을 올라가 이미토스 산이 어렴풋이 보이는 조그라스로 들어갔다. 게이블은 그리스 CIA 지부에서 만일의 사태에 대비해 준비해놓은 안가가 있는 조용한 아파트 블록의 꼭대기 층에 있는 집으로 그들을 데리고 갔다. 그들은 네이트를 작은 침실에 눕혔고 대사관 소속 의사가 도착할 때까지 간호병이 네이트와 같이 있었다. 두 의사 모두 보안 승인을 받았지만 게이블은 상처 치료가 끝나는 즉시 그들을 보내고 싶어 했다. 그들은 도미니카의 다리를 스무 바늘 꿰맸고, 네이트는 그 세 배를 꿰맸다. 게이블은 도미니카의 어깨를 안고 안경 너머로 그녀를 바라봤지만, 그녀는 어깨를 움츠려서 그의 품에서 빠져나와 또 다른 침실로 가서 젖은 스펀지로 피를 닦아냈다. 느닷없이 유스티노프가 떠올랐다. 그게 대체 언제 적 일이야? 도미니카는 숨을 헐떡이기 시작했다.

게이블은 의사와 간호병에게 고맙다는 인사를 했다. 그들은 대체 이 스파이들에게 무슨 일이 일어난 건지 궁금했지만 입을 다물고 있어야 한다는 걸 알고 있었다. 게이블은 그들을 밖으로 보내고 조용히 문을 닫았다. 도미니카는 네이트의 방에서 그의 숨소리를 듣고 있었는데 게이블이 그녀를 내쫓았다. 도미니카는 수프도 먹고 싶지 않고, 빵도 싫다고 했다. 그녀는 자기 방문을 닫았지만 5분 후에 다시 네이트의 방으로 가는 소리가 들렸다. 게이블은 그냥 내버려뒀다. 그날 밤 늦게 게이블은 침실 문을 살짝 열고 그녀가 네이트에게 말하는 소리를 들었다. 네이트는 진정제를 맞고 아직 의식을 되찾지 못했지만, 안색은 훨씬 나아졌다. 디바는 침대 위에 앉아 네이트에게 러시아어로 말하고 있었다. 상황은 엉망진창이었지만 다행히 둘은 살아남았다.

포사이스가 다음 날 어둠이 내린 후에 얼굴에 염소수염을 붙이고 철테 안경을 쓰고 몰래 찾아왔다. 그리스 경찰들이 그의 얼굴을 알고 있어서 어쩔 수 없었고 자기 방에 죽은 남자를 놔둔 채 그란데 브레타뉴 호텔에서 사라진 젊은 러시아 여자에 대한 수색이 벌어지고 있었다. 텔레비전과 신문마다 도미니카의 여권 사진으로 도배가 됐다. 또 다른 남자가 있었는데 짙은 색 머리의 서양인으로 아마도 미국인일 거라는 언급이 나와 있었다. 게이블은 포사이스에게 그렇게 염소수염을 붙이고 있으니까 비엔나 섹스 치료 전문가처럼 보인다고 하고 호텔에서 본 현장에 대해 브리핑을 하고 뒤쪽에 있는 침실 두 개를 향해 고개를 끄덕여 보였다. 포사이스는 앉아서 커피 테이블 위에 최신 신문들 한 뭉치를 던졌다. 그런데 베르타뉴 호텔의 피바다 사건은 그리스 기준으로 봐도 언론에서 지나치게 폭발적으로 반응하고 있었다. 그리스 지부 통역관들이 일련의 헤드라인들을 번역했다.

"KGB 살육 음모가 아테네의 정적을 가르다"-카티메리니(중도 우파)

"그란데 베르타뉴 호텔에서 벌어진 냉전 학살"-투 비마(중도파)

"섹스 살인 밀회에 사로잡힌 러시아 미녀"-엘레테로티피아(중도 좌파)

"그리스 유산에 대한 미국의 무시, 변하지 않는 작태"-리조스파스티스(공산주의)

"암살자가 오성급 도살장의 비수기를 선택하다"-트리뷰나 샵티에르(알바니아 어판)

그들은 부엌에서 작은 소리를 내면서 도미니카가 침실에서 나오길 기다렸다. 30분 후에 포사이스가 일어서서 그녀의 방문을 부드럽게 노크했다. 방문을 사이에 두고 그녀는 포사이스에게 몸이 좋지 않다고 하면서 의사는 필요 없고 잠을 자고 싶다고 말했다. 포사이스는 다시 거실로 돌아왔다. "나도 잘 모르겠지만 뭔가 잘못됐어. 단순히 충격을 받은 그 이상의 뭔가가 있어." 그가 게이블에게 말했다.

그다음에 작게 움직이는 소리가 나더니 네이트가 발을 질질 끌면서 거실로 나왔다. 그는 마침내 잠이 깨서 벽을 잡고 있었고, 오렌지색 소독약이 붕대와 테이프 가장자리에 보였다. 얼굴 한쪽은 보라색으로 부어 있었다. 그는 천천히 안락의자에 앉았는데 움직이느라 힘을 쓰면서 생긴 통증 때문에 땀에 젖어 있었다.

"여기서 뭐하시는 거예요? 무슨 응급 상황인가요?" 네이트가 거친 목소리로 말했다.

"기분은 좀 어때?" 게이블이 그가 한 말을 깡그리 무시하고 말했다. "어지럽지 않아? 식욕은 좀 있어?" 네이트는 고개를 흔들었고 포사이스가 부드럽게 이야기를 시작했다.

"위에서 난리가 났어. 대사가 날 여섯 번이나 불렀어. 대사도 그리스 외무부 장관에게 두 번이나 불려갔고. 그리스 경찰 전부가 지금 러시아 여자를 찾고, 그 죽은 사내의 신원을 확인하려고 애를 쓰고 있어. 러시아 대사관은 대체 이게 무슨 일인지 전혀 모르겠다고 발뺌을 하고 있고 그리스

외무부는 그런데 브레타뉴 호텔의 바로 위쪽 거리에 있는 데다, 신타그마 광장의 TV 카메라 불빛들은 24시간 켜져 있어."

"기밀 작전이 바랄 수 있는 최고의 조명이군. TV 카메라 조명이라니." 게이블이 네이트를 보면서 말했다.

"본부 사람들은 다 각기 다른 단계의 분노에 차 있어. 서로 비난하느라 정신이 없어. 왜 SVR이 이런 짓을 할 거라고 예상하지 못했나? 왜 자네를 그 작전에서 빼지 않았을까? 왜 마블이 그런 기습 공격이 있을 거라고 우리에게 경고하지 않았을까? 대부분 다 헛소리지." 포사이스가 말했다.

"유럽 지부장에게 오늘 아침에 메일을 한 통 받았어. 지가 무슨 넬슨 제독인 줄 아는 인간이 디바 작전에서 이제 '돛을 갈 때가 됐다'고 제안하더군. 분명 그 인간도 상사들에게 사정없이 쪼였을 거야. 그것도 국장이 보는 데서 말이지. 어젯밤에 벤포드가 전화해서 도미니카의 방에 절대로 가지 말라고 한 자기 지시를 이해 못했냐고 물어보더군. 그러면서 자네에게 안부를 전했어. 자네가 해낸 놀라운 성과를 벤포드에게 설명하기가 쉽지 않을 거야. 벤포드가 자네를 채찍으로 때릴지 말지는 두고 봐야겠지."

"내가 그렇게 하라고 권했어." 게이블이 말했다.

"하지만 희망은 있어. 벤포드가 이 사건 덕분에 작은 기회의 창이 생겼다고 하더군. 그 사람 아주 흥분했어. 벤포드가 내일 밤 늦게 도착할 거야. 자네더러 그때까지는 사람들 눈을 피해 있으라고 하더군." 포사이스는 발코니의 유리 미닫이문으로 가서 닫힌 커튼 틈으로 밖을 내다봤다. "도미니카를 계속 숨겨서 모스크바 본부에서 최악의 상황을 생각하고 있게 만드는 게 중요해. 그녀의 정체가 CIA에 알려졌다고, 네이트를 기습하려는 그들의 음모가 발각됐다고. 우린 기껏해야 이틀 정도밖에 시간이 없어."

게이블이 일어나서 작은 복도를 걸어가 도미니카의 방문에 노크를 했다. 그가 문에다 대고 부드럽게 말하자 도미니카가 들어오라고 했다. 그들은 복도를 통해 게이블의 바리톤 목소리를 들을 수 있었다. 10분 후에 게이블이 다시 나와서 앉았다.

"문제야. 도미니카가 동요하고 있어. 히스테리컬한 건 아니고 그냥 잔뜩 화가 났어. 원래 한 성질 하잖아. 하지만 이번에는 심각해. 누굴 믿어야 할지 모르겠대. 우리도 그렇고, 마블도 그렇고, 분명 자기네 사람들도 믿을 수 없고." 네이트가 의자에서 일어나려고 안간힘을 썼다. "빌어먹을, 앉아. 도미니카가 저렇게 화가 난 이유 중 하나는 자기 때문에 네가 죽을 뻔했다고 생각해서 정신이 없는 거야. 도미니카가 제일 먼저 물어본 게 네 상태였어." 게이블이 말했다.

"도미니카가 제 목숨을 구했어요. 그 킬러가 날 죽일 뻔했는데." 네이트가 말했다.

"그 방에 올라갔을 때 방에 누가 있는지 확인해봤어?" 네이트는 게이블의 시선을 피했다. "안 했군." 게이블이 말했다.

"도미니카는 러시아로 돌아가지 않겠다고 하고 있어. 도망쳐서 망명할까 생각 중이래. 그녀는 충격을 받았고, 배신을 당했고, 다리도 아파. 불쌍한 아이. 이 매가리 없는 인간이랑 이틀이나 같이 있었으니." 네이트는 그녀와 사랑을 나눴다는 이야기를 해서 이 상황을 더 악화시키지 않았다.

포사이스가 일어섰다. "마틴, 벤포드가 도착할 때까지 디바와 같이 있어요. 네이트, 너는 우리가 내일 아테네 지부로 몰래 데리고 갈게. 무슨 일이 있었는지 보고서 작성 시작해. 벤포드가 정식 보고서를 기대하고 있을 테니까." 네이트는 고개를 끄덕였다.

"당분간 도미니카가 생각할 여유를 주자고. 어쩌면 우리는 정보원으로서 그녀를 잃어버린 건지도 몰라. 도미니카가 생각을 제대로 하기 전까진 아마 답이 안 나올 거야."

포사이스가 떠났고, 게이블이 일어나서 부엌에서 덜거덕 소리를 내며 돌아다니다가 다시 거실로 돌아와서 와인과 치즈와 빵을 사러 나갔다 오 겠다고 했다. "발코니 근처에도 가지 마." 그는 문을 향해 가면서 말했다. 그는 코트 주머니에서 권총을 하나 꺼내서 네이트에게 던졌다. "PPK/S야. 여자들이 쓰는 총인데 널 위해 가져왔어." 게이블이 말했다.

도미니카는 안가에서 보내는 첫날 밤을 주로 자신의 침대에 누워 보냈 다. 그러다 네이트의 방에 가서 침대 옆에 앉아 그가 자는 모습을 지켜봤 다. 그녀는 무슨 일이 일어난 건지 정확히 알고 있었다. 반야 삼촌이 그녀 가 미국인들을 위해 일하는 첩자에 대한 정보를 끌어내길 기다리는데 지 쳐서 마토린을 보내 문제를 해결하고 그의 정치적 지위를 보호하려 한 것 이다. 그는 마토린과 한 방에 누가 같이 있든 목숨을 잃을 위기에 처해진 다는 점은 상관하지 않은 것 같았다. 삼촌은 마토린을 이용해 그녀도 제거 하려 한 것일까? 그건 확신할 수 없었지만 당분간은 그렇다고 짐작하기로 했다. 반야와 더러운 러시아 첩보부에게 또 다시 배신을 당한 것이다.

도미니카는 브라톡에게 스파이 활동을 계속하고 싶은지 잘 모르겠다고 말했다. 그녀는 지금 러시아를 나와서 서방에 있으니 아무래도 망명을 해 야 할 것 같다고 했다. 게이블은 그녀의 이야기를 듣고 그녀가 최선이라고 생각하는 일을 하라고 부드럽게 말했다. 그의 기운은 깊은 보라색으로 물 들어 있었다. 그에겐 그렇게 마음이 평화로울 이유가 하나도 없었지만 어 쨌든 그녀는 기뻤다.

이틀째 밤이 깊어가고 있었다. 이미토스 산등성이에 있는 극초단파 탑 들의 불빛들만이 어두운 산속에서 조그라포스와 파파구의 오렌지색 가로 등 불빛들이 켜질 때까지 아주 작게 빛나고 있었다. 포사이스와 벤포드가 의자에 앉아 있는 동안 도미니카는 다리를 계속 올리고 있을 수 있게 가 운을 입고 소파에 누워 있었다. 그녀는 네이트가 좀 전에 아파트를 나가는 소리를 들었지만 나와서 보지 않았다. 네이트는 갔다.

벤포드가 늦게 도착해서 곧바로 안가로 오겠다고 고집을 피웠다. 그는 그 공격에 대한 보고서를 달라고 해서 읽고, 의학 부서에서 다음번 행낭에 SVR의 피하주사기 펜을 보내달라고 했다고 말했다. 차에서 그는 포사이스가 하는 말을 듣고 일을 최대한 신속하게 처리하는 게 가장 중요하다고 말했다.

"몸은 좀 어때요? 걸을 수 있겠어?" 벤포드가 그녀에게 물었다. 그녀는 일어서서 소파 주위를 걸어 다녀보다가 꿰맨 자국을 손가락으로 쓸어봤다. 지난번에 부러진 그 다리를 또 다쳤네. 이 다리가 고생이 많구나.

"미안해요. 하지만 우린 거리로 나가야 하니까 당신이 움직일 수 있는지 알아야 해요. 당신은 모스크바에 전화해야 해요." 도미니카는 앉으면서 움찔했다. 벤포드가 그녀의 어깨에 한 손을 올렸다.

"천천히 해요. 먼저 당신과 얘기를 하고 싶어요. 도미니카, 당신이 헬싱키에서 우리와 맺은 관계를 계속할 용의가 있는지 난 알아야 해요. 당신이 모스크바로 돌아가서 거기서 일을 할 마음이 있는지 알아야 한다고요." 벤포드가 말했다.

"그러지 않겠다고 하면 난 어떻게 되는 건가요?" 도미니카가 물었다. 그녀는 이들이 어떤 사람들인지 잘 알고 있었지만 그들에 대한 믿음(모두에 대한 믿음)이 서서히 사라지고 있었다. 이들은 어쨌든 프로로 성과를 내야하고, 그녀의 상대편 조직에 몸담고 있었다. 벤포드와 포사이스는 파란색에 휘감겨 있었고, 그들의 말에도 푸른 기가 돌고 있었다. 민감하고, 예술적이면서도, 솔직하지 못한 색. 도미니카는 그들이 그녀를 켜켜이 둘러싸고 작업을 할 것이란 걸 알고 있었다. '조심해야지.'

"그러면 난 당신을 비행기에 태워서 미국으로 보낼 겁니다. 거기서 당신은 CIA 국장과 만나 훈장과 돈이 입금된 은행 계좌를 받게 될 거고. 그

돈으로 당신은 당신이 선택하는 곳에 (물론 보안 검토를 거친 후) 집을 사서 거기서 편안하게 러시아와 세계정세의 발달 상황에 대해 읽을 수 있죠. 당신은 비밀과 음모와 속임수와 위험으로 점철된 삶에서 자유로워지는 겁니다." 그의 머리 위에 파란색 기운이 고동치고 있었다.

'벤포드는 아주 영리해. 날 딱 한 번 만났는데도 나에 대해 완벽히 파악하고 있어.' 그녀는 생각했다. "내가 당신들과 같이 계속 일하는 쪽을 택한다면 내가 뭘 하면 좋겠어요?"

"만약 당신이 우리 편으로 들어온다면 전화를 한 통 하라고 부탁할 겁니다. 당신 삼촌에게." 벤포드가 말했다. 포사이스는 반대쪽 의자에 말없이 앉아 그 상황을 주시하고 있었다. 그의 파란색은 흔들림이 없었다. 그녀는 그를 믿을 수 있었다. 어쨌든 아주 조금이지만.

"어떤 전화를 하라는 거죠?" 도미니카가 물었다. 그녀는 그들이 그녀를 이끌고 한 울타리를 지나 다른 울타리로 들어가고 있는 걸 알고 있었다. "내가 뭘 해내길 바라죠?"

"포사이스가 그 호텔에서 있었던 싸움에 대해 조금 이야기해줬습니다. 그리고 당신이 네이트의 목숨을 어떻게 살렸는지에 대한 이야기도. 그 점에 대해 감사드리겠습니다." 벤포드가 말했다. 그는 아직도 그녀의 질문에 대답하지 않았다.

"모스크바에 하라는 그 전화는요?" 그녀가 물었다.

"이런 요란한 드라마가 끝났으니 당신이 고국으로 돌아갈 수 있는 길을 닦아야 합니다. 그리고 당신이 러시아 첩보부에서 좋은 자리를 맡을 수 있는 기회를 극대화해야 하고. 당신이 계속 일하겠다고 동의하면 말이죠." 벤포드는 그녀를 향해 파란 기운을 계속 뿜어내고 있었다.

"내가 돌아간다면 코르치노이 장군님이 제가 좋은 자리를 맡을 수 있게 해주시겠죠. 장군님과 저는 강력한 한 팀이 될 겁니다."

"물론입니다. 그 점은 우리가 확신하고 있어요. 하지만 당신은 그와 따로 떨어져서 개별적으로 작전을 수행해야 합니다." 도미니카가 고개를 끄덕였다. "그리고 그가 하던 일을 당신이 계승해야 할 날이 올 겁니다." 도미니카는 다시 고개를 끄덕였다.

"하지만 이 모든 걸 다 이루려면 야세네보에 연락해야 합니다. 긴급 전화를 해야 해요. 당신은 기진맥진한데다 걱정하고 있습니다. 당신은 누군가를 매수했어요. 수의사가 됐건 약사가 됐건 어쨌든 매수를 해서 당신 다리에 난 상처를 꿰맸어요. 지치고 화가 난 당신은 공개 전화를 해선 안 된다는 기본적인 규칙을 어깁니다. 모스크바 본부에서 보낸 그 특수부대 출신의 암살범이 당신을 거의 죽일 뻔했어요. 젊은 내쉬가 다행히 이겼죠. 그 암살범을 내쉬가 죽였다고 생각하게 만드는 게 중요해요. 당신은 도주 중이고, 경찰이 당신 뒤를 쫓고 있고, 미국인들이 곧 당신을 잡을 것 같아요. 당신은 사랑하는 삼촌에게 구해달라고 부탁해야 해요."

"알겠어요. 벤포드 씨, 당신에겐 러시아인의 피가 조금 흐르는 것 같은데요?" 도미니카가 물었다.

"그런 상상은 할 수 없는데요." 벤포드가 말했다.

"그렇다 해도 놀라지 않을 것 같은데요." 그녀가 말했다.

"해야 할 일이 하나 더 있어요. 그 통화를 할 때 허위 정보를 퍼뜨려야 해요. 내 말 이해해요?" 벤포드가 말했다.

"허위 정보, 알았어요." 도미니카가 말했다.

"바로 그거예요. 내쉬를 목표로 한 작전이 날아가버렸지만 당신이 그를 구슬려서 알아낸 정보가 좀 있다고 해요."

"내가 뭐라고 했으면 좋겠어요? 이 사기극에서?"

"당신과 네이트는 여전히 서로에 대한 정탐을 하면서 냉전에 대한 논쟁을 하고 있었어요. 그러다 네이트가 불쑥 미국에서 아주 중요한 스파이가 잡혔다는 말을 하죠. 모스크바 첩보부에서 적극적으로 관리하는 정보원이었다고요."

"그게 사실이에요?" 도미니카가 말했다. '이건 반야에게 큰 타격이겠어. 지금 심각한 정치적 위기에 처해 있겠는데.' 그녀는 생각했다.

"완벽한 사실이고 정확한 정보예요. 러시아 첩보부는 그 스파이가 눈 수술을 받았다는 허위 정보를 흘려서 미국이 엉뚱한 첩자를 사냥하게 만들려고 했다는 말을 들었다고 전해야 해요. 그리고 그건 틀린 단서라고 네이트가 그랬다고요." 벤포드가 잠시 입을 다물었다.

"실례지만 이 메시지를 전하는 목적이 뭐죠?" 도미니카가 물었다. 그녀는 이상하다고 생각했지만 벤포드의 표정을 읽을 수 없었다. 그의 색깔이 옅어져가고 있었다.

"도미니카, 이 세부 사항이 아주 중요해요. 우린 모스크바 첩보부에서 우리가 그 속임수를 알아챘다는 걸 알게 만들어야 해요. 그래서 눈 수술이란 허위 단서를 언급하는 게 중요해요. 그리고 거기서 당신이 일을 잘 해냈다고 생각해서 당신을 구출하고 싶게 만들어야 해요. 내 말 분명하게 이해했어요?"

"네, 하지만 내가 그 암살자를 죽였다고 하겠어요. 내가. 그 자가 우리 둘 다 죽이려고 했으니까. 내쉬는 도망쳤지만 그건 우리 삼촌의 실수지 내 실수가 아니니까." 도미니카가 말했다.

"훌륭해요. 아주 근사하게 내 시나리오를 다듬었군요." 벤포드가 말했다. '마블의 말이 맞았어. 이 여자 여간내기가 아니야.'

"당신이 숨어 있는 동안 내가 자세한 내용을 적어놨어요. 이제 같이 나가서 전화를 하면 됩니다." 포사이스가 말했다. 그들은 포사이스가 적은 노트를 봤고, 도미니카는 욕실로 옷을 입으러 가서 거실엔 포사이스와 벤포드만 남았다.

"지금 그녀가 코르치노이 장군에게 방아쇠를 당기고 있다는 걸 말해주지 않으면 나중에 화를 낼 겁니다." 포사이스가 말했다.

"이것밖에 방법이 없어." 벤포드가 쏘아붙였다. "나라고 뭐 좋아서 이러는 줄 알아? 하지만 도미니카가 망설여서도 안 되고, 그 카나리아 덫에 대해 알아서도 안 돼."

"도미니카는 결국 알아낼 겁니다. 만약 너무 화가 나서 이 일을 그만두면 어떻게 되는 겁니까?" 포사이스가 말했다.

"그럼 이 작전은 세계적인 스케일로 실패하는 거지. 그녀가 우리 입장을 이해해주길 바라야지. 그리스 경찰들은 다 준비됐어?" 벤포드가 물었다.

"다 됐습니다. 도미니카는 전화한 다음 날 아침 체포될 겁니다."

그리스식 구운 콩 요리, 기간테

양파와 마늘을 올리브오일에 볶는다. 거기에 껍질을 벗겨 작게 썬 토마토, 쇠고기 육수, 파슬리를 넣고 걸쭉해질 때까지 끓인다. 거기에 삶은 콩을 넣고 잘 섞은 후에 콩이 부드러워지고 위쪽은 노릇노릇해질 때까지 중간 온도로 맞춘 오븐에 넣어 굽는다. 살짝 타도 괜찮다. 상온에 맞춰 낸다.

38

반야 예고로프는 사무실에서 늦게까지 일하고 있었다. 하늘색은 분홍색에서 보라색에서 검은색으로 바뀌어갔지만 예고로프의 눈에 들어오는 거라곤 아테네에서 일어난 그 사건에 대해 방영하는 그리스 텔레비전, 유로비전, BBC, 스카이, CNN의 뉴스뿐이었다.

아테네 레지덴투라에서 그 죽은 남자가 세르게이 마토린이란 걸 확인했다. 반야는 아테네 레지던트가 그리스인들이 (알 수 없는 이유로) 그 시체를 이미 화장해서 부검이 불가능하다는 말을 했을 때 속이 뒤집히는 걸 느꼈다. '알 수 없다니 지랄하고 자빠졌네.' 반야는 생각했다. 그리스는 다년간 CIA 수중에 있었다.

하지만 그건 지금 중요하지 않았다. 반야는 다른 누군가가 아테네의 살인 작전을 승인해서 그 외눈박이 사이코를 그리스로 보냈다는 걸 알고 있었다. 국장은 아니고, FSB에서 한 짓도 아니다. 심지어 난쟁이 주가노프가 건드릴 수 있는 일도 아니다. 오직 한 사람만이 할 수 있는 일. 마치 초능력이 있는 것처럼 그때 전화기가 따르릉 울려서 예고로프는 깜짝 놀라 펄쩍 뛰어 일어났다. 전화선을 통해 그 익숙하고 잔인한 목소리가 거침없이 흘러나왔지만 동시에 아주 기분 나쁘게 침착한 목소리이기도 했다.

"아테네 작전은 망신스럽군." 푸틴이 말했다. '이 사람 지금 양말만 신고 있을까?' 예고로프는 생각했다. '웃통도 벗고?'

"그렇습니다, 각하." 예고로프가 침울하게 말했다. 자신이 그 작전을 허가해준 게 아니란 소리는 할 필요도 없었다. 푸틴도 알고 있으니까.

"내가 분명히 특별 작전 같은 건 하지 말라고 했는데."

"네, 각하. 제가 조사를……"

"관둬. 난 자네가 더 큰 성공을 거둘 거라고 생각했어. 그 상원 의원을 잃은 것만으로도 막대한 손실을 입었는데. 거기다 자네 첩보부에 아직도 그 내부 첩자가 활동하고 있어. 그 반역자를 찾기 위해 뭘 하고 있지?" '당신이 그 괴물 같은 충동만 참았더라도 지금쯤 그 자를 잡았을 거야.' 반야는 생각했다.

"각하도 아시는 것처럼 제가 그 미국인 핸들러를 이용하기 위해 유능한 요원을 파견했습니다. 전 지금 중요한 정보가 들어오길 기대하고……"

"그래, 자네 조카딸. 그 요원은 지금 어디 있지?" 드디어 나왔군, 최악의 사태가.

"그리스에서 아직 소재가 파악되지 않고 있습니다." 반대편에서 침묵이 흘렀다.

"그녀가 죽었을 확률은 얼마나 되지?" 푸틴이 물었다. '그렇게 기대에 찬 목소리로 말하지 마.' 반야는 생각했다.

"소식이 오길 기다리고 있습니다." 예고로프가 말했다. 또 다시 긴 침묵이 흘렀다. 도미니카는 워싱턴의 그 첩보 소동보다, 지금 모스크바 첩보부 내에 존재하는 내부 첩자보다 대통령에게 더 큰 위협이 되는 존재였다.

"그녀를 고국으로 데려와야 해. 그녀의 안전을 확인해봐." 푸틴이 말했다. '이 말은 무슨 일이 있더라도 절대로 그녀가 유스티노프 살해 음모에 대해, 그 작전에 대해 입을 여는 일이 없도록 어떤 대가라도 치르라'는 뜻이었다. 어떤 대가라도. 그리고 전화가 끊겼다.

도미니카가 실종됐다. 죽은 게 아니라면 아마 숨어 있을 것이다. 그녀가 그리스 수도에서 어떻게 혼자 숨어 있을 수 있는지는 미스터리다. 그의 작은 스패로우는 놀라운 생존 기술을 가지고 있는 게 틀림없다고 반야는 생각했다. 프시키코에 있는 러시아 대사관 주위에 회색과 흰색이 섞인 그리스 경찰 밴들로 비상경계선이 쳐진 뉴스 화면이 TV에 나왔다. 그리스인들은 러시아 도망자가 러시아 공관으로 피신할 가능성을 고려한 것이다.

뉴스에는 또 다른 남자에 대한 소식이 보도되고 있었다. 그들은 내쉬의 이름은 모르고 있었다. 도미니카가 그에게서 뭔가 알아냈을까? CIA가 도미니카를 죽였을까? 그녀를 잡았을까? 만약 도미니카가 살아 있다면 다시 찾아와야 한다. 그러면 그는 살 수 있다.

반야의 책상 위에 있는 전화벨이 울렸다. 외부 전화니 중요한 게 아니었다. "뭐야?" 그는 다짜고짜 쏘아붙였다. 비서인 디미트리가 건 전화였다.

"외부에서 전화가 들어왔습니다." 비서가 말했다.

"이게 대체 무슨 해괴한 소리야?" 예고로프가 고함을 질렀다.

"해외에서 온 전화라고 합니다. 추적해보니 그리스였습니다." 디미트리가 말했다.

예고로프는 순간 두피가 움츠려드는 게 느껴졌다. "연결시켜." 그가 말했다.

도미니카의 목소리가 흘러나왔다. "삼촌? 삼촌? 내 말 들려요?"

"그래, 아가. 어디니?"

"오래는 통화 못 하겠어요. 여긴 아주 힘든 상황이에요." 그녀는 지친 목소리였지만 공황 상태에 빠진 것 같진 않았다.

"어디 있는지 말해줄 수 있니? 내가 사람을 보내마."

"도와주시면 좋겠어요. 전 조금 지쳤어요."

"내가 사람을 보낼게. 어디서 만날 수 있니?"

"삼촌, 제 친구, 그 젊은 남자가 입을 열기 시작했다는 말을 해야겠어요. 제가 잘 해내고 있었어요. 삼촌이 바라시던 것처럼. 하지만 그 놈, 그 악마가 우리 둘 다 죽일 뻔했어요."

"무슨 일이 있었니?" 예고로프가 물었다.

"그들이 싸웠어요. 내 젊은 친구는 도망쳤는데 지금은 어디 있는지 모르겠어요."

"그 젊은 미국인이 특수부대에서 훈련을 받은 전사를 이긴 거니?" 예고로프는 알고 싶었다.

"아뇨, 삼촌. 내가 그 놈을 죽였어요. 안 그러면 놈이 날 죽였을 거라고요." 반대편에서 침묵이 흘렀다.

맙소사, 예고로프는 생각했다. '이 아이야말로 악마야. 어떻게 마토린을 죽일 수 있었을까?' 수화기를 잡고 있는 그의 손이 땀에 젖어 축축해졌다.

"알겠다. 너의 그 젊은 친구가 뭐라고 했니?"

"네. 좀 이상한 말을 했어요. 그 자가 미국인들이 최근에 우리 스파이 하나를 잡았다고 자랑했어요. 여자 스파이라고. 그 자가 그러는데 그 여자는 중요한 스파이라고. 내가 그 말을 못 믿겠다고 했죠." '그 말은 믿어도 돼, 사실이야.' 예고로프는 생각했다.

"그 자가 삼촌이 미국인들을 호도하려고 했다고 했어요. 그들에게 그 스파이가 아파서 일을 할 수 없다는 말을 했다고요."

예고로프는 이 바보에게 어서 빨리 말하라고 수화기에 대고 고함을 지르고 싶었다. 수화기를 통해 자신의 맥박이 쿵쿵 뛰는 소리를 들을 수 있었다. "그거 아주 흥미롭구나. 그 자가 뭐 더 말한 거 없니?"

"그냥 그 스파이는 눈 수술을 하지 않았다고. 그건 가짜 정보였는데 미국인들이 다 꿰뚫어봤다고 했어요. 내 친구는 그 여자 스파이를 잡아서 꽤나 자랑스러워하는 것 같더라고요." 도미니카가 말했다.

'이제 자기네 스파이를 잃게 됐으니 그 기쁨이 줄어들겠군.' 예고로프는 생각했다. 코르치노이.

"그게 다였니?" 코르치노이.

"없어요, 삼촌. 방해만 받지 않았어도 대화를 계속할 수 있었을 텐데."

"그래, 물론이지. 이제 이 전화는 끊어야겠다. 넌 어디 있니? 내가 사람을 보낼게. 지금은 사람들의 눈을 피해야 한다."

"전 낯선 남자의 아파트에 있어요. 내가 그에게 잘 해주면 신고하지 않겠다고 그 남자가 약속했어요. 삼촌이 그렇게 하라고 날 교육시킨 거잖아요, 안 그래요?"

예고로프는 그녀의 목소리에서 비꼬는 기색이 있는 걸 눈치채지 못했다. "거기 하루 더 있을 수 있니? 지금 그 사람 전화기로 전화하는 거니?"

"하루 더 있을 수 있을 것 같아요. 하지만 전 밖에 나와서 전화를 해야 했어요. 그 호텔에 내 전화기는 놔두고 왔어요. 이 남자는 집 전화기는 없고 핸드폰만 있는데 그걸로 삼촌에게 전화하고 싶진 않았어요. 거리 맞은편에 공중전화박스가 하나 있어요. 거기서 전화 카드로 하고 있어요." 그녀는 그에게 그 거리 이름과 오모니아 광장 북쪽에 노동자들이 사는 주택가의 건물 번호를 알려줬다.

"내일 정확히 정오에 그 전화박스에 있어. 널 데리러 차가 한 대 올 거야. 기사가 내 이름을 말할 거고. 우리가 너를 집으로 데려올게. 그동안은 거리에 나가지 마." 예고로프는 전화를 끊었다.

그녀를 데려올 수 있다면 나는 안전할 것이다, 예고로프는 생각했다. 코르치노이를 잡게 되면 그녀의 몸을 훈장으로 뒤덮어줄 것이다. 먼저 아테네에 전보를 보내서 거기 얼간이가 적들에게 쫓기는 우리 요원을 태우러 갈 수 있을지 알아봐야지. 그다음에 코르치노이에게 24시간 감시를 붙여야겠다. 놈이 낌새를 채고 미국으로 탈출하지 않게 조심해야지.

기다림에 대비해서 서커스 장사 같은 몸을 다잡는 동안에도 그는 그를 배신하고 미국인들이 스완을 찾을 수 있게 도와준 그의 오랜 동료에 대해 생각하기 시작했다. "주가노프 연결해." 반야가 디미트리에게 소리쳤다.

아테네 레지던트의 메시지가 다음 날 야세네보의 업무가 종료되는 시간에 도착했다. 거기에 SVR 요원 두 명이 파티시아 주택가에 있는 공중전화 박스로 접근해서 도미니카를 데려가려고 한 장면이 묘사돼 있었다. 그들은 여섯 대가 넘는 그리스 경찰차들과 흰 헬멧을 쓰고 방탄조끼를 입은 스무 명의 경찰들이 그 공중전화박스를 둘러싸고 있었다고 보고했다. 그곳은 난장판이었고 SVR 요원들은 가까이 다가갈 수 없었지만 두 명의 여자 경찰이 경찰 밴 뒤쪽 계단으로 수갑을 찬 여자 한 명을 데리고 올라가는 걸 봤다. 그들은 경찰에게 잡힌 그 여자가 '짙은 머리색에 말랐다'고 묘사했다. 확실한 건 없지만 도미니카일 가능성이 높았다. 그녀가 그들의 손에 넘어간 것이다. 그 메시지가 도착한 지 2분도 못 돼서 예고로프의 책상 뒤 캐비닛 위에 있는 전화기가 인공적인 기계음을 내며 울리기 시작했다.

자정이 지났고, 코르치노이 장군의 거실에서 보이는 모스크바 강의 굽이는 스트로기노의 고층 건물들의 불빛 사이를 흐르는 검은 리본 같았다. 강 건너편에 있는 아파트 단지는 이쪽 아파트들보다 더 새것이었다. 아직 공사가 끝나지 않은 단지들 위로 여전히 건설 현장에서 쓰는 크레인들이 높이 솟아 있었다. 마블은 저녁식사로 그가 좋아하는 알라 몰리카를 만들었다. 설거지를 하고 나서 브랜디를 한 잔 가지고 거실로 와서, 시계를 확인하고, 벽을 따라 죽 늘어서 있는 책장으로 갔다. 그는 책장의 제일 위쪽 칸의 이음매 속에 작은 과도를 밀어 넣고 칼날을 계속 돌려서 나무 속에 숨겨진 걸쇠를 풀었다. 그러자 맨 위 칸이 관 뚜껑처럼 열리면서 바닥이 얕은 공간이 드러났다.

코르치노이는 그 속에 손을 넣어서 깨끗한 천에 싼 회색 금속 상자 3개를 꺼냈다. 첫 번째 상자 두 개는 담뱃갑만 했고, 세 번째 상자는 조금 더 평평하고 넓적했다. 코르치노이는 작은 상자 두 개의 끝에 달린 걸이들을 이용해서 두 개를 연결했다. 세 번째로 더 납작한 상자(그 안에는 작은 키릴 문자 자판이 있었다)는 플러그를 써서 앞의 두 상자와 연결시켰다. 상자 옆에 붙어 있는 클립 홀더에 터치펜이 하나 꽂혀 있었다. 그 펜을 이용해서 코르치노이는 상자 속에 움푹 들어가 있는 버튼 두 개를 눌러 아주 작은 발광 다이오드를 켰다. 첫 번째 불빛은 배터리 전원을 표시하는 것이다. 초록색 불이다, 됐어. 두 번째는 내장된 안테나가 US 밀스타 블록 Ⅱ 정지 궤도위성 발사체 신호를 잡을 수 있을 것인지 나타낸다. 아주 강한 초록색 신호가 떴다. 마지막 불빛은 그 메시지 교환, 달리 표현하면 악수를 했는지 나타내는 표시다. 노란 불빛이다, 대기 중이란 뜻이다.

코르치노이는 터치펜으로 자판들을 눌러 일상적인 메시지를 작성했다. 그는 비밀 편지들을 쓰면서 다년간 익힌 간결한 암호 작성법에 따라 줄 간격과 구두점들은 다 생략하고 단순하게 썼다. 그는 종이를 문지르고, 잉크를 준비하고, 대문자를 쓸 때 깃털 펜을 누르는 그 무게같이 촉감을 이용해 메시지를 쓰던 시절이 그리웠다.

그는 안락의자에 앉아 화가 베르메르의 그림에 나오는 노인처럼 허리를 구부리고 어깨 위에 있는 독서등의 불빛을 받으며 작업했다. 방안에 깊은 정적이 흘렀다. 코르치노이는 메시지를 작성하고 'niko'라고 (강압에 의해 쓰지 않았다는 뜻이 담긴) 서명을 하고, 전송 버튼을 누르고 그 노란색 불빛을 지켜봤다. 그의 메시지는 초고주파를 타고 하늘로 치솟아 위성으로 밀려가서 센서들을 작동시켰다. 미리 저장된 답변이 활성화돼서 3초 만에 Q 주파수대에 있는 약해진 신호를 타고 돌아왔다. 모스크바는 잠이 들었고, 루비안카의 창문들은 어둡지만, 코르치노이는 위로 손을 뻗어 주적과 손끝을 맞댔다. 불빛이 초록색으로 깜박였다. 악수했다. 메시지가 성공적으로 전송된 것이다.

코르치노이는 키보드에 들어 있는 코드를 풀어서 M 10 도로변에서 3년

전 한밤중에 트렁크를 교환했을 때 CIA 요원에게 받은 작은 컬러텔레비전 뒤에 있는 잭에 그 코드를 꽂았다. 코르치노이는 CIA에서 개조한 그 TV를 틀고 채널을 골랐다. 터치펜으로 자판을 세 번 누르자 눈처럼 하얗던 화면이 까맣게 변하면서 한 번 깜박이고, 그 다음에 다시 까매졌다가, 환한 서체로 두 단어가 나타났다. 메시지 없음, 이라는 말이었다. 그 말 뒤에 마침표가 없었다. 그게 진짜 메시지였다. 게임이 시작됐다는 신호탄이었다.

코르치노이는 텔레비전을 끄고, 그 코드를 다시 감아 키보드에 넣고, 전원을 끄고, 그 통신 장비를 다시 숨겼다. 그는 그 부품들을 천으로 싸서 다시 그 은밀한 칸에 넣은 다음 닫고 나서 뚜껑을 잠갔다. 그리고 의자로 돌아와, 무릎 위에 책을 놓고, 브랜디를 한 모금 마셨다. 그는 손을 뻗어 독서등을 끄고 어두운 거실에 앉아 도시의 불빛들과 검은 강물을 내다보면서 지난 30분 동안 그가 한 모든 것을 SVR이 보고 녹화했을 거라는 걸 확신했다.

1962년 8월부터 10월까지 KGB는 GRU 소속 올레그 펜코프스키 대령을 전면적으로 수사했는데 그 대상에는 모스크바 강이 내다보이는 그의 아파트도 포함돼 있었다. 당시 올레그 대령은 서방에 소련의 탄도 미사일에 대한 방대한 정보를 넘겨주고 있었다. 그로부터 50년이 넘는 세월이 흐른 후에 블라디미르 코르치노이 장군을 감시하고 있는 FSB 감시팀 요원들은 냉전 시대에 일어난 그 사건을 기억하기엔 너무 젊었지만 감시 대상에 대한 증거를 수집하기 위해 그들이 쓴 방법은 전임자들이 한 것과 거의 똑같았다.

강 건너편에 있는 아직 완공되지 않은 고층 아파트에서 감시팀 세 팀이 손잡이가 달린 거대한 해군 쌍안경으로 코르치노이가 위성과 통신하기 위해 방위각 13도로 비밀 통신 장비를 맞추고 있는 걸 지켜봤다. 코르치노이의 아파트 바로 위층에 있는 감시팀은 코르치노이의 아파트 방 세 개에 드릴로 아주 작은 구멍을 뚫어서 거기에 어안렌즈들과 마이크들을 설치해 소리와 영상을 모두 저장하고 있었다. 그들은 코르치노이가 책장에 숨긴 장치들을 꺼내고, 부품들을 조립하고, 자판으로 메시지를 치는 걸 봤다. 그의 텔레비전 화면에 나오는 글자를 읽기엔 각도가 맞지 않아서 섬유 유리에 장착된 비디오카메라를 건물 밖에서 아래로 내려 거실 유리창을 통해 화면에 비치는 메시지를 녹화했다. 펜코프스키 사건과 달리 그들은 석 달이나 정보를 모을 필요가 없었다. 이 정도면 충분했다.

한밤중에 시내 반대편에서 또 다른 팀이 야세네보 2층에 있는 미국 부서의 코르치노이 사무실을 수색하고 있었다. 사무실, 책상, 캐비닛과 용기들을 철저하게 수색한 후에, 기술자들이 컴퓨터 자판, 책상 서랍 틈, 손잡이들, 파일 폴더들, 찻잔과 컵받침들을 세세하게 면봉으로 닦아 샘플을 채취했다. 다음 날 아침 주가노프가 가져온 분석 결과를 예고로프가 낚아챘다. 문손잡이, 책상 위에 있는 압지의 오른쪽 가장자리에 멧카가 추적할 수 있을 정도의 분량이 남아 있었다. 분석 결과 234 화합물, 품목 번호 18번. 호스트: 네이트 내쉬. 미 대사관 소속.

코르치노이가 야세네보에서 퇴근하고 집에 왔을 때 강가에 늘어선 나무들 위로 저녁놀이 환하게 비쳤다. 지하철역에서 강가의 산책로를 따라 걸어오는 동안 그의 다리는 천근만근이었고, 가슴은 갑갑했다. 아파트는 집집마다 문 뒤에서 들리는 텔레비전 소리를 빼면 조용했고, 요리를 하는 냄새가 복도에 진하게 배어 있었다. 마블은 아파트 문을 여는 순간 잡혔다는 걸 알았다. 평소에는 자물쇠에 열쇠를 꽂으면 자물쇠가 빡빡해서 열쇠를 잡고 사정없이 흔들어야 했다. 오늘 밤 이 원통 모양의 자물쇠는 비단처럼 부드럽게 느껴졌다. 그들이 열쇠 구멍에 흑연을 뿌려놓은 것이다.

아파트 문 주위에 다섯 명의 남자들이 반원형으로 서 있었다. 우락부락하고 마른 얼굴들, 사각 턱들과 매서운 눈초리로 모두 긴장하고 있었다. 그들은 청바지와 추리닝과 가죽 재킷을 입고 있었고, 문이 열리는 순간 코르치노이를 벌떼처럼 둘러쌌다. 그는 저항하지 말아야 한다는 걸 알고 있었지만, 그들은 그의 팔과 다리를 움켜쥐고 바닥에서 들어올렸다. 그들은 그의 목을 팔뚝으로 누르고, 다른 남자 둘은 그의 팔을 잡고 조용히 그리고 빠르게 움직였다. '놈들은 항상 이렇게 사람을 들어 올리지. 내가 대체 어디로 도망갈 거라고?' 그는 생각했다. 그가 아무 말도 하지 않는 사이에 그들이 하수구 냄새가 나는 쐐기 모양의 고무를 그의 치아 뒤쪽에 억지로 끼워 넣고('제발 청산가리 캡슐은 깨물지 말라고, 동무'), 속옷만 남기고 옷을 다 벗기면서 절대로 그의 팔다리는 놓아주지 않았다('옷에 있는 무기나, 단추나, 바늘은 제발 쓰지 마, 동무'). 그들은 그에게 맞지도 않는 추리닝을 억지로 입히고 그의 몸을 들고 층계참에 있는 적어도 열 명은 되는 가죽 코트 입은 남자들을 지나쳐 계단을 내려갔다. 그는 짙은 초록색 밴 뒤에 처박혔는데 그들은 절대로 그의 다리와 팔에서 손을 떼지 않았다. 코르치노이의 전신에 고통이 흘렀다. 남자들이 너무 세게 잡고 있어서 팔의 감각이 없어지기 시작했다. '이건 중요한 게 아니야.' 그는 다음 단계를 준비하며 생각했다. 그다음에 뭐가 올지 그는 잘 알고 있었다.

창문도 없는 밴을 타고 그들은 오랫동안 갔다. 차가 방향을 틀 때마다 사정없이 흔들렸고, 선로 위를 지나갈 때면 몸이 덜거덕거렸고, 로터리를 돌 때는 몸이 한쪽으로 쏠렸다. 코르치노이는 그들이 어디 가는지 알고 있었다. 그는 시내 서쪽으로 가는 그들의 경로를 머릿속으로 그릴 수 있었다. 밴의 문이 홱 열리고 밖으로 끌려 나왔을 때 코르치노이는 고개를 들었다. 그는 마지막으로 하늘을 한 번 봐야겠다고 생각했다. 그래서 오늘은 칠흑처럼 까만 밤하늘에 오렌지색으로 빛나는 도시의 불빛들을 보고 그가 할 수 있는 마지막 일인 것처럼 도시의 공기를 깊숙이 들이마셨다. 그들이 그를 거칠게 끌고 작은 문으로 다가갔을 때 그는 재빨리 주위를 둘러보면서 자신이 이미 알고 있는 걸 확인했다. 뭔가 어수선하게 흩어져 있는 마당은 더러웠고, 완공되지 못한 콘크리트 담장 위에는 얼기설기 얽힌 격자 모양의 가시철조망이 박혀 있었고, Y자 모양의 익숙하고 아주 큰 담으로 둘러진 이 5층 건물은 확실히 레포르토포 감옥이었다.

코르치노이는 자신이 최악의 형벌을 피할 수 없다는 걸 알고 있었다. 그는 자신의 최종 목적지가 아무 표시도 없는 무덤이란 걸 알고 있었다. 그에게 남아 있는 유일한 선택은 그가 죽게 될 방식이었다. 그는 이미 그들이 쉽게 일하게 놔두지 않겠다고 결심했다. 그건 아이러니하게도 막힘 없이 말을 하겠지만 그들이 듣고 싶은 말만 하지 않는 걸 의미했다.

점점 더 심문의 강도가 높아지는 가운데 코르치노이는 그들에게 자신은 러시아에 반대해서 스파이 활동을 한 게 아니라 더 정확히 말하면 '러시아를 위해서 그렇게 했고', 무엇보다 50년 동안 국민들의 목을 조른 그 소비에트 시스템에 저항하기 위해 그렇게 했고, 이제는 지금 크렘린에 있는 무리들을 물리치기 위해 그렇게 했다고 말했다. 그는 심문실에 있는 냉혹한 얼굴의 남자들에게 자신은 어떤 후회도 없으며, 기회가 있으면 또 그렇게 할 것이라고 말했다. 스파이로서 그의 엄청난 경력에 그들은 압도됐다. 그는 장성급 요원이었다. 그가 러시아 첩보부에 입힌 피해를 평가하는 것만도 몇 년이 걸릴 것이다. 그들의 얼굴에서 당혹스런 표정을 볼 수 있었다.

코르치노이가 자신의 체포와 죽음을 생각하기가 훨씬 쉬웠던 건 그의 뒤를 잇는 작업의 시동을 자신이 걸었다는 걸 알고 있기 때문이었다. 그는 심문을 받으면서 단 한 번도 도미니카가 언급되지 않았고, 그녀가 의심을 받고 있다는 암시도 전혀 느껴지지 않아 만족했다. 그녀는 안전했다.

코르치노이는 그들의 질문에 모두 대답했고 지난 15년 동안 미국인들에게 그가 제공한 정보들의 목록을 만들어줬다. 그렇게 전적으로 협조했는데도 주가노프는 그들에게 '육체적인 방법들'로 심문 방법을 바꾸라고 했다. 루비안카의 지하 감방에서 쓰던 옛날 수법들을 써보라는 뜻이었다. 그것은 주가노프의 쾌락이었고, 코르치노이가 그들을 배신했으니 조금은 그에 대한 보복이 되기도 했다. 그들은 그의 손톱 밑에 휘어지는 삼나무 조각들을 쑤셔 박아서 검붉은 피가 배어나오게 하고, 발가락 사이에 목재 장부촉들을 힘껏 누르고, 귀볼 뒤의 움푹 들어간 곳에 기름을 바른 손가락 관절로 사정없이 눌러댔다. 또 다른 감방에서는 비뇨기과 여 의사가 그의 얼굴을 계속 지켜보면서 전기 고문의 강도를 조금씩 더 높여갔다.

갑자기 그런 고문들이 중단되고 하루 종일 그를 감방에 내버려뒀을 때 코르치노이는 반야가 아마 잠깐 중단시켰을 거라고 생각했다. 다음 날 코르치노이가 심문실에 들어왔을 때 테이블 위에 CIA 통신 장비가 놓여 있었다. 좀 기다리자 반야 예고로프가 들어와 간수들에게 문을 닫고 나가라고 손짓했다. 반야는 코르치노이를 보지 않고 테이블 주위를 천천히 돌아오면서 입가에 엷은 미소를 지으며 그 장비와 배터리팩을 손가락으로 만졌다.

"몇 달 전에 잠깐 자네일지도 모른다고 생각했어." 반야가 담배에 불을 붙이면서 말했다. 그는 코르치노이에겐 담배를 권하지 않았다.

"그랬다가 그럴 리가 없다고 다시 생각했어. 자넨 우리 중 최고였고 러시아에 그렇게 불충한 짓을 할 수 있는 사람이 결코 아니었거든."

코르치노이는 무릎에 올린 두 손을 맞잡은 채 아무 말도 하지 않았다. "그 오랜 세월 함께 쌓아 올린 경력을 그렇게 쉽게 허물어뜨리다니. 내가 너에게 보여준 믿음, 그 사랑……" 반야가 말했다.

"네가 그런 말 할 줄 알았다. 넌 항상 너밖에 몰라, 반야." 코르치노이가 말했다.

"멍청한 자식." 반야가 바닥에 담뱃재를 떨면서 말했다. "넌 우리 첩보부에 막대한 피해를 입혔어. 너의 조국을 손상시키고, 러시아를 저버렸어." 그는 여기 설치된 마이크 앞에서 연기를 하고 있다고 코르치노이는 생각했다.

반야는 잘난 척 횡설수설하고 있었다. "대체 원하는 게 뭐야, 반야? 여긴 왜 왔어?" 코르치노이가 말했다.

반야가 잠시 코르치노이를 보더니 테이블 위에 있는 장비를 봤다. "난 너를 체포하게 된 정보를 알아낸 게 바로 내 조카딸이자 너의 후배인 도미니카란 말을 해주기 위해서 왔어. 도미니카는 영웅이고 너는 버러지야." 반야가 말했다.

그랬구나. 그들의 승계 전략이 성공했구나. 코르치노이는 마음속으로 벤포드에게 축하의 말을 전했다.

반야는 그의 반응을 살펴보기 위해 코르치노이의 얼굴을 보다가 그가 패배를 인정한 것처럼 고개를 푹 숙이자 만족했다. 그는 담뱃갑을 챙기고 감방 문을 두드렸다. 철문들을 지나쳐서 시멘트 복도를 걸어가면서 반야는 스완을 잃은 것이 코르치노이를 체포한 것으로 상쇄됐을 거라고 계산했다. 도미니카. 그 아이를 데려와야 한다.

생쥐들의 게임. 라인 T 기술 요원들이 원래 좌표에서 메시지를 전송하기 위해 스트로기노에 있는 마블의 아파트에 조심스럽게 비밀 통신 장비들을 다시 갖다 놨다. 남자 몇 명이 아무 소리도 내지 않은 채 지붕 위에 모여서 파란색과 검은색이 섞인 모스크바 강을 내려다보며 전송 버튼을 누르고 북극권 한계선에 있는 위성이 악수를 하길 기다렸다. 벤포드가 받은 메시지에서 'NIKO'의 철자를 모두 대문자로 친 걸 보고 마블의 메시지가 다른 사람에 의해 작성됐거나, 마블이 강압에 의해 작성했다는 걸 알았다. 어떤 이유로든 그건 결국 마블이 체포됐다는 걸 의미했다. 그와 마블이 함께 그 계획을 수도 없이 검토했지만 그의 요원이 자신을 희생했다는 실감이 들자 벤포드는 본능적으로 움찔하면서 조용히 그 상실감에 애통해했다.

반야가 탄 메르세데스는 텅 빈 루블툐보-우스펜스코예 고속도로의 25마일을 15분 만에 달려왔지만, 접수처 건물에서 10분이나 기다리고 난 다음에야 그를 태워갈 차가 와서 검은 전나무와 소나무 숲을 지나 신고전주의 양식의 노보-오가료보 정문에 도착했다. 반야는 차고 있던 손목시계를 봤다. 거의 자정이 된 시각이었는데 모스크바 서쪽 외딴 곳에 있는 대통령의 별장에 호출됐다는 생각에 오싹해졌다. 그 사람과 똑같아, 반야는 생각했다. 스탈린도 활활 타오르는 벽난로의 열기로 무시무시하게 더운 대기실에서 사람들을 새벽 3시까지 기다리게 했다.

이 부분은 스탈린과는 달랐다. 예고로프는 안내를 받아 곡선이 진 계단을 내려와 거대한 지하 체육관으로 들어왔다. 지하실 전체를 차지한 그 넓은 체육관은 천장에 달린 전구들의 불빛에 번쩍거리는 기계들과 역기들로 가득 차 있었다. 예고로프는 자신의 부하인 라인 KR 방첩팀장인 알렉세이 주가노프가 운동기구 옆에 있는 의자에 앉아 있는 걸 냉정한 시선으로 주목했다. '증인이 하나 있군, 안 좋은 신호인데.' 반야는 생각했다.

웃통을 벗고 있는 푸틴의 털 하나 나지 않은 상체는 땀에 젖어 번들거렸고, 팔에는 혈관들이 울룩불룩 튀어나와 있었다. 그는 두 손으로 위쪽 바에 걸려 있는 나일론 줄의 손잡이 부분을 꽉 잡고 있었다. 러시아 대통령은 그 줄을 잡고 마치 십자가에 있는 그리스도처럼 몸을 앞으로 힘껏 기울이고 고개를 앞으로 내밀어 바닥에 깔린 매트리스와 거의 평형인 자세를 유지하고 있었는데 얼굴이 바닥에서 불과 30센티미터 정도 떨어져 있었다. 그렇게 힘을 쓰느라 온 몸을 부들부들 떨면서 두 팔을 들어 올려 몸을 위로 끌어올렸다가 다시 밑으로 내려 바닥과 평형 자세를 취했다가 다시 위로 올리는 동작을 반복했다. 식용 달팽이 같은 주가노프는 푸틴에게서 눈을 떼지 않고 있었다. 주인의 가슴에 흐르는 땀을 금방이라도 핥을 기세였다.

푸틴은 계속 그렇게 씩씩거리면서 몸을 올렸다 내렸다 하다가 최대로 몸에 힘을 준 상태에서 고개만 들어 아주 오래된 빙하 같은 색의 눈으로 예고로프를 바라봤다. 푸틴은 그렇게 꼼짝도 않고 공중부양을 하고 있다가 다시 일어섰다.

"그녀를 그리스에서 빼내서 러시아로 데려와." 푸틴이 가는 목소리로 말했다. 그가 수건으로 얼굴을 닦고 나서 주가노프에게 휙 던지자 주가노프는 허둥거리면서 받았다. 푸틴은 예고로프의 눈을 뚫어져라 봤다. 사람을 불안하게 만드는 습관으로 자신이 선견지명이 있는 서번트처럼 보이게 하려는 속셈이었다. 어떤 사람들은 대통령이 사람의 마음을 읽을 수 있다고 믿었다.

"제가 지금 연락책들과 작업 중입니다. 그리스인들이 대노했습니다." 예고로프가 말했다.

푸틴이 손을 들어올렸다. "그리스인들은 그렇게 대노할 인간들도 못돼. 그 자식들은 그저 잘난 체하는 새대가리들이야. 우리가 러시아의 힘을 보여줄 거야." '다시 말하면 그자들을 묻어버리겠다는 말이잖아.' 반야는 생각했다. '날 처리한 다음에.'

"그리스인들의 배후에 미국인들이 있어. 그들이 모든 걸 조종하고 있어." 푸틴이 그렇게 말하면서 스테인리스 손잡이가 달린 벤치 프레스로 갔다. "그들은 이 일을 자기들에게 유리하게, 러시아에게 불명예를 안기는 쪽으로, '날 망신 주는 쪽으로' 이용할 거야." 그거야말로 최고의 범죄지. 예고로프는 푸틴의 말에 대답하지 않았다. 주가노프는 앉은 자리에서 몸을 꼼지락댔다. 푸틴은 벤치에 누워 손잡이를 머리 위로 밀어 올리기 시작했다. 그렇게 펌프질을 하는 동안 그의 머리 위에 있는 바벨이 올라갔다 내려갔다 했다.

"도미니카 예고로바는 영웅이야." 푸틴이 말하는 동안 거대한 체육관 안에서 덜거덕거리는 바벨 소리가 메아리처럼 울려 퍼졌다. "난 세세한 점에는 관심 없어. 거리에서 저지른 스파이 기술의 실수들과 야세네보에서 저지른 행정적인 무능력도 관심 없고."

"그녀를……" 덜커덩,

"조국으로……" 덜커덩,

"데려와……."

반야 예고로프는 마치 악마의 배 밑바닥에서 펌프질하는 소리처럼 머릿속에서 바벨이 덜컹거리는 소리를 들으며 모스크바까지 갔다.

메르세데스보다는 덜 화려한 또 다른 차가 모스크바로 속력을 높여 돌아가는 동안 뒷좌석에 앉은 주가노프는 그의 자리를 굳힐 수 있는 좁은 기회의 창이 있다는 걸 알고 있었다. 그는 예고로프가 징계 면직돼서 숙청되고, 감옥에 가게 될 시간이 몇 시간 안 남았다고 판단했다. 푸틴은 도미니카의 송환 여부와 상관없이 예고로프를 살려주지 않을 것이다. 그러기엔 그동안 너무 많은 실수와 실패를 저질렀다. 만약 주가노프 그가 도미니카를 되찾아 올 수 있다면, 승진과 함께 수많은 보상을 받게 될 것이다. 그는 CIA가 바로 그 점을 상의하기 위해 그에게 전화를 할 거라고는 결코 상상도 할 수 없었다.

마블의 알라 몰리카

빵 부스러기들을 노릇노릇해질 때까지 굽는다. 또 다른 프라이팬에 오일을 두르고 멸치 살코기가 다 풀어질 때까지 볶는다. 거기에 가늘게 썬 양파, 마늘과 고춧가루를 넣고 양파가 갈색으로 변할 때까지 볶는다. 삶아서 물을 뺀 스파게티를 프라이팬에 넣고 멸치와 양파를 넣어 만든 살사 소스를 넣고 피슬리와 레몬주스를 넣어 잘 섞는다. 빵 부스러기를 그 위에 뿌려 낸다.

39

도미니카는 체포된 후에 그리스 경찰에 의해 조용히 포사이스에게 넘겨져 글리파다의 바닷가 마을에 있는 새 안가로 옮겨졌다. 어느 비 오고 바람 부는 오후에 벤포드와 포사이스는 FSB가 코르치노이 장군을 체포한 게 거의 확실하다는 '조짐'이 있었다고 그녀에게 말했다. 그녀는 굳은 얼굴로 아무 감정도 드러내지 않았다. 또 한 사람을 잃었다.

"우린 그런 일이 일어날 수 있다는 가능성을 안고 살아가고 있어요." 벤포드가 말했다.

"하지만 왜 지금 이런 일이, 우린 같이 일했을 텐데, 어떻게 이런 일이 일어났죠?" 도미니카가 물었다. 벤포드는 그녀가 오직 코르치노이 걱정만 하고 있다는 점에 주목했다. 그녀는 자신에 대해선 생각하지 않고 있었다.

"우리도 잘 모르겠어요. 미국 내부 첩자를 잃은 후에 라인 KR이 정보가 유출된 곳을 찾고 있었어요. 코르치노이가 실수를 했을 수도 있고." 벤포드가 말했다.

도미니카는 고개를 흔들었다.

"14년이나 해오셨는데요? 난 그렇게 생각 안 해요. 그러기엔 실력이 너무 뛰어난 분이셨어요." 포사이스는 일부러 벤포드를 외면하고 있었다. 오늘 포사이스의 주위를 떠도는 푸른 망토는 다른 때보다 색깔이 엷었다. 피곤한 모양이었다. 그와 대조적으로 벤포드는 아주 짙은 파란 색을 뿜어내고 있었다. 그는 지금 머리를 굴리면서 뭔가 생각하고, 음모를 꾸미고 있는 중이야, 그녀는 생각했다. 도미니카는 뭔가 이상하다는 걸 알고 있었다.

벤포드는 자신의 손을 보면서 이야기했다. "도미니카, 당신도 알다시피 코르치노이는 당신을 아주 많이 칭찬했어요." 도미니카는 그를 조심스럽게 보면서 그가 손을 잡고 있는 모양새를 찬찬히 봤다. 그는 지금 확실히 작업 중이었다.

"난 코르치노이가 당신을 자기 후임으로 삼아 그 일을 계속하는 구상을 하고 있었다고 생각해요. 당신을 그 후계자로 만드는 데 이삼 년 정도 걸릴 거라고 우린 생각하고 있었어요. 우리도 이런 일이 일어날 줄 몰랐어요. 그러니까 이제 그 책임이 당신에게 떨어진 겁니다. 우리가 원했던 것보다 훨씬 이르지만 어쩔 수 없이 그렇게 됐어요." 도미니카가 고개를 돌려 포사이스를 보자 그가 손을 뻗어서 그녀의 손을 다독이려고 했지만 그녀는 슬쩍 몸을 빼서 그의 손길을 피했다. 이 방엔 파란색 기운이 너무 많아, 그녀는 생각했다.

"장군님이 체포돼서 가슴이 찢어질 것 같아요. 전 결코 그분을 잊지 못할 거예요." 도미니카가 천천히 말했다. "하지만 당신은 참 직설적이시네요, 벤포드 씨. 장군님이 체포되신 상황에서 지금 이 투쟁을 이어가는 게 내 책임이라고 하셨죠. 그렇죠? 이제 이 문제는 내가 이 일을 계속할지 말지 오직 내 결정 하나에 달려 있군요." 그녀는 말을 멈추고 그들을 보면서 그들의 표정을 읽었다. "포사이스씨, 당신과 브라톡은 이 문제를 어떻게 생각해요?"

"마틴 게이블이 내게 했던 말 그대로 저도 할게요. 당신 마음 가는 대로, 당신의 믿음을 따라 결정해요." 포사이스가 말했다. 벤포드가 짜증이 나서 입을 오므린 채 포사이스를 봤다. 좀 더 설득력 있게 이야기할 수도 있잖아.

"당신이 처음에 우리와 같이 일하기로 했던 이유는 복잡했었죠." 포사이스는 지금 자신이 뭘 해야 하는지, 그리고 이야기를 듣고 있는 상대가 누군지 아주 잘 알고 있었다. "네이트와의 우정, 당신 친구가 실종된 것에 대한 절망, 당신의 첩보부에게 저평가되고 신뢰받지 못하는 것에 대한 불만. 그리고 당신의 일과 인생을 스스로 결정하고 통제하고 싶은 마음. 그런 이유들은 하나도 변하지 않았잖아요, 그렇죠?" 포사이스가 말했다.

"당신 같은 분이 대학교수가 돼야 하는데." 도미니카는 능수능란하게 이야기하는 포사이스를 보며 말했다.

"당신에게 너무 많은 부담을 지우고 싶지 않아요." 포사이스가 말했다.

"아니, 우린 그러고 싶어요." 벤포드가 웃으며 말했다. "도미니카, 우린 당신이 필요해요." 그의 머리 위로 짙은 푸른색이 마치 공작새의 꼬리처럼 화려하게 펼쳐졌다.

도미니카는 다리에 감은 붕대를 봤다. "그 점에 저도 동의할 수 있을지 모르겠어요. 생각을 해봐야겠어요." 그녀가 말했다.

"그럴 거라는 거 알아요. 당신이 동의한다면 가장 중요한 일은 당신을 빠르고 안전하게 모스크바로 돌려보내는 겁니다. 그래서 당신이 있는 곳을 아는 사람은 우리 셋밖에 없어요." 포사이스가 말했다.

"그럼 네이트도 모른단 말이에요?" 도미니카가 말했다.

"유감스럽게 네이트도 몰라요." 벤포드가 말했는데 그의 색은 변하지 않았다. '적어도 저건 진실이군.' 도미니카가 생각했다.

일찍 일어난 도미니카는 안가의 널찍한 거실에 맨발로 서 있었다. 거실의 삼중 문은 모두 한쪽에 접혀 있어서 거실 전체가 대리석이 깔린 넓은 발코니를 향해 열려 있었고, 그 발코니 위에 달린 파란색 캔버스 차양이 바닷바람에 가볍게 부풀어 올랐다가 다시 내려오기를 반복하고 있었다. 갈리파다 해변 도로 맞은편에서 에게해가 아직 지평선에 낮게 떠 있는 태양의 햇살을 받아 반짝거리고 있었다. 대리석 바닥이 서서히 따뜻해지는 게 느껴졌다. 도미니카는 끈이 달린 면직 목욕 가운을 입고 있었고 머리는 헝클어져 있었다. 허벅지에는 깨끗한 붕대가 단단히 감겨 있었다. 게이블은 빵을 사러 나갔다.

작은 노크 소리가 나서 도미니카는 깜짝 놀라며 문 옆에 섰다. 그녀는 문틈 사이로 접은 신문을 흔들었다가, 기다리고 나서, 다시 밖을 내다봤다. 네이트가 복도에 서서 밑을 내려다보고 있었다. 도미니카는 자물쇠를 돌려 문을 열었다. 지팡이에 기대선 네이트가 절뚝거리면서 곧바로 거실 한가운데로 들어왔다. 그녀는 돌아서서 그에게 걸어가 그의 목을 두 팔로 안고 키스했다. 그녀는 첫 번째 있었던 안가에서 그를 본 후로, 게이블의 차에서 수혈 팩을 그의 머리 위에 들고 있던 그 후로 네이트를 보지 못했다. 안가에서 보낸 첫날밤에 그의 침대 옆에 앉아 있었지만 다음 날 그는 가버렸다.

"어디 있었어요?" 도미니카는 네이트의 머리를 잡아당기면서 말했다. "난 계속 당신에 대해 물어봤는데." 그녀는 그의 불그레한 후광과 섞인 그의 보라색 얼굴을 충격에 빠져 바라봤다. "당신이 내 목숨을 살렸어요. 당신을 내 호텔 방에 오게 만든 건 어리석은 실수였어요." 그녀는 그에게 다시 키스했다. "몸은 좀 어때요? 어디 손 좀 봐요." 그녀는 그의 손을 잡아 올려 그의 손등에 키스했다. "왜 날 보러 오지 않았어요?" 그는 그녀에게서 물러섰다.

"당신은 나에게 이 안가에 대해 말할 생각이었나요?" 네이트가 딱딱한 목소리로 말했다. "당신이 어디 있는지 내게 알려줄 작정이었어요?" 그의 말은 공기를 가르고 날아오는 짙은 보라색 원반 같았다. 한 마디 한 마디 들을 때마다 그 말이 도미니카의 몸을 때리는 게 느껴졌다. 그녀는 발코니로 나갔다.

"그럼요, 당연하죠. 며칠 후에 그럴 생각이었어요. 벤포드가 내게 이삼 일만 조용히 있으라고 했어요. 상황을 좀 진정시켜야 했으니까요." 도미니카는 발코니 난간에 몸을 기댔다. 네이트가 그녀를 따라와 문설주에 기댔다. 그의 보라색 구름은 마치 누군가가 전등 스위치를 켰다 끄는 것처럼 계속 깜박이고 있었다. 네이트의 손이 덜덜 떨리고 있었는데 그 손을 주머니에 넣었다.

"날 어떻게 찾았어요?" 도미니카가 물었다.

"이 일에 관련된 모든 것 그러니까 안가, 신호들, 비밀 정보들은 모두 본부로 보고되고 있어요. 그런 메시지 중 몇 개는 내가 썼지만 벤포드와 포사이스도 접근이 제한된 채널을 통해 몇 개 썼어요. 내가 규정을 어기고 그중 몇 개를 읽었어요. 사실 아주 많이 읽었어요." 네이트가 말했다.

도미니카는 그를 보고, 그의 후광을 지켜보고, 그의 표정을 읽으면서 분노를 읽었다. 이게 바로 벤포드가 원한 것이었다.

"블라디미르 코르치노이 장군님이 모스크바에서 체포된 거 알아요?" 네이트가 난폭하게 말했다. "비밀 정보들이 들어왔고, 2차 보고들이 들어왔어요. SVR 본부의 전화기가 시도 때도 없이 울려대고 있어요. 장군님이 레포르토포 감옥에 있는 거 알아요?" 도미니카는 대답하지 않았다.

"모스크바에 전화해서 당신 삼촌에게 뭐라고 했어요?" 네이트가 말했다. 그의 음색은 단조로웠고 아무 감정이 드러나지 않았다. 도미니카의 가슴이 무겁고 답답해졌다.

"네이트, 벤포드는 우리가 이런 말을 하길 원하지 않아요. 벤포드가 아주 분명하게 말했어요."

"그 메시지들을 보니까 당신이 당신 삼촌에게 전화했던데요. 당신은 우리가 같이 있었다고 말했어요. 그 메시지를 보니까 내가 모스크바에서 관리하는 스파이에 대해 말했다고 했던데, 누가 당신에게 그렇게 말하라고 시켰어요?" 네이트는 뚱한 표정으로 서서, 두 손을 옆구리에 딱 붙이고 있였다. 그의 보라색 기운은 고동치고 있었다.

"아마도 당신 전화 때문에 장군님이 체포된 것 같은데, 알아요? 대체 예고로프에게 뭐라고 했어요?"

"대체 무슨 소리를 하는 거예요?" 혼란스럽고 두려워진 도미니카가 말했다. 그녀는 서서히 화가 치밀고 있었는데 무엇보다 네이트가 그녀에게 이런 말을 해서 더 화가 나고 있었다. 그에게 한번 물어봐야 했다. "당신은 내가 '다 알면서' 그런 짓을 했다고 믿고 있는 거예요?" 도미니카가 물었다.

"그래서 몰랐다는 거예요? 메시지에 다 나와 있어요." 네이트가 말했다.

"메시지에 뭐라고 적혀 있든 상관없어요." 도미니카는 그에게 한 걸음 다가섰다. "내가 그분을 해칠 거라고 믿는단 말이에요?" 그녀는 벤포드가 아무 말도 하지 말라고 지시했던 게 기억났다.

"당신이 내게 전화하지 않았을 때, 당신이 은신했을 때, 난 그게 보안 때문에 그런 건줄 알았어요. 하지만 어떻게 장군님을 배신하는 데 동의할 수 있었어요? 당신이 모스크바로 한 전화가 바로 장군님에게 방아쇠를 당긴 거라고요."

도미니카는 그를 빤히 쳐다보는 것밖에 달리 할 수 있는 게 없었다. "벤포드가 당신에게 이러라고 시켰어요?"

네이트는 손가락으로 머리를 쓸어 넘겼다. "당신은 지시를 따랐고, 그 사실 같지도 않은 계획을 믿었어요. 목표가 뭐였든 제1의 스파이로서 당신 자리는 확보됐어요. 축하해요." 보라색의 용암 같은 감정이 넘쳐흐르고 있었다.

"지금 대체 무슨 소리를 하고 있는 거예요? 난 누구도 팔아넘기지 않아요." 도미니카가 말했다.

"뭐, 당신 전화 덕분에 장군님은 지금 감옥에 있어요. 이제 최고의 첩보원은 당신이에요. 우린 그를 잃었으니까." 네이트가 말했다.

"지금 내가 그런 짓을 했다고 생각하는 거예요? 어떻게 감히 이런 말을 할 수 있어요?" 도미니카가 말했다. 그녀는 비명을 지르고 싶었지만 대신 한 마디 한 마디 속삭이듯 내뱉었다. "우리 둘이서 같이 어떤 일을 겪었는데, 우리 둘이 그동안 얼마나 많은 일을 함께 했는데." 도미니카는 울음을 터트리지 않았다.

"그런 말로는 장군님을 도울 수 없어요." 네이트가 말했다. 그는 허리를 펴고 아파트 문을 향해 돌아섰다. 도미니카는 한마디 말로, 수십 개의 문장으로도 설명할 수 있었지만 그러지 않았다. 활활 타오르는 분노에 찬 그의 모습 뒤로 문이 닫혔다.

벤포드가 도미니카에게 그가 준 대본대로 반야 삼촌과 통화를 한 것 때문에 코르치노이 장군이 체포된 게 사실이라고 말했을 때 포사이스는 그녀를 붙들고 있어야 했다. "어떻게 감히 날 이런 일에 이용할 수 있어요!" 도미니카는 그 말을 내뱉으면서 포사이스가 잡고 있는 팔을 빼내려고 안간힘을 썼다. 포사이스가 그녀를 데려가서 안락의자에 앉히고 그녀와 벤포드 사이에 서 있는 동안 그녀는 안락의자의 팔걸이를 꽉 움켜쥐었다. "당신은 날 시시한 밀고자로 써먹었어!" 그녀는 다시 일어나려고 했다가 포사이스가 손을 들어 올리자 앉았다.

"당신처럼 영리한 사람이 이보다 더 나은 방법은 생각해낼 수 없었어요?"

벤포드는 속임수라는 짙은 푸른색 망토자락을 끌고 다니면서 거실을 서성이고 있었다. 발코니 문으로 바닷바람이 들어왔다.

"우린 결정을 내렸어요, 도미니카. 코르치노이가 그 계획을 세워서 그렇게 하자고 고집을 피웠어요. 그에게 이 일은 그의 스파이 경력에서 정점을 찍는 일이었어요. 그가 당신의 자질을 알아보고 당신을 선택해서 당신이 레포르토포 감옥에서 나오기도 전에 자신의 후계자로 삼을 준비를 한 거예요. 그는 지금 만족하고 있을 겁니다." 벤포드가 말했다.

도미니카는 잡고 있는 의자의 팔걸이를 더 세게 잡았다. "이 비밀들을 지키자고 그분이 죽게 놔둘 거예요? 당신에겐 그 바보 같은 정보들이 그분보다 더 중요해요?" 그녀는 일어서서 팔짱을 끼고 머리는 산발을 한 채 거실 안을 왔다 갔다 걸어 다녔다.

"사실 그 멍청한 정보가 우리가 이 일을 하는 목적이에요. 우린 모두 이 게임을 하기 위해 희생하고 있어요. 그 누구도 거기서 자유롭지 못해요." 벤포드가 말했다.

도미니카는 벤포드를 보면서 사이드 테이블 위에 있던 램프를 엄청난 힘으로 대리석 바닥에 내리쳐 산산조각 냈다. "난 당신에게 그 정보가 블라디미르 코르치노이보다 더 중요하냐고 물었어요!" 도미니카가 바락바락 소리를 지르며 말했다. 그녀는 그의 목을 이빨로 물어뜯을 것 같은 표정으로 벤포드를 보고 있었다. 포사이스는 그녀가 격노한 걸 보고 충격을 받았다. 그는 그녀가 벤포드에게 뛰어들 경우에 대비해 그녀를 향해 반 발짝 다가섰다.

"솔직히 말해서," 벤포드는 먼저 포사이스를 보고 나서 도미니카를 보며 말했다. "그렇지 않아요. 하지만 우린 이 일을 계속해야 해요. 이제 당신이 돌아가는 게 그 어느 때보다 훨씬 더 중요해졌어요. 지금 당장은 그게 제일 중요한 문제예요."

"그 어느 때보다 훨씬 더 중요해졌다고요? 당신은 내가 그분을 죽이게 만들었어요. 날 조종해서 이런 입장에 처하게 했다고요. 당신이 내게 무슨 짓을 시켰는지 알고 내가 돌아가길 거부한다면 장군의 희생은 허사가 되겠죠." 도미니카는 홱 돌아서서 다시 거실을 서성이기 시작했다. 그러면서 눈을 가늘게 뜨고 그들을 노려봤다. 그녀의 몸이 덜덜 떨리는 동안 그녀의 드레스 밑단이 흔들거렸다. "당신도 그들과 똑같은 인간이야."

"진정해요. 이러고 있을 시간이 없어요. 코르치노이도 당신에게 이렇게 말했을 겁니다. 당신은 이제 러시아로 돌아갈 준비를 해야 해요. 우린 이 상황을 이용해야 한단 말입니다. 내부 스파이의 정체를 알아낸 요원, 그를 체포할 수 있게 해준 중요한 정보를 보고한 요원으로 당신의 명성을 키워야 해요. 당신의 첩보부에서 받게 될 칭찬과 인정을 이용해야 한다고요." 벤포드가 말했다. 그의 후광은 알프스 호수만큼이나 파랬다. 그는 고도로 정신을 집중하면서 극도로 불안해하고 있었다.

"개소리. 당신은 내게 진실을 말해주지 않았어요. 난 절대로 그 일을 하는데 동의하지 않았을 거예요." 도미니카가 말했다.

아무도 입을 열지 않았다. 그들은 거실에서 움직이지 않은 채 서로를 보고 있었다. 포사이스는 도미니카의 호흡이 느려지고, 주먹을 쥐고 있던 손이 풀리고, 얼굴의 긴장이 풀리는 걸 지켜봤다. 그녀가 이 계획에 응할까? 벤포드가 침묵을 깼다.

"우린 빨리 움직여야 해요. 도미니카, 이 계획에 동의해요? 이걸 받아들일 수 있어요?" 도미니카는 어깨를 폈다.

"아뇨, 벤포드, 받아들일 수 없어요. 할 수 없어요." 도미니카는 포사이스를 봤다. "난 정식 훈련을 받은 SVR의 첩보 요원이에요. 나도 이 게임을 잘 알고 있어요. 희생이 뭔지도 알고, 작전상 이익을 보기 위해 역겨운 짓도 해야 한다는 걸 알고 있어요." 그녀는 이제 모두를 보며 말했다. "하지만 임무보다 더 중요한 것들이 있어요. 동료들과 파트너들 간의 존경과 믿음. 당신은 내게 그런 걸 요구하면서 왜 나는 당신에게 그걸 요구해선 안 되는 거죠?" 도미니카가 말했다.

"이 상황은 코르치노이가 원했던 그 상황이란 걸 잊지 말았으면 해요.

니라면 그의 용기를 낭비할 생각은 하고 싶지 않을 것 같은데요." 벤포드
가 그의 손가락 사이로 모래가 빠져나가는 걸 느끼면서 말했다.

도미니카는 두 남자를 잠깐 보더니 몸을 돌려서 자신의 방으로 가서 조
용히 문을 닫았다. '조짐이 안 좋은데.' 포사이스가 생각했다. 그는 벤포드
에게 돌아섰다.

"도미니카가 우릴 떠난 걸까요?" 포사이스가 물었다.

"반반이지." 벤포드가 지친 목소리로 말하면서 소파에 다시 기대앉았
다. "우리에겐 시간이 별로 없어. 도미니카가 돌아간다면 내일까지 결정해
야 해. 마블은 도미니카가 동의할 거라고 확신하고 있었어. 우리 잘못으로
도미니카가 돌아가길 거부해서 마블의 희생이 물거품이 되도록 놔둘 수
없어."

"하지만 그게 다가 아니잖아요, 안 그렇습니까?" 포사이스가 말했다.

"뭔 소리인지 말을 해 봐." 벤포드가 말했다.

"지금 남은 패가 하나 있잖아요. 그녀가 계속할 수 있도록 설득할 수 있
는 패."

"비유가 맘에 들지 않아. 이건 운에 맡기는 그런 게임이 아니라고."

"이건 당연히 운에 맡기는 게임이에요, 벤포드. 다 운에 달린 일이라고
요."

벤포드는 비엔나의 슈테판 대성당 뒤쪽에 있는 쾨니히 폰 운가른 호텔
의 아트리움에 있는 린덴 화분 밑의 소파에 앉아 있었다. 벤포드는 SVR 라
인 KR 방첩팀장인 알렉세이 주가노프와 브리스톨 호텔에서 재미있는 30
분간의 회담을 마치고 돌아오는 길이었다. 주가노프는 도무지 왜 저런 걸
쓰는지 이해가 안 되는 중절모자를 쓰고 나타났다. 그는 러시아 대사관에
서 근무하는 피부가 검은 젊은 남자 한 명을 데리고 왔다. 폴란드 보드카

한 잔과 새콤달콤한 오이 한 접시를 앞에 놓고 주가노프는 아테네에서 일어난 학살에 대해선 전혀 모르는 일이라고 계속 말했다. 코르치노이에 대해선 그가 반역죄를 저질렀다는 말 외에 다른 말은 하길 거부했다. 그는 벤포드에게 그리스 정부에 압력을 넣어서 도미니카를 아테네에 있는 러시아 대사관으로 당장 석방시키라고 주장했다.

벤포드는 정색을 하고 주가노프에게 그리스인들이 아주 시끄럽게 굴고 있으며, 그들은 도미니카를 그란데 브레타뉴 호텔에서 전 특수부대 요원이 죽은 사건에 대해서만 심문하고 있는 게 아니라, 형기를 감형해주는 조건으로 그녀가 지금까지 '한 활동'들을 고백하는 기자 회견을 열라고 주장하고 있다고 말했다. 주가노프가 의자에서 다시 허리를 곧추 세우고 앉아 도미니카를 석방하라고 주장했을 때 벤포드가 그 제안을 했다. 30분 후에 주가노프가 가볍게 몸을 떨면서 자신이 마신 보드카 값도 내지 않고 브리스톨 호텔을 급히 나갔다. '괜찮아. 이것보다 상상도 할 수 없는 대가를 치르게 될 테니까.' 벤포드는 생각했다.

크렘린 사무실에서 그의 파란 눈은 활활 타올랐고 큐피드의 활 같은 입술의 입꼬리는 아주 살짝 위로 추켜올라갔다. 그는 정치가로서 본능적으로 미국인들이 한 제안이 자신에게 이롭다는 걸 알아봤다. 그리고 과거 KGB 공무원으로 일하면서 쌓은 경험 덕분에 이게 아주 편리한 방법이라는 것도 인식할 수 있었다. 하지만 러시아 제국으로 개편한 이 나라에서 자신의 절대 권력을 공고히 하기로 작정한 독재자로서는 이득을 볼 수 있다고 해도 절대로 세계 2인자라는 위치를 받아들일 수는 없었다. 크렘린 사무실에서 난쟁이 주가노프는 대통령이 그의 작은 어깨를 아버지처럼 다독이면서 그의 귀에 대고 조용히 하는 말을 고개 숙인 채 듣고 있었다.

브리스톨 호텔의 오이 샐러드

오이의 껍질을 벗기고 이등분한 오이의 씨를 뺀 후에 얇게 썬다. 토막을 낸 붉은 양파와 고추 하나를 가늘게 썬다. 넓적한 그릇에 이 재료들과 함께 사과즙 발효 식초, 소금, 후추, 설탕, 딜을 섞고 나서 참기름을 한 방울 넣는다. 차게 식혀서 낸다.

40

벤포드, 포사이스, 게이블은 아테네 지부에 있었다. 그들은 안전한 회의실에 있는 낡은 회의 테이블 한쪽 끝에 앉아 있었다. 그 회의실은 30피트 길이의 루사이트 트레일러 안에 있는 커다란 방으로 트레일러 위에 설치된 형광등의 무시무시하게 밝은 불빛을 받고 있었다. 이미 테이블 위에 있는 동그란 컵 자국들 옆에 그들의 커피 컵이 새롭게 자국을 냈다. 복도 저쪽에 있는 양호실에서 네이트는 실밥 몇 개가 터진 걸 치료받고 있었다.

"디바가 돌아가지 않겠다고 하면서 엄청난 소동이 일어날 겁니다. 러시아인들은 화가 머리끝까지 나서 앙심을 품고 마블을 총살해버리겠죠." 게이블이 말했다. 벤포드가 테이블에 책가방 하나를 내려놓고 가방의 걸쇠를 풀었다. 그리고 게이블에게 얼굴을 돌렸다.

"자네가 지금 막 디바에게 망명하지 말고 대신 러시아로 돌아가서 우리와 긴밀히 협조하라고 설득하는 영광스런 임무를 맡았다는 말을 들으면 기쁘겠군. 저쪽에 있는 우리의 젊은 슈퍼스타를 빼면, 디바는 우리 중에서 자네를 가장 존경하니까. 자네는 그녀가 그 브라스튼지 뭔지 이상한 호칭으로 부르는 유일한 사람이잖아?"

"브라톡. 오빠란 뜻이죠." 게이블이 말했다.

"알겠어. 그래, 오빠. 그녀는 내가 자길 배신했다고 보고 있고, 따라서 CIA 전체가 자기를 배신했다고 생각해. 작전상 이유로 네이트는 이 일에 끼지 못하게 하는 게 좋을 것 같고. 게다가 둘의 무분별한 육체적 관계 덕분에 서로 좀 부담스럽기도 할 거야." 그는 포사이스를 보다가 신랄한 표징으로 게이블을 봤다. "그래서 내가 민감하기 짝이 없는 이 임무를 자네에게 맡기는 거야. 브라톡, 그녀가 이 제안에 동의하게 만들어." 벤포드가 말했다.

벤포드는 책가방을 열어서 테이블에 대고 거꾸로 쏟았다. 종이들과 윤이 나는 흑백사진들이 테이블 위로 쏟아졌다. 포사이스가 그것들을 한데 모아서 하나씩 본 후에 게이블에게 전달했다. 그것은 천천히 매끄럽게 흐르는 강물과 둑 위로 스치는 물거품과 강 위에 있는 2차선 고속도로 다리와 강의 굴곡진 난간을 따라 서 있는 가로등들을 찍은 사진이었다. 강 양쪽에 성이 하나씩 있었는데 하나는 사각형의 탑이 있었고, 다른 하나는 총안이 있고 땅딸막했다. 강가에 대충 지은 작은 집들이 늘어서 있었고, 회색 하늘을 배경으로 멀리 거무튀튀한 아파트 단지들이 있었다. 캔버스톱 차량과 트럭 들이 다리를 따라 죽 늘어서 있었다.

"이건 나르바 강이야." 벤포드가 사진 하나를 가리키며 말했다. "오른쪽은 러시아, 왼쪽은 서방이야. 에스토니아를 서방이라고 부를 수 있다면 말이지." 벤포드는 또 다른 사진을 하나 돌려놨다. "이건 통제소. 이 다리는 아주 조용하고 주로 트럭들이 다니는데 그나마 많지도 않아. 상트페테르부르크는 여기서 북쪽으로 130킬로미터 떨어져 있어." 벤포드가 그 사진을 톡톡 두드렸다. "디바는 여기를 건너갈 거야."

"왜 이렇게 복잡하게 하는 겁니까? 그리스인들이 그녀를 공항으로 데려가서 비행기에 태울 수 있잖아요. 세 시간이면 모스크바에 도착할 텐데요."

벤포드가 사진 하나를 찬찬히 보다가 마침내 대답했다. "유감스럽지만 포사이스의 도박에 대한 비유를 써보자면 우리 상황은 지금 본전치기야. 한편으론 마블 덕분에 워싱턴에 있는 첩자를 제압했어. 반면 마블을 잃는 막대한 손해를 입었지. 그 대가로 디바가 벼락 승진을 할 수 있기를 우리는 바라고 있어. 거기다 한마디 더 하자면." 그는 커피를 홀짝홀짝 마시면서 말했다. "디바와 네이트가 그 특수부대 암살범의 손에 죽을 뻔했는데 도망쳤다는 건 정말 어마어마하게 운이 좋았던 거지."

"내게 있어서 이 모든 일에서 단 한 가지 불만스러운 점은 용감한 노인이 치른 최후의 대가야. 난 전처럼 위험한 행동을 피하면서 계속 활동해달라고 그 친구를 설득했지만 그 친구는 요지부동이었어. 자기의 시간이 얼마 남지 않았다는 걸 감지한 거지." 벤포드는 주위의 얼굴들을 보다가 다시 사진들을 섞기 시작했다.

"난 그렇게 끝나게 가만있지 않기로 했어." 벤포드는 그 가방을 테이블에 대고 살짝 치면서 말했다. "한 가지 해결되지 않은 문제를 풀고 싶어."

"한 가지 문제?" 포사이스가 물었다.

"마블 말이야. 난 마블을 데려올 작정이야. 그 친구는 편안하게 은퇴할 자격이 충분히 있어." 벤포드가 말했다. 모두 입을 다물고 있었다. 통풍구를 통해 들어오는 바람 소리만 들렸다.

게이블이 고개를 흔들었다. "그의 현재 신분이란 사소한 문제가 하나 있잖아요. 그는 체포된 서방 스파이예요. 레포르토포에는 노동 석방 제도(죄수가 낮 시간 동안 교도소 밖으로 노동을 하러 나가는 것을 허용하는 제도-옮긴이)가 없는데요." 포사이스는 아무 말 하지 않고 있었다. 그는 이제 무슨 말이 나올지 알고 있었다.

"모스크바 본부가 기꺼이 마블을 교환할 거라고 난 믿어." 벤포드가 말했다.

"교환이라고요? 대체 누구랑 교환하자는……" 게이블이 말했다.

"디바. 그들은 디바가 돌아오길 너무 간절히 원한 나머지 마블을 풀어줄 용의가 있어. 스탈린이나 안드로포프 시절이라면 절대 일어나지 않을 일이겠지만 이건 새로운 러시아잖아. 푸틴은 국내외에 비치는 자신의 이

291

미지를 걱정하고 있어. 디바는 푸틴에게 국내에서 큰 문제가 될 수 있는 비밀을 알고 있지. 그것도 하나가 아니라 여러 개를."

"러시아인들은 절대 동의하지 않을 겁니다. 그들은 절대로 마블을 풀어주지 않아요. 그랬다가 미래에 또 배신자들이 나올 것이고, 체면을 잃게 되고, 약해 보일 거라고 생각할 겁니다." 게이블이 말했다.

"사실 그들은 이미 동의했어. 푸틴이 모스크바 본부에게 거래를 하라고 지시할 거야."

"이거 하나는 확실히 해둡시다. 디바가 돌아갈지 말지 아직 모르는 상황에서 러시아와 스파이 교환을 하자는 거래를 했단 말이에요?" 게이블이 말했다.

"그래서 내가 지금 자네에게 의지하고 있는 거잖아." 벤포드가 말했다.

"게다가 자기가 돌아가지 않겠다고 결정하면 실질적으로 러시아인들이 마블의 석방을 취소할 거라는 말을 들었을 때 디바가 거기에 이의를 제기하진 못할 거 아니야."

"거 참 대단한 비장의 무기군요." 게이블이 말했다. 벤포드가 짜증스런 표정으로 고개를 들었다. "그런 식으로 해선 도미니카에게 우리의 비밀 정보원으로 모스크바에 돌아가라는 동기 부여를 할 수 없어요. 내 말은 만약 도미니카가 우리에게 화가 났고, 우리가 자길 조종한 것에 화가 나 있다면 앙심을 품고 우리를 위해 정탐하는 걸 그만둬버릴 수도 있어요. 그걸로 그녀와의 연락은 영영 끊어질 수도 있다고요." 게이블이 말했다.

"그러니까 우리가 그녀를 조종한 부정적인 부분은 어떻게든 자네가 잘 무마해주길 바라고 있어. 그녀에게 새로 동기부여를 해줘. 같이 앉아서 러시아 내부에서 활동할 준비를 시키란 말이야. 마블의 자유에 대한 열쇠는 그녀 혼자 쥐고 있다는 점을 강조해." 벤포드가 말했다.

"부정적인 부분을 무마하라니, 알았어요. 잘 알았다고요. 한 시간 후에

글리파다로 가겠습니다." 게이블이 말했다.

"데드라인이 있어. 내가 러시아인들에게 우리가 서두르고 있다고 했어. 며칠이 남았을지도 모르고, 몇 시간밖에 안 남았을 수도 있어."

"나르바 강이라니. 에스토니아라니. 맙소사." 게이블이 말했다.

주가노프의 사무실에서 조지아인 둘이 차렷 자세로 서서 난쟁이의 머리 위에 있는 벽의 한 점을 보고 있었다. 그들은 SVR의 V부서, 그러니까 암살 부서에서 나온 중간급 암살자들이었다. 이 부서는 지난 40년 동안 국내외에서 소련의 적들을 제거해온 파벨 수다 플라토프 장군이 지휘한 특수 임무 부서의 후신이다. 주가노프는 그리스 경찰에 심어둔 정보원에게서 막 들어온 보고서를 읽고 있었다. 그 암살범들은 나갔다.

주가노프는 그다음에 류드밀라 츠카노바를 소환했다. 그녀는 천천히 머뭇거리면서 그의 사무실로 들어왔다. 통통한 그녀는 너무 꽉 끼는 제복 재킷 밖으로 튀어나올 것 같은 풍만한 가슴 아래 윤을 낸 자신의 갈색 구두를 보고 있었다. 그녀의 상당히 짧은 갈색 머리는 삐뚤삐뚤하게 잘라져 있었다. 슬라브인 특유의 동그란 얼굴은 언뜻 보면 불그레하니 건강해 보였지만 더 자세히 들여다보면 이 서른 살 먹은 여성이 주사비(코, 이마, 볼에 생기는 만성 피지선 염증─옮긴이)로 고생하고 있다는 걸 알 수 있었다. 그녀의 턱에 난 여드름은 아플 것 같아 보였다.

류드밀라는 불편하게 앉아서 주가노프가 30분 넘게 계속 하는 말을 들었다. 보기에는 아주 불편해 보였지만 류드밀라의 검은 눈, 상어 같은 눈, 인형의 눈 같은 그 눈은 결코 주가노프의 얼굴을 떠나지 않았다. 그가 이야기를 끝냈을 때 그녀는 고개를 끄덕이고 사무실을 나갔다.

겉보기와 달리 벤포드가 마치 머리와 혀가 따로 노는 것처럼 폭포수 같이 말을 쏟아내서 그 복잡하고 난해한 작전 스케줄을 설명했을 때 그의 얼굴에 큼지막한 땀방울이 달려 있었다고 게이블이 나중에 말했다.

"포사이스, 자네는 지부 사무실에 남아서 해군 제독처럼 구는 유럽 지부장과 본부 인간들이 퍼부어댈 시끄러운 메시지들을 자네 선에서 차단해. 난 먼저 에스토니아로 날아가서 그곳의 젊은 지부장을 만나 작전을 준비시키고 그곳 경찰에게 연락을 해놓을 거니까. 그곳 경찰은 카포라고 하지. 전에는 러시아에서 훈련을 받았지만 지금은 나토의 일원인데 아주 성실하고 열정적인 친구들이야. 분명 러시아 첩보부에서도 활동을 개시할 거야. 에스토니아에 감시팀들을 쫙 풀어놓고 자기들이 뭘 할 수 있는지 알아보겠지. 어쩌면 디바를 다시 채가려고 할지도 몰라."

"자네, 게이블은 가장 중요한 임무를 맡았어. 디바를 숨기고, 안전하게 지켜. 디바를 돌아가라고 설득해. 시간이 하루나 이틀밖에 안 남았어. 이틀째 밤에 그 지역 시간으로 17시에 나르바 강의 다리로 그녀를 데리고 와. 그때까지는 절대 무슨 일이 있어도 누구에게도 전화하지 마. 핸드폰도 안 되고 유선전화도 안 돼. 그곳은 모스크바가 꽉 잡고 있어. 러시아 첩보부는 핸드폰을 추적하는 것도 끝내줘. 그리고 그들은 과거의 위성국가인 에스토니아에 있는 정보원들을 여전히 통제하고 있어."

"그러니까 게이블 자네는 그리스에서 라트비아로 비행기를 타고 갔다가 새벽에 리가에서 출발해. E67번 도로를 타면 라트비아에서 거기까지 360킬로미터야. 그리고 나르바 다리는 주간 교통량이 줄어들고 밤에 다니는 트럭들이 오기 시작하는 그 사이에 카포가 폐쇄시킬 거야. 게이블 자네는 남는 시간에 디바에게 다리에서 벌어질 교환 작전에 대해 코치해줘. 놈들이 그녀를 아주 면밀하게 지켜보고 있을 테니까."

"교환이 시작되고 두 시간 내로 마블을 에스토니아 밖으로 빼내고 싶어. 놈들의 손길에서 벗어나게 해주고 싶단 말이야. 항공 담당관이 탈린

(Tallinn, 에스토니아 공화국의 수도-옮긴이)에 C-37 수송기를 준비시키겠다고 약속했지만 포사이스, 제발 그 인간에게 잊지 말고 대기시키라고 다시 일러줘. 마블을 피신시키겠다고 에스토니아 항공의 이코노미 좌석에 태워서 트론헤임(Trondheim, 노르웨이 중남부에 있는 도시-옮긴이)으로 가고 싶지 않아."

나중에 포사이스가 벤포드를 배웅하기 위해 베니젤로스 공항의 출발 게이트로 같이 걸어가고 있을 때 그의 팔을 잡았다. "여기서 엄청난 작전을 꾸리셨어요, 벤포드. 당신은 러시아인들, 에스토니아인들, SVR과 CIA를 한 다리에 몰아넣었어요. 모두 초조하게 자기들이 가진 무기를 만지작거리겠죠. 만사가 계획대로 되면 마블은 그 밤안개 속에 서서 교환을 기다릴 겁니다."

벤포드가 멈춰서 포사이스를 향해 돌아섰다. "포사이스, 게이블과 디바는 절대로 놈들에게 발각되선 안 돼. 핸드폰도 안 되고, 만나서도 안 돼. 러시아인들이 적대적인 행동을 시도할 만한 손톱만큼의 기회라도 줘선 안 된다고." 벤포드가 말했다.

"게이블은 이미 사라졌어요. 어제 오후에 사라졌는데 어디 있는지 나도 몰라요." 포사이스가 말했다.

벤포드가 고개를 끄덕였다. "우리에겐 달리 선택의 여지가 없어. 우린 이미 디바가 동의한 것처럼 밀고 나가야 해. 놈들이 마블을 처형하기로 결심하기 전에 마블이 그 다리에 서 있길 바라야지. 이건 단 한 번의 기회야." 벤포드는 활주로가 내다보이는 창문을 바라봤다. "게이블이 그녀를 설득할거야. 그래야 해."

탈린의 젊은 CIA 지부장은 본부에서 전달한 벤포드의 메시지를 읽었을 때 커피 컵을 내려놓고 벌떡 일어나 앉았다. 그러고는 주위를 둘러보고 아내를 사무실로 불렀다. 거기엔 그들 둘밖에 없었다. 그들은 같이 그 메시지를 대여섯 번이나 다시 읽었다. 그녀는 그의 뒤에 서서 남편의 어깨에 턱을 얹고, 해야 할 일들의 목록을 재빨리 만들었다. 호텔들과 차들을 예약하고, 무전기와 쌍안경들을 준비해놓고.

벤포드의 지시에 따라 그 젊은 지부장은 카포에 있는 연락책에게 전화를 해서 곧바로 만나자고 요청했다. 시내에서 호위를 해야 한다고? 차를 따라 나르바까지 가야 한다고? 강에서 망을 봐야 한다고? 과거에 우리 땅에 살았던 러시아인들의 빌어먹을 거시기를 걷어차도 된다고? 아주 좋다고 카포가 대답했다. 다 준비하겠다고 했다.

벤포드는 베니졸로스 공항에서 루프트한자 항공기를 타고 베를린의 템펠호프 공항을 경유해서 탈린에 도착했다. 벤포드는 구시가지에 있는 스크흘로슬레 호텔에 잠시 들렀다가 열의가 넘치는 젊은 지부장을 데리고 나르바까지 갔다 오는 길을 샅샅이 살펴보면서 시간을 재보는 스릴 넘치는 드라이브를 나갔다. E20번 도로에서 아무 특징이 없는 라다 한 대가 드문드문 그들을 따라왔다가 나르바 외곽에서 사라졌다. 러시아인들은 어디서 작전이 벌어질지 알고 있었다. 탈린으로 돌아오는 길에 벤포드는 고속도로 식당에 멈춰서 라다가 어떻게 반응하는지 지켜봤다. 그들을 미행하던 라다는 200미터 정도 왔다가 갓길에서 기다렸다. 벤포드는 거기서 점심으로 삶은 소시지, 피클, 청어, 로솔제 샐러드, 흑빵, 흑맥주를 시켜서 먹으면서 시간을 질질 끌었다. 그는 그 라다에 있는 깡패들이 배를 쫄쫄 굶고 있길 빌었다.

그들은 벤포드의 호텔 방에도 침입했지만 실력이 아주 좋았다. 그들이 다녀간 걸 알 수 있게 벤포드가 놔둔 전통적인 표시인 흩어진 머리카락들, 텔컴파우더, 책상에 놔둔 메모장들의 위치와 배열은 하나도 건드리지 않았다. 그래도 벤포드의 실력엔 미치지 못했다. 벤포드가 손목시계 홈에 감춰둔 쌀알 크기 만한 스태노프 렌즈를 사용해서 그의 여행가방 옆 주머니에 놔둔 유인용 핸드폰의 뒤쪽 커버를 살펴보는 모습을 탈린 지부장이 지켜보면서 감탄했다. 벤포드는 고개를 들고 끄덕였다. 핸드폰 커버 뒤에 있는 마크들이 잘못 배열돼 있었다. 놈들이 커버를 열고 아무 쓸모도 없는 메모리를 다운받았을 것이다.

다른 준비들도 착착 진행되고 있었다. 상트페테르부르크에서 레닌그라드 주의 SVR 지부장에게 야세네보에 있는 국장이 전화를 했다. 그 지부장은 교환 작전이 있을 거라는 통보만 받았다. 그는 죄수 석방 업무를 처리할 팀을 조직해서 배치시킨 다음, 나르바 다리에서 이반고로드까지 '중요한 인물'을 호위해서 최대한 빨리 상트페테르부르크로 모셔오라는 지시를 받았다.

이 레닌그라드 지부장은 상트페테르부르크 FSB와 레닌그라드 주 경비대에게 이 교환 작전이 실시되는 동안 인력을 지원해달라는 요청을 해도 된다는 허가를 받았다. 모스크바의 주가노프 대령이 이 교환 작전에 어떤 문제도 발생해선 안 되며 극히 은밀하게 처리해야 한다는 점을 강조했다.

이 지부장은 그 지시들을 다 이해하고 이어서 그 중요 인사를 이반고로드에서 상트페테르부르크까지 주 경비대 헬리콥터로 이송하게 해달라고 요청해서 승인을 받았다. 대통령의 비행 중대 소속인 Yak-40 제트기가 본국으로 송환되는 그 사람(그놈이 누구든 말이지, 그 지부장은 생각했다)을 모스크바까지 싣고 갈 것이다.

마블과 디바의 교환은 다음 날 그리니치 표준시로 14시에 하기로 예정됐다. 어쩌면 그들 모두 잔뜩 긴장해 있었기 때문에, 어쩌면 포사이스는 게이블에 대해 걱정이 됐기 때문에, 어쩌면 네이트가 이 작전에서 쫓겨나 워싱턴으로 가게 될지도 모른다는걸 알고 있었기 때문에 포사이스는 네이트를 데리고 맥주를 한잔하러 나갔다.

그들은 대사관이 있는 언덕에서 내려와 암벨로키피에 있는 스카라키아 선술집의 색깔이 옅은 플라타너스 밑에 앉았다. 네이트는 비행기를 기다리면서 사무실에서 멍하니 있었는데 포사이스는 그가 안됐다는 생각이 들었다. 네이트는 많은 일을 겪었고, 심한 부상을 입었다. 포사이스는 네이트가 평소 하던 대로 자신의 평판과 경력에 대한 걱정 외에도 또 뭣 때문에 그렇게 괴로워하는지 알고 있었다.

그래서 포사이스는 그를 데리고 메소기온을 내려갔다가 다시 가파른 계단들을 올라와서 이 선술집의 반질반질하게 윤이 나는 목재 출입문으로 들어왔다. 이제 그들은 야외에 앉아서 정오 휴식시간을 맞아 도시가 조용해지는 소리를 듣고 있었다. 네이트는 포사이스에게 디바가 마블의 신분을 노출시킨 후에 러시아로 돌아갔냐고 묻고 나서 맥주를 한 번에 비우고 또 한 잔을 달라고 손짓했다.

포사이스가 그를 노려보자 네이트는 매기가 안 보고 있을 때 사무실에 있는 그 기밀 파일들을 읽어서 벤포드의 계획과 도미니카가 마블의 정체를 드러낸 것에 대해 다 알고 있다고 말했다. 우리는 우리 정보원을 보호하기 위해 노력하지 않나? 어떻게 그녀가 그럴 수 있는가? 러시아인들은 정말 구제 불능이다. 마블이라면 그런 짓은 하지 않을 것이다. 그는 그들과는 다르다.

포사이스가 몸을 앞으로 기울여서 네이트를 노려보면서 사고를 쳐도 대형 사고를 쳤다고 말했다. 그는 기밀 파일을 훔쳐본 죄로 네이트의 궁둥이를 힘껏 차줄까 지금 고민 중이라고 했다. 도미니카는 마블의 정체를 드러내는 계획에 대해 전혀 모르고 있었다고 포사이스가 말했다. 그녀는 그저 명령에 따라 벤포드가 시킨 대로 말했고, 카나리아 덫에 대해서도 아는 게 전혀 없었고, 그녀가 전해야 하는 말들이 치명적인 말들이란 것도 전혀 모르고 있었다고 포사이스는 말했다. 그녀는 네이트에겐 아무 말도 하지 말라는 지시를 받아서 그대로 따랐다고. 그녀는 규율을 잘 지키는 진정한 프로라고. 그들이 그녀에게 마블에 대한 진실을 말해줬을 때 그녀는 허물어졌다고 말했다.

네이트는 10분 동안 아무 말도 하지 않았다. 그는 포사이스에게 안가에 가서 그녀를 만나야겠다고 말했다. "그럴 거 없어. 안가는 어제 우리가 닫았어. 그녀는 게이블과 같이 있어. 그리고 나도 게이블이 어디 있는지 몰라." 그는 네이트에게 벤포드의 스파이 교환과 에스토니아에 있는 2차선 고속도로 다리에 대해 말해줬다. "우리에겐 기회가 이거 단 하나밖에 없기 때문에 모스크바가 정한 규칙에 따라 이 게임을 하고 있어. 뭐, 나르바 규칙이라고 해두지."

네이트가 어금니를 깨물었다. "지부장님, 전 그녀를 만나야 해요. 절 도와주세요."

"도와주고 싶다고 해도 그럴 수 없어. 내일 지구상에 그녀가 나타날 장소가 딱 하나인데 그것도 가능성이 반반이야." 네이트는 포사이스가 그런 말을 하는 이유는 그가 거기 가게 놔둔다는 뜻이라는 걸 알고 있었다.

그 후 네이트에게 주어진 24시간동안 그는 자기혐오와 죄책감으로 얼룩진 여행을 했다. 여행은 그가 테이블에서 일어나 포사이스를 떠나면서 시작됐다. 포사이스는 네이트가 가게 놔뒀고, 그가 무슨 시도를 할 건지도 알고 있었다. 만약 그가 그런 시도마저 하지 않는다면 상황은 지금보다 훨씬 더 나빠질 테니까. 네이트가 그곳에 가기까지 딱 하루가 남았다. 아테네 거리의 차들은 꿈쩍도 하지 않았고 에게 해의 하얀 햇살이 택시 창문으로 들어왔고, 땀이 그의 등으로 흘러내려 비닐을 씌운 좌석까지 적셨다.

네이트는 몇 유로를 택시 기사에게 던져주고 터미널로 가서 가방과 칫솔과 티셔츠 한 장과 독일의 뮌헨으로 가는 다음번 비행기 표를 샀다. 사람들이 서 있는 줄은 움직이지 않았고 그는 소리를 지를 뻔하다 간신히 참고 절뚝거리면서 보안 검색대를 통과해서 비행기에 탔다. 비행기에 타서는 이륙한 것조차 의식하지 못하고 있다가 왜 비행기가 이렇게 알프스 산 위로 낮게 나는지 궁금해했다. 그다음에는 뮌헨 공항의 연결 버스가 공항 전체를 두 바퀴나 돌고 나서 문 앞에 멈췄고 그는 사방에 카메라가 있고, 꿰맨 자국들이 욱신거리면서 가려웠기 때문에 절대로 계단을 뛰어서 올라가지 말자고 속으로 다짐했다. 뮌헨 공항의 가도 가도 끝이 없는 중앙 홀에서 그는 독일 소시지와 맥주를 먹었다가 5분 후에 다 토해버렸고, MP5 기관단총을 든 경찰 두 명이 여권과 탑승권을 보여달라고 했을 때 지금 너무 바빠서 그럴 시간이 없다고 말할 뻔했다. 그리고 부스 속에서 입국 수속을 처리하는 제복에 견장을 단 직원이 그를 조금 오랫동안 처다봤을 때 손을 그 부스 속에 쑤셔 넣어 자신의 서류들을 낚아채고 싶었지만 땀에 젖은 온몸을 부들부들 떨며 무한한 의지력을 발휘해 그냥 기다렸다. 공항 라운지에는 줄로 묶은 여행가방들을 가지고 있는 땅딸막한 발트 사람들로 가득 차 있었고, 그들을 어깨로 밀치고 곧바로 게이트로 달려가고 싶었지만 그들이 그의 앞에 몰려 있었다. 거기다 두 시간 동안 연착된다는 방송이 들리자 그는 절망했다. 그는 금이 간 플라스틱 의자에 앉아 손목에 찬 시계를 백 번쯤 확인하면서 옆에 앉은 발트 사람들이 수다 떠는 소리를 듣고, 그들이 먹는 빵과 소시지 냄새를 맡고, 간신히 화장실에 제때 도착해서, 빈속인데도 또 토했는데 너무나 고통스러웠다. 그는 셔츠를 들어 올려서 꿰맨 자리가 또 터진 곳은 없는지 확인했는데 그 부위가 벌겋고 만져보니 뜨거웠지만 진물이 새어 나오는 곳은 없었다. 다시 게이트로 돌아온 그는 땀을 흘리면서 잠깐 잠이 들어 그녀의 얼굴을 보고 그녀의 목소리를 들었다. 그러나 누군가 지나가는 길에 그의 발을 차는 바람에 잠이 깨서 줄을 섰는데 정신은 아직 어수선하고 머릿속에서 윙 소리가 울려서 아무 감각이 없었지만 억지로 정신을 차렸다. 비행기는 입추의 여지가 없이 승객들로 다 찼는데 기술적인 문제를 해결할 때까지 활주로에서 기다려야 한다고 했다. 그렇게 기다리는 시간이 20분이 되고, 40분이 되고, 한 시간이 되는 동안 발트 사람들은 도무지 입을 다물지 않았고 네이트의 머리에선 윙윙거리는 소리가 났고, 비행기가 마침내 이륙했을 때도 그의 귀는 계속 먹먹했고, 승무원이 그에게 괜찮으냐고 물었다. 두 시간이 지났지만 비행기는 안개 때문에 착륙하지 못했고 어쩌면 헬싱키로 방향을 바꿔야 할지도 모른다고 했을 때 더 이상 참을 수 없었다. 그는 눈을 감고 좌석에 머리를 기대고 누웠고, 다행히 안개가 제때 걷혔고, 말쑥한 현대식 탈린 공항의 세관 검색대는 스테인리스 스틸이었고, 공항에서 산 듣도 보도 못한 브랜드의 그냥 쓰고 버리는 핸드폰은 먹통이었고, 렌터카의 핸들을 받치는 부분의 나사가 느슨해져 있었지만 차를 바꿀 시간이 없었다. 엔진에선 덜덜 소리가 났고 그는 너무 빨리 달리고 있었고 탈린 외곽에 있는 로터리에서 잘못 돌아서 E67번 고속도로의 남쪽으로 달리다가 지금 그가 빌어먹을 리가로 가고 있다는 표지판을 보고 차를 돌렸다. E20번 도로에서 대형 트럭들이 그가 탄 덜덜 떨리는 작은 차의 앞뒤에서 길을 막았고, 경찰차가 그를 세워서 한참 시간을 끌다가 딱지를 찢어버리고 그에게 경례를 하면서 보내줬다. 그리고 도시들이 휙휙 지나가면서, 외계의 달의 풍경 같은 평평한 언덕들과 외계의 글자처럼 보이는 이름들이 슥슥 지나갔고, 바람막이 숲 옆으로 진흙투성이인 농가들이 지나갔고, 그 다음에 라크베레가 나오고, 그다음에 코흐틀라예르베가 나왔고, 그다음에 시시한 바이바라와 시내 끝에서 나르바가 나왔다. 거무죽죽한 나르바 강이 나왔고, 그때는 하늘에 구름이 짙게 깔린 오후였다. 그는 성과 다리와 강 건너편에 있는 러시아를 발견했다. 하지만 뭣 때문인지 그는 거기서 물러났다. '절대로 작전이 시작되기 전에 현장에 먼저 가선 안 돼.' CIA에서 받은 규율이 아직 남아 있었던 것이다. 그는 혹시 도미니카를 볼 수 있을까 하는 마음에 시내를 한 바퀴 돌았지만 그럴 가능성은 전혀 없었다. 그는 죄책감과 수치심과 싸우면서 마지막 한 가닥 남은 작전 규율을 떠올렸다. 그는 시내 주차장에 앉아 있었는데 전차들이 지나갈 때마다 차가 흔들렸고 손이 덜덜 떨렸다. 그가 앉아 있는 차의 앞 유리창에 김이 잔뜩 서려 있었고, 계기판의 분침은 뒤로 가고 있었다. 그는 주유소 화장실에서 얼굴과 겨드랑이와 배(꿰맨 곳이 아직 가려웠다)에 찬물을 끼얹었고 거울을 들여다봤다. 얼굴 한쪽은 마치 오페라의 유령처럼 검은색과 파란색 멍이 들어 있었다. 참 대단한 애인이었다. 그는 그리스 국기가 찍힌 셔츠를 입고 상추 가장자리가 갈색으로 변해가고 포장지에는 기름이 배어나오는 나르바 샌드위치를 먹었다. 포사이스가 일몰에 작전이 시작된다고 해서 차에 시동을 걸었지만 클러치에 댄 다리와 발에 아무 감각이 없었다. 그는 다시 다리를 향해 달렸지만 다리는 이미 바리케이드가 쳐져 있었고 다리 옆에 지프차가 한 대 주차돼 있었다. 그는 지프차에 탄 군인에게 그는 저기 아래쪽 도로에 있는 리허설 작전에 가는 중이라고 말해지만 그 군인이 '리허설 작전'이란 말을 이해하지 못해서 네이트의 여권만 다시 빤히 쳐다보고 있을 때 네이트가 클러치를 넣고 그 바리케이드를 돌아 달려가면서 경찰이 호루라기를 부는 소리를 들었지만 총을 쏠 것 같지는 않다는 생각을 했을 때 밴 한 대와 지프 한 대와 거기에 벤포드가 서 있는 게 보였다. 그리고 그의 시야가 흐려졌다. '핸들이 흔들려서 그런 건지 내가 흔들리는 건지 모르겠네.' 그는 그렇게 생각하면서 클러치를 놓고 벤포드를 향해 조용히 갔다. 그는 마지막 남은 작전 규율을 따르고 있었다.

에스토니아 비트 샐러드, 로솔제

데친 비트, 삶은 감자, 피클, 껍질을 벗긴 사과, 완숙한 달걀, 익힌 쇠고기나 돼지고기와 소금에 절인 청어(밤새 소금에 절였다가 씻어놓은 것)를 1센티미터 길이로 깍둑썰기하고 사워크림, 겨자, 설탕, 후추, 식초를 골고루 섞는다. 차게 식혀서 낸다.

41

게이블은 도미니카를 끌고 안가에서 나와(그녀는 마지못해 따라왔다) 숨었다. 그들은 아테네에서 20킬로미터 떨어진, 만이 내려다보이는 볼리아그메니의 아스티르 팰리스 호텔에 게이블이 가명으로 예약해둔 방에서 하루 종일 이야기했다. 그들은 부부로 숙박부에 기록했는데 그 편이 훨씬 더 쉬웠다. 게이블은 비번일 때 부업으로 호텔 데스크에서 일하는 경찰을 알아보지 못했지만 그 경찰은 그 키가 큰 미국인이 누군지 알고 있어서 전화기를 들었다.

게이블은 그 가능성이 반도 안 된다고 생각하고 있었다. 도미니카는 그를 더 이상 존경하거나 믿지 않는다고 그에게 말했다. 그들이 모두 그녀를 이용했다고. 그가 창문을 통해 들어오는 에게 해의 햇빛 속에서 보라색 후광을 빛내며 그녀의 이야기를 듣는 동안 그녀는 그에게 발레 학교 이후로 선택권을 다 빼앗겼다고, 항상 이쪽저쪽으로 떠밀려 다니기만 했고, 그녀에게 가장 소중한 것들을 도둑맞았다고 말했다. 그래서 그녀가 그들과 같이 일하기로 결심했었다고 말했다. 네이트와 브라톡과 포사이스는 그녀에게 가족 같았다. 그들은 그녀가 뭘 필요로 하는지 알고 있었다. 그리고 모두 아주 똑똑하고, 대단한 전문가들이었다.

하지만 결과는 똑같은 걸로 드러났다. 그들이 편을 짜고 그녀를 이용했다. 심지어 코르치노이 장군까지도 그녀의 믿음을 저버렸다. 러시아인으로서 그녀는 이것을 공모로 봤고, 배신이라고 느꼈다. 그녀는 이제 그들과 같이 일하지 않을 것이다. 그녀는 게이블에게 러시아로도 돌아가지 않기로 결심했다고 말했다. 그녀는 지배 정권에 반항하는 것이 아무 소용이 없다는 걸 깨달았다. 그들이 항상 이길 테니까. 남은 거라곤 어디로 갈 지 결정하는 것뿐이었다. 미국인들이 허락한다면 미국에 정착할 것이다. 미국으로 갈 것이다. 미국인들이 그녀의 망명을 거부한다면 제3국에 정착하는 걸 고려해볼 것이다. CIA가 그녀를 막는다면 민간인으로 러시아로 돌아갈 것이다. 하지만 이제 이 일은 그만두겠다. 이제 끝이다.

게이블은 도미니카가 말하게 놔두고 차를 끓여주고 페리에에 레몬을 넣어주고 그녀의 이야기를 들었다. 도미니카가 지쳤을 때 그들은 발코니에 앉아 다리를 난간에 올린 채 청록색 바다를 바라봤다. 게이블은 그녀에게 젊은 요원으로서 초기에 수행했던 임무들에 대한 이야기를 해서 그녀를 웃겼다. 그는 파슬리, 레몬과 오일을 넣어 튀긴 오징어를 점심으로 먹으면서 계속 그녀를 웃겼고 오후의 그림자가 길어지는 사이에 정원을 같이 산책했다. 게이블은 그녀를 설득하기 위해 아무 것도 하지 않겠다고 말했다. 도미니카가 미소를 지으며 말했다. "그게 바로 당신이 원하는 대로 날 설득하는 첫 단계잖아요." 게이블은 웃고 나서 그녀를 다시 방으로 데려와 침실에서 낮잠을 자게 하고 그동안 그는 발코니에 앉아 있었다. 그날 저녁 도미니카가 여름용 원피스를 입고 샌들을 신고 같이 고물 버스를 타고 해안가를 달려서 라고니시에 있는 작은 생선 레스토랑에 갔다. 도미니카가 포도 잎에 싸서 구운 정어리와 새우 구이, 라소레모노 소스에 구운 황새치를 주문했고, 게이블은 와인 두 잔과 차가운 아스프롤리티 한 병과 알루미늄 비커에 든 톡 쏘는 맛이 나는 레치나를 하나 시켰다.

그들은 또 다른 선술집에 커피를 마시러 갔고 게이블은 남부 그리스에서 나오는 달콤하고 검붉은 마브로다프네를 시켰다. 호메로스의 바다를 와인처럼 짙게 물들였던 포도주였다. 선술집의 차양에 달린 크리스마스 불빛들이 반짝였고 술집 너머 해변에서 작은 파도들이 부서지는 소리가 났지만 어두워서 보이진 않았다. 게이블의 크고 우람한 얼굴과 짧게 깎은 머리를 보면서 도미니카는 링에 몸을 기대며 게이블이 펀치를 날리길 기다렸다. "이제부터 제게 얘기할 거죠? 안 그래요, 브라톡?" 도미니카가 말했다. 게이블은 그녀의 말을 무시하고 그는 그저 그녀가 이 모든 일을 진지하게 생각해보길 원한다고 말했다. 그녀 방식대로 이 문제를 재고해보길 바란다고. 자신은 이 일을 어떻게 보는지, 그게 그녀에게 어떤 의미가 있는지 설명할 것이라고 했다. 도미니카는 게이블의 이야기를 들어보는데 동의했다. 그가 속임수를 쓸 거라고 예상했지만 변함없는 보라색 후광을 보자 아마도 진실을 말할 거라는 느낌이 들었다. 아마도.

게이블은 그녀가 애초에 SVR에 들어간 이유들은 정당하고 옳고 좋았다고 생각한다고 말했다. 그녀는 조국에 봉사할 수 있고, 힘든 일도 잘 해낼 수 있었다. 알고 보니 정말 그 일에 소질이 있었다. 하지만 그 짐승 같은 체제 때문에 그 모든 희망은 사라지고 말았다. 거기엔 남은 게 하나도 없었다. "지금까진 내 말이 맞나?" 그가 물었다.

도미니카는 등을 뒤에 기대고 앉아서 고개를 끄덕였다. 그의 보라색 후광은 변함없이 강력했다.

"좋아. 이제 작전 때문인지 아니면 행운인지 아니면 운명인지 뭣 때문인지 넌 네이트 내쉬를 만나게 됐어. 그런데 그는 네가 지금까지 만나본 그 누구와도 달랐지. 그건 CIA의 다른 미남 요원들도 마찬가지고. 그래서 넌 엄지발가락을 물에 살짝 담가보기로 했어. 느낌이 어떤지 한 번 보려고. 어쩌면 그 개자식들에게 복수하려고 그런 건지도 모르고. 네가 그렇게 했던 이유는 돈이나 이데올로기 때문이 아니라 너의 자존감 때문이었지." 게이블은 웨이터에게 와인을 두 잔 더 갖다달라는 신호를 보냈다.

"그러다 이상한 일이 일어났어. 너는 이런 삶, 위험하고 힘들고 얼음처럼 차갑고, 끊임없이 속임수를 써야 하고 매일매일 머릿속에 비밀을 숨긴 채 살아가야 하는 삶을 즐기고 있다는 걸 깨달은 거야. 너는 이 일을 끝내주게 해내고 있었고, 이런 삶에 맛을 들여가고 있었던 거야." 와인이 와서 그는 홀짝홀짝 마셨다. "내 이야기가 어때?" 게이블이 말했다. 도미니카는 팔짱을 꼈다.

"그런데 넌 갑자기 배신을 당해. 이번에는 네가 생각하기에 착한 사람들이라고 생각했던 사람들에게. 하지만 그건 오해한 거야." 도미니카가 게이블을 향해 눈을 깜박였다. "코르치노이 장군님과 벤포드 부장님, 그리고 우리 모두는 네가 모스크바에서 장군님의 뒤를 이어 최고의 스파이가 되길 원해. 네게 먼저 의사를 물어봐야 했었지만 그러지 않았지. 그래서 이렇게 최종 단계까지 오게 됐어. 그리고 벤포드는 너를 다시 모스크바로 보내려고 하고 있지. 아가씨, 그 결정은 너에게 달렸어. 아무도 네게 억지로 결정하라고 할 수 없는 거야. 그건 네가 내려야 할 결정이지." 도미니카는 검은 바다를 내다보다가 다시 게이블을 봤다.

"이 일이 없다면 뭘 할 거야? 이 마약 없이 뭘 할 거냐고?" 게이블이 물었다.

도미니카는 눈을 감고 고개를 흔들었다. "내가 이거 없인 못 살 거라고 생각해요?" 그녀가 말했다.

"CIA는 잊어버려. 장군님을 생각해봐. 장군님도 똑같은 말을 할 거야. 러시아로 돌아가서 일을 하라고. 처음 반년, 1년 동안은 CIA는 생각도 하지 마. 모스크바 첩보부에 있는 놈들에겐 한 치도 물러서지 말고. 놈들을 밀어버려. 넌 지금 유리한 입장에 있잖아. 거기서부터 경력을 쌓기 시작해. 돌아가서 너의 삼촌부터 끝내버려. 모스크바 첩보부에 삼촌이 무슨 짓을 했는지 말해서 처벌을 받게 해. 넌 승리하게 될 거야. 그렇게 되면 모두 네가 예측 불허의 위험한 여자라고 생각하게 될 거야. 넌 코르치노이를 잡았고, 이제 삼촌마저 파멸시켰어. 그들은 너를 무서워하게 될 거야."

"네가 선택하고, 요구하고, 강요해서 중요한 자리를 따내. 미국 담당 부서 같은 곳에서 접근 권한이 높은 그런 자리로. 라인 KR 같은 곳도 좋고. 어디든 좋아. 네가 의도한 대로 일을 해봐. 외국인들을 포섭하고, 소란을 일으키고, 스파이들을 잡고, 동지들을 만들고, 적들을 당황하게 만들어. 회의 테이블에서 더러운 성질을 보여주란 말이야."

도미니카는 미소를 짓지 않으려고 애를 썼다. "성질이 더럽다니 참, 나." 그녀가 말했다.

"1년에 한두 번 정도 네가 선택한 작전을 가지고 해외로 오면 내가 거기 있을게. 네가 말하고 싶은 걸 우리에게 말하는 거야. 접선 문제는 네가 원하는 대로 맞춰줄게. 모스크바에서 우리를 만나고 싶다면 내가 개인적으로 너를 안전하게 지켜줄 거고. 네가 통신 장비를 원한다면 그걸 내줄 거야. 네가 도움이 필요하면 도와주고. 우리가 꺼지길 원한다면 그렇게 할거고." 게이블이 말했다.

"미래의 그 일에 네이트도 참여할 건가요?" 도미니카가 물었다.

"사람들은 그간의 작전 역사를 볼 때 너희 둘을 같이 있게 하는 건 문제의 소지가 있다고 생각하고 있어. 하지만 해외 미팅에서 네이트가 오길 바란다면 그렇게 준비할 수 있어."

"아주 협조적으로 나오시네요." 도미니카가 말했다.

"도미니카, 넌 이 일을 하게 타고난 사람이야. 넌 이걸 떠날 수 없어. 이건 너의 코와 손톱 속에 있고 너의 머리끝에서 자라고 있어. 인정해."

"이렇게 설득력이 뛰어난 걸 알았다면 절대로 같이 저녁 먹으러 나오지 않았을 텐데. 갓난아기 때부터 CIA에서 훈련받았나요?" 도미니카가 말했다.

"인정해." 게이블이 말했다. 공기는 보라색으로 가득 차 있었다.

"당신은 지금 촌스럽게 굴고 있어요." 그녀가 말했다.

"내 말이 맞는다는 거 너도 알잖아. 인정하라고." 그녀는 보라색 공기에 둘러싸여 있었다.

"아마도." 도미니카가 대답했다.

"도미니카." 게이블이 말했다. 그의 보라색 구름이 그의 머리에서 내려와 둘 사이에서 흔들리고 있었다.

도미니카의 얼굴은 침착하고 맑았다. "아마도요."

"내가 한 말을 생각해봐. 난 네가 내 말에 동의하길 바라고 있어, 그건 너도 알 거야. 하지만 어떤 결정을 내리건 내일까지는 반드시 결정해야 해."

"알겠어요. 어쩐지 또 다른 놀라운 뉴스가 당신 입에서 나올 것 같은 예감이 드는데요. 왜 반드시 내일까지 결정해야 하죠?"

"우리에게 네가 필요하니까, 벤포드 부장님이 내일 에스토니아에서 너를 필요로 하고."

그녀는 테이블에 두 손을 올려놓은 채 차분하게 그를 바라봤다.

"제발 그 이유가 뭔지 말해줘요." 그래서 게이블은 그녀에게 에스토니아에서 교환하기로 한 일을 말해주면서 그녀의 눈이 가늘어지는 걸 지켜봤다.

"다시 화내지 말고 들어. 내가 미리 말을 하지 않은 이유는 그 문제에 대해 고민하지 않고 너에게 말하고 싶었기 때문이야." 게이블이 말했다.

"이건 당신이 지어낸 얘긴 아니겠죠?" 도미니카가 말했다.

"넌 그 망할 다리 위에서 장군님 옆을 지나쳐서 걷게 될 거야. 그러니까 그걸 조작하는 건 힘들겠지." 게이블이 말했다.

"그 다리는 CIA가 지을 수 있을 거라고 보는데요."

"좀 진지해져봐." 게이블이 말했다.

"좋아요, 진지해져보죠. 내게 이 말을 해서 당신은 날 또 한 번 장군님의 사형집행인으로 만들고 있어요. 도대체 나에게 선택권이란 걸 주지 않는군요." 도미니카가 말했다.

"내가 아까 뭐라고 했어? 이건 네가 해야 할 선택이라고 했잖아. 넌 바로 지금 이 자리에서 그만하겠다고 선택할 수 있어. 우린 네가 적당한 규모로 재정착할 수 있도록 도와야 할 빚이 있고, 너의 은행 계좌도 있어. 내가 벤포드 부장님께 전화한 다음에 직접 너와 같이 비행기를 타고 미국으로 갈 수도 있어. 내일 말이야."

"그러면 장군님은요?" 그녀가 말했다.

게이블은 어깨를 으쓱했다. "장군님은 우리에게 있었던 러시아 정보원 중 최고였어. 무려 14년 동안이나 활동하셨지. 장군님이 자신의 파멸을 꾀했던 이유는 자신의 종말이 가까워지고 있다는 걸 알고 있었기 때문이야. 장군님은 네게서 자신의 후계자가 될 수 있는 소질을 봤어. 장군님은 이 일이 계속 이어지길 바랐어. 하지만 그건 그분이 내린 결정이야. 정보원들은 살기도 하고 죽기도 해. 이 상황에 어느 정도로 얽매일 것인지 그 한계는 네가 정하는 거야."

"자신이 믿지도 않는 말을 잘도 하는군요. 네이트가 그랬어요. 가장 중요한 것, 정말 가장 중요한 건 당신의 정보원의 안전과 안녕이라고 당신이 말했다고요. 하지만 당신은 양심상 내가 장군님을 내팽개치게 놔두진 않을걸요." 도미니카가 말했다.

"아마 네 말이 맞을 거야. 레포르토포 감옥에서 장군님을 구해내는 작전으로 우리의 공동 작업을 재개한다면 참 좋을 거야." 도미니카는 그를 빤히 보면서 와인을 한 모금 마셨다. 게이블이 눈썹 하나를 추켜올리고 그녀의 눈을 봤다. 그녀는 그가 진실을 말하고 있다는 걸 알고 있었다.

"당신들은 모두 나쁜 개자식들이야."

"라트비아행 비행기는 내일 10시야."

"즐거운 비행하시길 바랄게요." 도미니카가 말했다.

그들은 마지막 버스를 타고 아스티르 호텔로 돌아왔다. 버스에서 나란히 앉아 있었지만 15분 동안 아무 말도 하지 않았다. 그들은 부겐빌리아 향기와 바다 냄새가 풍기는 호텔 로비를 말없이 걸어가서 아주 넓은 테라스로 나가 생수를 주문하고 로도스 섬으로 향하는 연락선들의 불빛들이 지평선 위에서 움직이는 걸 바라봤다.

그녀가 낚였다는 생각은 들지 않았다. 그러기엔 너무 화가 나 있었다. 게이블은 누군가가 결정을 못하고 망설일 때와 결정을 내렸을 때를 분간할 수 있었다. 도미니카는 이 일을 해낼 수 있는 능력과 자질이 있지만 남들이 시켜서 할 사람은 아니었다. 게이블 혼자 나타나면 벤포드가 절망할 것이다. 가장 끔찍한 부분은 군인들이 마블을 데리고 다리를 건너가는 모습을 보게 되는 것이다. 스파이 교환은 없다. 처형하라.

하지만 그는 설득했고, 그녀는 그가 자신의 친구라는 걸 알고 있었고, 이 일이 그녀에게 달렸다는 것도 알고 있었다. 그들은 엘리베이터를 타고 방이 있는 층으로 올라갔다. 부드럽게 굴곡이 진 호텔 복도는 조용했다. 누군가 복도에 있을 것처럼 보이진 않았다. 엘리베이터의 수직 통로에 있는 자성의 자동 제어 장치에서 나는 윙윙 소리만 들렸다.

도미니카가 방문을 열고 안으로 들어갔다. 둘 다 발소리가 나는 건 듣지 못했다. 신발을 벗은 두 남자가 복도 양쪽 끝에서 그들을 향해 아무 소리도 내지 않은 채 뛰어오고 있었다. 도미니카가 돌아섰다가 그들을 보고 게이블을 방 안으로 끌고 들어가려고 했지만 그 남자들이 어깨로 밀고 들어와 문을 홱 닫아버렸다. 두 침대 양쪽에 있는 협탁 위의 램프 불빛들만이 방에서 켜진 유일한 조명이었다.

한 남자가 낮게 으르렁거리는 것 같은 목소리로 말했다. "두려워하지 말아요, 우린 당신을 구하러 왔어요." 도미니카는 그 남자가 존칭을 쓰고 있다는 걸 알아챘다. 방 안에 선 네 사람은 순간 꼼짝도 하지 않았다. 폭발 직전의 침묵이 흐르고 있었다. 그녀는 한 남자가 벨트에 차고 있는 권총의 개머리판을 봤다.

두 남자 모두 거대했는데 얼굴로 봐서 조지아 공화국에서 온 거인들 같았다. 도미니카가 게이블을 밀고 지나쳐서 한 남자의 팔에 뛰어들어 마치 구출돼서 안도한 것처럼 흐느껴 울었다. 또 다른 괴물이 게이블에게 달려들었다. 게이블이 뒤로 물러나서 4분의 1회전을 해서 그에게 덤벼드는 남자를 붙잡고 소파 옆에 놓는 작은 테이블과 램프가 있는 곳으로 밀어붙여서 두 개 다 박살내버렸다. 하지만 그 남자는 그 큰 덩치 치고는 너무 빠르고 민첩하게 일어서서 움직였다. 둘은 서로 부둥켜안고 바닥으로 쓰러져 서로 눈이나 목구멍이나 생식기나 관절 같이 공격할 수 있는 부분들을 찾아 버둥거렸다.

도미니카가 안겨 있던 남자의 목에 한 팔을 감아서 그가 게이블에게 허리를 숙이지 못하게 했다. 그에게선 젖은 개 냄새와 마늘 냄새가 났다. 그녀는 구역질을 하면서 고개를 돌려 한데 엉켜서 굴러다니는 게이블과 그러시아 남자를 봤다. 그녀는 브라톡을 다치게 해선 안 된다는 걸 갑자기 아주 분명하게 깨달았다. 그녀는 손톱으로 안겨 있는 남자의 셔츠 앞쪽을 긁어서 벨트까지 내려왔고 거기에 작은 권총이 걸려 있는 게 느껴졌다. 그녀는 애써 그 총을 빼내려고 하지 않고 손을 뻗어 엄지손가락으로 안전장치를 풀고 최대한 빨리 방아쇠를 서너 번 당겼다. 그의 몸에 대고 발사한 총성들은 그 남자가 지른 비명 소리에 묻혔고, 그 남자는 그대로 바닥에 쿵 소리를 내며 쓰러져서 온몸을 비틀었다. 그의 셔츠 앞쪽과 바지는 피바다가 됐다.

권총을 옆구리에 붙인 채 도미니카는 또 다른 러시아 남자에게 다가갔다. 그는 바닥에 누워 있는 게이블의 목을 팔로 꽉 눌러서 꼼짝 못하게 하고 있었다. '이번에도 CIA 요원이 날 위해 목숨 걸고 싸우고 있어.' 도미니카는 생각했다. 그리고 그녀는 그 남자의 머리카락을 잡아당겨 뒤로 홱 젖혀서 브라톡의 목에 가해진 압력을 줄였다. 그 러시아 남자의 고개가 홱 꺾여지면서 누가 자기 머리카락을 잡아당겼는지 보려고 눈을 동그랗게 떴다. 도미니카는 그의 턱 밑에 총열을 대고 피가 튀기는 걸 피하기 위해 얼굴을 돌리고, 총구가 브라톡을 향하지 않게 조심하면서 방아쇠를 두 번 당겼다. 그 남자는 피를 뿜어내면서 옆으로 쓰러져서 움직이지 않았다. 첫 번째 남자는 이제 젖은 카펫 위에서 계속 버둥거리고 있었다. 게이블이 일어서서 그녀에게 권총을 받으려고 손을 내밀었지만 도미니카가 홱 몸을 돌리면서 그에게 총을 내주지 않았다. 놀란 게이블은 그녀가 그 첫 번째 남자에게 가서, 허리를 숙이고, 남은 한 손으로 자신의 얼굴을 가린 채, 그 남자의 이마에 총구를 대고 방아쇠를 두 번 당기는 걸 봤다. 그 남자의 머리가 마룻바닥을 한 번 내리치고 움직임을 멈췄다.

도미니카가 텅 빈 권총을 방구석으로 던졌다. 게이블은 왼쪽 눈 밑에 멍이 들었고 오른쪽 뺨과 목에 손톱으로 긁힌 자국들이 있었다. 그들 둘 다 이 암살범들과 상대하는 데 다른 방법은 없었다는 걸 알고 있었다. 게이블은 거의 어두워진 방 안에서 도미니카를 유심히 관찰했다. 그녀의 가슴이 오르락내리락하고 있었고, 팔에 피가 조금 묻어 있었다.

"이제부턴 성질 좀 부려봐야겠어요." 도미니카가 말했다.

라고니시의 새우 구이

양파, 피망 조각들, 마늘을 볶고 거기다 토막 낸 토마토, 오레가노, 우조(ouzo, 그리스 술-옮긴이)를 넣어서 진한 소스로 졸인다. 거기에 새우와 잘게 썬 파슬리를 넣어서 휘저어 가면서 살짝 익힌 후에 오븐에 넣는 접시에 담고 그 위에 페타 치즈를 뿌린다. 중간 온도로 맞춘 오븐에 거품이 보글보글 끓을 때까지 굽는다.

42

 다음 날 17시, 나르바 강 위의 밤하늘에 짙은 안개가 내려앉았다. 탈지면 덩어리를 뜯어낸 것처럼 두껍고 우툴두툴한 안개가 가끔씩 다리 위 도로를 핥았다. 다리 위에 줄줄이 서 있는 등불들이 안개를 비춰서 바람에 안개가 흩날리는 모습이 마치 다리가 움직이는 것처럼 보였다. 짙은 안개 위로 서쪽 강둑에 있는 헤르만 성이 동쪽 강둑에 있는 이반고로드 요새의 폐허가 된 흉벽을 마주 보고 있었다.

 러시아인들이 있는 다리 쪽에는 도로를 따라 소형 트럭 두 대가 줄을 맞춰 세워져 있었다. 위장복을 입은 국경 경비대원 여섯 명이 트럭 주위에 구부정하니 서 있었다. 그들 뒤로 지붕의 회전포탑에 경기관총이 장착된 작은 병력수송장갑차가 있었다. 하늘을 겨냥하고 있는 경기관총 옆에는 아무도 없었다. 그런 차들 뒤로 계속 달리면 편의점과 행정 건물이 있는 도로 한쪽에 상트페테르부르크의 SVR 소속 차량 다섯 대가 세워져 있었다. 메르세데스 두 대와 BMW 세 대였다. 기사들은 어둠 속에 서서 이야기하고 있었다. 나머지 SVR 요원들은 보이지 않는 곳에서 대기하라는 지시에 따라 검문소에 들어가 있었다. 다리 밑의 비탈진 강둑에는 국경 경비대원 두 명이 안개 속에 완전히 잠겨 몸에서 물을 뚝뚝 흘리며 서 있었다.

 에스토니아 쪽 다리에는 벤포드가 다리에서 50미터 정도 떨어진 도로 한가운데 세워놓은 밴에 앉아 있었다. 그가 앉아 있는 곳에서 다리 저편에 주차된 러시아 차들을 바로 볼 수 있었다. 밴포드의 밴 옆 갓길에 작은 카포 지프차 한 대가 세워져 있었다. 그 지프차 안에 검은 옷을 입은 경찰 네

명이 앉아 있었다. 카포는 원래 헤르만 성 탑에 야간 투시경 두 대를 배치할 계획이었지만 그걸 구입할 예산이 없었다. 다리 위의 불빛들로 때워야 했다.

끼이익거리는 브레이크 소리와 자갈이 깔린 갓길에서 타이어가 미끄러지는 소리가 나면서 차가 서서히 멈췄다. 벤포드는 네이트가 작은 초록색 차에서 나오는 걸 봤다. 그의 머리는 이마를 다 가리고 있었고, 우스꽝스런 흰색과 초록색 줄무늬(아니구나, 저건 그리스 국기구나) 티셔츠를 입고 있었다. 벤포드는 밴에서 나와 그 차로 걸어갔다.

"여기서 뭐하고 있는 거야, 네이트?" 벤포드가 낮고 차분한 목소리로 말했다. "그 우스꽝스런 셔츠는 또 뭐고? 30분 뒤에 무슨 일이 일어나야 하는지 알고 있어? 제발 다른 사람들의 눈에 띄지 않게 밴에 들어가 있어. 샤워가 절실한 몰골이군." 벤포드는 네이트를 밴 안으로 밀어 넣고 문을 닫았다. 지프차에 있던 카포 경찰들이 그쪽을 보면서 무슨 일이 일어나고 있는 건지 궁금해했다. 벤포드는 그들에게 걸어가서 그들이 권하는 담배 한 대를 받았다. 경찰들은 공손하게 조용히 있었다.

벤포드는 다리 반대편에서 활발하게 움직이는 모습을 볼 수 있었다. 다리 맞은편에 일렬로 주차돼 있던 소형 트럭들의 틈이 살짝 벌어지면서 그 사이로 장갑차가 들어왔다. 군인 하나가 지붕 위에 있는 경기관총을 사격 위치에 놨다. 벤포드 뒤에서 또 다른 차 소리가 났고 게이블이 아무 특징이 없는 검은 세단 한 대를 세웠다. 차 안에는 그밖에 없는 것처럼 보였다. 게이블이 나와서 벤포드를 향해 걸어왔다.

"어떻게 했는지 말해봐. 그녀를 데려왔다고 말해줘." 벤포드가 말했다.

"어젯밤 아테네에서 놈들이 그녀를 데려가려고 했어요. 자기들이 그녀를 구하러 왔다고 하더군요. 놈들이 우리를 어떻게 추적했는지 모르겠어요. 호텔에 러시아 정보원들이 있었는지 아니면 경찰들이 있었는지 나도 모르겠어요. 도미니카가 둘 다 죽였어요. 처형했죠." 카포 경찰들이 지프차에서 나와 그 뒤에 서서 다시 반대쪽에 있는 러시아인들을 쌍안경으로 보고 있었다.

"도미니카가 그들을 죽였다고? 지금 어디 있는데? 마블과 바꿀 사람이 있는 거야?" 벤포드가 말했다.

"도미니카가 안 하겠다고 했어요. 여섯 시간 동안 내내 안 하겠다고 하더군요. 무슨 말을 해도 마음을 바꿀 수 없었어요. 오늘 아침 내가 도미니카를 포사이스에게 넘겨서 미국으로 데려가려고 했는데 차 옆에서 날 기다리고 있더군요. 그 러시아 깡패 두 명을 해치운 게 효과가 있었는지 그건 잘 모르겠어요. 도미니카는 지금 어마어마하게 열 받아 있으니까요." 벤포드는 금방이라도 쓰러질 것 같은 표정이었다. "도미니카는 지금 뒷좌석에 누워 있어요. 나르바로 들어왔을 때 뒷좌석으로 갔어요. 그게 더 안전할 거 같아서요." 벤포드가 담배 연기를 뿜어냈다. 거의 72시간 동안 그녀가 어떤 결정을 내릴지 모르고 기다렸다.

"도미니카가 동의했어?" 벤포드가 물었다.

"그렇기도 하고 아니기도 하고요. 저보고 지옥에나 가라고 하더군요. 그녀는 그저 마블을 구하기 위해 하는 것뿐이고 다른 이유는 전혀 없다고요. 돌아가서 우리랑 같이 일하는 건 다시 생각해볼 거랍니다. 그동안은 모스크바 본부를 다 뒤집어 놓으려고 작정하고 있고요. 우린 정보원을 확보한 것일 수도 있고 아닐 수도 있어요. 도미니카가 나중에 알려준답니다."

"그게 대체 무슨 뜻이야?" 벤포드가 물었다.

게이블은 그 질문을 무시해버렸다. "문제가 또 하나 있어요. 네이트 문제예요. 도미니카가 네이트에 대해 묻고 있어요." 벤포드가 웃기 시작했다.

"뭡니까?" 게이블이 물었다.

"네이트가 지금 밴에 있어. 무슨 수로 왔는지 모르겠지만 자식이 아테네에서 여기까지 왔어. 저 밴 뒤에 있는 차가 그 자식이 타고 온 차야."

"심리 상태는 어때요?" 게이블이 물었다.

"동요돼 있고, 극도로 긴장하고 있고, 지칠 대로 지쳤지. 어쩔 셈인데?"

"둘이 몇 분 동안 얘기하게 놔두죠. 그러는 게 두 사람 모두에게 좋을 것 같습니다. 도미니카가 가지고 돌아갈 수 있는 추억을 만들게 해주고, 네이트는 진정하고 마음을 잡을 수 있게 해주고요. 제가 차를 밴 옆에 대면 아무도 보지 못하게 도미니카가 밴으로 들어갈 수 있을 거예요."

"그래, 어쨌든 지금은 기다리는 시간이니까. 하지만 내가 먼저 네이트에게 얘기 좀 하게 잠깐만 기다려." 벤포드는 밴 문을 밀어서 열고, 들어가서 네이트 옆에 앉았다. 네이트는 밴 뒤에서 재킷을 하나 발견해서 입고 손가락으로 머리를 쓸어서 대충 정리했다. 지쳐 보였지만 그럭저럭 봐줄 만 했다. 벤포드가 문을 일부만 닫고 의자에 몸을 대고 앉았다.

"디바와 게이블이 도착했어. 디바가 지금 차에 있어. 어젯밤에 러시아인들이 그녀를 구출하려고 했는데 그녀가 둘 다 죽였어. 디바는 오직 마블을 풀어주기 위해 러시아로 돌아가는 데 합의했어. 러시아 안에서 일하는 문제에 대해선 아무 말도 하지 않았고 우리는 지금 그녀의 심리 상태가 어떤지, 앞으로 어떻게 될 건지 몰라. 그녀가 우리 정보원이 될지 말지 모른단 말이야."

"우리에겐 몇 분 시간이 있는데 게이블은 디바가 자네와 이야기하는 게 좋을 것 같다고 믿고 있어. 네가 다시 한 번 그녀를 포섭하는 요원이 돼 줘야겠어. 그녀에게 영감을 불어넣어. 그녀에게 임무와 사명과 장기간 첩보원으로 일하는 삶에 대해 이야기해. 네가 그녀를 대하는 태도는 딱 하나여야 해, 자기 정보원을 관리하는 요원으로 그녀를 대해. 그래야만 그녀가 저 다리를 건너가도 체포되지 않을 수 있어. 그렇지 않으면 도미니카는 평정심을 잃게 될 거야. 해낼 수 있겠어?"

네이트는 고개를 끄덕였다. 벤포드가 밴에서 나왔고 엔진 소리가 들리고 나서 문이 찰칵 열리고 밴의 뒤쪽이 열리고 나서 도미니카가 재빨리 안으로 들어왔고 문이 쾅 소리를 내며 닫혔다. 그녀는 뒤쪽 의자 사이를 비집고 앞으로 와서 그의 옆에 앉았다. 그녀는 심플한 파란색 원피스에 같은 색의 얇은 코트를 입고 있었다. 게이블이 검은 끈이 달린 실용적인 구두와 베이지색 스타킹을 신으라고 주장했다. 그녀는 핀을 꽂아서 머리를 올리고 화장은 전혀 하지 않았다. CIA에 억류돼 있다가 막 풀려난 여자처럼 보였다. 그녀는 파란 눈으로 네이트의 얼굴을 찬찬히 뜯어봤다. 그는 옅은 보라색 빛에 휩싸여 있었다. 고통스러워하고 있다는 걸 알 수 있었다.

CIA 요원으로 일해온 짧은 경력 사상 처음으로 네이트는 규칙을 어기고, 벤포드의 지시를 무시하고, 그의 평판에 오점이 남았을 때 일어날 여파는 전혀 생각하지 않았다. 그는 몸을 앞으로 기울여서 도미니카의 어깨를 잡고 그녀의 입술에 키스했다. 그녀는 몸이 뻣뻣해졌다가 긴장을 풀면서 마침내 그의 가슴에 손을 대고 부드럽게 밀어냈다.

"내가 당신에게 한 말에 대해 얼마나 미안해하고 있는지 말할 충분한 시간이 없어요. 여자로서, 연인으로서, 파트너로서 당신이 내게 어떤 의미가 있는지 말할 시간도 없고요. 그리고 내가 당신을 얼마나 많이 그리워하게 될지 말할 시간도 없어요. 난 당신에게 당신과 CIA의 은밀한 관계를 계속하라고 하고, 당신이 모스크바에서 어떻게 CIA를 위해 계속 활동해야 할지 말해야 해요. 하지만 지금 그런 건 전혀 관심 없어요. 당신이 장군을 구하겠다는 목적 하나로 돌아가는 거 알고 있어요. 나라도 그렇게 하겠죠. 그러니까 어떤 일이 일어나도 당신은 장군을 구해낼 겁니다. 하지만 당신이 안전해야 해요. 그러지 않는다면 이건 다 아무 소용 없는 짓이에요. 가장 중요한 건 당신이에요, 적어도 내겐 그래요." 네이트가 말했다.

네이트는 부끄러워하면서 고개를 돌려 밴의 유리창을 통해 안개가 깔린 도로, 러시아로 들어갈수록 서서히 희미해지는 그 터널을 바라봤다. 도미니카도 고개를 돌려 같은 곳을 보면서 결정했다.

"내 걱정은 할 필요 없어요, 네이트. 난 동포들이 있는 조국으로 돌아가는 거니까 괜찮을 거예요. 내가 국경을 넘어가기 5분 전에 사과하고 내 걱정을 할 거란 말을 하다니 인생 참 편하게 사는 사람이군요. 부탁 하나 들어줘요. 내가 내린 결정을 재고하게 만들지 말란 말이에요." 도미니카가 단호하게 말했다. '내 사랑, 날 그냥 가게 해줘.' 그녀는 생각했다.

그녀는 의자에서 일어나서, 뒷문으로 가서, 유리창을 두드렸다. 네이트는 그녀가 가는 모습을 지켜봤다. 그는 두 손을 머리 뒤에 맞잡은 채 안개를 멍하니 바라봤다.

게이블은 그녀의 눈을 보고 그녀가 간신히 버티고 있다는 걸 알았다. 빌어먹을 네이트 자식. 어서 도미니카가 힘을 내게 만들어야 했다. 그는 밴에 가려져 있는 차로 그녀를 데리고 갔다.

"타. 할 말이 있어." 게이블이 말했다. 그녀가 뒷좌석으로 들어가자 게이블이 그녀 옆에 타고 문을 쾅 닫았다. 그는 그녀의 눈을 못 본 척하면서 거칠게 굴었다.

"네가 이 차에서 나와서 밖으로 나가면 수십 개의 쌍안경들이 너를 관찰할 거야. 경비대원들은 안전을 걱정하고 있겠지만 너를 보는 다른 눈들도 있을 거라고. 특히 방첩부서에서 나온 원숭이들이 뚫어져라 볼 거야. 내 말 이해해?" 도미니카는 그의 눈을 피하면서 고개를 끄덕였다.

"다리를 건널 때 똑같은 속도로 걸어. 너무 빨리 걷지도 말고, 그렇다고 망설이지도 말고. 다리 위에서 코르치노이 장군 옆을 지나칠 때 그를 보지 않는 게 중요해. 그는 반역자야. 그리고 그를 감옥에 처넣은 장본인이 바로 너니까." 게이블이 말했다.

"그들이 아마 너와 장군이 도로 한가운데 도착했을 때 멈추라고 소리를 지를 거야. 거기에 줄을 그어서 표시를 해놨고 도로도 좀 튀어나와 있는 곳이지. 그게 정상이야. 경비대원들은 확성기에 대고 소리를 지르지 않으면 만족하지 못하는 족속들이니까. 그들은 아마 너의 신원을 확인하기 위해 모스크바 본부로 너의 비디오 이미지를 전송하고 있을 거야." 도미니카는 아까보다 상태가 나아졌다. 게이블은 그녀가 네이트가 아니라 앞으로 다리 위를 걸어야 할 것에 대해 생각하기 시작한 걸 알 수 있었다.

"트럭에 도착할 때까지 계속 똑같은 속도로 걸어. 거기에 촌스런 제복을 입은 레닌그라드의 고릴라들이 와서…… 뭐라고 말을 하게 될까?"

"도브로 포잘로바티." 도미니카가 창밖을 내다보며 말했다. 고국으로 돌아온 걸 환영한다.

"아, 뭐 그렇게 말하겠지. 그럼 날 위해 그 자식 사타구니를 발로 한번 힘껏 차줘. 그 다음부터가 정말 중요해, 명심해. 넌 CIA에게 잡혀 있다가 풀려나서 고국으로 돌아왔어. 넌 안도했고, 흠, 안전해졌지. 그러니까 너무 수다스러울 것도 없고, 그것도 이상해 보이니까. 넌 너를 죽이려고 했던 망할 동포들을 세 명이나 죽였어. 그래서 지금 무지무지하게 열이 받은 상태지. 놈들이 너를 상트페테르부르크까지 차든 기차든 뭘 타고 데려가든 항상 그 레닌그라드 깡패들에게 둘러싸여 있을 거야."

"난 그 인종들을 잘 알아요. 그들은 날 괴롭히지 않을 거예요. 난 모스크바 첩보 본부에서 하는 작전을 막 끝내고 돌아왔어요. 나와 이야기를 할 사람들은 모스크바에 있죠." 도미니카가 말했다.

"바로 그거야. 일단 거기에 도착하면 그리스에서 꿰맨 자국을 보여주고 그 특수부대 미치광이에 대해, 코르치노이에 대해, 너를 데리러 오는 데 왜 그렇게 오래 걸렸는지에 대해 악을 쓰면서 화를 내. 넌 돌아간 거야, 아가씨, 완벽하게 돌아간 거라고."

"알았어요. 난 돌아왔어요." 도미니카가 말했다.

"그리고 6개월 후에 우리는 다시 만나는 거지?" 게이블이 말했다.

"기대하지 말아요." 도미니카가 말했다.

"우리 호출 번호는 기억하고 있지?"

"버렸어요." 도미니카가 말했다.

"외우고 나서 버렸겠지." 게이블이 말했다.

"포사이스에게 작별 인사 전해줘요." 도미니카는 그 말을 무시하고 대꾸했다.

류드밀라 파블리첸코는 역사상 최고의 여자 저격수로 2차 세계대전 당시 크림반도 전투에서 309명을 사살한 기록을 가진 붉은 군대의 전설이었다. 오늘 밤 러시아 쪽 강둑에 있는 이반고로드의 망가진 남쪽 탑 위에 그녀와 이름이 같은 류드밀라 츠카노바가 있었다. 그녀는 SVR 특수그룹 B 최고의 저격수다. 그녀는 바닥에 배를 깔고 누워서 자세를 잡았다. 그녀는 헐렁한 검은 색 작업복을 입었고, 붉은 뾰루지가 덕지덕지 난 얼굴 위로 후드를 꼭 눌러 쓰고 있었다. 바닥에 펠트를 댄 부츠를 신은 그녀의 발은 뒤로 길게 뻗었다. 그녀는 갈라진 불그스름한 턱에 VSS 빈토레즈, 일명 '수명 절단기'를 대고 NSPU-3 조준경으로 300미터 떨어진 나르바 다리의 서쪽 끝에 있는 물을 바라봤다. 오늘 밤은 아주 쉽게 쏠 수 있다. 그녀는 살짝 발을 절면서 걸어오는 검은 머리의 여자를 찾고 있었다.

검은 미키마우스 코가 달린 Mi-14 헬리콥터는 민간 수송용으로 붉은 색과 흰색이 칠해져 있었다. 그 헬리콥터가 천천히 이반고로드 철도역의 빈 주차장에 착륙했다. 바로크 양식으로 지어진 역의 겨자색 벽들은 헬리콥터의 안내등 불빛을 받아 핑크색으로 환하게 빛났다. 헬리콥터의 요란한 엔진 소음이 점점 줄어들었다. 거대한 회전날개들이 돌아가는 걸 멈추고 축 늘어졌는데, 쌀쌀한 밤공기에 날개들에서 열기가 나왔다. 아래 도로에서 기다리고 있던 SVR 차 두 대가 옆으로 바짝 다가오기 전까지 헬리콥터 문은 열리지 않았다. 헬리콥터 옆문이 열리면서 양복을 입은 남자 두명이 쾅쾅 소리를 내며 금속 계단을 내려와 힘없는 백발 머리의 남자를 앞에 있는 차에 태웠다.

차 두 대가 천천히 도로를 올라가 다리를 막고 있는 트럭들로 갔고, 거기서 세 남자가 나와서 하나씩 그 작은 노인의 팔을 부축했다. 그들은 트럭 옆을 비켜가서 아무 말도 하지 않고 움직이지도 않고 서서 다리 반대쪽 끝에 서 있는 희미한 사람들의 형체를 바라봤다. 트럭 주위에 있던 국경 경비대원들이 어깨에 메고 있던 라이플을 들었고 트럭의 스포트라이트들이 켜지면서 러시아쪽 다리가 환하게 빛났다. 다리 난간과 다리에 서 있는 가로등들의 지지대들이 도로 건너편으로 비스듬하게 그림자를 드리웠다. 검문소 유리창 너머로 대여섯 개 정도 되는 체리 색의 아주 작은 불빛들이 비쳤다. 레닌그라드 군인들은 담배를 피우면서 그 광경을 지켜보며 아무 말도 하지 않았다.

그들은 밴에서 나와서 밴 앞으로 돌아와 서서 그 러시아인들을 바라봤다. 러시아 인들의 스포트라이트들이 켜지자 벤포드는 카포 지프차에게 헤드라이트들과 스포트라이트 하나를 키라고 신호를 보냈다. 안개가 계속 피어오르는 곳을 지나 러시아 쪽은 이제 어마어마한 빛의 장벽에 가려 잘 보이지 않았다.

"우리가 너와 같이 다리가 시작되는 부분까지 걸어갈 거야." 게이블이 침착하게 도미니카의 팔을 잡으면서 말했다. 벤포드가 가까이 와서 그녀의 반대편에 서서 도미니카의 그쪽 팔을 잡았다. 네이트가 밴에서 나와서 한쪽에 서 있었다. 게이블과 벤포드가 앞으로 걸어갔다.

"잠깐만요." 도미니카가 말하고 네이트에게 몸을 기울여서 그의 뺨을 세게 갈겼다.

"잘했어." 게이블이 말했다. 지프차에 타고 있던 카포 경찰들이 그걸 보고 서로 쿡쿡 찔러댔다.

도미니카와 네이트가 순간 서로를 봤는데 그 순간 그 안개로 둘러싸인 세상에서 그 둘 말고는 아무도 존재하지 않았다. 그리고 도미니카가 속삭였다. "다시 만나요." 그녀는 허리를 곧게 펴고 게이블과 벤포드를 끌고 앞으로 갔다. "어서 가요." 그녀가 말했다.

"침착하게 해, 아가씨." 게이블이 입 가장자리로 속삭였다. 그와 벤포드는 마치 감옥의 간수처럼 도미니카의 양쪽 팔을 잡고 앞으로 나아갔다. 그녀는 그들의 압력에 저항하면서 주먹을 꼭 쥐고 있었다. 그들은 다리의 도로가 시작되는 부분까지 걸어가서 거기 서서 안개가 흩어지는 걸 지켜봤다. 다리 반대쪽 끝에서 차들이 서는 불빛들이 비췄지만 자세한 건 보이지 않았다. 그리고 사람들의 움직임이 보였다가 세 남자가 저쪽 끝에 서 있는 윤곽이 보였다. 가운데 서 있는 남자가 키가 작았다. 스포트라이트 하나가 깜박이자 벤포드가 경찰들에게 같은 신호를 보내라고 손짓했다. 카포 경찰의 불빛이 그들을 보는 한 다스의 쌍안경 불빛에 반사됐다.

"다리 한가운데에 도착하면 멈춰." 게이블이 말했다.

도미니카는 그들을 경멸하는 것처럼 그들의 손에서 팔을 홱 떼서 뿌리치고 말했다. "욥 투보유 마트." 그리고 그녀는 코트를 바로잡고 앞으로 걸어갔다. 아주 살짝 다리를 절면서 안개 속으로 고개를 빳빳이 치켜들고, 발레로 단련된 근육을 움직이며 어깨를 당당하게 펴고 걸어갔다. 다리 맞은편 끝에 서 있는 작은 사람도 걸어오기 시작했다.

"아까 도미니카가 뭐라고 한 거야?" 벤포드가 물었다.

"쌍욕을 하는 것 같던데요." 게이블이 말했다.

도미니카가 도로의 희미한 불빛들이 모여 있는 곳을 향해 걸어가면서 그녀의 윤곽이 점점 흐려지고 있었다. 그녀와 반대편에서 걸어오고 있는 사람이 서로 마주치는 지점에 도달했다.

"도미니카가 이제 마블과 마주치는 지점에 도착했어." 게이블이 조용히 말했다. 확성기에서 뭐라고 소리를 지르는 게 들리자 두 사람은 멈췄다. 두 실루엣은 다리 중간에 나란히 서 있었다. 가로등 한 개의 불빛 속에서 그들 주위로 안개가 빙글빙글 돌면서 그들을 흠뻑 적시고 있었다. 도미니카는 앞을 똑바로 보면서 도도하게 옆에 서 있는 그를 무시하고 있었다. 그녀는 결코 고개를 돌리지 않았지만 그의 위풍당당한 보라색 존재감을 느낄 수 있었다. 지금이 그를 느낄 수 있는 마지막 순간이었다. 마블은 도미니카를 슬쩍 봤다. 그의 흰 머리가 가로등 불빛에 반짝였다. 그는 코트를 벗어서 그녀에게 건넸다. 교환되는 한 스파이가 상대 스파이에게 권한 것이다. 도미니카는 코트를 받아서 안개에 축축하게 젖은 보도 위에 떨어뜨렸다. 마블이 예상했던 바로 그대로였다. 불빛이 한 다스의 쌍안경들 위에서 반사됐다.

마블은 똑바로 앞을 보면서 나르바의 불빛들과 어렴풋이 보이는 성과 서쪽 하늘에 깜박이는 별 하나와 헤드라이트들과 다리 저쪽에 서 있는 남자들의 윤곽을 봤다. 다리 양쪽 끝에 있는 불빛들이 다시 번쩍였을 때 그는 걸어가기 시작했다. 도미니카의 발자국 소리가 그의 뒤로 멀어지는 걸 들었다. 그의 몸은 가볍게 느껴졌고, 통증은 여전히 끊이지 않았지만 가슴속 공허함은 사라졌다. 그의 머리는 냉철했고, 너무 빨리 걷지 않도록 온 신경을 집중했다. 그는 마지막까지 프로가 어떻게 일을 마무리하는지 보여줄 것이다. 가까이 다가갈수록 그 실루엣들이 얼굴들, 친숙한 얼굴들로 바뀌었다. 사실 풀려나는 것보다 친구들의 얼굴을 보는 게 훨씬 더 중요했다. 벤포드. 네이트. 스파이 교환이라니. 그는 웃음을 터트릴 뻔했다.

류드밀라의 턱 밑에 있던 라이플에서 발사된 9×39 탄약이 마블의 왼쪽 목에 들어가 그의 경동맥을 자른 후 겨드랑이 밑에 있는 오른쪽 흉근을 뚫고 나왔다. 원래 머리를 겨냥했지만 조금 낮게 날아갔고 쌀쌀한 밤공기도 영향을 미쳤다. 그녀는 마블의 다리가 휘어지기 전에 일어서서 남쪽 요새 벽을 따라 빠져나갔다. 다리 반대편에 있는 러시아인들은 무슨 일이 벌어졌는지 모르고 있었다.

벤포드가 마블을 잡았지만 그의 시체는 그의 팔을 빠져나갔다. 마블의 몸은 젖은 아스팔트 위로 쓰러졌다. 네이트는 도로에 앉아 마블의 머리를 자신의 허벅지 위에 올려놓고 부드럽게 안았지만 늙은 스파이는 움직이지 않았다. 그들이 그의 스위치를 꺼버린 것이다. 죽은 마블은 눈을 감고 있었는데 표정이 기이하게도 평화로워 보였다. 벤포드는 마블의 피로 붉게 물든 자신의 손을 내려다봤다.

카포 경찰들이 차고 있던 가릴 자동소총을 내려서 치켜들었지만 게이블이 멈추라고 소리를 지르고 그들에게 물러나라고 손을 흔들었다. 다리 건너편에서 도미니카는 잠깐 몸을 돌렸다가(그녀는 게이블이 지르는 고함 소리를 들었다) 이내 탐조등의 불빛 속에 사라졌다. 그녀는 잠깐 돌아본 사이에 도로 위에 사람들이 시커멓게 몰려 있는 걸 봤고, 본능적으로 무슨 일이 일어났는지 알았다.

도미니카는 머릿속으로 '안 돼!' 하고 비명을 지른 후에 어마어마한 의지력을 발휘해서 얼굴의 표정을 지우고 어깨의 긴장을 풀었다. 그녀는 히터를 세게 틀어놓고 대기 중인 메르세데스 안으로 재빨리 안내됐다. 사치스러울 정도로 따뜻하게 데운 메르세데스가 그녀를 싣고 곧바로 고속도로로 출발했다. 커브를 돌아갈 때마다 차가 흔들렸고 그녀는 경악과 공포를 드러내지 않은 채 마음속으로 계속 코르치노이의 모습을 떠올렸다. 그녀가 독기 어린 격노를 꾹꾹 눌러 참고 있는 동안 노란 기운에 둘러싸인 레닌그라드 대령이 차 안을 담배 연기로 가득 채웠다.

벤포드는 마블을 내려다보며 온몸이 마비된 채 꼼짝도 하지 못하고, 아무 생각도 할 수 없었다. 네이트는 고개를 숙인 채 덜덜 떨리는 손으로 자신의 무릎 위에 놓인 마블의 머리를 부드럽게 안고 있었다. 이것은 너무나 잔인한 폭력이다. 그들은 아무 말도 하지 못한 채 마블의 돌이키지 못할 죽음에 멍해져 있었다. 그들은 폭군의 엄청난 배반과 그 무자비한 행동에 큰 충격을 받았다.

게이블만 제외하고. 그는 재빨리 다시 도로로 들어가서 쌍안경을 치켜들었다. 러시아 쪽에서 여러 개의 실루엣들이 움직이고 있었다. 고급스런 세단의 미등이 어둠 속으로 사라졌다. 도미니카가 여기서 일어난 걸 봤는지 분간할 수 없었지만 그녀가 봤기를 기원했다. 제발 주여, 그녀가 지금 여기서 일어난 일을 봤기를 바랍니다.

안개가 그들 주위를 소용돌이치면서, 그들의 머리를 적시고, 마블의 고요한 얼굴을 만지고 있었다. 그 늙은 스파이의 흠뻑 젖은 코트는 다리 한가운데 잊힌 채 놓여 있었다.

작가의 말

이 책을 쓰는데 실질적으로 도움을 주신 분들을 세다 보니 그동안 얼마나 많은 분들의 도움을 받았는지 깨닫고 깜짝 놀랐다. 그분들 모두에게 감사하다는 인사를 하고 싶다.

제일 먼저 내 문학 동인이자 그 누구와도 견줄 수 없는 인터내셔널 크리에이티브 매니지먼트 사의(이하 ICM으로 표기) 슬론 해리스에게 고맙다는 말을 하고 싶다. 슬론은 초반에는 이 책 작업을 지속적으로 도와주는 지도자이자 멘토의 역할을 했고, 나중에는 이 책의 강력한 지지자가 되어줬다. 슬론은 분명 전생에는 선견지명이 있는 총독이었거나 세계를 정복한 비잔틴 제국의 술탄이었을 것이라고 확신한다. 슬론이 없었다면 이 책은 태어나지 못했을 것이다.

크리스틴 킨, 시라 쉰델, 헤더 카파스를 비롯한 ICM의 나머지 팀원들에게도 고맙다는 뜻을 전하고 싶다. 이들은 모두 인내심이라는 아주 큰 미덕을 가지고 있다.

스크리브너 출판사의 전설적인 편집자 콜린 해리슨에게도 큰 빚을 졌다. 콜린은 지도 제작자처럼 예리한 눈으로 내 원고를 편집하면서 동시에 어떻게 해야 글을 잘 쓸 수 있는지 가르쳐줬다. 그는 언제나 정확하면서 예술적인 원고를 만들기 위해 헌신했고, 덕분에 내 최종 원고는 눈에 띄게 좋아졌다. 콜린이 없었더라면 이 책은 완성되지 못했을 것이다.

날 따뜻하게 받아주고, 격려해주고, 지지해준 캐롤린 리디, 수잔 몰도

우, 낸 그레이엄, 로즈 리펠, 브라이언 빌피글리오, 케이티 모나한, 탈 고레츠키, 제이슨 호이어, 벤자민 홈즈, 에밀리 레메즈, 데이브 콜을 포함한 스크리브너와 사이먼 앤 슈스터 출판사 직원들에게 감사드린다. 특히 많이 애써준 켈시 스미스에게 고맙다는 말을 전하고 싶다. 이 책이 나올 수 있기까지 이분들의 도움이 아주 컸다. 이 책에 나오는 사실이나 언어나 과학 부문에서 오류가 있다면 그건 다 내 잘못이라는 점도 서둘러 덧붙이는 바이다.

이 책을 시작하는 데 도와준 친구들에게도 고마운 마음을 전하고 싶지만 그중 몇 명은 여기서 이름을 밝힐 수 없어 유감스럽다. 본인들은 이미 내가 누굴 말하는지 알고 있다. 베벌리 힐스의 안목이 뛰어난 딕 K, USC의 박학다식한 마이크 G, 마찬가지로 베벌리 힐스의 멋진 검사인 프레드 리치먼과 몇 명의 친구들이 있다.

물론 내가 CIA에서 일하지 않았더라면 이 책은 나오지 못했을 것이다. CIA에서 수습 요원으로 수업을 받을 때부터 같이 시작했던 수백 명의 동기들과 요원으로서의 인생을 같이 했고, CIA에서 33년이 넘는 세월 동안 수많은 해외 근무를 하면서 평생 동안 우정을 쌓아온 친구들도 많다. 그 친구들 중에는 아직 상당히 젊은 친구들도 많다. 그 모든 친구들에게 경의를 표한다.

젊은 CIA 요원이었을 때 나는 클레르 조지, 폴 레드몬드, 버튼 거버, 테리 워드와 마이크 번스 같이 대단히 뛰어난 재능과 확고한 애국심을 가진 상사들의 (가끔은) 터프한 지도와 후원을 받는 혜택을 누렸다. 그 당시 그들은 CIA에서 '남작들'이라는 호칭으로 통했다. 그리고 나는 전직 핵물리학자였다가 요원이 된 말수가 적은 제이 해리스의 지휘 하에 카스트로가 통치하는 쿠바에서 새로운 개념의 첩보 작전들을 수행했다.

내 동생과 제수씨인 윌리엄과 샤론 매튜스는 이 책을 쓰는 데 대단히 중요한 제안들을 해줬고, 내 딸인 알렉산드라와 소피아는 울워스에서 이제 8트랙 녹음테이프는 더 이상 팔지 않는다는 사실을 여러 번 내게 일깨워줬다.

마지막으로 내 아내인 수잔에게 고맙다는 말을 하고 싶다. 나처럼 CIA에서 34년 동안 근무해온 베테랑인 수잔은 나와 같이 항상 변화무쌍한 생활을 하면서 끝도 없이 늦은 밤까지 일을 하고, 감시와 철수의 나날을 보내면서도 두 딸을 훌륭하게 키워줬고, 내가 이 책을 쓰는 동안 변함없는 인내심을 보여줬다.

옮긴이의 말

『레드 스패로우』를 한마디로 정의하면 '첩보 소설의 교과서'라고 할 수 있다. 이 소설의 작가인 제이슨 매튜스가 CIA에서 33년간 활약했던 베테랑 요원으로 은퇴 후 그때의 경험을 이 책에 아주 자세하고 실감나게 담아냈기 때문이다. 러시아와 미국 정보부의 실정, 푸틴 대통령이 철권을 휘두르는 러시아 정부의 권력 구조와 이에 대응하는 미국 CIA와 워싱턴 정계 등의 묘사가 같은 주제를 다룬 그 어떤 역사책이나 다큐멘터리보다도 쉽고 재미있으면서 상세하다. 소설을 읽다 보면 초강대국 첩보부들의 민감한 정보를 이렇게까지 까발려도 되는 것일까 싶어 내가 더 불안해지는 순간도 있었다. 대개 소설은 개연성 있는 허구의 세계를 바탕으로 하지만 『레드 스패로우』는 극히 사실적인 세계를 바탕으로 심장이 조여오는 스릴을 가미한 정통 스파이 소설이라고 할 수 있겠다.

이 소설을 읽는 재미는 크게 세 가지로 나눌 수 있다. 하나는 소설에 등장하는 매력적이고 생동감이 넘치는 캐릭터들을 보는 재미다. 그중에서도 가장 눈길을 사로잡는 캐릭터는 바로 여주인공 도미니카 예고로바. 그녀는 남다르게 뛰어난 공감각 능력과 눈부신 미모를 타고나 정상급 바이올리니스트인 어머니와 저명한 학자이자 대학교수인 아버지 밑에서 유복하고 평화로운 유년기를 보냈다. 그러나 그녀를 둘러싼 시대적 배경은 그렇게 평화롭지 못하다. 1953년 스탈린 사망 후의 러시아가 외부에 보이는 것처럼 민주화되지 못한 것이다. 스탈린 시대의 주된 특징이었던 전체

주의와 일당독재, 특권층 관료들의 부패와 타락은 그대로 계승됐고, 잔인하기로는 스탈린 못지않은 푸틴 대통령의 체제하에서 국민들은 끊임없는 감시와 빈곤에 시달리며 살아가고 있다. 이런 현실을 도미니카는 알아차리지 못한 채 국가에 대한 맹목적인 애국심을 품고 발레리나로서 승승장구하다가, 동료 발레리나의 음모로 다리를 다치면서 한순간에 발레리나의 꿈을 접게 되고 존경했던 아버지마저 하루아침에 목숨을 거둔다. 그때 정보부의 고위 관료인 삼촌이 그녀에게 접근하고, 잇따른 비극으로 한없이 무기력해져 있던 그녀는 어쩔 수 없이 첩보부에 발을 들이게 된다. 그러나 첩보부에 합류하면서 더욱 빛을 발하는 초능력에 가까운 공감각적 능력과 불같은 성격, 첩보부 안팎에서 수차례의 위기를 겪고 변화되는 그녀의 가치관이 이 소설의 흐름을 주도적으로 이끌어가고 있고 그 면면들을 지켜보는 재미가 상당하다.

도미니카의 상대인 남자 주인공 네이트 내쉬는 대대로 법률 회사를 운영해온 명문가의 막내로 태어나 항상 가족의 기대에 부응해야 하는 삶에 질려 법조인 대신 CIA 요원이 되기로 결정한다. 강압적인 가문에 반항한 그는 그 대가로 항상 자신의 가치와 능력을 증명해야 한다는 불안감에 시달리면서 나약한 모습을 보이기도 하지만, 일단 거리로 나오면 물 흐르듯 움직이며 거리를 느끼는 요원이다. 그런 그가 미국 정보부가 보유한 최고의 러시아 스파이 '마블'을 맡아 그를 보호하고 그가 제공하는 정보를 전달해야 하는 임무를 맡는다. 러시아 정보부는 마블을 잡기 위해 도미니카에게 네이트를 유혹해 마블의 정체를 밝히라는 임무를 내리지만, 이내 CIA가 도미니카의 정체를 알아내고 네이트에게도 그녀를 끌어들이라는 명령을 내린다. 그렇게 두 요원은 서로를 포섭하기 위해 치열한 공작을 벌이는데, 여기에 이 두 주인공을 막후에서 지원하며 첨예한 첩보전을 벌이는 러시아와 미국의 첩보원들이 있다. 네이트의 직속 상사인 유능하고 사람 좋은 포사이스와 게이블, 도미니카를 괴롭히는 악마 같은 삼촌 반야 예고로프, 지독한 사디스트이자 교활한 난쟁이 주가노프, 고결함의 화신과도 같은 러시아 첩보원 마블, 그 어떤 윤리나 책임감도 없는 사이코패스 간첩 바우처 상원의원, 아무리 때려도 죽지 않는 007 영화 속 악당을 떠올리게 하는 근육질의 러시아 여자 간첩 제니퍼, 무시무시한 살인마 마토린 같은 다양한 인물들이 저마다의 매력으로 독자를 유혹한다.

이 소설을 보는 두 번째 재미는 푸틴과 러시아의 정세와 미국 정보부의 운영 구조, 현실에서 쓰는 양국의 첩보 기술과 미행 수법들에 대한 지극히 사실적이고 세부적인 묘사다. 소설에서는 러시아 정보부와 미국 정보부가 신입 요원들을 훈련시켜 현장에 투입하는 과정이 아주 상세하게 그려져 있다. 도미니카는 '숲'이라는 학교에서 첩보와 미행과 심리전에 대한 모든 것을 배우고, 그것도 모자라 미인계를 가르치는 '스패로우 학교'에 입학한다. 네이트 역시 '팜'이라는 학교에서 첩보 기술과 러시아에 대한 지식을 전수받는다. 매일 새롭게 진화하는 기기와 인력을 동원해 알아낸 정보에 기술과 두뇌와 육체를 이용해 상대를 이겨야 하는 첩보의 세계에서 요원들을 훈련시키는 과정이 무척 흥미롭다. 한편 소설의 후반부에 등장하는 헬싱키의 베테랑 감시자 노부부와 미 정보부 미행팀의 전설인 오리온 팀의 이야기는 우리가 알던 스파이 세계를 새로운 눈으로 보게 만든다. 보통 '첩보'라고 하면 팔팔한 젊은 요원들이 화려한 액션을 선보이는 장면을 상상하기 쉽지만 기실 첩보란 현장에서 닳고 닳은 노익장들의 기량 싸움이기도 하다는 것을, 소설 속에 등장하는 은퇴한 요원들의 끝내주는 실력을 보면 깨달을 수 있을 것이다(젊은이들의 눈 돌아가는 액션은 어쩌면 영화에서 만들어낸 환상일지도 모른다). 또한 무엇보다 미행하는 자와 미행당하지 않으려는 자 사이의 피 한 방울 흘리지 않고 벌어지는 신경전은 실전 경험이 없는 사람이라면 이렇게까지 치밀하게 묘사할 수 없었을 것이다.

마지막으로 이 소설에서 느낄 수 있는 재미는 이렇게 극한으로까지 밀어붙이는 은밀한 첩보 세계에서 싹트는 사람들의 사랑과 믿음, 정의와 가치관의 충돌이 어떤 사건들을 낳게 되는지 지켜보는 재미다. 첩보 소설답게 배신이 난무하는 이 소설에서는 다양한 이유로 조국을 배신하고 상대국의 스파이로 활동하는 첩보원들과 정치가들, 관료들이 등장한다. 사랑혹은 정욕 때문에, 약점을 들키고 협박을 받아서, 권력과 물욕에 눈이 멀어서, 정의를 추구하기 위해서 등과 같은 다양한 이유들로 소설 속 인물들은 조국을 배신하고, 동료를 배신한다. 마찬가지로 그렇게 돌이킬 수 없는선을 넘은 스파이들을 관리하는 핸들러들과 그 뒤에 있는 정보부 요원들은 국가의 안위를 지켜야 한다는 이유로 때로는 동료나 정보원을 희생시켜야 하는 상황에 처하게 된다. 그런 극단적인 상황에서 사람들은 자연스럽게 본색이 드러난다. 치졸한 사람, 고결한 사람, 열정적인 사람, 불안하고 나약한 사람, 국익만을 생각하는 사람, 우정을 더 중요하게 생각하는 사람, 살인과 고문에 희열을 느끼는 사람, 배신과 술수를 즐기는 사람 등. 다양한 가치관이 충돌하면서 벌어지는 심장이 터질 것 같은 첩보전과 주도면밀한 미행, 최첨단 장비들을 이용한 감시와 잔인한 암살 작전, 격정적인 사랑과 목숨을 건 우정이 골고루 조합된 소설이 바로 『레드 스패로우』다.

　'냉전은 진 전쟁이 아니라 끝나지 않는 전쟁'이라는 러시아 정보부 요원의 말을 곱씹어보며 지극히 사실적인 이 소설을 읽는 것도 또 다른 묘미일 것이다. 이 책을 통해 치열한 스파이의 현실 세계를 충분히 간접경험할 수 있기를 바란다.

박산호

레드 스패로우 2

초판 1쇄 인쇄 2015년 11월 11일
초판 1쇄 발행 2015년 11월 16일

지은이 | 제이슨 매튜스
옮긴이 | 박산호
펴낸이 | 정상우
주간 | 정상준
편집 | 이민정 정희정 심슬기
디자인 | 박수연 김인경
관리 | 김정숙

펴낸곳 | 오픈하우스
출판등록 | 2007년 11월 29일 (제13-237호)
주소 | 서울시 마포구 동교로13길 34(121-896)
전화 | 02-333-3705 팩스 | 02-333-3745
openhousebooks.com
facebook.com/vertigo.kr

ISBN 979-11-86009-36-9 04840
     979-11-86009-19-2 (세트)

VERTIGO는 (주)오픈하우스의 장르문학 시리즈입니다.

이 도서의 국립중앙도서관 출판예정도서목록(CIP)은 서지정보유통지원시스템 홈페이지(http://seoji.nl.go.kr)와
국가자료공동목록시스템(http://www.nl.go.kr/kolisnet)에서 이용하실 수 있습니다.
(CIP제어번호: CIP2015028929)